희곡강의실

3 steps in understanding drama

유진월 엮음

희곡강의실

3 steps in understanding drama

유진월 엮음

한울
아카데미

책머리에

희곡은 문학의 한 장르이면서 연극으로 무대 위에서 형상화된다는 특성 때문에 표현상의 한계와 자유로움을 동시에 갖는다. 한 편의 문학작품으로 완성된 후 연출가의 해석과 배우의 개성이 더해지는 과정을 거쳐 공연됨으로써 또 하나의 새롭고 독창적인 예술이 창조된다. 이것이 희곡이라는 장르만이 갖는 독특한 매력이다.

이 책은 희곡의 이해(How to understand drama), 희곡의 분석(How to analyze drama) 그리고 희곡의 공연과 창작(How to read and write drama)의 3부로 이뤄져 있다. 이는 개인적인 독서에도 유용하지만 특히 문예창작과나 국문과 혹은 연극과의 희곡 강의를 염두에 두고 구성되었다. 제1부의 극에 대한 개괄적인 논의를 거쳐, 제2부에서는 작품을 실제로 분석하면서 극에 밀도 있게 접근하는 방법을 익히도록 했으며, 제3부에서는 신춘문예 당선작 중에서도 우수한 작품들을 읽고 공연해보도록 했다. 이러한 단계를 거치면서 습득한 희곡과 연극에 대한 이해를 기반으로 희곡 창작으로 나아가는 것이 좋다. 이 책의 순서에 따라 효과적인 희곡 및 연극 수업을 할 수 있을 것이다.

우선 필자가 쓴 제1부는 희곡과 연극의 세계에 대한 가장 기본적이고 중요한 사항들에 관해 서술했다. 국내에서 많이 공연되는 작품들을 예문으로 들어 작품과 연결해 이론을 이해할 수 있도록 했다.

제2부는 크리스토퍼 R. 리스크(Christopher R. Reaske)의 『희곡

분석의 방법(How to Analyze Drama)』을 번역해 실었다. 이 책은 문학작품으로서의 희곡 자체를 연구하려는 사람이나 희곡을 쓰려는 사람 및 연극에 관심이 있는 사람들에게 가장 기본적이면서도 중요한 내용을 담고 있는 극 입문서이다. 극의 역사부터 인물과 플롯, 언어 등의 여러 요소들에 대한 면밀한 검토는 희곡에 대한 접근을 도와줄 것이다. 특히 소포클레스의 〈안티고네〉, 셰익스피어의 〈오셀로〉, 아서 밀러의 〈세일즈맨의 죽음〉, 입센의 〈유령〉과 싱의 〈바다로 간 기사〉 등 희곡사에 빛나는 명작들에 관한 분석은 그 작품들의 이해를 돕는 것은 물론 우리로 하여금 이 책의 분석 방법을 더 잘 이해하게 한다. 특히 제13장의 결론 부분은 작품 분석에 유용한 하나의 모델을 제공한다.

　이론을 공부한 후 작품을 읽고 분석한 뒤에는 실제로 단막극을 공연해보는 것이 희곡의 이해와 창작에 큰 도움이 된다. 그래서 제3부에는 신춘문예에 당선된 희곡을 실었다. 신춘문예 당선작을 분석하는 과정 자체가 극작을 준비하는 이들에게 많은 공부가 된다. 학생들과 실제로 연극하면서 작품의 특징과 장점을 발견하게 되는 과정이 매우 유익했기에 강의실에서 이 작품들을 공연하기를 권한다. 여기에 실은 다섯 편의 희곡은 역대 신춘문예 당선작 중에서도 매우 뛰어난 극작술을 보여주는 작품들로, 저마다 개성이 달라 공연 과정에서 희곡과 연극에 대한 흥미를 한껏 느낄 수 있다. 수록을 허락해주신 작가들께 깊은 감사를 드린다. 각 작품의 뒤에는 기본적으로 생각해볼 문제들을 실어 놓았다. 이 문제들에 대한 답을 구하려고 노력하면서 극의 의미와 특성을 더 잘 이해할 수 있고 작품을 실제로 창작할 때 유용한 다양한 기법들을 배울 수 있다. 그러나 이 문제들에 너무 얽매이지는 말고 자유롭게 토의해보기 바란다. 그 다음은 최종적인 단계로 단막극을 창작해보는 순서를 넣었다. 희곡은 연극 체험이 없으면 창작에의 욕구를 갖기가 쉽지는 않은 장르이기 때문에 이러한 전반적인 단계가 필요하다고 생각한다. 희곡의 특성을 이해하고 나아가 많은 작품을 접해 작품 분석을 한 후 실제로 단막극을 공연하고 창작해보는 일련의 과정에서 이 책이 유익한 길잡이가 되기를 바란다.

이 책의 출간을 위해 애를 많이 쓰신 도서출판 한울의 안광은 편집장님과 윤상훈 님께 감사의 마음을 전합니다.

2007년 여름
유진월

차례

1

How to understand
drama

희곡의 이해

제1장 | 희곡의 기원

　동양이든 서양이든 절대적 힘을 가진 초월적 존재에게 바치는 제의의 형식을 예술의 기원으로 본다. 동굴벽화에 그려진 소는 사냥에서의 성공을 기원하는 의미를 지녔고, 신에게 풍요로움을 기원하는 제의는 일종의 축제 형식을 띠고 있었다. 이렇게 모든 사람들이 모여서 제를 올리는 자리는 부락 공동체의 모임의 장이었고, 춤과 노래와 연극이 분화되지 않은 상태의 원시 종합예술의 장이었다. 지금까지도 원시적인 부락에는 그러한 형태의 미분화된 제의 겸 예술이 존재하고 있으며 문명화된 곳에서도 전통예술로 보존하고 있다.

　그러한 제의의 핵심에 바로 연극이 있다. 사람들은 풍요, 다산, 건강, 장수 그리고 사냥에서의 성공을 바라는 마음을 몸으로 표현했던 것이다. 아기를 낳는 모습이나 사냥하는 모습 등을 재현해 보임으로써 그러한 자신들의 소망이 이뤄진다고 믿었다. 결국 농경생활을 하면서 자연에 절대적으로 의지할 수밖에 없었던 사람들의 삶에 있어서 연극은 매우 중요한 부분의 하나였고, 현실과 동떨어진 특수 계층의 예술이 아니라 보통 사람들의 삶과 밀접하게 관련되었다.

　희곡은 이러한 연극의 대본으로서 문학의 여러 장르 중에서 그 역사가 가장 오래된 것 중 하나이다. 서양의 경우 연극은 신과의 관계 혹은 신에 대한 기원 등에서 벗어나 인간 중심의 연극으로 변화했다. 인간과 인간의 갈등과 삶에 있어서의 치열함 등을 그려냄으로써 신 중심에서 인간 중심의 형태로 방향을 전환했다. 따라서 서구에서 희곡은 가장 핵심적인 문학의 장르이자 근간이 되었다. 그리스의 희곡은 문학의 가장 오랜 토대를 형성함으로써 서구 문학의 뿌리로 군림해왔고 이후 각 문예사조의 발달과 더불어 위대한 희곡의 전통은 문학을 주도해왔다. 고전극에서 현대극에 이르기까지 서양 희곡은 우수한 작품을 문학사에 남겼다.

그러나 동양에서는 희곡의 발달이 그리 활발하지 못했다. 동양의 연극은 우선 신 중심의 사고에서 인간에 대한 관심으로 방향을 바꾸는 데 오랜 시간이 걸렸다. 동양의 경우는 여전히 신이나 자연과의 일원론적인 관계를 유지하는 데 몰두했기 때문이다. 인간관계 또한 상호 경쟁적인 갈등보다는 인간과 자연의 관계가 그러했듯이 융화하고 조화를 이루는 것에 치중함으로써 연극의 가장 핵심인 갈등이 첨예하게 드러나지 않았다. 또한 문자로 남기는 것에 대한 관심도 별로 없어서 대본도 없이 공연하고, 공연이 끝남과 동시에 잊히곤 했다. 따라서 문자화된 희곡은 창작되지도 않았고 결국 희곡 창작의 기반은 오랫동안 형성되지 않았다. 그 결과 희곡이 문학의 굳건한 근간으로서 문학사의 풍부한 자양분이 되어주는 서양과 달리 동양에서는 다른 장르에 비해 양과 질 모두 열세에 놓이게 되었다.

우리나라 또한 그러한 선상에 있다. 신문학기에 일본을 통해서 받아들인 근대극의 모형이 일본 유학생들에 의해서 모방되었으며 그렇게 서구극이 번역 수용되는 동안 전통극의 맥은 점차 사라져갔다. 한편으로는 일제강점기의 고통스러운 현실을 극복하기보다 외면하고 도피하고자 했던 당대의 사람들에게서 큰 인기를 누린 신파극의 흐름이 있었다. 현재는 여전히 서구의 번역극이 강세를 보이는 가운데 전통의 현대화 작업이나 우리 것 찾기 의식에 바탕을 둔 작업이 큰 호응을 불러일으키고 있다. 또한 새로운 신진 작가들의 작품 또한 의욕적으로 창작되고 공연되며, 세계 연극제 같은 행사들을 유치하면서 세계 연극계의 동향에 대한 시각을 넓히는 등 연극계가 활성화되고 있다.

연극을 포함한 예술의 가치에 관해서는 두 개의 상반된 큰 방향이 있다. 우선 플라톤(Plato)이 『공화국(Politeia)』에서 내세운 시인추방론을 들 수 있다. 그는 자신이 내세우는 이상세계인 공화국에서는 시인이 살 수 없다고 주장하면서 그와 관련해 세 개의 침대의 비유를 들었다. 우선 제1단계로서 가장 완벽한 이데아로서의 침대가 있는데 이것은 실재하지는 않는다. 그리고 제2단계로서 목수는 이데아인 침대를 모방해 나무로 침대를 만드는데, 물론 이데아로서의 침대와는 상당한 거리가 있는 거짓이다. 그러나 그것은 적어도 유용하므로 공화국에서 나름의 가치를 인정받는다. 그 다음에 제3단계로 시인 혹은 화가의 침대가 있다. 그들은 목수의 침대를 보고 그림을 그리는데 이것은 이데아로서의 침대에서 두 단계나 멀어진 모방의 모방인데다가 실생활에서는 전혀 쓸모가 없다. 따라서 시인은 정의와 진리가 지배하는 이상세계인 공화국에서 살 수 없고 추방당해야 한다는 것이 시인추방론의 요지이다.

그러나 그의 제자 아리스토텔레스(Aristotle)는 모방본능설을 주장하면서 스승의 견해에 정면으로 도전한다. 그는 인간에게는 모방의 본능이 있으며 모방을 통해서 큰 기쁨을 얻는다고 했다. 예컨대 사람들은 거리의 시체를 보면 눈을 돌리지만 그 시체를 모방해서 그려놓은 그림을 보면 감탄하며 본다는 것이다. 이와 같이 모방을 통해서 창조된 예술은 인간에게 공감을 유발하고 더 나아가 카타르시스(catharsis, 정화) 효과를 낳는다고 했다. 비극을 보고 공감하면서 감정의 정화 상태에 도달한다는 것으로 이러한 카타르시스를 예술의 효용성으로 본 것이다. 연극과 문학에서 가장 오래되고 중요한 기본서로 꼽히는 『시학(Poetics)』에서, 아리스토텔레스는 연민과 공포를 불러일으키는 사건들을 통해 감정을 정화하는 것이 비극의 효과라고 말한다.

물론 오랜 세월이 흐른 후 브레히트(Bertolt Brecht)는 아리스토텔레스의 견해와는 달리 감정이입을 통한 감정의 정화가 아닌 소외효과를 통한 문제의 직시가 연극의 더 중요한 기능이라고 봤다. 아리스토텔레스가 현실에 대한 환상을 통해서 관객으로 하여금 연극에의 완전한 몰입을 가능케 함으로써 동일시를 추구했다면, 브레히트는 연극은 철저히 연극일 뿐이며 무대에서 일어나는 일이 거짓임을 주지시키고자 했다. 그러한 목표는 관객이 연극에 동화되지 않도록 환상을 깨뜨리는 노력에 의해서 달성되었다. 그는 연극을 단지 문제를 제기하는 하나의 장으로 생각했고 현실의 축도인 무대에서 현실의 중요한 문제적 사건을 냉철한 이성을 통해서 직시하도록 했던 것이다. 오늘날의 연극은 이러한 두 사람의 연극 이론을 변용함으로써 다양한 현대 연극의 의미를 창출한다.

제2장 | 희곡의 특성

　희곡은 영어로는 'drama, play, theater' 등으로 다양하다. 'drama' 는 그리스어 'dran'에서 유래했으며 '행동하다'란 뜻이고, 'play'는 '유희하다', 'theater'는 '보다'의 뜻을 가진다. 종합하면 행동하고 유희하며 보고 함께 즐기는 예술이 희곡이자 연극인 셈이다.

　문학의 다른 장르는 문자로 정착되는 순간 작품이 완성된다. 이후 작가의 손을 떠나 독자에게 직접 읽히게 된다. 그러나 희곡의 경우 문자로 정착되는 순간 완전한 생명력을 획득한다고 보기 어렵다. 희곡의 본질은 연극으로 상연되는 것에 있기 때문에 무대 위에서 살아 있는 배우들에 의해 다시 창조되는 과정을 통해서 비로소 완성된다. 물론 희곡은 완전한 하나의 문학작품이고 그 자체로도 의미와 가치를 가지고 있지만 공연을 통해서 더욱 의미가 보완되고 작품으로서의 진정한 생명력을 확보하게 된다. 이처럼 문학성과 연극성을 동시에 갖는다는 것이 희곡의 가장 큰 특성이라 할 수 있다.

　혼자서 자유로운 시간을 택해서 읽고 사색에 빠지는 다른 장르와 달리 희곡은 읽는 것보다는 연극을 볼 때 더 큰 재미와 감동을 느낄 수 있다. 등장인물의 마음과 심리 상태를 상상하면서 그 인물이 되어 대사를 읽어보는 것이 작품 감상의 기본이다. 공연장에서 배우의 땀방울과 격한 호흡 등을 가까이에서 느끼고 그들로부터 섬세한 감정의 울림을 전해 받으며 극 속의 인물이 되어 그들과 함께 시공간을 공유하는 체험이야말로 연극을 감상하는 재미일 것이다. 희곡은 이러한 극장 체험을 전제해 쓰이므로 독서 행위도 같은 선상에서 이뤄져야 한다.

희곡과 같은 극 장르에 속하는 시나리오는 연극에 비해 훨씬 더 많은 기계적인 힘에 의해서 영화나 드라마로 완성된다. 그러나 희곡은 그 대사만으로 배우의 입을 통해서 실연(實演)되며 최소한의 기계의 도움을 받는다. 영상에서의 클로즈업을 통해서 필요한 부분만으로 의미를 전달하는 친절한 방식 대신, 오직 배우의 육성과 행동이 무대를 채울 뿐이므로 설사 말하고 있지 않을 때조차도 일단 무대에 서 있는 동안에는 온몸으로 연기를 하고 있어야 한다. 무대 위에서 자연스럽게 서서 말하고 움직이는 배우들을 보면서 관객은 그것이 바로 우리의 삶 자체임을 느끼며, 우리 모두가 인생이라는 무대에 서 있는 배우임을 새삼 깨닫게 된다.

물론 때로는 너무 길거나 방대한 규모 등을 이유로 공연하기 부적합해서 거의 공연되지 않거나 작가가 애초부터 읽히기 위해 쓰는 작품들도 있다. 그것을 레제드라마(lese drama, 독서용 희곡)라고 명명하기도 한다. 그러나 희곡의 본질은 공연에 있고 같은 작품이라도 연출가의 해석이나 배우의 연기의 특성에 따라서 다양한 느낌을 줄 수 있다는 점이 희곡이 가진 무한한 생명력이며 매력적인 부분이다.

희곡은 인간의 다양한 행동과 대사에 의해서 인생을 표현하는 문학이다. 아리스토텔레스가 『시학』에서 연극은 인간 행동의 모방이라고 했듯이 희곡은 인간의 행동을 표현하는 문학이라는 것이 큰 특성이다.

여기서 행동이란 배우의 육체적인 움직임이 아니라 인간의 삶의 궁극적 의미를 담은 동작 이상의 행동을 의미한다. 비교하자면 플롯을 진행시키는 것이 행동이고 그렇지 못한 것이 움직임이다. 따라서 움직임이 있어도 행동이 아닌 경우가 있을 수 있고 움직임이 없어도 행동인 경우가 있을 수 있다. 또한 희곡은 연극으로 공연되기 위해 만드는 것이므로 반드시 무대를 상상하면서 쓰고 무대 위의 움직임을 상상하면서 읽어야 한다. 이것이야말로 희곡의 가장 큰 특징이라 할 수 있다. 아리스토텔레스는 비극의 6요소로 플롯(plot), 성격(character), 수사(diction), 사상(thought), 광경(spectacle), 가요(melody)를 들었다.

이 중 가장 중요한 것은 사건의 결합(플롯)이다. 무릇 비극은 인간 자체가 아니라 인간의 행동과 생활, 행복과 불행을 모방하는 것이다. 성격은 인간의 성질을 결정하나 행·불행은 행동에 의한다. 극에 있어서 성격을 묘사하기 위해 행동이 있는 것이 아니라 도리어 행동을 위해 성격이 극에 포함된다. 따라서 행해진 것, 즉 스토리 내지 플롯이 비극의 목적이다. 비극은 진지하고 완결되고 일정한 길이를 가지고 있는 행동의 모방이기에 서술이 아니라 행동의 형식을 취한다.

이와 같이 인간의 행동을 모방하는 문학이라는 점 외에도 대사로 표현하는 문학이라는 것이 희곡의 중요한 특성이다. 대사는 희곡에서 표현의 핵심이며 심지어 내면의 생각마저도 독백이라는 형식을 빌려 표현한다. 나아가 사건의 진행, 인물의 성격, 주제를 비롯한 모든 것을 대사로 표현해야 한다. 물론 극단적으로는 무언극이라는 연극의 형태가 있어서 말을 전혀 하지 않고 몸으로 자신의 사상과 감정을 전달하기도 하지만, 이는 특수한 연극의 한 부문이며 대개의 희곡에서는 대사가 중요한 비중을 차지한다. 희곡이 영화나 드라마의 대본인 시나리오와 명확하게 구분되는 지점도 이곳이다. 영화나 드라마 같은 영상매체는 대사보다는 영상에 더 주력하고 영상의 힘을 빌려 사건을 진행시키거나 인물의 성격을 드러내므로 언어 자체에 대한 의존도가 희곡보다는 낮다. 같은 극 장르이지만 시나리오가 언어보다 영상에 주력한다면, 희곡은 언어의 힘이 매우 중요하다는 것이 큰 차이점이다.

희곡은 연극의 형태로 무대에서 공연되며, 이것은 희곡의 시간을 결정짓는다. 희곡은 언제나 현재로서만 진행된다. 물론 희곡에도 시간의 흐름이 있고 과거에서 현재에 이르기까지의 긴 시간을 다루기도 한다. 그러나 어떠한 경우에도, 심지어 현재의 시간 속에 끼어드는 회상의 경우라도 그것은 언제나 현재로서 눈앞에 그려진다. 이러한 특성 때문에 고전극에서는 시간 · 장소 · 행위의 3일치법이 있었다. 아리스토텔레스는 『시학』에서 극의 플롯이 통일성을 가지려면 하나의 행동을 가지며 시간도 태양의 1회전 동안, 곧 24시간 내에 일어나는 일을 다루는 경향이 있다고 했다. 또한 당시 비극에서 장소가 두 군데를 넘지 않는 규칙을 보태서 이후의 학자들이 '아리스토텔레스의 연극에 관한 3일치법'이라고 묶어서 말하게 되었고 그것이 절대적인 원칙인 것처럼 강조되어왔다. 이는 오늘날에는 지켜지지 않지만 연극의 시간적 · 공간적 한계를 인식케 한다. 모든 서술적인 형식이 현실적인 것을 과거화하는 반면 모든 희곡적 형식은 과거를 현재화하는 것이다.

제3장 | **희곡의 종류**

1. 비극

   극은 기준에 따라서 여러 가지로 분류할 수 있다. 그중에서 가장 기본적인 분류는 비극(tragedy)과 희극(comedy)으로 나누는 것으로 인생에 대한 비극적 세계관은 비극을 낳을 것이고 희극적 비전을 가진 이는 희극을 창조할 것이다. 비극은 인간의 의지와 노력으로는 바꿀 수도 피할 수도 없는 운명과, 그 운명과 대결하는 가운데 초래되는 인간의 종국적 패배와 죽음을 다뤄왔다. 비극 작가들은 인간에게 밀어닥치는 파괴적인 힘을 받아들일 수밖에 없다는 데서 삶을 비극적으로 인식하기 시작한다. 인간의 의지로는 피할 수도 바꿀 수도 없는 것이긴 하지만, 그러한 운명에 대항해 투쟁하다 몰락하는 주인공들의 영웅적 자세는 인간의 투쟁 의지와 자신의 존재에 대한 처절한 존재 의식을 보여준다는 점에서 매력적이다.

   비극의 어원인 트라고이디아(tragoidia)는 산양(trago)과 노래(oide)의 합성어로서 디오니소스 축제와 관련이 있다. 디오니소스 신을 찬양

하는 노래를 디티람보스(Dithyrambos)라고 하고 이를 노래하는 코러스는 뾰족한 짐승의 귀와 산양의 꼬리를 달며 디오니소스 신의 종자인 사티로스(Satyros)의 모습으로 분장했다. 여기서 '산양의 노래'라는 뜻의 트라고이디아가 유래했다. 그때 코러스의 지휘자가 작가이자 배우였으며, 최초에는 이렇게 배우가 한 명이었다가 아이스킬로스(Aeschylos)가 둘로 늘리고 코러스의 수를 줄이는 대신 대화를 비극의 중심으로 했으며 소포클레스(Sophocles)에 이르러 본격적인 비극의 형태가 이뤄졌다.

아리스토텔레스는 당시의 극작가인 아이스킬로스, 소포클레스, 에우리피데스(Euripides) 등의 그리스 극작가들의 작품에서 비극의 특성을 추출해내고 비극에 토대를 둔 문학이론서 『시학』을 썼다. 아리스토텔레스의 비극에 대한 이론은 그리스 시대 이후 오늘에 이르기까지 비극과 문학에 대한 가장 근본적인 이론을 담고 있다.

그에 따르면 비극은 진지하고 위엄 있고 그 자체가 완벽한 행위의 모방으로 정의된다. 흔히 슬픈 결말로 이뤄진 작품을 비극이라고 보는 경우가 있는데 이는 매우 단순하고 피상적인 견해이다. 비극은 동정과 두려움을 불러일으키며 그런 감정들을 승화시키는 사건들을 수반하는 것으로, 아리스토텔레스는 카타르시스를 비극의 효과로 봤다. '배설'이라는 의미의 의학 용어인 카타르시스는 관객에게 공감을 불러일으킴으로써 감정이입을 낳고 그 결과 감정의 정화를 이끈다.

반면에 현대극에 오면 브레히트는 아리스토텔레스가 말한 비극의 효과와는 상반된 주장을 한다. 연극의 사회적 기능은 이러한 무조건적인 동화와 그 결과로 발생하는 정화에 있는 것이 아니라는 것이다. 곧, 문제를 과학적으로 제시함으로써 현실에 대한 직시를 가능케 하고 거기서 문제에 대한 해결점까지도 모색할 수 있는 과정이 되어야 한다는 것이다. 브레히트는 그러한 목표를 위해서 소외효과를 주장했고 그 결과 비판과 판단을 중시하는 연극을 강조했다. 가상의 무대를 현실처럼 생각하고 환상에 빠지는 대신, 무대에서 재현되는 현실을 '문제적으로' 보기를 원했다. 그래서 관객이 작품에 빠지는 것을 막기 위해 해설자를 등장시키거나 슬라이드와 플래카드를 반복적으로 삽입하는 등 몰입을 막는 장치를 사용했다.

아리스토텔레스는 비극은 보통 사람보다 우월한 사람을 주인공으로 삼는다고 말한 바 있다. 비극의 기본 요소인 '몰락'을 다룸에 있어서 지위가 높고 고귀한 사람일수록 그 몰락의 고통이 주는 비감이 보통 사람의 그것보다 커지며 그에 따라 연민과 공포도 커진다. 비극의 주인공은 자신의 하마르티아(hamartia, 비극적 결함) 혹은 판단의 오류와 같은 결점으로 인해 몰락하게 된다. 그리스비극의 경우 이 결점은 자신의 판단력의 과오, 야심, 파괴적인 열정, 자만심, 어리석음 등이다.

또한 비극의 주인공은 완전히 선하지도, 악하지도 않고 두 측면을 모두 지녀서 관객의 동정심과 공포심을 일으켜야 한다. 주인공이 악인도 아니고 심각한 잘못을 저지른 것도 아닌 데 비해서 그가 치러야 하는 대가가 지나치다고 생각하는 데서 연민이 생겨나고, 그와 같은 오류는 우리 자신도 저지를 수 있다는 생각이 공포를 유발한다. 그러나 비극의 주인공은 모든 두려운 상황에 대해서 쉽게 몰락하지는 않으며 끝까지 투쟁한다는 점에서 위대하다. 비극의 주인공은 비록 파멸할지라도 패배하지는 않는 것이다. 프라이(Northrop Frye)는 "비극은 정당한 것에 대한 무서운 느낌(주인공은 전락하지 않으면 안 된다)과 부당한 것에 대한 측은한 느낌(주인공이 전락하는 것은 너무 부당하다)의 역설적인 조합"이라고 했다. 비극은 갈등과 대립 속에서 결국 주인공이 파멸할 것을 전제한다. 그러한 주인공의 전락과 파멸이 종국적인 승리를 쟁취한 힘의 위대성을 상대적으로 인정하게끔 할지라도, 그 위대성이 물리적인 힘의 위대성이라면 주인공의 그것은 정신의 위대성을 의미한다.

비극의 주인공은 때로는 자연의 질서를 어지럽히는 자로 여겨지기도 한다. 질서는 회복되려는 성질을 가지고 있으며 주인공에 의해서 어지럽혀진 균형은 평형을 되찾아야만 한다. 그러한 균형의 회복을 그리스인들은 네메시스(nemesis, 인과응보)라고 불렀다. 네메시스는 일어나게 마련이며 그것은 인간이 아닌 초월적인 어떤 세력에 의한 것이다. 결국 비극은 초인격적인 힘의 우위와 인간의 노력의 한계를 의식하게 한다.

비극의 주인공은 위엄과, 어떠한 희망도 보상도 없는 순수한 자아의 희생을 요구받는다. 비극의 주인공은 자신의 사회로부터 저주나 악을 쫓아내기 위해 자기를 희생함으로써 자기희생의 진정한 영광 속에 살아 있는 자이다. 연극이 가지고 있는 종교적 차원을 고려한다면 비극의 주인공은 일종의 희생양이자 속죄양의 전형적 예가 된다.

물론 현대에 와서는 중산층 혹은 그 이하의 인물도 비극의 주인공이 되어 극에 등장했다. 아서 밀러(Arthur Miller)의 〈세일즈맨의 죽음 (Death Of A Salesman)〉은 더는 생계를 꾸려나가기가 어려울 정도로 몰락한, 무능하고 늙은 미국의 소시민인 한 가장을 주인공으로 설정하고 있다. 그는 이전의 비극의 주인공이 갖는 위대하고 고결한 특성을 더는 가지고 있지 않다. 다만 관객에게 동정의 대상이 될 뿐이다. 운명과 세계 앞에서 영웅적으로 투쟁하던 위대한 비극의 주인공과 달리 현대 비극의 주인공들은 나약하고 왜소하며 비겁하기조차 하다. 극단적인 예로 사뮈엘 베케트(Samuel Beckett)의 〈고도를 기다리며(En Attendant Godot)〉 같은 경우에는 세상과 인생에 대한 아무런 확신을 갖지 못한 채, 판단하지도 결정을 내리지도 못하는 답답한 사람들을 그리고 있다. 이러한 작품들은 변화된 세계에서의 인물들을 그리고 있으며 부조리한 세계와 가치의 혼란, 그리고 그 안의 인간들의 패배감과 왜소함을 그리고 있어서 이들을 종래의 비극적 영웅들과 비교해 반영웅(antihero)이라 부른다.

다음은 그리스비극의 대표작인 소포클레스의 〈오이디푸스(Oedipus)〉의 일부이다. 아버지를 죽이고 어머니와 결혼하리라는 신탁에서 벗어나기 위해 몸부림쳤지만 스스로 그 운명 속으로 들어가고 만 비극적인 오이디푸스 왕의 절망을 그리고 있다.

오이디푸스 어디에 내가 볼 만한 아름다움이 있는가? 어디에 보고 듣기에
　사랑스런 것이 있는가? 어서 빨리 여기서 끝어내주오. 친구들이여.
　절망과 저주의 사람으로서 신들의 미움을 가장 많이 받은 이 사람을!
코러스 자책과 불행으로 괴로움이 겹친 분! 차라리 뵙지 않았더라면
　좋았을 것을!
오이디푸스 그 목장에서 내 발의 사슬을 풀고 나를 죽음에서 살려낸
　사람을 나는 저주한다. 반갑지도 않다. 그때 죽고 말았더라면
　친구에게도 내게도 그런 고통은 없었을 것을.
코러스 저도 그러기를 바랐을 것입니다.
오이디푸스 그러면 내 아버지의 피를 흘리지도 않고, 나를 낳은 사람의
　남편이라고 불리지도 않았겠지. 그러나 지금은 신들에게서도 버림

받은 자, 치욕의 아들이다. 나를 낳은 어버이의 침실을 받은 자,
더러운 것 중에도 더러운 것이 있다면 그것이야말로 오이디푸스의
몸이다.

코러스 그래도 잘하신 일이라고 말할 수는 없습니다. 눈멀고 사느니,
차라리 죽는 편이 더 나았을 것을.

오이디푸스 그것이 옳게 잘된 일이 아니라는 훈계 따위는 걷어치워라.
내 확신을 흔들지는 못한다. 저승에 가서 무슨 눈으로 내 아버지를,
그리고 내 불쌍한 어머니를 뵐 수 있을는지 모르겠다. 그렇게
해서 낳은 내 자식들을 기꺼이 사랑할 수 있을까?

프라이는 『비평의 해부(Anatomy of Criticism)』에서 비극을 다음과
같이 몇 가지의 유형으로 분류한다.

첫째, 중심인물이 다른 인물과 비교해서 최고의 권위를 갖는 경우로
영웅 탄생 신화가 예가 된다. 위엄의 근원은 용기와 순진무구이며
하디(Thomas Hardy)의 『테스(Tess of the d'Urbervilles)』 혹은 웹스터
(John Webster)의 희곡 〈몰피의 공작부인(The Duchess of Malfi)〉 같은
것이 예가 된다.

둘째, 영웅의 청춘에 해당하며 미경험이라는 측면에서 역시 순진무
구의 비극으로 아담과 이브의 순진무구의 상실에 의한 비극 또는 로미
오와 줄리엣의 이야기처럼 젊은 나이에 죽음을 맞이하는 비극이 이에
속한다.

셋째, 주인공의 성공이나 업적이 크게 강조되는 비극으로, 그리스도
의 수난이나 〈콜로누스의 오이디푸스(Oedipus at Colonus)〉가 좋은
예가 되며 운명에 대한 단순한 체념을 넘어선 조용하고 편안한 분위기

속에서 끝나고 있는 경우이다.

넷째, 주인공이 히브리스(hybris, 오만)나 하마르티아(hamartia, 과오)에 의해서 전형적으로 몰락하는 경우로 〈리어 왕(King Lear)〉이나 〈오셀로(Othello)〉 등 많은 비극들이 이에 속한다.

다섯째, 방향감각의 상실과 지식 결여의 비극으로 〈오이디푸스〉가 대표적이다.

여섯째, 충격과 전율의 세계로서 희생제의로서의 비극의 상징에 강한 관심을 드러내며, 『비운의 주드(Jude the Obscure)』같이 주인공이 지나친 고뇌와 굴욕 속에 있기 때문에 영웅적인 자세를 취하는 특권을 누릴 수 없는 경우이다.

2. 희극

희극은 비극과 상대적인 개념으로서 세계에 대한 희극적 비전을 가지며, 일반적으로 비극이 개인에 치중하는 반면 희극은 사회 혹은 집단 속의 개인에 관심이 있다. 인간에 내재하는 모순과 비리 같은 약점을 묘사함으로써 골계미를 추구한다. 인간성의 불합리한 면, 사회의 무질서와 모순, 부조화 등을 보며 터뜨리는 웃음은 희극의 본질이 된다. 희극은 비판적인 시각을 가져야 하고 그런 의미에서 현실이나 상황을 무조건 수용하지 않는 지적인 태도가 필요하다.

아리스토텔레스는 『시학』에서 희극이란 보통 수준 이하의 인간을 모방하는 것이라고 했다. 이는 모든 면에서가 아니라 어느 한 측면의 결점이 있는 사람을 통해서 사회의 부조리한 면을 비판하는 것을 의미한다. 일상적 서민층이 등장하는 것이 일반적이며 사회가 갖는 비사회적인 측면을 폭로해 사회규범에 따르도록 한다.

희극은 보통 하나의 사회로부터 다른 종류의 사회로의 움직임을 담고 있다. 극의 앞부분에서는 장애가 되는 인물들이 극 중의 사회를 지배하며 결말 부분에서는 남녀 주인공이 서로 결합하게 되고 이 결합으로 새로운 사회가 결정된다. 이 결정이 일어나는 순간이 극적 행위의 해결점, 즉 희극적인 발견(anagnorisis)이다. 이 새로운 사회의 출현은 대개 결혼식이나 무도회 같은 축하연으로 나타난다. 희극의 결말에 도달한 사회는 관객들이 바람직하게 인식하고 수용하는 사회이다.

주인공의 욕망의 장애물이 희극의 줄거리를 만들고, 장애물의 극복이 희극의 결말을 만들어낸다. 장애물은 양친인 경우가 많아서 희극은 종종 부자간의 충돌이 중심축이 된다. 부친이 아닌 경우에는 부친과 매우 흡사하게 관계를 맺고 있는 자가 적대자로 등장한다. 돈을 많이 갖고 있거나 권력을 가진 자인 그들을 기만적이면서도 그 사회에서 어느 정도 힘을 가진 자로 설정한 것을 보면, 이를 가능하게 한 사회를 비판적으로 바라보고 있음을 알 수 있다.

희극은 결말에서 새로운 사회에 가능한 한 많은 사람들을 참여시키려는 의지를 갖고 있다. 방해꾼들은 추방당하기도 하지만 화해하고 개심하기도 한다. 개심의 원리는 그 주된 기능이 관객을 즐겁게 해주는 등장인물과 더불어 더욱 분명해진다. 희극적인 사회는 배척과 추방보다는 화해와 포용의 원리가 지배한다. 희극의 형식을 전개하는 데는 이렇게 화해에 역점을 두는 방법과 방해꾼들에게 역점을 두는 방법이 있다.

희극의 인물 유형은 알라존(alazon, 기만적인 인간), 에이론(eiron,

자기를 비하하는 인간), 보몰로코스(bomolochos, 어릿광대), 아그로이코스(agroikos, 촌뜨기)로 크게 나뉜다. 알라존과 에이론의 싸움이 희극의 시작을 가능케 하며 어릿광대와 촌뜨기는 희극적 분위기를 연출한다. 알라존 무리의 대표적인 사람은 잔소리 심한 아버지로 노여움을 잘 타고 잘 속는 성격으로 행동으로 옮기기보다는 말만 하는 사람이라는 점에서 재미있는 인물이다. 에이론형의 인물에는 주인공을 비롯해서 주인공의 성공을 위해 계략을 꾸미는 노예와 시종, 사기꾼 등이 있다. 어릿광대는 희극에서 축제적인 분위기를 돋우는 역할이다.

희극에서 가장 중심이 되는 모티프는 성(性)과 돈, 즉 다산과 풍요에 대한 기원, 사랑과 결혼 등이다. 그래서 희극의 결말은 요란하고 화려하며 풍성한 결혼식이나 축제 등으로 끝나게 된다. 결혼은 사랑의 결실이자 새로운 출발을 의미한다. 또한 결혼은 새로운 생명의 탄생을 암시하며 다산의 축복에 대한 기원과도 연결된다. 다산은 다시 농사의 풍요로 연결되며 이와 같은 풍성함을 향한 구조가 바로 희극이 갖는 축제성이다. 결혼식이나 축제의 장에서 사람들은 그간의 갈등에서 벗어나 모두 화해하며 그 풍요를 한껏 즐김으로써 즐거움에 빠진다. 그러한 희극적 비전에의 몰두는 세계를 새로운 탄생으로 인도한다.

최고의 희극배우인 찰리 채플린(Charles Chaplin)은 영화의 촬영 기법 중에서 클로즈업을 사용하면 비극이 되고 롱숏을 사용하면 희극이 된다고 했다. 멀리서 어떤 현실을 보면 우습게 보이는 것도 가까이에서 보면 슬프다는 것인데, 바로 그 자신의 연기가 그러했듯이 멀리서 보면 희극배우로서 과장된 몸짓으로 웃음을 자아냈지만 클로즈업해서 보면 짙은 우수를 담은 얼굴을 볼 수 있다. 이것은 희극의 한 특성을 잘 드러낸 것으로 희극이 단지 웃음만을 유발하는 것이 아니라, 그 웃음 뒤에 짙은 페이소스(pathos)를 담고 있음을 의미한다.

희극의 효과는 크게 두 가지로 요약되었다. 하나는 베르그송(Henri Bergson)이 주장한 것으로 관객의 우월감을 충족시킨다는 것과, 다른 하나는 아리스토텔레스가 주장한 것으로 대조해서 인식한다는 생각이다. 희극에서 제시되는 결함이나 어리석음, 추악함 등의 부정적인 요소들은 현실에서 마땅히 제거되어야 하는 것이다. 희극은 그것을 제거하고 극복해가는 과정을 보여주고 그 과정에서 관객은 자신의 우월감을 느낄 수 있다. 또한 그 비교는 지성과 판단력을 필요로 하므로 대조를 통한 인식을 낳는 것이다.

또한 관객들이 희극을 보고 웃는 것은 그들의 가치 기준이 희극에 적용되고 있음을 의미한다. 윤리적이고 사회적인 가치 규범을 쉬지 않고 희극에 적용하는 과정을 통해서 그에 맞지 않는 행동이나 사고에 대해 웃음을 터뜨리는 동안 관객들은 자연스럽게 사회의 가치 기준에 스스로를 통합하는 과정을 겪는다.

다음은 몰리에르(Molière, 본명은 Jean B. Poquelin)의 대표적인 희극 〈수전노(L'Avare)〉의 일부이다. 몰리에르는 그의 작품을 통해서 연극사에 길이 남을 인물들을 창조했는데, 사기꾼의 대명사인 타르튀프, 수전노의 대명사가 된 아르파공, 악덕의 상징인 동 쥐앙 등이 그들이다. 돈을 버는 것 외에는 아무런 목적이 없는 수전노 아르파공이 사랑에 빠져 아들과 싸움을 벌이는 다음의 장면은 연극 대사의 특징 중 하나인 방백을 효과적으로 이용함으로써 관객의 웃음을 자아낸다.

메트르 자크 아니, 웬일이십니까? 두 분께서 이렇게 같이 계시다니 무슨
         일이죠?

클레앙트 무슨 상관이야!

메트르 자크 (클레앙트에게) 도련님, 진정하세요.

아르파공 너는 주둥이 닥치고 있어!

메트르 자크 (아르파공에게) 주인님, 참으세요.

클레앙트 난 한 발자국도 물러설 수 없어.

메트르 자크 (클레앙트에게) 네? 아버님께 그게 무슨 말투예요?

아르파공 내버려둬, 저런 놈.

메트르 자크 (아르파공에게) 아니, 아드님에게 너무 지나치십니다. 저희들
하인들이라면야 그럴 수도 있지만요.

아르파공 이것 보게. 나는 기꺼이 자네를 이 사건의 재판관으로 추대하겠
다. 내가 옳다는 걸 자네가 알아줘야 되겠어.

메트르 자크 좋습니다. (클레앙트에게) 좀 물러가 계세요.

아르파공 내가 한 여잘 사랑한 나머지 내 마누라로 삼기로 결심했는데,
저 아들놈이 무례하게도 나와 사랑의 경쟁을 하자고 덤비는 걸세.
아버지의 명령을 거역해서라도 내 마누라 될 여잘 기어코 뺏어가야
겠다는 거야.

메트르 자크 그건 아드님이 잘못이지요.

아르파공 아버지하고 경쟁을 하려는 놈이 어디 있겠나? 제 아비가 좋아한
다면 자식의 도리로서 그만둬야 될 게 아닌가?

메트르 자크 그렇습죠. 지당한 말씀입니다. 제가 도련님께 말씀드리겠어
요. 거기 잠깐 계세요. (그는 무대 끝에 있는 클레앙트에게 간다)

클레앙트 자, 아버지가 자네를 재판관으로 내세웠으니 나도 물러설 순
없지. 자크, 나도 이 싸움을 자네에게 맡기겠네.

메트르 자크 영광입니다.

클레앙트 난 한 여자를 보고 홀딱 반해버렸어. 그래서 그 여자에게 사랑을 표시했더니 받아주더군. 우린 서로 사랑의 약속을 한 셈이지. 그런데 아버지는 내 애인을 자기 마누라로 삼겠다는 거야. 우리들의 사랑을 방해하려는 거야.

메트르 자크 그건 전적으로 아버님 잘못입니다.

클레앙트 그 나이에 새삼 결혼을 하신다니 창피하지도 않나? 그리고 그 꼴에 여자에게 미치다니! 사랑이란 젊은이들에게 물려줘야지.

메트르 자크 그래요. 기막힌 노릇입니다. (그는 아르파공에게 다시 간다) 주인님! 아드님께선 주인님께서 말씀하시듯 그렇게 나쁘진 않은데요. 이치를 알고 계십니다. 아드님 말씀에 의하면 아버지를 존경하지 않으면 안 된다는 것을 잘 알고는 있지만 처음에 지나치게 흥분한 나머지 맘에도 없는 말을 해버렸다고 하던데요. 아버님을 기쁘게 해드리기 위해서라면 뭐든지 복종할 거라고 말했어요. 그러니 주인님께서 전보다 더 잘 해주시고 그에게 마음에 드는 색시감을 골라주세요.

아르파공 아, 자크! 그 정도라면 뭐든지 요구해도 좋다고 말하게. 마리안을 빼놓고는 어떤 여자와 결혼해도 괜찮아.

메트르 자크 (클레앙트에게로 간다) 저에게 맡겨주세요. 아버님께선 그렇게 몰인정한 사람이 아니시더군요. 도련님이 흥분했기 때문에 화를 내셨대요. 단지 행동을 탓하셨던 거예요. 도련님이 자식으로서의 도리를 다하시면 아버님께서도 도련님의 소원을 들어주시려고 할 거예요.

클레앙트 아 자크. 만일 마리안과의 관계를 허락만 하신다면 이 세상에서 어느 누구보다도 효자 노릇을 할 걸세. 다시는 아버님 말씀에 거역 안 할 거야.

메트르 자크　(아르파공에게) 그렇다면 좋습니다. 얘기는 끝났습니다. 말씀하신 데 대해서는 승낙했습니다.

아르파공　하하! 일이 잘 됐구나.

메트르 자크　(클레앙트에게) 모두 해결됐어요. 당신 약속을 아주 기뻐하십니다.

클레앙트　하늘이 도우셨군.

메트르 자크　자, 두 분이 함께 얘기해보세요. 이젠 됐어요. 괜히 오해하셔서 싸우실 뻔했군요.

클레앙트　자크! 평생 동안 이 은혜 잊지 않겠네.

메트르 자크　천만의 말씀이에요, 도련님.

아르파공　자네 덕에 기분이 좋아졌어. 자크, 내 보답을 하지. (아르파공은 손수건을 꺼낼 뿐이다) 아무튼 자네 수고는 잊지 않겠네. 기억해두겠네.

메트르 자크　황송합니다. 주인님.

3. 멜로드라마

　비극과 멜로드라마(melodrama)는 심각하고 비극적인 인식을 보여주다는 점에서, 희극적 비전을 담고 있는 희곡이나 소극과 대립된다. 그러나 멜로드라마와 소극은 비극이나 희극보다는 다소 가볍고 덜 문제적이며 덜 진지하다는 의미에서 그것들보다 어느 정도 수준이 낮은 것으로 인식되고 있다. 텔레비전에서 보는 대부분의 드라마가 멜로드라마의 속성을 가장 잘 보여준다. 인물은 선과 악으로 명확하게 양분되며 그들의 갈등은 필연보다는 우연에 기인하는 경우가 많다. 우여곡절 끝에 결국 선이 승리하는 도식적인 결말이 이뤄지며 내면의 심각하고도 진지한 성찰과 갈등보다는 외부의 악이 주인공이 겪는 고통의 원인이 된다. 가장 흔한 것으로는 신분의 차이 때문에 이뤄지지 못하는 사랑이나 부모가 반대하는 사랑, 가난 때문에 헤어지게 되는 연인 등의 이야기들이다.

1930년대 당시에는 이런 멜로드라마가 한국 연극의 주류를 이루면서 일본의 압제로 고통받던 사람들의 애환을 달래줬으며 대표작으로 임선규의 〈사랑에 속고 돈에 울고〉를 들 수 있다. 기생의 신분인 홍도가 오빠의 친구인 광호와 사랑에 빠져 결혼까지 하지만 광호의 어머니, 누이, 옛 애인의 공모로 억울한 누명을 쓰고 쫓겨나게 된 데다가 살인까지 저지르게 되며 애써 공부시킨 오빠의 손에 끌려가게 된다는 이야기로 세간에는 「홍도야 우지 마라」라는 노래와 함께 큰 인기를 누렸다. 일반적으로 이와 같은 대중극은 대중의 인기를 누리는 동시에 그들의 요구를 반영하고 수용하는 과정이 피드백된다. 그 과정에서 당대의 대중들은 홍도의 이와 같은 비극적 결말을 수용하지 못하며 반발했고, 극단은 부득이하게 결말을 고쳐 홍도를 행복하게 만들어 대중들을 만족시켰다고 한다.

이러한 피드백 과정을 통해서 멜로드라마는 대중의 요구를 가장 잘 반영하는 장르가 되고 당대 사람들의 정서와 가치관을 드러내는 좋은 표본의 구실을 한다. 선이 결국에는 승리한다는 믿음을 갖고 살아가고 싶은 대중의 욕구를 만족시켜주면서 인생에 대한 깊은 통찰이나 인식보다는 정서적 동일시와 카타르시스가 강조되는 것이 멜로드라마의 특성이며, 다소 환상적이고 낭만적인 분위기는 연극을 통한 정서적 환기의 역할을 하게 된다. 다음은 〈사랑에 속고 돈에 울고〉의 마지막 장면이다.

> 홍도 　오빠. 어서 가세요.
>
> 철수 　오냐 가자. 사람을 죽인 자는 마땅히 법이 있는 곳으로 가야 한다.
>
> 홍도 　오빠. (안겨 운다)
>
> 철수 　홍도야, 네가 밤잠을 자지 않고 웃기 싫은 웃음을 웃어가며 더러운 기생이라 천대를 받아가며 이 오래비를 공부시켜놓은 것이 결국에는 이 오래비 손에 묶여가려고 그랬던 것이냐? 홍도야.
>
> 홍도 　오빠. 어서 가요. 저는 미칠 것만 같아요.
>
> 철수 　오냐. (포승을 지른다)
>
> 춘홍 　홍도야, 네가 사람을 죽이고 오빠의 오랏줄에 묶여가다니 이게 무슨 야멸친 운명의 장난이란 말이냐. 홍도야.

4. 소극

소극(Farce)은 광범위하게는 희극에 포함되기도 하고 독자적인 부문으로 분류되기도 한다. 희극이 사회적 존재로서의 인간에 대한 비판적 지성을 요구하고 사회의 긍정적인 방향성을 추구한다는 목적을 갖는 반면, 소극은 단지 웃음을 유발시키는 것만을 목적으로 한다는 점에서 차별화된다. 그러나 동시에 소극은 웃음을 유발하는 것을 궁극적 목적으로 삼기 때문에 희극의 특성이 극대화된 것이라고 볼 수도 있다.

관객을 웃게 만들기 위해 여러 장치를 사용하지만, 특히 희극적인 상황을 만드는 일에 주력함으로써 상황 자체가 과장되고 의도적으로 계획된다. 인물은 공감을 불러일으키는 사실적인 인물보다는 한 측면이 강조된 우스꽝스럽고 노골적인 인물이며 과장된 동작으로 웃게 만든다.

우리나라 최초의 문자화된 희곡인 조중환의 〈병자삼인〉은 대표적인 소극으로 꼽힌다. 이 작품을 통해서 보면 과장된 인물들이 좌충우돌 부딪치며 이해할 수 없는 언어로 희롱을 하고 부부라는 일상의 관계가 사회적 신분의 전도에 의해서 수직적 신분관계로 바뀌면서 비정상적인 부부관계를 그려낸다. 그것은 결국 웃음을 자아내는 요인이 된다.

> 업동모   에고, 무얼 하시오. 서방님이 부엌에서 밥을 다 지시네. (하며
> 　　　　　들어오는데, 정필수는 창피하고 부끄러워 어찌할 줄 모르다가
> 　　　　　시침을 뚝 떼며)
> 정필수   응, 업동 어멈인가. 오늘은 우리 마누라란 사람이 학교에 가서
> 　　　　　입때까지 아니 오네그려. 그래서 할 수 없이 지금 내가 밥 짓는
> 　　　　　연습을 하고 있는 중일세. 그러나 자네 집 쌀은 왜 그렇게 군내가
> 　　　　　나나, 응.
> 업동모   그럴 리가 있나요. 언제든지 댁에 가져오는 쌀은 상상미로 가져오
> 　　　　　는데요.
> 정필수   아, 이게 상상미야? 이 쌀 내음새를 좀 맡아보게. (하며 솥뚜껑을
> 　　　　　열어다가 업동 어미의 코에 콱 대니, 업동모는 내음새를 맡아보고)
> 업동모   아이고머니, 서방님도 이것은 쌀이 언짢아서 그러합니까, 쌀을
> 　　　　　잘 일지를 못해서 그러하지요. 그게 겻내올시다, 군내가 아니라.

정필수 옳지, 그래서 날마다 우리 마누라가 나더러 밥 잘 못 짓는다고
　　　 핀잔을 주었구면.

업동모 아, 그러면 진지는 서방님이 늘 지으십니까.

정필수 아니, 날마다 내가 밥을 짓는 것이 아니라, 혹간 가다가 심심하면
　　　 운동 겸하여서 하는 것이지.

업동모 아이, 댁 아씨는 남편 양반도 잘 얻으셨지. 어쩌면 심을 그렇게
　　　 덜어주실까.

정필수 천만에, 나는 잘 얻지도 못하였어. 마누라라고 밤낮 서방을
　　　 나무라기만 하니까 아주 귀찮아 못 견디겠어.

업동모 아, 그것은 서방님이 너무 순하시니까 그렇지요. 가끔가끔 사나이
　　　 행티를 좀 하시구려.

정필수 흥, 내 사정을 누가 알겠나. 제법 서방인 체하고 무슨 말을
　　　 하였다가는, 첫째 코 아래 구녕에 들어갈 것이 있어야지.

업동모 네? 무엇이야요. 코 아래 구녕에 들어갈 것이 없어요? 정말
　　　 그러하시면 우리 쌀값은 언제 받나요. 쌀값을 아니 주시구 오래
　　　 가면, 우리도 코 아래 구녕에 뫼실 쌀을 못 드리겠는데요…….

정필수 그게 무슨 소린가. 그래서야 쓸 수가 있나. 자연 마누라가 학교
　　　 교사를 다니게 된 이후로는 의복에도 돈이요, 집안일을 내버려두고
　　　 저는 쏘단기면서 나더러는 일상 밥이나 지으라고 하고, 혹시 잘못
　　　 하면 꾸지람을 하고, 나도 정말 못 견디겠네. 이 불쌍한 내 사정도
　　　 좀 생각하여주어서 이번 월급날까지만 좀 참아주게.

제4장 │ 희곡의 구성 요소

1. 인물

희곡은 극 중 인물의 대사와 행동을 통해서 직접적으로 인생을 표현하는 문학이기 때문에 어느 장르보다도 인물이 중요하다. 우리의 삶의 일부분을 무대 위에서 현실감 있게 재현하는 과정에서 인물은 곧 우리 자신의 내면을 반영하며 사회적 자아에 의해 억압되어 있는 각종 욕망과 심리와 감정을 적나라하게 표현하는 것이다. 그들을 통해서 인생의 의미와 진실에 접근하고 다양한 삶의 방식을 경험할 수 있다.

고대 희곡에서는 신화나 전설에서 소재를 택했기 때문에 왕이나 영웅, 귀족 등이 주로 등장했으며 이들의 운명 또한 이미 정해져 있었다. 이후 중세에 들어서서는 교회의 역사나 성경에서 소재를 가져왔으므로 성서 속의 인물이나 성직자들이 등장인물이 되었다. 르네상스 시대에 들어서면서 시민들의 참여도 이뤄지기 시작했고, 운명이나 외부 세력과의 사이에서 발생하는 외적 갈등보다 내적인 갈등이 중요해졌다. 근대극에 들어서면서 비로소 당대 사람들의 삶을 소재로 택하게 되었고 보통 사람들이 등장했다. 대사 또한 일상적이며 산문적인 대사가 자연스럽게 사용되고 다양한 문제들이 다뤄졌다.

희곡에서는 인물을 중심으로 대사와 사건이 진행되므로 인물의 특성은 곧 작품 전체의 주제와 표현에 큰 영향을 미친다. 드라마가 극히 평범한 사람들의 일상적인 대사를 중심으로 전개되는 반면, 희곡은 아무리 평범한 사람일지라도 다뤄지는 사건은 매우 집약되고 압축되어 인생의 의미에 대한 깊은 인식을 가능케 해야 한다. 등장인물의 수 또한 작품의 길이와 무대의 특성을 고려해 제한된다. 일반적으로 장막극이고 대형무대에서 공연할 작품이라면 인물을 많이 등장하게 할 수 있으나, 소극장용의 연극이라면 인물의 수를 줄이는 것이 좋다. 단막이면서 사람이 많이 등장하는 것도 적절치 않다. 이는 소설 같은 장르와는 달리 눈앞에서 실연되기 때문에 생기는 제한으로, 인물과 작품이 얼마나 긴밀하게 연관되어 있는지를 알려주기도 한다.

흔히 문학에서 인물의 유형을 분류할 때 전형적 인물과 개성적 인물로 나눈다. 그러나 희곡에서는 이러한 상반된 속성이 동시에 수용되어야 한다. 사람들 사이의 첨예한 갈등과 대립을 기본적인 속성으로 하는 희곡의 인물에는 그 갈등을 드러내기 위한 전형성은 물론, 이에 함몰되지 않는 개성 모두가 반드시 필요하다.

브룩스(Cleanth Brooks)는 『희곡의 이해(Understanding Drama)』에서 희곡의 인물은 소설의 인물보다 훨씬 성격이 강하다고 말하고 있다. 극 중의 인물들은 극의 상황에 부딪쳐서 갈등과 의지의 투쟁을 일으키게 된다. 심리적 갈등은 모순된 두 세력 사이에서 일어나는 싸움과 대결을 의미하며, 이는 한 인물의 내부에서 일어날 수도 있고 인물과 사회와의 대결에서 일어나기도 한다. 의지의 투쟁도 운명이나 사회적인 장애에 대항하고 투쟁하려는 의지를 말한다.

이러한 인물의 성격은 대사를 통해서 주로 표현된다. 인물이 사용하는 언어는 그의 모든 이력과 성격과 가치관을 드러내며 사건을 진행시키는 것이어야 한다. 그리고 외모, 성별, 의상, 신체적 특징 등의 요소들 또한 시각적으로 인물을 특징짓는다. 대사를 시작하기 전 인물이 등장하는 순간부터 관객은 일단 그를 외적인 특성들로 판단하며, 이는 극의 진행에 큰 영향을 준다. 그 판단이 실제 극 중 인물과 맞는지를 작품의 진행 과정에서 예측하고 맞춰보는 것 또한 즐거운 경험이다. 인물이 갖는 사상, 감정, 신분과 배경, 어떤 일을 결정하는 방법 등은 모두 인물을 형상화해나감에 있어서 중요한 요소들이다. 이러한 내면적인 요소들이 인간의 외적인 행동으로 구현되는 것이며, 나아가 그 행동들은 사건을 만들고 갈등으로 연결된다.

인물이 하는 모든 행동은 그 이면에 피할 수 없는 동기를 가지고 있으며 이 중심 동기들은 보상에 대한 희망, 사랑, 실패에 대한 공포, 복수, 탐욕, 질투, 종교적 느낌, 성공에의 욕구 등이 있다. 주인공은 그가 사랑하는 사람들에게 행복과 영화를 가져다주기를 바란다. 그의 모든 행동은 그것을 위해서 계획되며 이 결말을 향해 나아간다. 특히 사랑이 대표적인데 한 인물은 그가 가진 사랑, 그가 원하는 사랑, 그에 대한 사랑 때문에 어떤 행동을 하도록 동기가 유발된다. 그리고 우리는 보상에 대한 희망의 범위에 자기에 대한 사랑인 자존심의 동기를 포함해야 한다.

보상에 대한 희망의 반대는 실패에 대한 공포이다. 어떤 인물은 만일 그가 그렇게 하지 않는다면 죽음이나 고통으로 위태로워질 것이며 그것을 두려워하기 때문에 특정 방식으로 행동한다. 때로는 종교적 신념에 의해 동기가 유발된 인물이 있다. 그는 신이 제시하는 것처럼 행동하고 있다는 깊은 느낌과 신념에서 행동한다. 〈햄릿(Hamlet)〉같이 사랑하는 친구나 친지의 죽음을 복수하려는 열망에 의해서 동기유발된 주인공이나 부수인물을 발견하게 되는 극이 있다. 그는 복수하려는 인물에게 복수할 수 있다면 이를 위해 기꺼이 자신의 생명을 바치고자 한다. 셰익스피어(William Shakespeare)가 쓴 〈베니스의 상인(The Merchant of Venice)〉은 탐욕이 중심 동기로 작용하는 좋은 예이다. 실패에 대한 공포나 사랑 두 가지가 관련된 경우, 질투는 극에서 가장 특별하고 강한 동기의 하나로 작용한다. 셰익스피어의 〈오셀로〉는 이를 잘 보여준다. 오셀로는 이아고의 거짓 모함에 빠져들어 사랑하는 아내 데스데모나의 순결을 의심하고 그녀를 죽인다. 다음은 오셀로가 질투심에 눈이 멀어 아내의 목을 졸라 죽이는 장면이다.

오셀로 밤 기도는 올렸소?

데스데모나 네.

오셀로 하늘의 용서를 아직 안 받은 죄가 있으면 지금 기도를 드려요.

데스데모나 왜 그런 말씀을 하세요?

오셀로 빨리 해요. 잠시 거닐고 있을 테니. 각오 없는 자를 죽이고
　　　　싶지는 않소. 그건 안 되지. 당신의 영혼을 죽이고 싶지는 않소.

데스데모나 죽이신다고요?

오셀로 그래.

데스데모나 그렇다면 하나님, 이 몸을 용서하옵소서.

오셀로 아멘, 저도 충심으로 빕니다.

데스데모나 말씀은 그렇게 하시지만 설마 죽이시지는 않겠죠.

오셀로 글쎄.

데스데모나　그렇지만 난 겁이 나요. 눈을 그렇게 굴리실 때는 으레
　　　무서운 일을 하시니까요. 무섭긴 해도, 그 이유는 모르겠어요.
　　　잘못한 게 없으니까요. 그러나 어쩐지 무서워요.

오셀로　저지른 죄를 생각해봐.

데스데모나　당신을 사랑하는 죄밖엔 없어요.

오셀로　그래, 그것 때문에 죽어야 돼.

데스데모나　사랑하기 때문에 죽인다는 건 안 될 말씀이죠. 왜 그렇게
　　　아랫입술을 깨무세요? 온몸을 떨고 계신 것을 보니, 무슨 무서운
　　　일을 하시려는 거죠? 그런 전조 같군요. 하지만 설마 나를 죽이지는
　　　않으실 테죠?

오셀로　잠자코 가만히 있어.

데스데모나　네, 왜 그러세요?

오셀로　내가 준 그 손수건을 카시오 놈에게 줬지.

데스데모나　절대로 주지 않았어요. 불러다 물어보세요.

오셀로　정신 차려. 거짓 맹세를 해서는 안 돼. 죽음의 침상에 누워
　　　있는 거야.

데스데모나　그렇지만 아직 죽진 않았어요.

오셀로　아니 금세 죽어야 돼. 그러니까 죄를 있는 대로 고백해. 하나하나
　　　맹세를 하고 부인한다고 해도 이렇게 네 죄를 다 알기 때문에
　　　괴로워하는 이 마음은 어찌할 수 없어. 네 목숨은 끝장이야.

데스데모나　그럼 주여, 이 몸을 구원하옵소서.

　　인물을 분류하는 방법은 여러 가지가 있으나 흔히 전형적인 인물과
개성적인 인물로 나눈다. 전형적인 인물은 스테레오타입(stereotype)

의 인간형이라고도 하며 모든 문학작품에서 공통적으로 사용되는 개념이다. 수전노, 군인, 순종적인 여성 등과 같이 시대나 신분, 직업 등에 따른 고정화된 인물로 작품에서 명확하게 특성화하는 데는 도움이 되지만 생동감이 부족하고 작품의 개성을 살리지 못하는 결점이 있다. 따라서 이들을 효과적으로 이용하는 것은 관객의 이해를 돕고 작품을 진전시키는 데 유익함이 있는 반면, 내용을 미리 짐작하게 하고 뻔한 진행을 예측하게 함으로써 극의 긴장감을 감소시킬 우려가 있다.

전형적인 인물과 대조되는 인물로 개성적인 인물이 있다. 개성적인 인물은 지위나 신분에 따른 고정관념에 얽매이지 않으며 독특하고도 매력적인 인간의 성격을 보여준다. 인물의 전형성은 시대와 특정한 계층이나 직업 등에 관한 유형화된 표현을 통해서 당대에 대한 보편성을 획득하게 하며, 인물의 개성은 등장인물을 생동감 있게 그려냄으로써 작품을 신선하게 만든다. 다음은 이윤택의 〈문제적 인간 연산〉의 일부로 연산군에 대한 역사적 평가와는 별도로 한 시대를 비극적으로 살다 간 한 인간에 대한 개성적 표현을 성취하는 데 성공한 경우이다.

연산 이번에는 면접을 엄중히 할 것이다. 효자는 뽑지 마라. 도대체 효자라는 것들은 부모에 대한 사사로운 정에 묶여 국사를 제대로 집행하지 못한다. 가문이 좋고 학풍이 있는 자제들도 떨어뜨리도록 해라. 그런 놈은 임금인 나보다 가문과 학풍을 떠받들 터이니. 그런 놈들 때문에 임금이 무슨 일을 하려 해도 할 수가 없는 일 아니냐.

자원 임금이 시키는 대로만 할 인재들을 골라보겠습니다.

연산 그래, 오늘 처리할 문건은 뭐냐?

자원 홍문관을 통해 올라온 상소가 두 건 있습니다만…….

연산 읽어봐라.

자원 조선의 법은 사흘에 한 번씩 바뀐다.

연산 뭐라고? (분을 삭이며) 괜찮다. 계속 읽어라.

자원 내시가 임금의 눈을 가리고 숙의 녹수의 치맛자락이 하늘의 기운을
      막으니 이는 곧 왕조의 멸망을 예고하는 징후입니다. 이렇게 가다
      가는 조선의 멸망이 곧 다가올지니…….

연산 누가 그런 상소를 올렸느냐?

자원 홍문관 교리 한훈과 박한주입니다.

연산 임금에게 그런 직소를 올리다니 용감한 충신이다. 장형 백 대씩
      처서 숨이 넘어가면 해골을 바수어 대밭에 던져라.

자원 (떨며) 추, 충신이라면서 어떻게 그런…….

연산 충신은 죽어서 이름이 빛날 뿐. 이 나라에 더 이상 그런 충신의
      입은 필요 없다.

희곡에 등장하는 인물들은 작품 내부의 역할과 비중에 따라서 몇
가지 종류로 나눌 수 있다. 우선 극에서 가장 중심이 되는 인물로
주인공(protagonist)이 있는데 이는 극을 이끌어가는 핵심적인 인물이
자 주제를 구현해내는 작가의 대리인이라 할 수 있다. 작품의 중심에
자리하고 가장 극심한 갈등을 겪어야 하는 문제적 인물이다. 어떤
식으로든 가장 관객의 관심을 끌 수 있는 인간적 매력과 깊이를 지닌
인물이다. 주인공을 위기로 몰아넣으며 대립하는 상대 역할로 적대적
인물(antagonist)이 있다. 강력한 적대 인물이 등장할수록 주인공의

위상은 높아지며, 두 사람 사이의 대립이 팽팽할수록 극적 긴장이 고조되어 흥미를 끌 수 있다. 적대 인물을 얼마나 생동감 있는 막강한 라이벌로 만드는가 하는 것은 주인공이 그만큼 위기를 극복할 수 있는 힘을 줄 수 있는지를 드러내는 일이다. 그들의 관계를 단순히 선과 악, 정당함과 부당함으로 갈라놓는 것은 고전극에서 많이 사용되었지만, 현대극에서는 선과 악이 한 인물 내부에 공존하고 어느 쪽의 명분이 타당한지를 명확하게 가를 수 없게 됨으로써 오히려 인생의 진실을 담아내는 데 더 효과적일 수 있다.

적대 인물과는 다른 의미에서 주인공과 대립되는 개념으로 주요 인물을 보조하는 역할을 수행하는 조역이 있고, 인물의 내면을 독백으로 처리하는 것보다는 가까운 사람에게 이야기를 털어놓게 함으로써 더 사실감을 줄 수 있는 역할로서 컨피던트(confident)가 있다. 많이 사용되지는 않지만 경우에 따라서는 아주 적절하게 사용되기도 하는 해설자, 작가의 사상을 대변하는 인물인 레조네어(raisonneur) 등이 있다.

다음은 김우진과 윤심덕의 비극적인 사랑이 현해탄에서의 투신자살로 이어진 이야기를 소재로 한 윤대성의 〈사의 찬미〉의 한 대목이다. 홍난파는 윤심덕을 사랑했지만 그녀는 아내가 있는 김우진을 사랑하게 되었고 일제강점기라는 시대적 억압 아래 이상과 사랑의 좌절은 그들을 죽음으로 내몰고 말았다. 이들의 자살 이후 홍난파가 그에 대해서 해설하는 장면이다.

윤심덕의 「사의 찬미」 노래가 들리는 가운데 자막인 "1926년 8월 3일. 윤심덕 양, 청년 극작가 김우진과 현해탄에서 투신 정사"와 윤심덕과 김우진의 실물사진이 프로젝트로 투사된다.

홍난파 식민지라는 암울한 시대에 고루한 인습과 낙후한 사회에 선각자적
　　　　위치에 서 있던 두 예술가는 이 사회에 실망하고 이 척박한 땅에
　　　　실망하고 인간에 실망하고 제도, 인습에 실망해 결국 그들의 꿈을
　　　　바다에 묻고 말았습니다. 그러나 나는 그들의 죽음을 패배가 아닌
　　　　이 시대에 대한 하나의 도전이요 반항이었다고 보고 싶습니다.
　　　　그들은 인간다운 삶과 자유로운 사랑을 위해 온몸으로 부딪쳐
　　　　대항했던 것입니다. 그들은 비록 죽어 현해탄 깊숙이 묻혀버렸지
　　　　만 그들의 꿈과 사랑은 영원히 기억되고 간직될 것입니다.

　　　　음악이 끝나면서 천천히 막이 닫힌다.

2. 언어

　희곡은 행동의 문학이자 언어의 문학이다. 같은 극 장르인 시나리오
는 영상에 대한 의존도가 아주 높고 대사의 힘은 그보다 약하다고
할 수 있다. 그러나 희곡은 언어에 의해 점차 발전하는 장르로서 모든
것이 언어로 이뤄질 뿐 아니라 귀에 들리는 생동감 있는 언어의 맛을
즐기는 것이 희곡만의 매력이다. 희곡은 간단한 지문과 해설을 제외하
고는 거의 대사로만 진행되기에, 희곡에서의 언어란 대개 대사를 의미
한다. 그러나 잘 쓰인 희곡은 지문조차 완성도 높은 아름다움을 지님으
로써 거의 시(詩)의 경지를 보여준다. 대개 희곡을 쓰는 사람이 배우가

되거나 연출을 했던 고대극과는 달리 근대극에 오면서부터는 그 역할이 분리된다. 그래서 배우에게 연기를 지시하기 위한 지문의 역할이 중요해지기 시작했다. 그러나 일반적으로 지문이 배우에게 동작이나 감정의 변화에 대한 지시를 하는 데 그치지 않고, 희곡을 읽으며 문학적 아름다움을 성취하는 데 기여한다면 더 바람직할 것이다.

특히 최인훈의 희곡들이 보여주는 지문의 탁월함은 문학작품 자체 곧 '읽는 희곡'으로서의 위상을 높였으며 그의 희곡을 시적이라고 평가하게 된 주요 원인이기도 하다. 단순히 지문이 배우의 움직임이나 표정, 감정, 지시 등을 담은 간결한 지시문이라고 여기던 인식을 바꿔 놓은 좋은 예이다. 다음은 최인훈의 희곡 〈봄이 오면 산에 들에〉의 지문 일부이다. 문둥이 어미를 따라서 온 가족이 모두 문둥이가 됨으로써 진정한 화해와 합일에 이르는 과정을 시적으로 그려낸 작품이다. 겨울밤 바람소리만이 들려오는 산 속의 집에서 말더듬이인 아비와 딸 달내가 새끼를 꼬는 장면에 대한 지문이다.

이 같은 움직임들은
모두
굼뜨고
힘들게
밤은 길지만
그 밤을 채울
아기자기한
그래서 그 밤이
그지없이 짧아질 건덕지가

하나도 없는 두 사람이

힘들게

굼뜨게

긴 겨울밤과 싸우듯

그렇게 마디가 뚜렷하고

마디 사이가 벌어지는 투의 움직임으로

너무 과장된 것을 알리는 것은 좋지 않으나

실제로는 거의 무언극에서의 움직임처럼

그들이 하고 있는 일은

다 아는 일이기 때문에

흉내만 내면 된다는 그런

연기가 아니고

말은 할 수 없고

그 움직임만으로 무엇인가를

옮겨야 한다는 느낌으로

아니, 그들이 하는 일이

쉽게 할 수는 없는 어떤 신기한 일이기 때문에

되풀이해서 관객에게 옮기려 해도

안 되기 때문에 자꾸 되풀이하고 있다는 그런 느낌이 나게

마치

우주선 속에서의

우주 비행사의 그 단순한

어린애보다 못한 움직임을

우리가 볼 때의

그 신기하고 깊게 울려오는

그런 느낌이 들도록

움직여야 한다

그러니까

그 움직임의 보통 뜻에 상관없이

움직임 그것이 재미있게 그렇게 움직인다

이 극의 모든 움직임은 그렇게 이루어질 것

말더듬이처럼, 움직임더듬이로

또한 언어의 핵심을 이루는 대사는 인물의 사상과 감정을 담아야 하며 인물에 어울려야 한다. 인물의 학식의 정도와 교양, 성장 배경과 성격, 직업, 처한 상황 등에 맞는 대사를 해야만 관객에게 수용된다. 자신의 신분에 어울리지 않는 대사는 작품을 생경하게 만들고 비사실적으로 느끼게 하며 극의 완성도를 떨어뜨린다. 때때로 사투리를 사용하는 것은 향토색을 느끼게 하며 사실적인 효과를 주고 정감을 표현하는 데 효과적이지만 오히려 극에 집중하는 것을 방해하는 경우도 있다. 더욱이 잘못 사용된 사투리는 역효과를 낼 수도 있다.

대화

희곡은 대부분 대화(dialogue)로 이뤄진다. 고전극과 낭만극에서는 대사가 대개 시어였으나 근대극부터 일상 언어로 바뀌었다. 대화는 환경과 상황 및 인물들의 기본적인 견해, 사고와 가치관 등을 알려주는 것이므로 인간의 천성과 상황, 환경과 분위기 및 그 자신을 발견하고 만들어가는 상황에 충실한 대화가 가장 좋다고 할 수 있다.

대화는 인물을 정의해주며 극 내부에 있어서의 인간관계를 정의한다. 극에서 누군가에게 이야기할 때 어떤 특별한 인물이 사용하는 언어는 다른 인물에게 이야기할 때 그가 사용하는 언어와는 다르다. 오셀로가 카시오에게 이야기하는 방법은 명령하는 장교와 복종하는 장교 사이에 존재하는 것과 같은 관계를 정의하며, 오셀로가 신부 데스데모나에게 이야기하는 방법은 사랑과 온유함으로 차 있어서 그들의 다정한 결혼관계를 알려준다.

다음은 아라발(Fernando Arrabal)의 〈환도와 리스(Fando et Lis)〉이다. 두 사람은 사랑하는 사이임에도 불구하고 끊임없이 서로 괴롭히며 상처를 준다. 도입부인 다음 장면은 두 사람이 얼마나 섬세한 감정을 가졌으며 서로를 사랑하면서도 믿지 못하고, 믿으려고 애쓰면서도 그 관계를 유지하기가 얼마나 어려운지를 아주 조심스럽게 보여준다. 사소한 대사를 반복하고 있으면서도 그들은 이미 긴장하고 있고 관객은 그들의 관계에 대해서 연민과 호기심에 사로잡혀 관심을 갖게 된다.

> 리스 나는 죽을 거야. 그리고 아무도 나를 기억하지 못할 거야.
> 환도 (아주 부드럽게) 아냐, 리스. 내가 기억해줄게. 무덤으로 당신을
>   찾아가지. 꽃을 들고, 그리고 개를 데리고.
>
> 긴 사이.
> 환도는 리스를 쳐다본다.
>
> 환도 (감동해서) 그리고 장례식 때는 낮은 음성으로 '예쁜 장례식, 예쁜

장례식' 하는 노래 후렴을 부를게. 멜로디는 아주 쉽거든.

조용히 그를 쳐다보며 만족한 듯 덧붙인다.

환도 당신을 위해 그걸 부를게.

리스 나를 무척 사랑하니까.

환도 하지만 당신이 죽지 않는 게 더 낫겠어. (사이) 당신이 죽으면
　　　퍽 슬퍼질 테니까.

리스 슬퍼져? 왜?

환도 (슬프게) 왠지 모르겠어.

리스 모두들 그런다니까 당신도 그렇게 말하는 거지. 슬프지 않을 게
　　　뻔해. 언제나 나를 속여왔는걸.

환도 아냐, 리스. 정말이야. 나는 몹시 슬퍼질 거야.

리스 당신, 울 거야?

환도 노력하겠어. 하지만 울 수 있을진 모르겠어.

리스 울 수 있을지 모른다구! 울 수 있을지 모른다구! 그걸 대답이라고 해?

환도 믿어줘, 리스.

리스 뭘 믿어?

환도 (생각하며) 뭐라고 꼬집어 말할 수 없지만 다만 나를 믿는다고
　　　말해줘.

리스 (자동적으로) 당신을 믿어.

환도 그런 투로 말고. (겸허하게) 리스, 당신은 원한다면 진지하게
　　　말할 수 있어.

리스 (다른 어조로 역시 불성실하게) 당신을 믿어.

환도 (기가 죽어서) 아냐, 그게 아니야. 다시 한번 말해봐.

리스 (노력한다. 그러나 더 성실해졌다고 볼 수 없다) 당신을 믿어.

환도 (슬퍼져서) 아냐, 아냐. 당신은 일부러 심술궂게 그러는 거야.
다시 말해봐, 진지하게.

리스 (여전히 마찬가지로) 당신을 믿어.

환도 (격렬하게) 아냐, 아냐, 그게 아냐.

리스 (절망적인 노력을 한다) 당신을 믿어.

환도 (더욱 격렬하게) 그것도 아니라니까!

리스 (진지하게) 당신을 믿어.

환도 (감동해서) 리스! 나를 믿는 거야?

리스 (역시 감동해서) 응, 당신을 믿어.

환도 나는 행복해, 리스!

리스 말할 때 당신은 토끼를 닮으니까, 그래서 믿어. 잠잘 때 담요를
다 끌어와도 화내지 않으니까, 그래서 당신은 감기가 들곤 하지.

환도 그런 건 문제가 아냐.

리스 특히 아침이면 우물에서 내 얼굴을 씻어주니까. 그래서 나는 하기
싫은 일을 안 해도 돼.

환도 (사이를 두고 결심하듯이) 리스, 나는 당신을 위해 많은 일을
할 작정이야.

리스 얼마만큼 많이?

환도 (생각하고) 가능한 대로 많이.

리스 내가 당신에게 바라는 것은 생활전선에서 싸우는 일이야.

환도 그게 여간 어려워야지.

다음은 필자의 〈푸르른 강가에서 나는 울었네〉의 한 부분이다. 20
대의 현우가 봄, 여름, 가을, 겨울을 상징하는 네 명의 여자를 차례로
만나면서 젊은 날의 사랑과 상실을 거쳐 성숙해지는 과정을 그린 작품
이다. 자신보다 나이가 많은 인경의 사랑을 받아들이지 않았던 현우는
이런저런 고통을 겪은 후 그녀를 만나러 인도로 간다. 자신의 세계가
더욱 깊어진 인경과의 재회를 통해 현우는 그간의 고뇌에서 벗어날
실마리를 찾게 된다.

인경 언젠가 인도에서 만날 거라고 했지.

현우 구하는 걸 찾았어?

인경 넌 어때?

현우 미로에서 헤매는 기분이야. 어디서부터 잘못된 걸까.

인경 잘못이라, 너도 이 강물에 몸을 담그고 구원을 얻어봐. 여기 사람들
처럼.

현우 이 더러운 물에 몸을 담그는 게 무슨 의미가 있어. 믿음이 없는
사람에겐 황금빛 물도 무의미하지.

인경 것 봐. 넌 언제나 대답을 알고 있어.

현우 모든 게 혼란스러워. 어머니도 돌아가시고 희수도 돌아오지 않아.
내 핏줄이라는 아이는 세상 구경도 못 하고 죽었어. 난 뭘 해야
하는지, 어떻게 살아야 하는지 모르겠어. 일도 그만두고 그냥 떠
돌아다니다가 여기까지 왔어. 누날 여기로 몰아냈던 게, 이런 거
였을까.

인경 여기 사람들은 죽기 전에 꼭 이 물속에 들어갔다 나와야 편히
죽는다고 믿지.

현우　누나도 그런 믿음이 생겼어? 전보다 좋아 보여. 소나무 냄새가
　　　나는 거 같아. 우리 고향 솔숲에 누워서 솔향기 맡던 시절, 생각나?

인경　앞으로 나아가. 지난 것에 연연하지 마.

현우　인도 사람이 다 됐군. 아예 깡통도 하나 놓지 그래. 저 관광객들이
　　　누나한테 동정의 눈빛을 던지는데.

인경　사람들이 이따금 내게 동전을 주기도 해. 내가 그들의 마음을
　　　움직였나. 나는 그저 여기 앉아 있을 뿐인데. 나에 대한 어떤
　　　마음이 일어났다면 그건 어떤 예술보다도 감동적이지.

현우　요즘도 그림 그려?

인경　그리려는 마음도 안 그리려는 마음도 모두 버렸어. 마음이 움직이는
　　　대로 하는 거야. 그림이 나를 부르면 그 마음을 따를 뿐이지.
　　　내 마음대로 욕심대로 억지로 할 수 있는 일은 아무것도 없거든.

현우　여기서 그린 누나 그림들 말이야, 미완성처럼 보였어.

인경　사람 얼굴에 눈이 없어서?

현우　그렇기도 하고, 다들 넋이 나가 있는 것 같았어. 그림의 마지막을
　　　완성할 수 있는 혼 같은 게 아직 없는 것처럼 보였다고나 할까.

인경　눈을 뜨고 있는 내가 어느 날 문득 혐오스러웠어. 아무리 눈을
　　　크게 뜨고 있어도 아무것도 알아내지 못하니, 눈을 감으면 차라리
　　　자유를 얻을 수 있을까 해서 말이야.

현우　어머니 장례식을 치르면서 나도 그런 생각을 했지. 어머닌 평화롭게
　　　보였거든. 눈을 감고 계셨는데 그 모습이 지혜를 얻은 것처럼
　　　곱게 보이더군.

인경　어머니 때문에 괴로워하지 마. 그건 어쩔 수 없는 어머니의 운명이었
　　　을 거야. 넌 네 운명을 찾아.

현우 점점 자신이 없어.

인경 하루 종일 여기 나와 앉아 있으면 자유로워지는 걸 느껴. 너도
      그렇게 될 거야.

현우 저 더러운 물에 스스로 들어가고 싶어질 날이 올까.

인경 아름다운 저 물에 대한 충동으로 못 견디는 날이 오지. 머지않아
      그런 날이 올 거야. 주체할 수 없는 구원에의 욕망과 저 물이
      그걸 가능케 하리라는 믿음이 나 자신을 휘감아버리고, 그 후엔
      어떤 새로운 느낌이 있어. 더러움이 아름다움으로 변하고 의혹이
      확신으로 변하는 날, 아마 넌 여길 떠난다고 할 테지.

현우 그럴 수 있으면.

인경 어두워진다. 돌아갈 시간이야. 그만 가자.

      여전히 앉아 있는 두 사람이 서서히 어둠 속에 묻힌다

독백

일상에서 우리는 거의 독백(monologue)을 하지 않는다. 그러나 희
곡에서는 인물의 생각을 관객에게 알려줘야 하기 때문에 독백을 사용
하게 된다. 고전극에서는 주인공의 시적이고도 장황한 독백이 빈번히
사용됨으로써 인간의 내적 고뇌와 심각한 갈등을 드러내는 데 흔히
사용되었다. 그러나 근대극 이후로는 그것이 비일상적이기 때문에
가능하면 사용하지 않고 상황을 통해서 인물의 생각과 느낌을 유추하
고 상상할 수 있도록 장치하는 경우가 더 많다.

그러나 이러한 비일상성이 때로는 극의 분위기를 극적으로 만들어 주며 희곡만의 분위기를 형성하는 데 도움이 되기도 한다. 멋진 독백은 인물을 이해하는 데 도움을 주며 관객에게 깊은 진실에의 감명이나 울림을 주기도 하는 것이다. 만일 어떤 인물이 악당이라면 사악한 의도를 알게 될 것이고 연인이라면 헌신적인 사랑의 언어를 들려줄 것이다. 만일 사랑과 의무 사이에서 괴로워하는 인물이라면 그의 갈등과 고뇌에 대해서 말할 것이다. 이러한 독백은 성격을 묘사하는 좋은 장치이다. 다음은 가장 유명한 독백으로 꼽히는 셰익스피어의 〈햄릿〉 중의 한 장면이다.

햄릿 사느냐 죽느냐 이것이 문제로다. 어느 쪽이 더 사나이다울까? 가혹한 운명의 화살을 받아도 참고 견딜 것인가? 아니면 밀려드는 재앙을 힘으로 막아 싸워 없앨 것인가? 죽어버리든가 잠들든가, 그것뿐이겠지. 잠들어 만사가 끝나 가슴쓰린 온갖 번뇌와 육체가 받는 모든 고통이 사라진다면 그건 바라마지 않는 생의 극치. 죽어, 잠을 잔다. 잠이 들면 꿈을 꿀 테지. 이승의 번뇌를 벗어나 영원히 잠이 들었을 때 그때 어떤 꿈을 꿀 것인지, 이게 망설임을 준단 말이야. 그러니까 이 고해 같은 인생에 집착이 남는 법. 그렇지만 않다면야 그 누가 이 세상의 사나운 비난의 채찍을 견디며 폭군의 횡포와 세도가의 멸시, 버림받은 사랑의 고민이며, 재판의 지연, 관리의 오만, 유덕인사에 대한 저 소인배들의 불손, 이 모든 것을 참고 지낼 것인가? 한 자루의 단도면 쉽게 끝낼 수 있는 일. 그 누가 이 지루한 인생길을 무거운 짐을 지고 진땀을 뺄 것인가? 다만 한 가지 죽은 뒤의 불안이 남아 있으니까 탈.

나그네 한번 가서 돌아온 적 없는 저 미지의 세계, 결심을 망설이게 하는 것도 당연한 노릇이지. 알지도 못하는 저승으로 날아가느니 차라리 현재의 재앙을 받는 게 낫다는 결론. 이러한 조심 때문에 우리는 더 겁쟁이가 되고 결의의 저 생생한 혈색도 우울의 파리한 병색이 그늘져 충천하던 의기도 흐름을 잘못 타 마침내는 실행의 힘을 잃고 마는 것이 고작이 아닌가. 쉿, 어여쁜 오필리아. 숲 속의 요정이여, 기도하거들랑 이 몸의 죄도 함께 용서를 빌어주오.

방백

방백(aside)은 특히 연극에서나 가능한 기법으로 같은 무대에 있으면서도 한 인물의 독백이 다른 사람에게는 들리지 않는 것으로 여기는 연극에서의 특별한 약속이다. 앞의 희극 부분에서 예문으로 제시된 몰리에르의 〈수전노〉 장면은 방백을 효과적으로 이용한 장면이기도 하다.

대사는 인물의 성격을 드러내고 사건을 진행시킨다는 점에서 중요하다. 소설이 자유로운 시간의 흐름을 통해서 인물과 사건에 대한 이해를 도울 수 있는 반면, 희곡에서는 오직 현재의 대사를 통해서만 인물을 표현하고 사건을 진행시키며 과거 또한 제시하게 된다. 과거를 회상하는 대사를 길게 늘어놓음으로써 과거의 사건을 설명하는 것은 주의해야 한다. 과거 또한 언제나 현재적 대사로서 효과적으로 표현하도록 해야 한다.

희곡의 대사는 구어체로 관객에게 전달되어야 하므로 그럴듯하면서도 자연스럽고 명확해야 한다. 그러나 영화나 시나리오처럼 아주 짧고 간결할 필요는 없으며 경우에 따라서는 길어지거나 상징적이고 암시적인 대사를 사용할 수 있다. 희곡은 길이의 제한이 없는 소설과는 달리 2시간 정도 내에 공연해야 한다는 시간적 한계를 갖는다. 따라서 일상적인 상황과 대사를 극히 압축시키지 않으면 안 된다. 결과적으로 희곡의 대사는 시처럼 압축과 상징이 강한 언어가 될 수 있고, 이를 지향하기도 한다. 일상의 압축, 인생의 압축, 사건과 사고의 압축은 언어에 대한 극도의 긴장감을 담게 되고 그것은 시적 언어를 지향하게 된다.

3. 행동

아리스토텔레스가 연극은 행동의 모방이라고 말했던 것처럼 연극의 중심은 행동이다. 행동이란 우선 눈으로 보이는 인물의 움직임, 대사, 등장과 퇴장, 표정, 침묵 등 모든 것을 의미한다. 그러나 행동이란 이같이 눈에 보이는 신체적 동작뿐 아니라 인물의 내면적 움직임, 곧 심리의 흐름도 포함한다. 인물의 사고방식과 감정, 인생관, 가치관 등이 인물로 하여금 어떠한 행동을 하도록 만들기 때문이다. 극적 행동은 긴장감과 갈등을 가지고 진행되며 절약, 압축, 집중, 통일성을 가진 행동이어야 하고 대사를 통해서 적절하게 연관되어야 한다. 서로 긴밀하게 연관되지 않은 행동들이나 하나의 목표 지점을 향해서 일관되게 움직여가는 행동이 아니라면 진정한 극적 행동이라고 볼 수 없다.
희곡에서는 인간의 일상적인 삶보다는 좀 더 극적인 사건을 다룬다.

운명의 성쇠, 고양된 열정과 의지의 갈등, 승리와 패배, 용감성과 좌절 등 극도로 고조된 상태의 삶이 표현된다. 이 상태에서 인간의 갈등은 극도의 긴장감을 유발한다. 다음은 세조가 어린 조카 단종에게서 왕위를 빼앗고 그를 죽이기까지의 비극적인 역사를 다룬 오태석의 작품 〈태〉의 일부분이다.

> 단종 양위교서. 숙부는 주공(周公)의 재질의 아름다움이 있고 또 주공의
>   큰 공훈을 겸하였으나 과인은 성왕(成王)같이 어린 나이에 또
>   다난한 처지에 있다. 과인은 성왕이 주공에게 구하는 것처럼 숙부
>   에게 구하노니 숙부도 역시 주공이 성왕을 보좌했던 것같이 과인을
>   도우라.
> 사육신 (일제히 소리친다) 전하, 아니 되오!
> 소리 가마귀 눈비 맞아 희는 듯 검노매라. 야광명월이야 밤인들 어두우랴.
>   님 향한 일편단심이야 가실 줄이 있으랴.
>
> 사육신 중에 유성원이 비수로 가슴을 치고 쓰러진다.
>
> 세조 성삼문, 너는 무엇 때문에 나를 배반하느냐?
> 성삼문 임금을 복위시키려 했을 뿐이다. 누구나 제 임금을 사랑하지
>   않겠느냐. 내 마음은 나라 사람이 다 알고 있으니 어찌 배반이라
>   하겠나. 내가 이런 일을 하려는 것은 하늘에는 해가 둘이 없고
>   땅에는 왕이 둘 없기 때문이다.
> 세조 그러면 어찌 내가 왕위에 오를 때 막지 못하고 나를 섬기다가
>   배반하느냐?

성삼문 대세를 어찌할 수 없으므로 후일을 도모하였을 뿐이다.

세조 너는 내가 주는 녹을 먹고 오다가 지금 배반하니 반복무상(叛服無常)

한 자가 아닌가.

성삼문 나는 나으리 녹을 먹은 적이 없다. 상왕 단종이 계신데 어찌

나를 나으리 신하라고 부르느냐. (인두로 성삼문의 넓적다리를

지지니 연기가 솟는다. 비명소리) 나으리 형벌이 참으로 지독하구

나. (신숙주가 보인다. 그에게) 네가 나하고 집현전에 입적할 때

세종대왕께서 세손을 품에 안고 뜰을 거닐면서 과인이 만세 후에

그대들은 이 아이를 잘 보호하라, 이르시던 옥음(玉音)이 지금도

귀에 쟁쟁한데 너는 잊었더란 말이냐? 네가 이토록 못된 줄은

참으로 몰랐다 이놈.

연기가 솟는다. 비명소리.

세조 네가 나를 잘 섬기면 용서하리라.

박팽년 내가 언제 너의 신하가 됐더냐.

연기가 솟는다. 비명소리.

세조 너희가 모두 나의 옛 친구인데 어찌 이럴 수가 있겠나. 네가 그런

일이 없었다고만 하면 내가 너의 죄를 면하마.

이개 (웃고) 사람을 반역죄로 이름을 지었으면 그 죄로 응당 죽일 것이지

무슨 말을 더 듣겠다고 이러느냐.

연기가 솟는다. 비명소리. 모두 쓰러진다.

소리 인두질을 하였난데 저 소리를 들어보소. 상감마마 아니하고 수양대
군 웬말인가. 기러기 털같이 가벼이도 죽건마는, 아니로다, 저로써
영화로다.

그러나 이러한 유형의 긴장과 갈등을 가지고 진행되는 극이 있는가
하면 심각한 갈등이나 대립이 없이 느슨하게 진행되는 극도 있다.
그러한 예로서 특히 사뮈엘 베케트나 이오네스코(Eugène Ionesco) 등
에 의한 부조리극 계열의 작품이 있다. 이들은 인생 자체를 부조리한
것으로 보기 때문에 그러한 삶을 반영하는 연극에서 치밀한 연관성이
나 논리적인 전개 과정을 중시하지 않는다. 오히려 그들은 그러한
논리적인 인과관계 및 정예화된 갈등과 해결의 구조를 갖는 연극이야
말로 인생을 제대로 반영하지 않는 것으로 여기는 것이다. 예컨대
사뮈엘 베케트의 〈고도를 기다리며〉는 블라디미르와 에스트라공이라
는 두 사람이 고도를 기다리는 것으로 시작해서 끝내 오지 않는 고도를
기다리는 것으로 끝내고 있다. 다음은 이 작품의 끝부분이다.

에스트라공 웬일이야?
블라디미르 아무것도 아냐.
에스트라공 난 가겠어.
블라디미르 나도 갈 거야.
에스트라공 내가 오랫동안 잠들어 있었나?
블라디미르 모르겠어. (침묵)

에스트라공 어디로 가지?

블라디미르 멀리 갈 수야 없지.

에스트라공 이보게. 여기서 멀리 떨어진 곳으로 좀 가자.

블라디미르 그럴 수 없어.

에스트라공 왜 그럴 수가 없다는 거야.

블라디미르 내일 다시 와야 하니까.

에스트라공 무엇 때문에.

블라디미르 고도를 기다리기 위해.

에스트라공 아! (침묵) 그가 안 왔군?

블라디미르 안 왔네.

에스트라공 그나저나 이제 너무 늦었지.

블라디미르 응, 벌써 밤이야.

에스트라공 그런데 절교를 하면 어떨까? (사이) 그분과 절교를 한다면 말야?

블라디미르 벌을 받겠지. (침묵. 그는 나무를 쳐다본다) 다 죽어 있는데 나무만이 살아 있군.

에스트라공 (나무를 쳐다보며) 저게 뭐지?

블라디미르 나무야.

에스트라공 그래. 하지만 어떤 나무냐고?

블라디미르 모르겠어. 버드나문가 봐.

에스트라공은 블라디미르를 끌고 나무 곁으로 간다. 그들은 나무 곁에 서서 꼼짝 않는다. 침묵.

> 에스트라공   우리는 왜 목매달아 죽지도 못하나?
>
> 블라디미르   뭘로 목을 맨단 말인가?
>
> 에스트라공   무슨 끈 같은 것도 없나?
>
> 블라디미르   없어.
>
> 에스트라공   그럼 목매달 수가 없지.

목매달기 위해 끈을 찾던 두 사람은 다음날도 고도가 안 오면 목매달아 죽기 위해 끈을 가져오기로 하고 이만 가자고 한다. 그러면서도 그들은 꼼짝도 하지 않는다. 그리고 막이 내리는 것으로 작품은 끝난다. 시작할 때 고도를 기다리던 두 사람은 작품이 끝날 때까지도 고도를 만나지 못한 채 다시 다음날을 기약한다. 그러나 작품은 영원히 고도가 오지 않을지도 모르며 그들 또한 반드시 고도를 만나기 위해 절실하게 기다리는 것이 아님을 암시한다. 그들은 인생이란 단지 끝없는 기다림의 연속이며 무엇인가에 희망을 걸고 기다리는 것이 삶이라는 평범한 진리를 상징적이고 시적으로 보여주고 있다. 격한 사건을 보여주지도 않으며 강렬한 대립이나 긴장도 없이 단지 이 극은 평범한 인간들의 사소한 움직임만을 보여준다. 두 사람은 대화를 하고 있지만 그것은 두 사람이 바꿔 말해도 아무런 지장이 없을 정도로 몰개성한 인물들 간의 대화이다. 결국 이 작품은 시작과 끝이 똑같은 상황임을 보여줌으로써 극의 일반적인 구조에서 벗어나 있다. 그러나 인생이란 그렇게 명확한 시작과 끝을 갖는 것이 아니므로 이러한 형태의 극은 오히려 우리의 삶을 잘 반영한다고 볼 수도 있다.

4. 구성

구성이란 작품 내의 제 요소들이 배열되고 짜이는 방식을 말한다. 작품의 각 요소들이 모여 최대의 효과를 얻기 위해서 어떻게 짜이는지를 가리킨다. 짧은 시간 내에 상연되는 연극의 특성상 구성은 아주 효과적으로 긴밀하게 짜여야 한다. 인물이 다른 인물과 혹은 자기 자신이나 환경과 대립하는 모습은 관객에게 일정한 감동과 고양감을 주는데, 이는 갈등을 지나서 문제 해결을 향해 나아가는 과정에 대한 이해를 기반으로 하며 구성의 묘미에 이끌리는 것이다.

포스터(Edward M. Foster)는 이야기와 구성에 대해서 "왕이 죽었다. 왕비도 죽었다"는 이야기요, "왕이 죽었다. 그래서 왕비도 죽었다"는 플롯이라고 명쾌하게 비교했다. 흩어져 있는 부분적인 요소들을 하나의 끈으로 꿰는 일, 즉 인과관계를 가지고 앞뒤의 요소들이 긴밀하게 연결되는 것을 구성이라고 보는 것이다. 왕이 죽었다는 사실과 왕비가 죽었다는 사실이 그저 나열되어 있는 전자는 산만하지만, 인과관계로 연결된 후자는 두 사실의 긴밀한 상관성을 통해서 흥미롭고 효과적인 전달을 가능케 한다.

관객은 갈등이 지속되어야만 작품에 흥미를 느끼고, 갈등이 해결되면 흥미를 잃는다. 그래서 작품의 성공 여부는 끝까지 관객의 긴장감을 유지하면서 끌고 갈 수 있는지의 여부에 달렸다고 할 수 있다. 모든 갈등이 해결되면 작품에서 기대할 것이 없기 때문에 급하게 결말로 이어지게 하거나 하강 부분에 예상치 못했던 반전의 요소를 배치함으로써 관객의 흥미를 잡아끌 필요도 있다.

대부분의 작품은 하나의 갈등만으로는 충분치 못하고 부수적인 플롯이 필요하다. 몇 개의 사건이 중첩되어야만 사건과 인간관계가 복잡해지고 인간 내면의 깊은 발현을 볼 수 있기 때문이다. 주된 플롯(main plot)에 부플롯(subplot)과 역플롯(counter plot)이 결합된다. 부플롯은 주된 플롯과 나란히 진행되다가 결과적으로는 주된 플롯과 합치되는데, 하나의 작품 안에는 커다란 하나의 주된 플롯과 여러 개의 부플롯이 있는 경우가 많다.

또한 역플롯이란 부수적인 사건의 목적이 주된 플롯의 결과와 상치되는 경우이다. 한 쌍의 남자와 여자가 사랑에 빠져 결혼하려고 하는데 부모에게 인사하러 갔더니, 남자의 아버지와 여자의 어머니가 서로 사귀고 있으며 결혼까지 결심한 사이였다. 부모의 결혼이 이뤄지면 자식들은 결혼할 수 없고 자식들이 결혼하려면 부모가 양보해야 한다. 이런 경우 한 쌍의 이야기를 주된 플롯이라 하면 다른 한 쌍의 사건은 역플롯이 된다. 또한 복선이라 해서 언더플롯(under plot)이 있다. 사건의 진행 과정에서 뒤에 일어나게 될 사건의 요소들을 미리 준비해둠으로써 이후에 일어나는 사건을 필연적인 것으로 만들기 위한 준비과정이다. 복선이 잘 짜이지 않으면 작품의 사건들은 우연에 의존하는 것으로 비춰지고 사건은 설득력을 잃는다.

플롯의 종류는 대략 몇 개나 될까? 가장 널리 알려진 것으로는 조르주 폴티(Georges Polti)의 36개의 국면이 있다. 물론 이 중에서 한 가지 국면만으로 작품이 구성되는 것은 아니고 몇 개의 국면들이 함께 어우러져 극이 완성된다. 다음은 폴티의 36가지 국면이다. 쉽게 이해하기 위해 희곡 외에도 잘 알려진 영화나 드라마를 예로 들었다.

1) **애원 또는 탄원** 〈단지 그대가 여자라는 이유만으로〉성폭행범의 혀를 자른 죄로 기소된 임정희(원미경 분)는 재판 과정에서 여성이 성폭행이라는 사악한 행동의 피해자이면서도 전적으로 불리한 처지에 놓이는 것에 대해 사회적인 문제를 제기한다.

2) **구조 또는 구제** 〈보디가드(The Bodyguard)〉보디가드인 파머(케빈 코스트너 분)는 유명한 가수 레이첼(휘트니 휴스턴 분)을 위기에서 구해 냄으로써 변덕스러운 그녀의 사랑을 얻는다.

3) **복수** 〈요람을 흔드는 손(The Hand That Rocks the Cradle)〉클레어 (아나벨라 시오라 분)는 산부인과 의사가 자신을 진찰하던 중에 성추행 을 했다는 사실을 공개한다. 의사는 자살하고 의사의 아내인 페이튼(레 베카 드 모네이 분)은 모든 것을 잃는다. 그녀는 자기를 몰락하게 한 클레어의 집에 보모로 들어가서 복수하려고 한다.

4) **근친 간의 복수** 〈햄릿〉덴마크 왕자 햄릿은 아버지를 죽이고 어머니와 결혼하며 왕위에 오른 숙부에 대한 복수를 하려고 한다.

5) **도주(추적)** 〈도망자(The Fugitive)〉아내를 죽였다는 누명을 쓴 리처드 킴블(해리슨 포드 분)은 교도소로 후송 도중 탈출해 누명을 벗고자 애쓰고 경찰은 그를 추적하면서 쫓고 쫓기는 사건이 계속된다.

6) **고난(재난)** 〈타이타닉(Titanic)〉화려하고 거대한 배 타이타닉은 빙산에 부딪쳐 침몰하고 수많은 사람들이 목숨을 잃는다.

7) **잔혹 또는 불행한 화를 당한 경우** 〈피고인(The Accused)〉사라 토비아스(조디 포스터 분)는 술집에서 수많은 남자들의 묵인과 방조하에 윤간을 당하고 이에 법적으로 맞서 싸운다.

8) **반항(모반)** 〈개 같은 날의 오후〉남성들에게 억눌려 지내던 여성들이 여자를 때린 남자를 죽이고 옥상에 모여 투쟁하면서 자신들의 여성의식

을 확인하고 사회적인 문제로 확장시켜나간다.

9) **싸움(당당한 싸움 또는 대담한 기도)** 〈김의 전쟁〉 김희로(유인촌
분)는 일본에서 억압당하는 한국인의 위상에 대해 문제를 제기하고
일본인을 살해함으로써 무기수가 되지만 그의 용기와 주장은 정당하게
여겨지며 한국인의 정체성을 인식하는 데 중요한 계기가 된다.

10) **유괴** 〈랜섬(Ransom)〉 톰 멀른(멜 깁슨 분)은 아들이 유괴당하자
스스로 아들을 찾아내기 위해 노력한다.

11) **수상한 인물 또는 문제(수수께끼)** 〈세븐(Seven)〉 성경에 나오는
일곱 가지의 죄악에 근거한 잔인한 살해가 이어지고 데이비드 밀스(브
래드 피트 분)와 윌리엄 서머싯(모건 프리먼 분) 두 형사는 일련의
잔인한 살인사건들을 해결하기 위해 나선다.

12) **목적을 향한 노력(획득)** 〈쇼생크 탈출(The Shawshank Redemption)〉
죄 없이 살인자로 몰려 무기수가 된 듀프레인(팀 로빈스 분)은 감옥
내에서 교도소장의 비자금을 관리하면서 신임을 얻게 되고 그가 방심하
는 사이에 긴 세월에 걸쳐 감방의 벽을 뚫고 마침내 탈출에 성공한다.

13) **근친 간의 증오** 〈용의 눈물〉 태종 이방원(유동근 분)은 왕위에
오르는 과정에서 형제들을 비롯해서 아내 원경왕후(최명길 분)와 극심
한 다툼과 갈등을 겪게 되고 마침내 서로 증오하는 상태에까지 이른다.

14) **근친 간의 다툼** 〈마누라 죽이기〉 봉수(박중훈 분)는 아내 소영(최진
실 분)을 죽이기 위해 갖은 방법을 동원하는 등 다툼을 벌인다.

15) **간통에서 생기는 참혹(살인적인 간통)** 〈데미지(Damage)〉 스티븐
플레밍(제레미 아이언스 분)은 아들 마틴(루퍼트 그레이브스 분)의
애인인 안나 바튼(쥘리에트 비노슈)과 사랑에 빠진다. 그들의 정사를
본 마틴은 그 충격으로 죽고 스티븐은 지위와 명예와 아내 등 모든

것을 잃게 된다.

16) **정신착란** 〈미저리(Misery)〉 애니 윌크스(케시 베이츠 분)는 작가인 폴(제임스 칸 분)에 대한 집착과 광적인 몰두 끝에 그를 가두고 그의 작품 내용을 수정해 자신의 마음에 드는 대로 쓰도록 강요한다.

17) **운명적인 부주의(생각의 부족)** 〈오셀로〉 오셀로는 이아고의 계략에 빠져 사랑하는 데스데모나를 죽이고 자신이 사악한 이아고에게 속았음을 알게 되자 자살한다.

18) **모른 채 저지르는 애욕의 죄** 〈오이디푸스〉 오이디푸스는 아버지를 죽이고 왕이 되며 어머니와 결혼해 그 사이에서 자식을 낳고 살게 된다. 그러한 신탁에서 벗어나기 위해 몸부림쳤지만 결국은 스스로 그 운명에 빠져든다.

19) **모른 채 저지르는 근친자 살상** 〈오해〉 오랜 세월이 흐른 뒤에 집으로 돌아온 아들을 알아보지 못하고 어머니와 누이가 그를 살해한다.

20) **이상을 위한 자기희생** 〈아름다운 청년 전태일〉 청계천 피복노조원인 전태일(홍경인 분)은 사회의 관심을 끌고 문제를 제기하기 위해 자신의 몸에 스스로 불을 붙이고 죽어간다.

21) **근친자를 위한 자기희생** 〈길버트 그레이프(What's Eating Gilbert Grape)〉 길버트(조니 뎁 분)는 지나치게 뚱뚱해서 거동을 하지 못하는 어머니와 정박아 동생 어니(레오나르도 디카프리오 분)를 돌보기 위해 자신의 청춘과 사랑을 포기하고 희생한다.

22) **정열을 위한 희생** 〈파리넬리(Farinelli: il castrato)〉 파리넬리(스테파노 디오니시 분)는 자신의 미성을 영원히 유지하기 위해 거세함으로써 목소리는 갖게 되지만 자신을 사랑하는 수많은 여성 누구도 사랑할 수 없는 고통을 겪는다.

23) **사랑하는 자를 희생하는 경우** 〈메디아(Media)〉 메디아는 남편 이아
손의 배반에 대해서 복수하기 위해 사랑하는 자식을 죽임으로써 그와
자신을 고통에 빠뜨린다.

24) **삼각관계(우월한 자와 약한 자의 대립)** 〈바람과 함께 사라지다(Gone
with the Wind)〉 스칼렛(비비안 리 분)은 자신을 사랑하는 레트(클라
크 게이블 분)를 거부한 채 자신과 어울리지도 않고 이미 멜라니(올리비
아 드 하빌랜드 분)를 사랑하는 애슐리(레슬리 하워드 분)를 유혹한다.

25) **간통** 〈졸업(The Graduate)〉 미래에 대한 불안감으로 자신을 잃고
있던 벤저민(더스틴 호프만 분)은 여자 친구의 어머니와 불륜의 관계를
맺게 되고 여자 친구와 어머니 사이에서 괴로워하지만 마침내 사랑에
확신을 갖고 여자친구의 결혼식장에서 그녀를 데리고 달려나간다.

26) **불륜의 연애관계** 〈피아노(The Piano)〉 말을 못하는 아다(홀리 헌터
분)는 피아노가 유일한 의사표현의 수단이다. 피아노를 치러 다니다가
이웃집 남자와 사랑에 빠지고 남편은 그녀의 손가락을 자른다.

27) **사랑하는 사람의 불명에 발견** 〈뮤직박스(Music Box)〉 앤 탤버트(제
시카 랭 분)는 전범으로 기소된 아버지 마이크 라즐로(아민 뮐러 스탈
분)의 무죄를 믿고 적극적으로 변호에 나선다. 그러나 뮤직박스에서
아버지가 양민을 학살하는 사진들을 발견하게 된다. 부녀간의 사랑과
민족적 진실 사이에서 고민하지만 마침내 아버지를 정정당당하게 심판
하기로 결심한다.

28) **애인과의 사이에 가로놓인 장애** 〈로미오와 줄리엣〉 서로 원수지간인
몬타규 집안과 캐플릿 집안의 로미오와 줄리엣은 서로 사랑하게 되지만
집안 간의 불화 때문에 사랑을 이루지 못한다.

29) **적을 사랑하는 경우** 〈낙랑공주와 호동왕자〉 적국의 왕자를 사랑하는

공주는 그의 청대로 자명고를 찢고 그를 승리하게 했으나 아버지인 왕의 분노에 죽음을 당한다.

30) 대망(야심) 〈성공시대〉 김판촉(안성기 분)은 성공을 향한 자신의 야심을 실현하기 위해 물불 안 가리고 노력한다.

31) 신을 배반하는 다툼 〈쥬라기 공원(The Jurassic Park)〉 신의 섭리에 반대되는 생명 복원은 엄청난 재앙을 가져온다.

32) 빗나간 질투 〈손톱〉 혜란(진희경 분)은 모든 것을 가진 친구 소영(심혜진 분)이 자기를 멸시한 것에 분개해서 의도적으로 남편에게 접근해 그녀가 가진 것들을 빼앗고 몰락시키려고 한다.

33) 빗나간 판단 〈오셀로〉 오셀로는 이아고의 계략에 넘어가 순결한 아내 데스데모나가 부정한 짓을 했다는 잘못된 판단을 내리고 그녀를 살해하게 된다.

34) 회한 〈아마데우스(Amadeus)〉 질투심 때문에 모차르트(톰 헐스 분)를 죽인 살리에리(F. 머레이 에이브러햄 분)는 평생 그 고통에서 헤어나지 못하다가 마침내 자신의 사악한 죄악을 세상에 알림으로써 죽음보다 더한 고통에서 벗어나고자 한다.

35) 잃어버린 자를 찾는 탐색과 그 발견 〈뽀네뜨(Ponette)〉 어린 뽀네뜨(빅투아 티비솔 분)는 어디론가 가버린 엄마에 대해 의아하게 생각하지만 차츰 엄마의 죽음을 이해하게 된다.

36) 사랑하는 자를 잃는 것 〈편지〉 정인(최진실 분)은 사랑하는 남편 환유(박신양 분)를 잃고 상심하지만 새로 태어난 생명을 통해 새 삶을 살아갈 용기를 얻게 된다.

이상에서 폴티가 분류한 36가지 구성의 유형을 알아봤다. 이러한 구성 방식은 다시 몇 개가 얽혀 하나의 작품을 만들어낸다. 그리고 하나의 작품은 내부에 다시 몇 개의 내적인 단계를 갖는다.

가장 일반적인 경우는 발단·전개·위기·절정·결말로 이뤄진 5단계 구조이다. 구성에 관한 논의에서 가장 대표적인 것은 프라이타크(Gustav Freytag)의 피라미드형 5단계설이다. 이것을 더 간략하게 하면 3막극이 되고 4막극이 되기도 한다. 그러나 현대극에서는 막의 개념이 없이 장 단위로만 작품이 구성되는 경우가 많다. 막을 올리고 내리는 대신 불을 잠시 끄는 장 단위로 구분하는 것인데, 실제로 막을 올리고 내리는 일을 하지 않게 되면서 막 개념도 약화된 것으로 보인다. 그럼에도 내용상으로는 극의 절정을 향해 치닫다가 문제가 해결되어 하강하는 형식은 내부적으로 여전히 존재하고 있다. 프라이타크가 그린 5단계설 피라미드 모형은 가운데가 정점인 좌우대칭형을 띠고 있지만 정점을 지나면 문제가 더는 진행되지 않고 급하게 결론이 나는 형식, 곧 상승부의 경사가 완만하고 하강부의 경사가 급한 형태가 주류를 이룬다.

발단

발단이란 사건의 실마리가 보이기 시작하고 인물의 소개가 이뤄지는 부분이다. 핵심적인 문제가 어떤 것인지를 약간 내비침으로써 호기심을 불러일으키고 관심을 갖게 한다. 관객을 연극으로 끌어들이기 위해서는 극적인 장치가 잘 준비되어 있어야 하는데 관객을 어둠 속에 앉혀두고 잠시 마음의 준비를 하게 한 연후에 무대에만 불을 밝혀, 꾸며진 가상의 세계로 관객들이 들어오게 하는 극적 장치를 사용한다.

극의 발단부가 매력적이지 않다면 관객의 관심을 모을 수 없으므로 특히 신경을 써야 하는 부분이다. 사건의 소개, 핵심적인 문제의 암시, 등장인물의 제시가 이뤄지며 인물이 처해 있는 상황 등을 서서히 드러냄으로써 관객의 관심을 집중시킨다.

다음은 피터 셰퍼(Peter Shaffer)의 〈에쿠우스(Equus)〉이다. 판사 헤스터가 말 여섯 마리의 눈을 찌르고 법정에서 소란을 피운 소년 알랭을 의사 다이사트에게 데리고 와서 상담을 의뢰하는 장면이다. 이러한 방식의 도입부는 주인공이 직접 등장하지 않고 극적인 사건에 대한 이야기를 소개함으로써 관객의 호기심을 자극하는 흥미로운 시작이다.

> 헤스터 제 말뜻을 잘 알면서 그러시는군요. (사이) 부탁이에요, 마틴.
> 아주 중대한 일이에요. 그 아이에겐 당신이 최후의 기회란 말예요.
> 다이사트 어째서요? 그 애가 무슨 일을 저질렀기에? 펩시콜라에 발포제라
> 도 넣어서 소녀에게 먹였나요? 하긴 당신의 법정을 두 시간 동안이
> 나 소란스럽게 했다니······.
> 헤스터 쇠꼬챙이로 말 여섯 마리의 눈을 멀게 했단 말예요.
>
> 긴 사이.
>
> 다이사트 말 눈을 멀게 해요?
> 헤스터 그래요.
> 다이사트 한꺼번에? 아니면 뜨문뜨문?
> 헤스터 하룻밤 새에.

다이사트 장소는?

헤스터 윈체스터 부근의 승마 클럽 마구간에서요. 주말에 거기서 일했
대요.

다이사트 나이는?

헤스터 열일곱 살.

다이사트 법정에선 무슨 말을 했지요?

헤스터 입을 딱 봉하고, 노래만 부르더군요.

다이사트 노래를?

헤스터 처음부터 끝까지, 무슨 말을 물어봐도요.

사이.

헤스터 마틴, 그 애를 받아주세요. 앞으로 다시는 부탁 안 하겠어요.

다이사트 글쎄요.

헤스터 그러실 테죠……. 아마 속을 태울 겁니다. 그 애에겐 당신이
필요해요. 그건 사실이에요. 이 고장에서 소년을 맡아줄 사람이라
곤 정말 없는 걸 어떡해요. 이해해줄 사람도. 그리고…….

다이사트 그리고라니?

헤스터 아주 특별한 데가 있어요.

다이사트 어떻게?

헤스터 그야 영감이죠.

다이사트 허어, 당신의 영감이라?

헤스터 대단히 놀랄 겁니다. 이제 알게 될 거예요.

다이사트 소년이 언제 오죠?

> 헤스터　내일 아침. 다행히 네빌 소년원에 침대가 하나 비었거든요.
> 무거운 짐인 줄은 알고 있어요. 마틴, 솔직히 말해서 딴 방법이
> 없었어요.

상승

상승에서 극은 서서히 본격적으로 문제를 드러낸다. 인물은 이 과정에서 원하는 것이나 심각한 문제를 제시하며 갈등이 시작된다. 갈등을 확대하고 격렬하게 하는 일련의 사건들을 통해서 인물들을 본격적인 사건으로 몰고 간다. 이러한 크고 작은 사건들이 얽히는 관계를 분규라고 한다. 사건들은 서로서로 영향을 주면서 복잡해지고 문제는 심각해진다. 대립적인 관계를 크게 보면 경쟁 세력은 점점 더 적대적으로 되어가고 주인공은 위기에 몰린다.

다음은 그리스비극의 대표적 작품인 소포클레스의 〈오이디푸스〉의 일부분이다. 아버지를 죽이고 어머니와 결혼하리라는 신탁에서 벗어나기 위해서 버려진 오이디푸스는, 그 운명에서 떠나려고 몸부림쳤으나 도리어 그 굴레 속으로 걸어 들어간 격이 되어 아버지를 죽이고 어머니와 결혼하게 된다. 이후 나라에 재앙이 닥치자 그 재앙의 원인을 찾던 중 자신이 저지른 악행이 그 원인임을 알게 되는 과정이 상승에 해당한다. 오이디푸스는 진실을 알고 싶어 했으나 그 진실은 자신의 끔찍한 죄악을 깨닫는 것이 되고 두려움에 휩싸이게 된다.

> 오이디푸스　왕비, 당신의 말을 들으니 내 마음이 갈피를 못 잡겠구려.

지난 일의 기억이 가슴속에 되살아나고 있소.

이오카스테　그건 무슨 말씀이십니까? 어째서 그렇게 놀라십니까?

오이디푸스　당신의 말로는 라이오스 왕께서는 삼거리에서 돌아가신 것 같구려.

이오카스테　그렇다더군요. 아직도 그렇게들 말하고 있어요.

오이디푸스　어디서 그 사건이 일어났소? 거기가 어디요?

이오카스테　그 고장은 포키스라고 합니다. 거기서는 갈라진 길이 델포이 와 다우리라로 통하고 있습니다.

오이디푸스　그래, 그 사건이 일어난 지 얼마나 되오?

이오카스테　그건 왕께서 이 나라를 다스리시기 얼마 전에 퍼진 소식이었습 니다.

오이디푸스　오오. 제우스 신이시여. 저에게 무엇을 하려 하셨나요?

이오카스테　오이디푸스님, 그것이 무어 그렇게까지 걱정이 되세요?

오이디푸스　아직은 묻지를 마오. 라이오스 왕께서는 어떻게 생기셨고, 키가 얼마나 되셨고, 아직 장년기에 계셨는지나 말해주오.

이오카스테　키는 크셨고 흰머리가 더러 있었습니다. 모습은 꼭 당신과 같으셨고요.

오이디푸스　맙소사! 당장 무서운 저주 속에 내 몸을 던지고 있으면서도 그걸 모르고 있었다니.

절정

절정은 대치하고 있는 두 세력 간의 갈등이 최고조에 달하는 상태를 말한다. 즉, 주인공이 심각한 결정을 내리거나 자신이나 다른 사람에 대해 아주 중요한 점을 발견할 때이다. 이것은 상승의 끝부분이며 극에서 주된 전환점을 구성한다. 이후 극은 갑자기 매우 다른 방향으로 움직이게 되고 이러한 주된 결정을 내리는 순간 주인공의 극적 상황은 일촉즉발의 위기에 처하게 된다. 계속된 갈등과 분규가 이러한 최고조의 긴장된 순간에 처하는 것을 보통 클라이맥스라고 부르며, 아리스토텔레스가 비극에서 중요한 요소로 지적한 아나그노리시스(anagnorisis, 인식)와 페리페테이아(peripeteia, 반전)가 결합되는 극적인 순간이기도 하다. 인물은 여태까지의 무지(無知)에서 지(知)로의 급한 반전을 통해서 최고조의 위기에 달하게 되고 그의 극적인 운명도 변한다.

다음은 이근삼의 〈국물 있사옵니다〉의 일부이다. 한국현대극의 대표적인 작가인 이근삼은 이 작품에서 상범(常凡)이라는 이름처럼 평범한 남자가 우여곡절 끝에 신분상승을 해나가는 과정을 그리고 있다. 그는 회사 사장의 며느리가 남편의 죽음 이후 다른 남자와 불륜의 관계를 맺는 것을 미끼로 삼아 그녀와 결혼하고 사장의 측근이 된다. 아무것도 가진 것 없는 평범한 남자가 권모술수와 사기행각으로 최상의 자리에 오르기까지를 보여줌으로써 부조리가 만연한 사회를 고발한다. 다음 장면은 그러한 자신의 야심을 사장의 비서이자 며느리인 성아미를 통해서 펼치고자 하는 장면으로 극의 절정에 속한다. 그는 이후 원하는 것을 마침내 손에 넣었지만 뜻밖에 희열이 아닌 허탈감에 빠짐으로써 극은 하강 국면을 향한다.

아미 무엇을 요구하는지 알겠어요. 그래 김 과장은…… 아니, 김 상무는
      얼마를 요구하죠? 금액을 말하세요.

상범 글쎄…… 당신의 죽은 남편…… 그러니까 사장님의 아들은 자기
      앞으로 있던 재산을 죽기 며칠 전 사장에게 일임했습니다.

아미 (펄쩍 뛰며) 그건 어떻게 알아요?

상범 사장님의 변호사 사무실에 몇 차례 심부름을 갔었습니다. 뿐인가요,
      저는 그보다 더 큰 사실도 압니다. 성 비서가 재혼할 경우, 사장님이
      성 비서의 남편이 될 남자의 인격과 능력을 인정하면 그 재산은
      다시 성 비서의 재혼할 남자 앞으로 돌아옵니다. 죽은 성 비서의
      남편은 예수님보다도 인자했던 분입니다.

아미 당신 같은 악당하고는 달라요!

상범 당신 같은 간부(姦婦)에게는 아까웠지.

아미 도대체 저를 여기에 끌고 나와 어떻게 하겠다는 말예요?

상범 성 비서와 결혼하고 싶습니다.

아미 아니…… 뭐요?

상범 성아미 씨와 결혼을 하겠다는 말입니다.

아미 당신 같은……? 아이, 어이가 없어!

상범 어이가 없어요? 그것이 인생입니다. 결혼은 하지만…… 저도 성아
      미 씨의 죽은 남편에 못지않게 관대한 남편이 될 생각입니다.
      당신한테 딸린 가족 다섯을 그대로 살릴 수 있겠다, 동생들이
      마음 놓고 대학까지 갈 수 있겠다, 재산이 쏟아져 들어오고…….
      사장님이 은퇴하시면 자연 새 사장의 아내가 될 것이고…….

아미 아니, 뭐요?

상범 제가 사장이 될 게 뻔한 일이 아닙니까? 하여튼, 저하고 결혼하면
      사장님의 신임도 받을 것이고…….

아미 제가 거절하면 어떻게 할 작정이죠?

상범 거절이요? 성아미 씨 같은 예쁘고 똑똑한 여자가 이 기가 막히는

조건을 거절해요? 저도 성아미 씨하고 가끔 동침하고 싶거든요.

예쁘고……

아미 듣기 싫어요! (아미는 분연히 일어서서 문간으로 간다)

상범 잘 생각하세요. 싫으면 그대로 나가시고……. 응하신다면 다시

여기 앉으시……. (잠시 머뭇거리더니 아미는 다시 의자에 앉는다.

불이 서서히 어두워질 때 상범은 무대 전면으로 나와 관객을 대한다)

하강

하강은 정점에서 폭발한 문제가 서서히 가라앉기 시작하는 부분이다. 이로써 플롯은 결말을 향해 가게 된다. 희극의 경우는 주인공의 어려움이 해결되기 시작하고, 비극이라면 악의 세력이 점점 강해져서 주인공의 몰락이 진행되는 부분이다. 정점을 지나면서 하강 부분은 거의 예측이 가능하기 때문에 지루해질 우려가 있다. 그래서 작품에서 정점을 경계로 앞부분은 완만한 곡선을 그리면서 서서히 상승하고, 정점을 지나면서 하강 부분은 급한 각도의 하강선을 이룬다. 그러나 일방적인 하강은 극의 긴장감을 해치기 때문에 약간의 상승을 넣어서 변화를 꾀하기도 한다. 절정 이후의 하강 부분이 누구나 예상할 수 있는 방식으로 전개된다면 이는 극적 재미를 주지 못하는 시시한 극이 될 것이기에 이러한 장치가 필요하다.

파국

파국에 이르면 모든 갈등은 끝나고 문제는 해결된다. 대개 주인공이 죽거나 몰락한다. 그러나 아무리 그 결말이 슬프고 불운할지라도, 그것이 관객의 기대를 충족하기 때문에 어느 정도 만족을 준다. 파국은 상승과 하강의 논리적 결과이다. 그동안 관객이 가졌던 긴장감이 일종의 평형상태에 도달함으로써 극의 효과를 음미해볼 수 있는 부분이다.

다음은 아서 밀러의 〈세일즈맨의 죽음〉의 결말 부분이다. 늙고 무능한 세일즈맨 윌리는 자식들에게도 존경받지 못하고 직장에서나 모든 인간관계에서 무시당하는 처량한 신세에 처해 있다. 그는 마지막으로 보험금을 타서 아들에게 주려고 자살한다.

비프　아버지는 당찮은 꿈을 가지고 계셨죠. 하나같이 당치않은.

해피　(비프와 싸우기라도 할 듯이) 그런 소린 하지 말어.

비프　아버진 자신을 똑바로 평가할 줄 모르셨거든.

찰리　(해피가 대들며 대답하려는 것을 막고, 비프에게) 자네 어른을 나무랄 사람은 아무도 없네. 자넨 모르겠지만 춘부장은 외판원이었단 말일세. 외판원에겐 인생의 밑바닥이란 있을 수 없어. 직공이라든지 법률가라든지 의사같이 판에 박은 직업이 아니라는 말이야. 반짝거리는 구두에다 미소를 지으며 저 멀리 푸른 하늘 밑을 달리는 분일세. 그런데 세상 사람들이 반겨주지 않는다면 지진이 일어나는 거나 마찬가지. 그뿐인가. 모자에 자국만 몇 개 생겨도 그걸로 끝장이 나는 거야. 그러니 아무도 춘부장을 나무랄 수는 없단 말일세. 외판원이란 꿈이 있어야 되는 거야. 그 꿈이란 담당

지역처럼 떼어놓을 수 없어.

비프 아저씨, 아버진 자신이 어떤 분이라는 걸 모르셨어요.

해피 (분개하며) 그런 소리 집어치워!

비프 애, 너 나하고 같이 가자.

해피 그렇게 쉽사리 갈 수는 없어. 난 여기 뉴욕에 있겠어. 그리고 이 일을 해내고야 말겠어. (턱을 버티고 비프를 본다) 로먼 형제 목장 말이야!

비프 제 격에 맞는 일을 해야 해.

해피 좋아요. 난 형이나 다른 사람들한테 아버지가 허무하게 돌아가시지 않았다는 걸 보여줄 테야. 아버진 훌륭한 꿈을 간직하셨어. 우리가 지닐 수 있는 유일한 꿈이지. 뛰어난 인물이 될 수 있는 꿈이란 말요. 아버진 여기서 그것을 위해서 싸우셨거든. 그러니까, 아버지가 이루지 못하신 걸 내가 대신 해보겠다는 거야. 여기서 말이야.

비프 (절망적인 시선을 해피에게 보내고 어머니 쪽으로 몸을 기울이고) 어머니, 그만 가세요.

린다 금방 가마. (찰리에게) 먼저 가세요. (찰리, 망설인다) 조금만 더 있고 싶군요. 작별인사도 할 기회가 없었어요.

찰리, 저만큼 움직인다. 그 뒤에 해피. 비프는 린다의 후면 왼쪽으로 조금 떨어져 있다. 린다, 기운을 내어 거기 않는다. 그다지 멀지 않게 플루트 음악 시작되고 다음 대사 뒤에 깔린다.

린다 여보, 날 야속하게 생각하지 마시우. 울 수도 없구려. 어떻게 된 거유. 울음도 안 나오니. 정말 날 좀 도와줘요. 울 수도 없다니까요. 또 출장 가신 것만 같구려. 돌아오시려우? 여보, 왜 울 수도 없을까요. 뭣 때문에 그런 짓을 했수? 아무리 생각해도 알 수가 없구려. 오늘 마지막 집세도 냈다우, 오늘. 하지만 집이 텅 빌 게 아니유. (목이 메어온다) 이젠 빚도 없고 홀가분해졌는데. (울음을 억제할 수 없이 터뜨리며) 맘 편히 살 수 있어! (비프, 천천히 어머니에게 간다) 빚도 갚았다우……. 이젠 맘 놓고 살 수 있는데…….

비프, 어머니를 일으켜 두 팔로 부축하고, 후면 오른쪽으로 나간다. 린다, 조용히 운다. 버나드와 찰리, 같이 나와서 그들을 따라간다. 그 뒤에 해피. 오직 플루트 음악만이 어두운 무대에 남아 있다. 동시에 집 위로 아파트 건물의 우뚝 솟은 모습만이 똑똑하게 보이면서 막이 내린다.

흔히 아리스토텔레스적이라 불리는 일반적인 극은 이러한 형태의 구조를 갖는다. 아리스토텔레스는 통일된 구성을 시작과 중간과 끝의 계속적인 연쇄라고 했다. 시작이란 무엇인가를 기대하도록 만드는 것으로 중심 행위를 유발시키고, 중간은 지나간 것을 추정하며 이후에 올 것을 기대하게 만들고, 끝이란 지나간 것을 따르며 아무것도 기대하거나 요구하지 않는 것이다. 이 세 요소가 잘 짜이면 완전한 구성이 된다.

그러나 브레히트는 이러한 구조를 중요하게 여기지 않으며 낱개의 장면들에 의해서 문제를 제기하고 관객의 비판적 시각을 통해서 판단하게 하고 나아가 현실의 문제를 개혁해나가도록 하는 것을 중요하게 여겼다.

또한 부조리극도 이러한 형태의 구조에서 벗어나 있다. 그들은 일관된 문제를 집요하게 물고 늘어져서 해결을 향해 나아가는 식의 구조를 중시하지 않으며 시작할 때와 끝날 때가 똑같은 상태로 전혀 아무런 일도 일어나지 않거나 어떤 일이 일어났다 할지라도 아무런 변화가 없는 식의, 부조리한 현실에 대한 인식을 그대로 보여주는 구조를 택한다.

19세기에 유행하던 소위 '잘 만들어진 극(well made play)'은 특히 완벽한 구조와 깊은 관련이 있었다. 이 작품들은 구성의 원리를 철저하게 따르고 있었으며 기계적인 적용으로 완벽한 플롯을 구성했다. 그러나 이 작품들은 철저하게 계산된 플롯을 구사하고는 있지만 작품에 대한 기본적인 자세가 도식적이었기 때문에 인생을 깊이 있게 담아내지 못하는 한계를 가졌고, 그 결과 관객에게 외면당했다. 기계적인 극작의 한계를 드러낸 이 극들은, 플롯은 희곡에 있어서 아주 중요하지만 그것만으로 좋은 작품을 쓸 수는 없음을 잘 보여준 경우이다.

2

How to analyze
drama

희곡의 분석

제5장 │ 서론

당신을 죽일 때 난 당신에게 키스했지.
이제 이 길밖에 없소.
당신에게 키스하며 내 목숨을 끊는 길밖에.

—셰익스피어, 〈오셀로〉 중에서

희곡의 정의

희곡은 연극 상연을 위해 쓰이며 한 인물 집단의 다양한 행동과 대화를 표현함으로써 인생과 인간의 행동을 묘사하는 문학작품 또는 창작품이다. 비록 희곡을 문학작품이라고 할지라도 희곡이 무대 위에서 행동으로 옮겨지기 위해 저술되었음을 잊어서는 안 된다. 희곡을 읽을 때조차 최소한 무대 위에서 배우들이 그 재료를 어떻게 표현할 것인가를 상상하려 하지 않고서는 그 극이 어떤 종류의 것인지, 즉 그 극의 참된 실체를 파악할 수가 없다.

무대에서 상연되기보다는 기본적으로 읽히기 위해서 쓰인 희곡들이 있는데 이를 레제드라마라고 한다. 그러나 대부분의 경우는 무대 위에서 '생동하는' 상연을 위한 대본으로서의 희곡에 대해 이야기한다. 비록 우리가 상상력이나 아이러니 같은 추상적인 생각에 몰두한다 해도 희곡의 성공은 그것이 극장에서 상연되는 방법에 어느 정도 기초를 두고 있다는 원칙을 항상 고수해야만 한다.

또 희곡은 행동과 대화를 통한 인물과 인생의 표현만이 아니라 오락의 요소도 갖는다. 희곡이라는 용어가 여러 가지로 정의되었음에도 불구하고 대부분의 사람들은 오락이 희곡의 표면상의 목적 중의 하나라는 것에 동의한다.

1. 희곡의 역사

우리의 관심을 특정 희곡이나 희곡의 특성으로 돌리기 전에 희곡의 형성을 간략하게 요약하는 것이 좋을 듯하다. 하나의 장르로서 희곡을 이야기할 때 수천 년 전에 선택되었던 다양한 형식을 통해 그 장르를 인식할 필요가 있다.

로마 시대의 극은 기질과 형식의 양면에서 왕정복고 시대의 희곡과는 크게 다르다. 시대에 따라 기질과 형식이 다르게 나타나는 이유는 희곡이란 것이 생의 바로 그 순간을 잡으려고 애쓰기 때문이다. 이것은 예이츠(William B. Yeats)가 희곡을 모든 예술의 표본이라고 본 이유이기도 하다. 그가 설명했듯이 "희곡이 매력적인 것은 그것이 가장 명백한 방법으로 모든 예술이 의지하는 근본적 양상으로 나아간다는 점이다. 희극과 비극은 이 점에서 보면 동일하며 그들 모두 강렬한 삶의 순간을 드러낸다". 극작가들이 생의 순간들을 포착하는 데 사용했던 몇 가지 방법을 간단하게 알아보자.

시작

우선 희곡이 종교적 의식과 더불어 시작되었다는 것에 주목해야 한다. 여러 가지 이교도의 의식과 축제 중에서 일종의 오락이라고 볼 수 있는 초기 희곡, 특히 그리스비극과 희극이 생겨났다.

그리스비극

그리스비극은 생(生)과 사(死)라는 디오니소스 축제의 양식에서 발생했다. 그리스비극은 처음부터 인간의 특성과 생의 진지한 국면에 관심을 가졌다.

그리스비극의 표본은 오래전 아리스토텔레스의 『시학』에서부터 정의되었다. 아리스토텔레스는 비극이 '아주 중요한 행동'을 극적으로 '모방하는' 것이라고 생각했다. 대개 거기에는 특별한 하마르티아를 가진 중심인물이 있다. 중심인물은 그 자신이든 그의 행동이든 어떤 종류의 실수를 통해 죽음, 절망 혹은 불행으로 이끌린다. 가장 빈번하게 언급되는 결함은 교만으로, 이는 지나치게 자기 파괴적인 자존심을 의미한다. 영웅은 고통으로 인도된 후 자신과 세계에 대해 더 잘 이해하게 된다.

그리스비극에 내재된 기본적 생각은 인생의 진실한 의미를 고통을 통해 배운다는 것이다. 결함이 고통으로 이끄는 반면, 고통의 경험은 종종 자아와 존재에 대한 새롭고 확장된 인식으로 거듭난다.

아리스토텔레스는 비극은 정화 효과를 가져야만 한다고 설명했다. "비극이 끝날 무렵 관객은 연민과 공포로 정화되어야 한다. 비극적 영웅과 고통을 서로 나누며 관객은 더 큰 도덕적 인식과 더 날카로운 자아 인식을 하게 된다." 이것이 아리스토텔레스가 설명한 그리스비극이다. 우리는 아직까지도 시간, 장소, 행위의 고전적 '일치'를 비롯한 비극의 대부분을 아리스토텔레스의 이론에 바탕을 두고 이야기한다.

그리스희극

그리스희극은 초기의 종교의식 특히 디오니소스의 풍요의식에서 유래한다. 초기 그리스비극은 풍요를 다뤘을 뿐만 아니라 남근숭배의 식과도 관계가 있다. 그리고 비록 희극이 이 원시공동체로부터 서서히 변모되었을지라도, 초창기의 많은 극들은 의상 및 대본에 있어 극단적으로 성적(性的)이었다.

그리스희극은 원래 구희극(Old Comedy), 중기희극(Middle Comedy), 신희극(New Comedy)의 세 범주로 나뉜다. 구희극에서는 대개 국가 문제에 대한 정치적 풍자가 담긴 아주 요란스런 논평을 많이 발견하게 된다. 구희극은 초기 그리스 극작가 아리스토파네스(Aristophanes)의 〈개구리(The Frogs)〉, 〈새들(The Birds)〉 같은 희곡들이 가장 좋은 예가 된다. 중기희극에 대해서는 남아 있는 예가 없다.

신희극은 대개 낭만적 상황을 다룬다. 일반적으로 불행하고 문제적인 상황에서 행복하고 편한 상황으로 움직여가는 연인들이 등장한다. 즉, 신희극은 오늘날처럼 전통적인 '해피엔딩'을 보여준다. 신희극은 아리스토파네스가 죽은 지 약 40년 후(기원전 245년경)에 태어난 메난 더(Menander)가 쓴 익살스런 연애극에서 가장 잘 나타난다. 최근의 비평이 아리스토파네스의 초기 희곡을 새롭게 조명할지라도, 대부분의 현대 독자들은 기본적으로 신희극에 더 큰 흥미를 보인다.

비극과 희극의 대조

모든 연극사의 시초는 희극과 비극의 기본적 범주에 기초를 두고 있으므로 그들의 근본적 차이와 유사점을 파악하는 것은 유익한 작업이다. 비극은 불행한 재앙에서 절정을 이루는 사건을 포함하지만, 희극은 행복하거나 유쾌한 결말로 매듭지어지는 사건을 다룬다.

주제 자체만 봐도 근본적으로 비극은 어둡고 희극은 밝다. 비극의 분위기는 희극과 반대이다. 비극에서는 영웅이 그의 통제 밖에 있는 힘에 의해 파멸한다. 희극에서는 대개 영웅이 즐겁고 익살스러운 방법으로 장애를 극복하고 성공한다. 비극에서는 인간이 운명과 자연에 의해 정복되는 반면, 희극에서는 인간의 적대 세력에 대한 승리가 우스꽝스럽게 나타난다. 이 같은 기본적 양분법이 있는 한편, 감정과 사건의 면에서는 유쾌한 낙관주의의 희극과 우울한 비관주의의 비극 사이에도 고유의 '중복되는 요소'가 있다.

대부분의 비극은 종종 '희극적 긴장 이완(comic relief)'이라고 불리는 유머러스한 면을 갖는 반면, 대부분의 희극은 피하기 어려운 어떤 힘들고 심각한 양상을 가진다. 특히 셰익스피어는 극적으로 다뤄지는 어떤 문제를 결코 완전히 즐겁게만 혹은 완전히 슬프게만 두지 않는다.

체호프(Anton P. Chekhov)는 항상 그의 희곡 〈바냐 아저씨(Uncle Vanya)〉가 희극이라고 주장했으나 대부분의 관객들은 그것을 비극으로 해석했다. 요점은 희극과 비극이 종종 사회의 구성원으로서의 인간을 정의한다는 비슷한 목적을 공유한다는 것이다. 많은 희곡들이 '희비극'이라고 불리는 이유도 익살과 슬픔, 밝음과 심각함, 큰 중요성과 단순한 경박함이 혼재하기 때문이다.

아마도 비극에서 가장 뚜렷한 – 확실히 희극에서는 부재하는 – 사실은 파멸을 가져오는 일종의 '결함'을 가진 영웅의 개념이다. 비극적 영웅들은 항상 특정한 결함 – 오셀로의 교만함, 맥베스의 정열 등 – 을 지닌다. 희극에서는 그런 결함이 나타나지 않는데 특히 아리스토텔레스는 영웅은 그를 억압하는 힘을 넘어설 정도로 뛰어나기 때문에 그러하다고 언급했다.

로마 시대의 희극

메난더로 대표되는 소위 신희극은 로마 시대의 희극작가들, 특히 플라우투스(Plautus)에 의해 매우 많이 모방되었다. 그들의 희극은 르네상스 및 엘리자베스 시대의 극에 큰 영향을 줬다.

중세극

로마제국의 세력이 약해져감에 따라 희곡도 아주 오랫동안 침체되었다. 그랬던 것이 교회의 예배의식에서 극적 분위기가 다시금 태어나 전개되기 시작했다. 9세기 말과 10세기에는 교회활동이나 여러 집단의 음악적 표현 및 '비유'가 있었다. 사제가 이야기를 노래로 부르기보다 말로 하기 시작했고 이 음악적 표현에서 희곡이 나왔다. 결국 이

'비유'는 교회 예배의식에서 독립되었고 중세극은 비록 종교적 주제가 여전히 일반적이기는 했지만 특별한 오락으로 만들어졌다. 점차 교회에서 밖으로, 특히 탁 트인 야외로 장소를 옮겨 상연되었다. 라틴어는 일상적 방언으로 대치되었고 관객은 전 세계적으로 더 늘어났으며 중세사회의 큰 부분을 대표하게 되었다.

가장 인기 있는 극 중 몇몇은 신비극이라고 알려졌다. 그것은 성경의 역사에 있는 어떤 사건에 기초한 종교적 희극이다. 대부분의 경우에 비평가들은 신비극을 세 가지 종류로 나눈다. ① 구약극은 종종 인간의 타락과 이상국의 상실을 다룬다. ② 신약극은 대개 예수의 탄생과 관계된다. ③ 죽음과 부활극, 곧 인간의 이야기와 예수의 생애가 모든 중세극의 주된 주제가 되었다.

여러 종류의 희곡이 교회로부터 독립해 생산되었으며 상업 길드 조직이 생겨나면서 시골을 돌아다니며 화려한 야외극을 했다. 기적이나 성자와 관계있는 성서의 사건을 다룬 기적극 또는 성극도 인기 있었다.

도덕극과 막간극

15세기 초 무렵에 도덕극이 나타났다. 그것은 완전한 풍유(allegory)를 포함하기 때문에 초기 종교극과는 다르다. 이상한 옷차림을 한 배우들에 의해 어떤 추상적인 열정, 악덕 그리고 선이 무대 위에 나타난다. 그러므로 관객은 죽음, 악, 자비, 수치, 영광 등의 특성을 명백히 볼 수 있었다.

인간 존재의 모든 도덕적 문제들을 다룬 도덕극이 있었던 한편, 하나의 악덕과 관련해 도덕적 문제를 다룬 것도 있었다. 도덕극은 잔치나 오락 같은 행사의 사이에 상연될 수 있을 정도로 비교적 짧은 희곡인 막간극의 창조로 이어진다. 막간극은 아주 인기 있었고 종종 두 인물의 대화만으로 구성되기도 했다. 막간극은 때때로 (프랑스 소극을 모방한) 소극이었는데 항상 진지하거나 종교적이지는 않았다. 그러므로 막간극은 종종 희곡을 종교에서 분리시킨 가장 큰 영향의 하나로 간주된다. 초기에서부터 중세 말까지 이어오는 모든 희곡의 역사는 특별한 종류의 극적인 흥미의 점진적인 발전이라고 할 수 있다.

교회 예배의식에서 시작된 희곡은 서서히 교회와 종교적 주제에서 자유로워졌으며 엘리자베스 시대에는 거의 유일하게 세계적인 차원으로까지 발전했다.

엘리자베스 시대의 희곡

르네상스 시대 영국은 다양한 직업을 가진 모든 부류의 사람들이 글을 쓸 정도로 희곡에 대해서 큰 관심이 있었다. 16세기 말경에 엘리자베스 시대 희곡은 세계문학사에서 최상의 것이 되었다.

셰익스피어는 물론 잘 알려져 있지만 그 외에도 말로(Christopher Marlow), 벤 존슨(Ben Jonson), 보몬트(Francis Beaumont), 플레처(John Fletcher), 포드(John Ford), 매신저(Philip Massinger), 마스턴(John Marston), 셜리(James Shirley)와 같은 일일이 열거할 수 없는 수많은 대가들이 있다. 그 목록은 끝이 없고 엘리자베스 시대와 자코뱅 시대 희곡은 다른 어떤 시대의 것보다도 오늘날 널리 읽힌다.

새로운 종류의 극들, 낭만주의 희곡, 복수 살인극, 중요한 시대의 역사극, 법정 희곡, 전원극 등이 시작된다. 그러므로 엘리자베스 시대의 무대는 거의 믿을 수 없을 정도로 새롭고 재능 있는 극작가들에 의해 이끌어졌으며 동시에 새로운 종류의 세속적 희곡이 많이 만들어져 그중 많은 것이 오늘날까지 남아 있다.

왕정복고 시대와 18세기 희곡

영국에서 왕정복고 시대(찰스 2세가 영국 왕위에 복위한 1660년대에 시작됨)에는 '영웅극'이 크게 유행했다.

영웅극은 폭력, 폭발적인 대화, 몹시 고통받는 인물, 구경거리 요소들, 다양한 서사적 규모 등의 과잉으로 특성화되는 일종의 비극 또는 희비극이었다. 영웅극은 거의 항상 멀리 떨어진 땅 – 종종 모로코나 멕시코 – 에서 일어난다. 영웅들은 대개 연인일 뿐만 아니라 위대한 군 지도자였으며 종종 그들의 여인에 대한 사랑과 애국심 사이의 갈등을 경험한다. 선하고 아름다운 여주인공들은 항상 영웅인 그들의 연인과 아버지 사이의 상충하는 이해 때문에 고통스러워한다. 악당들은 대개 권력에 굶주려 있으며 악하고 여주인공의 영웅을 몹시 질투했다. 어떤 이들은 그들이 너무나 비슷해서 개별적으로 매혹적일 수 없음을 발견했다. 그러나 영웅극은 적어도 희곡 세계의 영역을 확대했고, 기묘하고 환상적인 것을 소개했으며, 관객들은 여주인공의 고통을 흥미 있게 받아들였다.

같은 시대의 긍정적 측면으로는 풍속희극의 탄생을 들 수 있다. 이 극들은 대개 인텔리 사회의 피상적인 양식이나 관습에 관심이 있었다. 풍속희극은 소위 사회기관의 관습에 대한 풍자적 공격이며 결과적으로 최상류계급의 풍속과 '상류사회' 사람들의 관습을 웃음거리로 만들었다. 위선이 드러났고 부조리한 부조화가 폭로되었다.

19세기 희곡

영웅극을 통해 희곡에 소개된 '구경거리'는 서서히 19세기 멜로드라마에서 드러나는 극단적인 구경거리와 지나친 감상주의로 이어진다. 세기말에는 비록 희곡과 비극이 그 자체로 특별히 유행하지 않았을지라도 엘리자베스 시대의 심각한 희곡에서는 찾을 수 없는 흥미가 있었다.

20세기 희곡

아일랜드계 희곡, 특히 예이츠, 존 싱(John Synge), 오케이시(Sean O'Casey)의 희곡을 중심으로 20세기 희곡이 광범위하게 유행했다. 여기서 문제극과 가정 비극의 급격한 발전을 보게 된다. 예를 들면 과거에는 참된 '비극'은 고상한 영웅이 비참한 몰락을 경험해야 한다는 아리스토텔레스의 원칙을 따라야만 한다고 여겨졌다. 그러나 이제는 많은 이가 아서 밀러의 〈세일즈맨의 죽음〉의 윌리 로만의 불쌍한 모습까지도 '비극적 영웅'으로 인정하게 되었다. 엘리엇(Thomas S. Eliot), 크리스토퍼 프라이(Christopher Fry), 노엘 코워드(Noel Coward)는 희곡의 잠재성을 발달시키고 진보시키는 데 공헌한 영국 극작가들이다.

존 오스본(John Osborne)의 〈성난 얼굴로 돌아보라(Look Back in Anger)〉, 유진 오닐(Eugine O'Neill)의 〈얼음장수 오다(The Iceman Cometh)〉는 새로운 종류의 희곡으로 이끈 선구적 작품들이었고 어둠과 분노를 대표하는 희곡이기도 했다.

돌아본 역사

디오니소스 축제의 이교도 의식에서 최초로 희곡이 나왔음을 기억해야만 한다. 희곡은 감정의 원초적 측면에 의해 비극과 희극으로 분류되지만 언제나 뒤섞인 형태로 나타난다. 14세기 초에 희곡은 종교적 사건 - 특히 부활절 - 의 교회의식에 의해서 유명해졌다.

종교적 사건은 점차 더욱 특별해지고 기적극이 출현한다. 이후 무대 위에서 풍자적 모습이 소개됨과 동시에 도덕극이 발생했고, 그것은 막간극과 함께 거의 직접적으로 16세기 영국 막간극으로 이어졌다. 엘리자베스 시대에서 오늘날의 희곡에 이르기까지 형식과 주제의 측면에서 변화가 계속되었다. 극작가가 선택하는 방법이 무엇이든지 간에, 어떤 주제라도 무대 위에서 극적으로 행해진다는 사실을 알 수 있다.

희곡 발전의 역사에 대한 지식은 한편으로는 작품을 이해하기 위한 일반적인 정보를 제공하고, 다른 한편으로는 희곡이 표현되는 양상을 직접적으로 주목하게 만드는 수단이 된다.

2. 희곡의 구어적 특성

희곡의 역사에 대한 짧은 개관을 통해서 희곡은 말해지기 위해 쓰인다는 것이 명백해졌다. 라틴어로 중얼거리던 것에서부터 지방 말의 거친 소리에 이르기까지, 희곡은 구어라는 수단을 통해 나타났다. 우리는 인물에 관해서 듣는 것 말고는 아무것도 모른다. 그것은 희곡에는 해설이나 묘사가 없다는 뜻이다. 그렇기 때문에 극작가는 자연히 그의 사상과 인물의 모습을 거의 전적으로 대화와 행동을 통해서 나타내야만 한다. 소설에서는 어떤 인물을 완전히 객관적인 방법으로 묘사할 수 있지만, 희곡에서 한 인물에 대한 묘사는 다른 인물에 의해서 이뤄진다. 그 묘사들은 대개 그 화자보다는 그 화자가 언급하는 다른 사람에 대해서 행해진다. 그러므로 아리스토텔레스가 희곡을 행동의 모방이라고 할 때, 그는 대화를 통한 행동의 묘사를 의미했던 것이다. 비록 희곡이 무대에서 말로 표현되도록 쓰였을지라도 극작가는 모든 단어들을 써내려가야만 한다. 결국 희곡은 읽혀야 한다.

셰익스피어의 희곡들은 읽히기도 전에 상연되었음에도 불구하고 결국 관람자보다 더 많은 독자를 가지게 되었다는 것에 주목해야 한다. 희곡 비평가들은 상연뿐만 아니라 예술작품으로서 희곡을 분석하려고 시도하기 때문에 반드시 그 대본을 연구해야만 한다.

아리스토텔레스의 비극에 대한 정의는 언어 자체에 대해 말해준다. 그는 비극이 "아주 중요하고 완전하며 풍부한 어떤 행동의 모방이며, 직접적이고 다양한 아름다움에 의해 과장된 언어로 표현되며 서술되지 않고 행동화되는"것이라고 정의했다. 달리 말하면 희곡의 예술적 가치에 관한 어떤 결론에 도달하려면, 희곡이 행동화되기 위해서 쓰인 문학임을 기억하면서도 문학작품으로서의 희곡을 연구해야 한다.

극작가가 자신의 정열과 예술을 상연으로 이끌려면 그 상연을 성공적으로 만들 수 있는 사건들의 순서와 이미지, 옳은 단어들을 골라야만 한다. 그리고 이것은 희곡 읽기를 통해서 쉽게 연구될 수 있다.

3. 극적 관습들

  희곡은 진짜 생의 의도된 복제이며 행동의 재현 혹은 '모방'이기
때문에 관객(혹은 독자)은 어떤 일들을 상상으로 받아들여야만 한다.
  콜리지(Samuel T. Coleridge)의 유명한 말을 인용하면 연극을 관람하
는 사람은 "의혹을 기꺼이 믿으려는 경험을 할 수 있어야만 한다".
즉, 한 장과 다음 장 사이에 막이 쳐 있던 10분 동안에 여러 해가
지나갔을지라도 연극을 관람하는 사람은 그 사실을 받아들여야만 한다
는 것이다. 마찬가지로 극의 장소가 수 초 동안 베니스에서 키프로스로
 ─ 〈오셀로〉에서처럼 ─ 혹은 로마에서 알렉산드리아로 ─ 〈안토니와 클
레오파트라(Antony and Cleopatra)〉에서처럼 ─ 변할지라도 이 또한 기꺼
이 받아들여야만 한다. 관객은 한 인물이 다른 인물에게 '속삭일' 때
그것이 극장에 있는 모든 사람들에게 충분히 들릴지라도 속삭인다는
사실을 받아들여야만 한다. 다른 인물들이 들을 수 있을 정도의 큰소리
로 명백하게 전달될지라도, 소위 '방백'이란 다른 인물들은 못 듣는
것처럼 인식된다는 것 또한 주의해야 한다. 이러한 관습들이 너무나
명백해서 말할 필요조차 없다고 해도 연구자가 작품이 무대에서 상연
되는 것을 상상할 때는 그것들을 마음 깊이 간직해야 한다.
  모든 희곡에서 행동과 시간은 극작가가 주장하는 대로 받아들여져
야 한다. 그렇지 않으면 희곡은 무의미해진다. 그리고 연구자는 이
일반적 관습들은 물론이거니와 특별한 종류의 희곡 관습에도 서서히
익숙해져야 한다.

4. 사실주의의 문제

　모든 희곡 비평가는 극작가가 사람들이 실재하는 방식의 예로써 어떤 인물을 보여주려고 시도하는지 혹은 반대로 그 극작가가 인간과 인간의 상황에 관해 어떤 진실을 구체화하기 위해서 실제의 생활보다 더 크게 과장해 극적이고 재미있게 보여주는지를 판단해야만 한다.

　희곡사의 어떤 시기에 극작가들은 관객들에게 근본적으로 꾸며진 인물 또는 비실재적인 인물들을 보여주려고 했다. 반면 사회에 대한 거울 역할을 할 정도의 성실한 반영을 시도한 극작가도 있었다. 어떤 경우든 연구자는 이 접근이 극작가의 특징적 방법뿐만 아니라 극작가가 사용하게 될 관습을 결정할 것이기 때문에 극작가가 취한 진실이 무엇인지를 명확하게 해야 한다.

제6장 ┃ 극의 정의

> 나에게는 길이 없기 때문에 눈이 하나도 필요 없소이다.
> 눈이 있었을 때 나는 걸려서 넘어졌다오.
> 눈 같은 물질적인 수단이 우리에게 헛된 안정감을 주며
> 우리의 불구는 도리어 우리에게 유리하게 되는 것을 우리는 종종 보았다오.
> — 셰익스피어, 〈리어 왕〉 중에서

서론

　희곡에는 너무나 많은 종류가 있으므로 연구자는 어떤 희곡에 대한
분석을 하고자 할 때 그 희곡에 대한 명확한 정의를 내려야만 한다.
이것은 단순히 그 희곡이 희극인지 또는 비극인지를 지적하는 것을
의미하는 것이 아니라 연구자가 각 희곡의 특별한 세계를 정확하게
서술하려고 시도하는 것이 좋다는 것이다. 희곡의 모든 면에 대해서
생각하고 살필 수 있어야 하며, 그 다음에 이러한 면들이 희곡에서
특별하게 발견되는 방식을 묘사해야 한다.

1. 희곡의 세계에 대한 설명

이것이 아마도 극의 세계를 설명하고 묘사하고자 하는 연구자의 가장 기본적인 작업일 것이다. 예를 들어 〈맥베스(Macbeth)〉에 관한 논문을 쓴다고 생각해보자.

최초의 작업은 제성절 전날 밤의 노래, 펄펄 끓는 가마솥 주위에서 춤추는 마녀들, 맥베스 부인이 그녀의 손을 비트는 모습 등 그 희곡의 전적으로 광적인 세계를 나타내는 일이다. 이 희곡에서 셰익스피어의 인물들이 움직이는 모든 섬뜩한 세계를 나타내거나 환기시키기를 원한다. 더 현대적인 예를 들면 밀러의 퓰리처상 수상작인 〈세일즈맨의 죽음〉을 생각해보자. 다음과 같은 식으로 그 극의 정의를 시작할 수 있다. "이것은 성공하지 못한 인간의 절망을 명확하게 보여주는 어두운 희곡이다." 밀러는 처음부터 끝까지 유머 자체가 어떤 존재의 무용함을 규정하는 데 기여하는 매우 우울한 세계로 관객을 이끈다.

주인공 윌리 로만은 계속 지방 여행을 한다. 그는 참된 과거나 미래가 없는 대신 슬프지만 사실적인 현재에 존재한다. 그의 환경은 그의 과거의 것과 섞여 있으며 미래의 것과도 오락가락한다. 그리고 그 결과는 시간의 경계가 없는 세계이다. 윌리 로만이 그의 생에 일정하게 변화를 줄 때 그는 거의 전적으로 삶을 포기했으며 그의 마지막인 자살은 그가 '살았던' 죽음의 세계를 확대할 뿐이었다. 그의 세계는 죽음으로 가득 차 있고 이것이 그 극의 특징적인 세계이다. 윌리 로만의 비극에는 희망적인 대안이 있기는 하지만 동시에 불가피하게 작용하는 섬뜩함이 있으며 밀러가 항상 관객에게 효과적으로 영향을 주는 요소인 '피할 수 없는 죽음'이 있다. 그 희곡의 세계는 어둡고 쓸쓸하다. 근심이 있을 뿐 희망이라곤 없다. 많은 근심과 적은 평화는 정욕이나 미움 같은 인간에게 익숙한 감정을 벗겨내며 인간관계에 긴장을 준다. 밀러는 의도적으로 까다롭고 만족스럽지 않으며 동시에 매우 의미 있는 세계를 표현했다.

희곡의 종류

어떤 희곡의 '위치를 결정하는' 것은 중요한 일이다. 제5장에서 19세기 말의 기적극에서부터 왕정복고기의 희극에 이르기까지 매우 광범위한 종류의 희곡이 있음을 봤다. 그러므로 분석을 시작할 때 어떤 희곡이 어떤 유형에 속한다는 것을 설명하는 것은 중요한 작업이다. 그런 다음 연구자는 그 희곡이 어떤 특정한 종류의 희곡에 흔하게 나타나는 관습을 이용하는지에 주목하게 된다. 즉, 만일 그 희곡이 영웅극이라면 비평가는 그 영웅이 전형적으로 위대한 연인이고 군인이며 다른 영웅극의 내용에서 보듯 사랑과 의무 사이에서 괴로워한다는 것을 인식할 수 있다. 달리 말하면 희곡을 정의하는 과정, 즉 모든 극의 분석의 출발점은 희곡의 종류와 그 희곡에 특징적으로 나타나는 관습에 의해서 상당한 영향을 받는다.

만일 비극적 영웅에 관해 말하기를 원한다면 독자들에게 비극적 영웅에 대한 아리스토텔레스식 기준이 무엇인가를 상기시켜야 하며 그 다음에 문제가 되는 '우리의 영웅'이 그 기준에 적합한지의 여부를 파악해야 한다. 그 극의 종류에 대한 관습에 주의를 기울이면서 극작가가 그들을 이용하는 정도를 지적할 수 있다.

극의 물리적 세계

극이 진행되는 물리적 세계에 대한 간단한 설명도 없이 극에 대한 토의로 바로 들어가는 것은 무용하다. 이것은 우선 극의 장소를 설명해야 함을 의미한다. 행동이 어디서 일어나는가? 〈안토니와 클레오파트라〉에서처럼 세상의 한 장소에서 다른 장소로 움직이는가, 또는 〈세일즈맨의 죽음〉에서처럼 거의 모든 시간을 집에서 머무르는가? 만일 장소가 상징적인 혹은 역사적인 중요성을 가진다면 이것은 처음에 분명히 설명해야만 한다.

예를 들면 〈오셀로〉의 대부분은 키프로스에서 일어나고 몇 부분은 베니스에서 일어난다. 비평가는 키프로스가 베니스에 속했었지만 결국 터키가 정복해 터키제국의 일부분이 되었음을 설명해야만 한다.

이처럼 장소에 대한 최소한의 언급이 없다면 결코 극을 완전히 이해할 수 없다. 그리고 '극의 물리적 세계'로 그 시대를 파악할 수 있다. 극의 길이는 어떠한가, 장면들 사이 혹은 막과 막 사이에 시간의 간격이 있는가, 극 전체는 전통적으로 지정된 24시간 내에서 일어나는가.

우리는 시간과 장소 안에 극을 '위치시키는 것'에 의해 극작가가 관계된 더 큰 세계, 곧 행위와 인물의 세계를 명백히 한다. 덜 중요한 부분이라고 해서 명백하게 하지 않고 시작한다는 것은 얼마나 무모한가? 만일 우리가 극의 경과에 대한 언급을 하지 않았다면 관객에게 너무나 많은 책임을 떠맡기게 될 것이다. 그러므로 연구자는 항상 시간과 장소라는 극의 물리적 세계가 극의 기본적인 특성이라는 점을 염두에 두고 시작해야만 한다.

중심 주제

　모든 극은 주제라고 명명되는 하나의 지배적인 생각을 갖는다. 이것은 재미라는 가치를 뛰어넘는 예술가의 노력의 영역이며 한 희곡의 궁극적인 중요성이다. 우리는 항상 그 극이 무엇을 의미하는지 묻는다. 앞에서 사용했던 사례인 〈세일즈맨의 죽음〉에 대해서 계속 언급해본다면 그 주제는 죽음을 앞둔 이성주의의 무익함이라고 말할 수 있다. 윌리 로만의 비극적 결함은 자존심이다. 그러므로 주제는 최후의 인식, 자존심이 어떻게 한 인간을 파멸과 죽음으로 이끄는가에 있다. 어떤 면에서 자존심은 무가치하다.

　밀러는 가정적이고 부르주아적인 인물을 비극적 영웅으로 설정했지만 또한 자존심이 그의 전 인생을 방해했음을 인식했다. 만일 영웅이 자신의 인생과 불운을 인식할 수 있었다면 끝내 자신을 자살로 이끌지는 않았을 것이다. 파멸로 이끄는 자존심이라는 주제는 위대한 방식으로 극의 실제적인 마지막 구조를 결정했다. 극의 주제, 곧 기본적 사상은 극의 실제를 결정한다. 따라서 연구자는 극을 정의할 때 가능한 한 극의 주제를 정확히 파악하고 말해야 한다.

　극을 정의하는 과정에서 극의 의미가 언급될 수 있다. 의미의 언급 없이 물리적인 세계인 장소, 시간, 무대, 주된 분위기, 감정적 장치 등을 언급하는 것은 무익하기 때문이다. 그러나 극의 최종적이고 종합적인 의미에 대한 언급은 희곡의 분석이 계속될 때까지 뒤로 미뤄야만 한다. 의미란 우리가 최종적으로 도달하려는 궁극적인 관심사이다. 우선은 어떤 극이 자존심에 의해 일어난 죽음에 관한 것이라고 언급하는 정도로도 충분하다. 말하자면 주된 기본원리가 나타나기 전까지는 극의 다양한 암시와 주제의 모든 양상을 탐구할 필요가 없다.

주된 주제의 중요성이나 구심성, 그것의 실체 등은 일반적인 방법으로 나타나며 우리가 극의 세계를 정의할 때 도입부를 형성한다. 왜냐하면 모든 극은 시간과 장소 안에만 위치하는 것이 아니라, 상상력과 지성에도 존재하기 때문이다. 예를 들어 만일 극작가가 어떤 특별한 종류의 도덕적 행위를 향해 우리를 밀고 간다면, 우리는 인물의 행위의 중요성을 정확하게 잡기도 전에 그것을 정의할 필요에 직면할 것이다.

인물의 정의

희곡을 정의할 때 일반적으로 언급되는 것은 주인공에 관한 것이다. 우선 그 극에 나오는 인물의 수에 주목해야 한다. 예를 들어서 단지 네 명만이 주인공이고 다른 사람들은 부수 인물이라는 식으로 소개한 다음 그들 각자에 대해 간단히 묘사해야 한다.

예를 들면 〈오셀로〉는 일반적으로 무어(Moor)족인 오셀로의 질투가 서서히 생기는 것에 관한 극이라고 할 수 있다. 그 다음 오셀로가 두 남자 주인공 중의 한 사람이며 다른 한 사람의 이름은 이아고임을 밝힐 것이고, 그들보다는 덜 중요한 카시오와 로드리고라는 두 명의 다른 인물이 있음을 지적할 것이다. 그 다음 여성 인물은 유일하게 데스데모나를 언급할 텐데, 그녀가 오셀로의 새 신부라는 것과 이아고의 교양 없는 아내인 에밀리아가 그녀의 시녀임을 말해야 한다. 이런저런 식으로 극의 행위의 대부분에 연관되어 있는 인물들을 일단 한번 빠르게 훑어볼 것이다. 이처럼 최소한 인물들의 관계를 언급하는 것은 극을 정의하는 데 필수적이다.

플롯

인물들의 관계가 극의 주된 사건들에 관한 언급에 의해서 분류될 수 있도록 문제가 되는 희곡의 주된 행위를 간략하게 요약해야만 한다. 우선 행위와 주제 사이의 관계를 만들 필요가 있다. 어떻게 그 행위가 의미를 갖는가? 어떤 사건은 왜 다른 사건보다 더 중요한가? 무엇이 그 극에서 기본적인 사건 또는 행위인가?

극의 정의는 다소 일반적인 방법으로 실제로 일어나는 사건에 관한 논의에 의해 이뤄진다. 여러 인물들의 관계와 동기의 미묘함까지 완전하게 구조를 조사할 필요는 없지만, 주된 행위를 요약할 필요는 있다.

출처 · 출전

매우 중요한 사항은 아니지만 그럼에도 어떤 극을 정의할 때 기본적인 것은 그 희곡의 출처 · 출전에 관한 언급이다. 적어도 그 극이 만들어졌던 시대와 장소에 관해서 설명해야 한다. 이것은 현대극을 다룰 때는 명백하게 지적되지 않지만 엘리자베스 시대 대부분의 시대극과 왕정복고기의 많은 극은 다른 장소에서 다른 작가들에 의해 이뤄진 이야기를 옮겼기 때문이다.

문체

극의 기본적인 문체에 관한 짧은 언급도 정의에 포함되어야만 한다. 예를 들어 셰익스피어의 〈한여름밤의 꿈(A Midsummer Night's Dream)〉

에 관해 토의하려면, 그 희곡이 가진 특성의 큰 부분이 문체의 변화를 통해서 온다는 것을 정의에서 언급해야 할지 모른다. 보틈과 그의 친구가 매우 정상적인 낮은 어조로 말하고 있는 동안 테세우스와 히포리타는 거만하고 당당한 언어로 이야기하고 있으며, '극중극'에서 퓌라모스와 티스베의 언어는 유머러스하며 이상한 발라드풍의 어조이다.

문체를 생각할 때 말투나 비유어의 사용, 아이러니의 양식, 수사적 도구, 강조 그리고 논리와 같은 문체의 일반적 범주 아래 있는 모든 다양한 특성들을 재빨리 생각해야 한다. 만일 알레고리나 아이러니의 사용같이 뚜렷한 문체의 특성들이 있다면 이것은 정의의 도입부에서 언급되어야만 한다. 그리고 연구자는 대화가 주로 방언으로 되어 있는지 표준어로 되어 있는지, 화려한 문체로 쓰였는지 평범한 문체로 쓰였는지, 운율이 있는지 없는지 등에 관해서도 언급해야 한다. 이처럼 문체적 특성의 기본적 골격을 설명하는 것은 극을 정의하는 데 필요한 작업이다.

극의 뛰어난 면

만일 구조든 의미든 문체든 극 전체에서 뛰어난 어떤 면이 있다면 그것은 개별적으로 관찰하고 강조해야 한다. 대부분의 극에서는 하나의 양상이 아주 지배적이지는 않기 때문에 특별히 주목하지 않아도 되지만 오닐의 〈얼음장수 오다〉 같은 경우는 특이한 면을 가진다. 그것은 이 극의 상연시간이 대부분의 극보다 길어서 6시간 정도 걸린다는 것이다. 오닐은 실제로 여러 편의 아주 긴 극을 쓰는 실험을 했으며 이것은 그의 극들에서 뚜렷한 특징 중 하나이다.

셰익스피어의 〈십이야(Twelfth Night)〉는 그것의 거의 모든 에너지, 플롯, 이야기 등이 '다양한 개성'이라는 극적 '도구' 또는 '장치'에 기반을 둔다. 〈오셀로〉는 극 전체를 통해서 소유자가 여러 번 바뀌는 데스데모나의 손수건이라는 하나의 '트릭'이 특징적인 극이다.

밀턴(John Milton)의 〈영웅 삼손(Samson Agonists)〉은 영어로 쓰인 최초의 완성된 그리스비극의 특성을 지녔으며 '두드러진 생략물'의 진지한 예가 될 것이다. 벤 존슨의 〈십인십색(Every Man in His Humour)〉은 그 중심에 심오한 유머의 심리학을 가졌으며 이 요소를 제외한다면 기껏해야 부분적으로만 이해될 수 있을 것이다.

브레히트의 〈세추안의 선인(Der gute Mensch von Sezuan)〉에서는 여러 인물들이 무대의 중앙에 등장해 갑자기 노래를 부르는 것으로 모든 행동이 중단된다. 이것은 브레히트의 작품뿐 아니라 다른 작가의 작품에서도 "노래가 나올 때 그것은 극 속에서 도드라지며 극의 주된 행동과 일체가 되지 않는다"라고 말한 브레히트의 이론을 기억하게 한다. 그러므로 노래는 노래일 뿐이며 노래 그 자체로 나타나야만 한다. 이같이 극의 어떤 뚜렷한 양상은 정의의 한 부분으로 강조되어야 한다.

2. 극의 정의의 실례들

〈오셀로〉

〈햄릿〉과 함께 셰익스피어의 중기에 쓰인 비극 〈오셀로〉는 질투가

심하고 몹시 사악한 이아고가 군인 오셀로로 하여금 그의 아내 데스데모나가 그의 부관 카시오와 부정한 관계라고 믿게 만드는 것에 관한 작품이다. 그 극의 세계는 물리적으로 베니스와 키프로스에 위치하고 있다. 오셀로는 베니스 의회의 지시에 따라, 적군 터키의 예상되는 침략으로부터 키프로스를 지키기 위해 파견된다. 역사적으로 16세기 말 키프로스는 실제로 너무나 침범이 빈번해, 베니스에 속하다가 당시 세력이 점점 커져가던 터키제국으로 넘어간다.

극에 나타나는 행동은 여러 날 동안 모두 함께 일어나며 사건들은 아주 빠르게 연속해 발생한다. 순박하고 천성적으로 질투심이 있는 오셀로를 속이는 데 갈수록 능수능란해지는 이아고의 능력과 성공은 점점 소름끼칠 정도이며, 데스데모나의 순결과 무죄의 무용함은 안타깝기 그지없다. 그 극은 마침내 데스데모나를 죽인 자신의 잘못을 알게 되면서 자살을 선택한, 일종의 동물적 광기를 보여주는 오셀로의 질투의 발전을 통해 전개된다. 그 행동은 신중하게 주제로 연결되는데 극이 전개되면서 괴물적 감정인 질투가 격렬한 증오로 바뀌는 것을 보게 된다.

셰익스피어의 이 극은 이탈리아의 소설가인 지랄디 친치오(Giraldi Cinthio)가 쓴 이야기 모음(Heccatommithi)에서 온 이야기이다. 이아고는 데스데모나를 몹시 사랑했는데 역으로 그 감정이 오셀로를 해치고자 하는 그의 강력한 동기를 구성한다. 그러나 극에서 셰익스피어는 이아고를 악인의 모든 요소를 갖춘 인물로 변모시켰다.

〈오셀로〉는 인물에 기초를 둔 문체로 쓰인다. 오셀로는 군인처럼 딱딱한 어투로 말하고 사고형이라기보다는 행동형인 반면, 이아고는 간사하고 교활한 어투로 말한다. 그 극에는 다양한 이미저리(imagery,

심상들)의 패턴이 있으며 그것들은 이아고와 오셀로라는 두 주인공 사이의 기본적인 차이를 이해하게 해준다. 이 극의 전개 양상의 특별한 면은 오셀로가 데스데모나에게 주고, 데스데모나가 떨어뜨리고 에밀리아가 발견해 이아고에게 주고, 이아고가 카시오의 방바닥에 떨어뜨리고 카시오가 발견해서 비앙카에게 준 손수건이라는 극적 도구의 사용이다. 어떤 면에서 전체적인 극은 손수건에 관한 것이다. 손수건의 소유자가 자꾸 바뀌는 것을 보면서 오셀로의 질투가 논리적으로 발전해가는 것을 확인하게 된다.

극의 세계에 대한 짧은 스케치와 더불어 인물, 행동, 문체, 셰익스피어의 손수건이라는 소도구의 사용과 출전의 수정과 같은 극에 관한 비일상적인 사실들은 우리의 주의를 극의 중심 의미와 함축성, 특히 이미저리의 패턴 등에 대한 분석으로 이끈다.

〈얼음장수 오다〉

이 극의 발전의 열쇠는 힉키의 정신이상을 이해하도록 관객을 서서히 이끄는 방법에 있다. 모든 인물에 의해 행해지는 몽상의 세계는 경직되고 메말라 있다. 극은 안도감이라곤 거의 없이 약 6시간 동안 이어진다. 오닐은 관객을 '가난한 사람들'에 관한 아주 길고 세밀한 여행으로 이끌고 있으며, 그들의 더 나은 '내일'에 관한 그릇된 꿈에 반대하는 힉키의 자아 인식을 강조한다. 아내에 대한 그리고 얼음장수와 그녀의 관계에 대한 그의 태도를 자인하는 것에서 최고점에 도달하는 힉키의 자아 인식을 묘사하는 부분이 가장 놀랍다. 극의 끝부분에서 힉키에 관한 진실이 벗겨진다. 어떻게 "얼음장수가 왔는가?"에 관한 농담은 비유적인 얼음장수와 죽음 사이의 동일화에서 강한 상징성을 획득한다. 죽음은 그들의 공상이 끝나고 수많은 '내일'이 지나간 후 모든 이들에게 온다.

그 극이 죽음에 관한 것이고 기본적으로 우울한 집단의 인물들을 나타내는 반면, 오닐은 그 어두운 면에서조차 유머 없는 인생이란 없음을 보여준다. 그러므로 극 중에는 밝은 희극적 긴장 이완이 있고 그것은 특히 힉키의 초기 인물묘사와 그에 관한 다른 사람들의 몇 가지 논평에서 나타난다.

극의 문체는 극히 '천박하다'. 구어는 모두 사투리이며 'them' 대신 'dem'을 사용하는 등 철자는 엉망인 데다가 서부 뉴욕의 강한 악센트를 사용한다. 오닐은 뜨거운 여름날 뉴욕의 한 술집에서 일군의 퇴폐적인 사람들의 영혼을 절묘하게 파악해낸다. 그 극은 비사실적인 꿈과 합리주의에 의해 창조되었으며, 사회적 빈민가라는 배경을 통한 인간성의 어두운 측면에 관한 여행이라고 정의할 수 있다. 오닐은 죽음을 점진적으로 드러내는 데 있어서 전혀 망설이지 않으며 절망이라는 피할 수 없는 결론으로 이끈다. 6시간 동안 무서운 진실에 묶어둠으로써 오닐은 자연스럽게 공허를 창조했으며 가치의 재평가와 자아 인식으로 관객을 이끈다. 그 극은 완전히 말로 정의된다. 그 극의 중심 양상, 곧 죽음을 진실하게 파악하기 위해서 윤색할 필요가 거의 없다. 또 고통스러운 철물제품 세일즈맨 힉키의 개인적인 합리화와 죄 그리고 절망에 다가가기 위해 상상할 필요도 거의 없다. 왜냐하면 오닐이 장소와 시간의 일치를 유지할 수 있도록 주의 깊게 플롯을 짜놓았기 때문이다. 그리고 이러한 전문적인 작업은 극단적인 인간의 절망에 관한 연구를 보여주며, 이를 통해 비겁한 생존은 단지 용감한 패배와

근소한 차이가 있을 뿐임을 나타낸다.

3. 분석을 위한 준비로서의 정의

  극의 정의는 논문의 형식적 부분에 포함될 수도 있고 포함되지 않을 수도 있다. 연구자가 〈오셀로〉와 〈얼음장수 오다〉에 대해 일종의 논평을 쓸 때 이 정의가 반드시 포함되어야만 하는 것은 아니다. 일반적으로 어떤 정의가 이뤄진 수준에서 논문을 시작하거나 토론을 시작하는 것이 좋은 방법이다. 그 정의들은 그들이 논문에서 형식적으로 사용되든 사용되지 않든 유용하다. 극에 대한 최초의 정의가 극의 여러 양상인 인물, 플롯, 구조, 의미, 문체 등의 세밀한 분석의 서두이기 때문이다.

  만일 연구자가 복잡한 종류의 분석부터 시작한다면 그는 처음이 아닌 중간부터 시작하는 것이며 독자의 관심을 성공적으로 끌어내지 못할 수도 있다. 더욱이 대부분의 대학교수들은 사고는 물론 논문에서도 정의의 중요성을 강조한다. 극을 일반적으로 묘사할 때 그것이 희극인지 비극인지를 정의하고 행동의 일반적 과정과 인물을 언급함으로써, 연구자는 그 자신과 독자로 하여금 작품을 더 받아들이기 쉽게 이끈다. 그러므로 정의는 이후의 세밀한 분석의 서두로서 예비적 준비가 된다. 그리고 모든 정의는 그렇게 분석하는 동안 일관성을 유지해야 한다. 만일 주인공을 '비극적 영웅'으로 말하기 시작한다면 '비극적 영웅'이 의미하는 것을 자세하게 정의해야 한다. 달리 말하면 연구자는 극의 특별한 부분을 분석하기에 앞서 극을 정의함으로써 분석하는 동안 정의를 유지하는 중요성을 인식해야 한다. 이를 통해 흥미 있는 방법으로 논문을 쓸 수 있다.

제7장 │ 극적 구조

오늘 이뤄지지 않은 일은 내일도 못하는 것이니
단 하루도 헛되이 흘려보내서는 안 된다.
될 가능성이 있는 것을 과감하게 결심하고 즉시 그 기회를 포착해야 한다.
그러면 결심은 그것을 놓치지 않으려 할 것이며,
계속 일을 추진할 것이다.
—괴테, 〈파우스트〉 중에서

구조는 문학작품의 전체적인 조직과 관계가 있다. 구조의 윤곽을 그리는 것은 그 작품을 효과적으로 요약하는 것이다. 기본적으로 구조의 분석은 양면성이 있다. 우리는 극이 결합되는 방법의 윤곽을 그리면서, 왜 그 극작가가 극의 사건들을 결합하는 데 특정한 방법을 선택했는지를 파악해야 한다. 그 다음 그것의 확실한 효과와 관련된 구조의 가치를 평가해야 한다.

1. 고전적 비극의 구조

구조에 관한 가장 지배적인 이론들 중의 하나는 고전적으로 그것이 주로 비극을 다룬다는 것이다. 비극은 갈등을 다루기 때문에 고대 비평가들은 구조란 극 속에서 매듭짓고 그 매듭을 푸는 것이라고 생각했다. 극에서 대부분의 노력은 어떤 양상의 '생성'으로 가는데, 이는 그 매듭이 풀리고 그것에서 헤어나는 것보다 매듭이 만들어지는 데 비교적 더 긴 시간이 걸리기 때문이다. 비극에 관한 관점에서는 종종 네 개의 큰 범주가 있으며 대개 ① 상승(rising action), ② 절정(climax) 및 전환점(turning point), ③ 하강(falling action), ④ 파국(catastrophe)으로 극의 사건들을 나눌 수 있다.

상승

상승은 갈등을 만든 힘이 윤곽을 나타내고 확대되며 재앙을 준비하는 극의 첫 부분이다. 상승 앞에는 종종 '소개' 또는 '해설'이라 부르는 부분, 즉 극의 시작 전에 일어나는 사건들과 어떤 사실이 관계해 만드는 짧은 도입부가 있다. 그 다음 일반적으로 극을 행동으로 이끄는 몇몇 사건이나 사상인 유도부(exciting action)가 있다. 예컨대 어떤 인물은 가까운 친구나 친척이 살해됐다는 소식을 듣고 흥분한다. 그가 복수를 맹세할 때 극의 중요한 전환점인 절정에 도달하는데, 영웅을 격노시킨 힘이 그를 정상에서 벗어난 행동으로 이끌기 때문이다.

상승 행위는 일반적으로 꼭대기까지 올라가서 해변으로 무너져 내릴 준비를 하고 있는 상승 파도부와 유사하다. 그것은 대개 갈등을 확대하고 격렬하게 하는 일련의 사건들로 영웅을 몰아간다. 어떤 식으로든 그가 보복하기로 결심하기 전에 자신의 분노를 얼마나 오랫동안 참는가에 관해서 생각해봐야 한다. 경쟁 세력은 점점 적대적으로 되어가고 영웅이 그들에게 잡히거나 짓밟힐지도 모른다.

절정

극에서 최초의 주된 단락은 영웅이 결정을 내리거나 자신이나 다른 사람에 대한 아주 중요한 발견을 할 때 일어나며, 일어나는 모든 일을 방해하는 행동은 항상 절정으로 연결된다. 이것은 상승의 끝부분이며 주된 전환점을 구성한다. 이때는 갑자기 매우 다른 방향으로 움직이는데 종종 영웅은 새로운 지식을 알려주거나 결정을 내리기 때문이다.

하강

하강은 절정을 뒤따르며 대개 영웅이 천천히 압도되면서 어쩔 수 없는 상황에 빠지는 것을 보여준다. 승자에 대해 무력한 채 운명에 얽매인 인간의 대표자로서의 그를 보게 된다. 대개 하강은 상승만큼 길지는 않다. 왜냐하면 하강에는 피할 수 없는 긴장된 감정이 있고 종종 극작가는 희극적 긴장 이완을 제공하기 때문이다.

파국

파국은 극의 주된 행위이며 종종 죽음, 대개 영웅이나 여주인공의

(또는 〈오셀로〉처럼 둘 다의) 죽음이다. 파국은 직접적으로든 간접적으로든 모든 것이 움직이는 극 중의 한 사건이다. 대개 슬프고 불운할지라도 파국은 만족스러운데, 이는 그것이 관객의 기대를 충족시켜주기 때문이다. 파국은 거의 항상 상승과 하강의 논리적 결과이다. 때때로 최종적인 죽음이 즉각 도래하지 않을 것 같은 긴장된 최종적 휴지부가 있으나, 곧 죽음이 오고 오히려 그 휴지부는 죽음을 흥미로운 동시에 논리적인 것으로 만든다. 종종 극의 파국을 뒤따르는 아주 짧고 세밀한 부분이 있다. 극작가는 남은 인물이 어떻게 되는가를 관객이 이해할 수 있도록 그 이야기 중에서 몇 개의 매듭짓지 않은 줄거리를 끝내낸다.

발단 · 상승 · 절정 · 하강 · 파국이라는 다섯 부분의 극적 구조는 대부분 극의 5막과 완전히 일치하지는 않는다. 예를 들면 종종 절정은 4막까지 가지도 않고, 대개 해설은 1장 이상의 긴 시간이 걸리지 않으며 결코 1막 전체를 차지하지도 않는다. 어떤 경우에 대부분의 극은 — 비극에만 국한된 것은 아니다 — 우리가 윤곽을 그려놓은 필수적인 부분들로 이뤄진다. 이는 특정 작품을 예로 들어 그 극의 행동을 관습적인 범주들로 나눠보면 쉽게 파악할 수 있다.

2. 구조의 예들

〈세일즈맨의 죽음〉

다음의 방법처럼 이 극을 전통적 범주에 따라 나눌 수 있다. 상승은 윌리 로만과 그의 두 아들에 대한 그의 자존심, 이웃에 대한 우월감,

미래에 대한 희망 등의 그릇된 낙관주의를 그릴 것이다. 절정은 비프가 아버지 윌리 로만이 의심받을 만한 상황에 처한 것을 목격하는 장면일 것이다. 이 목격은 비프의 일생을 해치는 요인이 되었다. 비프가 자신의 아버지가 위선자이며 음탕하고 불성실한 남편임을 안 뒤에도 과거처럼 자기의 역할을 할 수는 없었다. 그 사건은 극의 첫 부분에서 희망하던 아버지와 아들의 관계에 있어서 긍정적일 수 있는 기회를 없애버렸다는 의미에서 절정이 된다. 하강은 더 깊게 가라앉는 윌리의 느낌을 포함할 것이다. 그는 아들들이 자신처럼 실패의 운명에 처해 있는 것이 자기의 잘못이며, 특히 자신의 행동이 비프에게 아버지로서의 존경심을 잃게 했음을 인식한다. 그러므로 윌리는 죄책감을 느끼고 늘상 우울해한다. 이것이 극을 전체적 파국으로 이끈다. 극의 마지막 몇 분은 해피가 낙관적으로 그의 아버지의 뜻을 잇기로 맹세하는 것을 보여준다. 여기서 아이러니를 보는데 그의 아버지처럼 해피가 실패할 것이며 그가 어찌할 수 없는 세력에 의해 파멸하리라는 것을 알기 때문이다.

상승과 하강이라는 용어로 인물의 행동을 훑어보면서 밀러의 극을 이해할 수 있었다. 구조를 특이하게 만드는 이 극의 여러 측면들을 나눠 관습적인 방법뿐만 아니라 예외적인 방법으로 구조를 이해할 필요가 있다. 그러므로 이 특별한 극의 구조는 밀러 자신이 설명했듯이 윌리의 인생에서의 특별한 순간에 그 자신이 생각하는 방법에 의해 결정된다. 윌리가 과거의 영화롭던 삶을 상상함에 따라, 무대는 현재에서 과거로 움직인다. 나아가 아버지와 아들의 관계에 대한 윌리의 절망은 극의 처음부터 명백하게 나타난다. 우리는 윌리 로만이 운명에 얽매인 인간임을 안다. 그러므로 그가 매춘부와 놀아나는 절정 부분의 파괴적 발견처럼, 우리는 어떤 사실에 처할 때 운명이라는 것이 어디로 가고 있는지 안다. 아마도 밀러가 극을 쓰려고 앉았을 때부터 윌리가 죽으리라는 것을 알고 있었을 것이다. 극은 상상 속에서 움직이지만 장소의 일치는 유지된다. 전체적 구조는 영웅에 대한 극작가 자신의 이해에 의해 결정되며 동시에 그것은 비극적 구조라는 관습적 용어로 이해될 수 있다.

〈파우스트〉

1594년에 말로가 처음 쓴 〈파우스트(Dr. Faustus)〉는 종종 엘리자베스 시대 최고의 극작품으로 꼽힌다. 이 극은 일반적인 방법만이 아니라 다른 특별한 방법으로 더 쉽게 나눌 수 있기 때문에 특히 흥미롭다. 극의 구조를 생각할 때 일반적인 범주의 사용을 원하는 한편, 어떤 극의 경우에는 더 특별한 관점에서 구조를 논하고 싶어지는 것이다.

우선 관습적인 태도로 간략하게 극의 행위를 언급함으로써 시작해 보자. 파우스트 박사의 이야기는 유명한 소설가 존 허시(John Hersey)에 의해 최근에도 사용되었다. 말로의 극은 파우스트의 지난 일생을 이야기해주는 합창으로 시작한다. 이 모든 것이 극의 '도입'이다. 상승은 선한 천사와 나쁜 천사(그들의 대조는 파우스트 자신의 갈등이기도 하다), 그리고 어떤 사람이 신에 미쳐 있을 때 항상 나타난다고 유머러스하게 언급되는 악마 메피스토펠레스와 파우스트가 대화하는 것으로 되어 있다. 절정인 자극의 전환점은 파우스트가 24년간 초자연적인 힘을 갖는 대신 악마에게 그의 영혼을 주리라는 것을 피로 맹세할 때이다. 하강은 파우스트가 자신을 보이지 않게 하고 로마에 가서

로마교황을 괴롭히는 등 자신에게 새롭게 생긴 나쁜 힘을 사용하는 부분으로 되어 있다. 그것은 파우스트의 일생이 점점 짧아져가고 있고 결국 지옥으로 갈 수밖에 없음을 알려주며 하강에 속한다. 마침내 예상했던 파국 – 파우스트의 죽음, 지옥으로 떨어짐, 그가 죽자 악마들에 의해 그의 팔다리가 찢겨지는 것 – 을 발견한다. 이렇게 파우스트 박사의 비극적 역사는 구조적·관습적 방법으로도 이해될 수 있다. 그러나 다른 어떤 방식으로 그 극을 나눌 수 있을까? 말로 극의 구조에 특별한 것은 무엇일까?

우선 그 극의 남아 있는 텍스트는 비록 5막으로 배열되어 있을지라도 막과 장이라는 형식적 분류를 갖지 않는다는 점에 주목해야 한다. (표준적 방법으로 그 극에 관해서 말할 수도 있지만) 그 극을 단순히 세 부분으로 나누는 것이 좋을 것 같다. ① 파우스트와 메피스토펠레스 사이의 계약이 이뤄지는 부분, ② 파우스트가 그의 새로운 힘을 즐기는 부분, ③ 계약의 끝, 곧 파우스트가 죽는 부분이다. 이것이 넓은 의미에서 그 극의 구조를 언급하는 가장 쉬운 방법이지만 구조에 대한 최초의 분석 방식과는 비할 수 없는 것으로 간주할 필요는 없다. 극을 5개의 부분과 3개의 부분으로 나누는 것 모두 상승, 절정, 하강 그리고 기대된 파국이라는 용어로 사건을 설명한다는 점에서 동일하다.

말로의 극은 말할 나위 없이 특유의 구조적 측면을 가진다. 〈세일즈맨의 죽음〉처럼 말로의 〈파우스트〉는 시간으로 꾸며졌다. 우리는 단지 몇 시간 동안에 24년이라는 시간의 흐름을 목격한다는 것을 기억해야 한다. 말로는 매우 짧은 장면들을 많이 사용하고 파우스트를 종종 먼 곳으로 보냄으로써 이 효과를 얻는다. 긴 시간의 흐름은 자연히 극을 24시간 안에 사건이 일어나야 한다는 전통적 그리스비극과 매우 달라지게 한다. 그리고 셰익스피어 시대의 비극처럼 말로의 극은 매우 재미있는 희극을 포함하는데, 특히 맛있는 양고기 다리가 생길지라도 악마에게 영혼을 주지는 않으리라고 말하는 어릿광대와 바그너에 의한, 재미있고 멋진 아이러니를 사용하는 계약의 서명 과정에서 나타난다.

〈안티고네〉

이것은 유명한 그리스의 비극작가 소포클레스가 쓴 100편 이상의 극 중 남아 있는 일곱 작품 중의 하나이다. 이 작품은 대표적인 그리스 비극으로 평가되며 〈오이디푸스 왕(Oedipus the King)〉과 더불어 널리 읽히고 칭찬받는다. 아주 많은 그리스비극처럼 〈안티고네(Antigone)〉는 고귀한 한 사람이 자존심이라는 그 자신의 비극적 결함 때문에 그의 가족의 죽음을 초래하는 방식을 다룬다. 우리의 즉각적인 관심은 극의 구조이다. 그 극이 어떻게 나눠지는가?

테베의 새 왕 크레온이 폴리네이케스의 시체를 매장하지 말고 썩도록 내버려두라고 명령하는 장면이 극의 서두이다. 폴리네이케스가 크레온의 추방령을 어겨 좋지 못한 일로 죽은 반면, 폴리네이케스의 형제 에테오클레스는 크레온의 나라를 지키다 죽었으므로 영광스럽게 매장된다. 그 형제의 자매인 안티고네는 폴리네이케스를 품위 있게 매장하기를 원해 그녀의 자매 이즈메네에게 도움을 청했다. 그러나 이즈메네는 거절한다. 이것이 극의 도입 부분이다. 여기서는 일반적인 문제를 알게 된다. 이야기가 발전해가면서 문제는 점점 복잡해진다. 상승에서 안티고네는 폴리네이케스의 시체를 슬쩍 빼돌려 깨끗이 씻은 뒤 명예로운 방법으로 묻는다. 반면에 크레온은 어느 누구도 그 시체를 만져서는 안 된다고 공개적으로 선언했다. 시체에 대한 두 개의 대조적 관점을 즉시 알게 되며 그것이 참된 갈등이다. 폴리네이케스의 몸이 실제로 매장되었다는 보고가 왔을 때 절정은 시작된다. 크레온의 교만함은 즉시 도전받는다. 갈등의 두 측면은 공개적 전쟁으로 나타난다. 폴리네이케스의 매장에 관한 소식이 주된 전환점이다.

재앙으로 이끄는 하강은 일련의 사건들을 포함한다. 안티고네에게 사막에서 서서히 죽어가라고 하는 크레온의 명령, 안티고네의 실행에 관한 크레온의 이즈메네를 향한 비난, 안티고네가 죽을 때 또 누군가가 죽으리라고 말하는 아들 하이몬과 크레온의 싸움, 재앙에 대한 티레시아스의 예언 그리고 마지막으로 마침내 자신의 포고를 바꾸는 크레온의 행동 등이다. 그러나 관객은 크레온이 너무나 오랫동안 지체했으며 교만하기에 그의 자존심이 그를 재앙으로 이끌 것임을 잘 알고 있다.

파국은 기대했던 것처럼 죽음의 형식(비극에서, 그리고 특히 그리스비극에서 파국의 일반적인 형식이다)으로 끝난다. 우선 거기에는 자살하는 안티고네의 죽음에 관한 언급이 있다. 그 다음 어떻게 하이몬이 처음으로 아버지 크레온에 대해 혹평하는가를 듣게 되지만, 그는 곧 죽는다. 크레온이 그의 죽은 아들을 팔에 안고 테베로 돌아왔을 때 그는 더 큰 슬픔이 그를 기다린다는 경고를 받는다. 그의 아내 유리디케가 크레온을 저주하며 자살하는 것을 본다. 그러므로 파국은 크레온의 자존심과 완고함에 의해 일어난 세 사람의 연속된 죽음이다. 이 극은 폴리네이케스의 시체를 처분하는 문제에 관련된 일련의 사건들을 통해서 아주 빠르게 진행된다. 계속되는 죽음에 대한 언급은 물론 소포클레스가 형식적인 전통적 비극 구조에 집착하는 한 그 자체로 멋진 시적 정의이다. 발단 · 상승 · 절정 · 하강 · 파국은 모두 논리적으로 매끈하게 연결돼 결말 부분의 중복된 죽음으로 이끌린다. 크레온이 그의 집으로 들어갈 때 합창대가 앞으로 나와서 다음과 같이 극이 표현하는 도덕을 이야기하는 것이 마지막 단락이다. "지혜가 없는 곳에 행복은 있을 수 없으며 오만한 인간은 늙어서야, 즉 지혜의 부족이 그들을 큰 불운으로 이끌어간 후에야 지혜가 어떤 것인지를 알게 된다."

말로의 〈파우스트〉나 밀러의 〈세일즈맨의 죽음〉과 비교했을 때 〈안티고네〉의 구조를 다른 방법으로 이야기할 이유가 없는데, 이는 그것을 전통적인 방법으로 언급할 때 가장 잘 이해되기 때문이다. 소포클레스 비극의 참된 특성 중의 하나는 그 구조가 너무나 전문적으로 고안되어 있다는 것이다. 모든 작은 사건들은 그 시대의 확고한 관습을 따르는데, 예를 들면 우리는 무대 위에서 죽음을 보는 것이 아니라 보고를 통해서 전해들을 수 있을 뿐이다. 그러므로 극 구조의 부분들은 일종의 관습에 순응하도록 고안된다. 폴리네이케스의 시체가 매장되었다는 사실은 유리디케가 자살했다는 소식을 듣는 것처럼 '보고'되어야 한다. 극의 참된 갈등은 대개 교만한 사람은 인간의 의지와 신의 의지 사이에 있다는 것이다. 크레온은 매우 서서히 신이 아니라 자신이 항복해야만 함을 알게 된다. 극에서 크레온은 신을 거부하고 그 신에 의해 처벌된다. 구조는 논리적이고 극적인 방법으로 창조되고 확장되며 이 중심 갈등의 결말을 통해서 작동하도록 고안된다. 그러므로 그 구조는 주제적 요구에 전문적으로 봉사한다.

〈오셀로〉

셰익스피어의 〈오셀로〉는 발단 · 유도부 · 상승 · 절정 · 하강 · 파국으로 나뉘는 유용한 플롯을 제공한다. 발단 부분은 우리에게 베니스 귀족 브라밴쇼의 딸 데스데모나가 흑인이며 무어인인 오셀로와 눈이 맞는 것을 알려준다. 도입부는 오셀로가 부관 지위에 이아고 대신 플로렌스 사람 카시오를 승진시킨 것에 대해서 이아고가 분개하는 것이다. 이 분노는 이아고로 하여금 카시오와 오셀로 두 사람의 몰락을 꾀하도록 결심하게 한다. 상승부는 오셀로로 하여금 그의 아내가 카시오와 비밀스런 연애를 하고 있다는 의심을 하게 만드는 이아고의 일련의 작업들이다. 극의 전환점 혹은 절정은 오셀로가 데스데모나에 관해서 카시오가 음탕하게 이야기하는 것 – 카시오는 그의 애인 비앙카에 대해서 이야기하고 있었다 – 을 엿듣는 장면이다. 하강은 극도의 광기와 질투에 사로잡힌 오셀로가 카시오와 데스데모나를 죽이려고 계획하는 것으로 이어진다. 파국은 그가 죄 없는 데스데모나를 죽인 후 이아고에게 속았음을 알고 자살하는 때이다. 대개 그렇듯이 비극은 슬픈 죽음을 통한 갈등의 해소를 향해 서서히 움직인다.

〈안티고네〉처럼 〈오셀로〉는 논리적이고 흥미 있는 방법으로 사건들을 발전시키기에 유용한 구조를 가졌다. 그러나 종종 어떤 극작가는 소위 비극의 전통적 규칙을 사용할 수 없고 그의 이야기를 다른 방법으로 나타내기도 한다.

3. 플롯

플롯은 모든 희곡의 중심 양상이다. 희곡이란 기본적으로 무엇이 일어나느냐에 관심이 있기 때문이다. 구조의 다른 말인 플롯은 극에서 일어나는 모든 것을 언급하게 되어 있다. 어떤 극은 극작가의 계획에 따라 하나씩 일어나는 일련의 사건이나 일과로 이뤄진다. 모든 사건은 종종 매우 미묘한 방법으로 다음에 올 사건에 연결되어 있다. 만일 폴리네이케스의 시체가 사막에 내버려지지 않았더라면 안티고네는 그의 시체를 묻을 수 없었을 것이며, 만일 그녀가 죄를 짓지 않고 국가의 의지에 반대해 행동하지도 않았더라면 크레온은 안티고네에게 죽음을 명할 수도 없었을 것이다. 플롯에 관해 말하는 것은 극의 다양한 모든 사건들과 그 사건들이 연결되는 방식에 관해 말하는 것이며 어떤 플롯도 단지 하나의 사건으로만 이뤄질 수 없다. 대부분의 극들은 시작, 중간, 끝을 가지고 있으며 이 세 개의 부분 안에는(말로의 〈파우스트〉에서 이것은 얼마나 적합한가) 다양한 수의 작은 사건들이 있다.

극작품의 플롯은 갈등과 관계가 있어야만 한다. 극 전체를 통해서 어떤 세력에 의해 반복되는 도전들이 있다. 안티고네는 신과 충돌하고 오셀로는 질투와 충돌하며 파우스트는 그의 영혼을 팔려고 한다. 플롯은 일종의 최종적 결말(파국)이 있을 때까지 반대 세력과 정면으로 만나는 사건을 나타낸다. 아마도 플롯의 가장 중요한 양상은 인물과의 관계일 것이다.

플롯 안의 모든 것, 즉 모든 사건은 특별한 때에 특별한 인물의 특별한 느낌 때문에 소개된다. 극 중의 모든 것은 인물의 동기의 산물이다. 플롯은 인물의 사상의 정수를 적당한 행동으로 옮기는 역할을 한다. 플롯은 인물들이 어떤 사람인가를 말해준다. 따라서 부분들의 관계나 예술적 발전이라는 용어로 극의 구조에 관해서 논하는 동안 플롯에 대해서나 인물을 효과적으로 설명하는 행동에 대해 언급할 필요가 있다. 모든 행동이 인물에서 나오므로, 인물로 행동을 설명해야만 한다. 안티고네는 그녀의 오빠인 폴리네이케스의 명예를 원했기에 그 시체를 매장했다. 로드리고는 자신이 데스데모나를 차지할 기회를 노렸기에 오셀로와 카시오에 반대하는 이아고의 계획을 돕기로 결정한다. 윌리 로만은 적대적인 세계와 더는 일치될 수 없었기 때문에 자살한다. 플롯을 말할 때 궁극적인 목적이 무엇이든 간에 여러 인물에 관한 핵심적인 부분들에 관해 더 주의를 기울일 필요가 있다.

4. 구조의 변화

19세기에는 입센(Henrik Ibsen)의 영향 때문에 희곡이 상승, 절정, 하강, 결말이라는 형식에서 벗어났다. 그러나 거의 모든 극들은 아직도 이러한 발전 단계를 가지고 있고, 주된 차이는 구조적 발전의 부분들이 '회고법'이라는 하나의 시간제를 따른다는 것이다. 밀러의 〈세일즈맨의 죽음〉조차도 (극의 많은 부분이 꿈을 통해 윌리 로만의 마음속에서 과거로 돌아간다 할지라도) 상승과 절정 등에 의존한다. 근본적으로 기본적인 극적 구조는 시간을 초월해 유효하게 나타난다. 발단 · 유도부 · 상승 · 절정 · 하강 · 파국이라는 용어로 언급될 수 없는 극이란 거의 없으며 따라서 연구자는 유효성이 증명된 이 방법으로 문체에 대한 연구를 시작해야 한다. 그런 다음에 말로의 〈파우스트〉처럼 긴 시간이 소요되는 극의 구조의 특별한 양상을 연구해야 할 것이다.

5. 희귀한 구조

〈바다로 간 기사〉

모든 극이 일반적인 구조의 관점에서 상승과 절정이라는 용어로 나타나는 것은 아니다. 많은 극들은 전적으로 개별적인 방법으로 구성되며 구조에 대한 분석은 이 개별성에 초점을 맞출 필요가 있다. 한 예로 싱의 단막극 〈바다로 간 기사(Riders to the Sea)〉가 있다. 거기에는 장이나 막의 분리가 없다. 거기에는 사건도 없고 사건의 보고만 있을 뿐이다. 하나의 장소에서 완곡하지만 직접적으로 다른 장소를 언급(밀러의 〈세일즈맨의 죽음〉에서 봤듯이)하고 있다.

플롯 – 무슨 일이 일어나는가 – 은 특별히 복잡하지 않다. 모리아라 불리는 노부인의 두 딸 캐슬린과 노라는 아일랜드 서부에서 좀 떨어진 섬에 있는 그들의 작은 오두막 부엌에서 이야기를 나눈다. 노라는 북쪽에 있는 어떤 사나이의 시체에서 발견된 한 무더기의 옷을 목사로부터 받아온다. 죽은 사나이는 그 소녀들의 오빠 마이클이다. 그동안 모리아의 또 다른 아들 바틀리는 일감을 찾아서 해변으로 갔다. 집에 들어온 모리아는 딸들에게 마이클을 봤다고 말하지만 소녀들은 마이클의 시체가 멀리 북쪽에서 발견되었으므로 그것이 불가능한 일이라고 생각한다. 그러던 중 어떤 여자들이 들어와서 바틀리도 죽었다고 알려준다. 모리아는 관습에 따라 아들을 위한 관에 대해 생각하기 시작한다. 그러나 바틀리의 몸은 판자 위에 놓여 운반되며 모리아는 그 사건을 체념과 용기로 받아들인다.

그 극의 구조는 실제로 분명하게 드러나지 않는다. 형식적 구조의 부재는 우리로 하여금 그 전체적인 극을 한순간으로 받아들이게끔 한다. 항상 그렇듯이 죽음은 오지만 생은 계속된다. 그 순간에 노인은 거의 무한한 용기와 지혜를 소유한 듯하다. 재앙을 향한 상승이 없다. 죽음은 우연하고 급작스럽게 온다. 작품은 결코 극 속의 작은 부엌이라는 공간을 떠나지 않으며 거기에는 주된 행동이란 없다. 대신 구조는 뚜렷하게 비형식적으로 고안되어 있다. 이것이 극의 결핍부이며 극을 분석하는 작업에서 무엇이 결핍되어 있는가를 알아낼 수 있다.

모든 극은 아무리 유사할지라도 그 구조가 표준 양식이든 아니든 자신만의 특별한 구조를 갖는다. 싱의 〈바다로 간 기사〉 같은 극을 읽을 때 실제로 그 구조가 큰 관심의 대상이 되지는 않는다. 대신 극의 언어에 더 관심을 갖게 되는데 그것은 아일랜드 평민의 토속적인 언어이다. 〈바다로 간 기사〉에는 〈안티고네〉만큼 특정한 분위기와 톤이 있지만 대화에서 드러나는 경험을 증가시킨다는 점을 제외하고는 구조분석에서 형식적 구조의 결여에 대한 단서를 발견할 수는 없다. 그러므로 비록 모든 극이 구조분석과 관련을 가져야 할지라도, 연구자는 어떤 극의 경우에는 구조에서 특별한 점이 발견되지 않으리라는 것을 기억해야만 한다. 더욱이 그들의 구조는 너무나 미약해서 그것을 간단히 언급하면서 넘어갈 것이고, 그 극을 이해하게 도와주는 극의 또 다른 양상들을 찾아야 한다.

제8장 | 인물

　　인물이란 허구적 창조물이므로 극작가나 소설가가 얼마나 인물의 성격묘사를 잘 하는가에 따라서 그 탁월함이 판가름난다. 무대 위에서 인물이 실제로 걸어다니기 전에는 그 인물은 어떤 깊이도 갖고 있지 않기 때문에 극작가는 확실한 방법과 특성으로 그를 창조해야만 한다. 우리는 그 극이 지속되는 동안 이 인물들의 실재성을 받아들일 준비가 되어 있다. 서두 부분에서 지적했듯이 희곡에는 묘사나 서술이 없다. 대신 모든 성격묘사는 대화를 통해서 나타나야만 한다. 인물들은 서로에 관해서 그리고 그들 자신에 관해서 말하며 특히 그들의 사랑이나 미움처럼 중심이 되는 감정에 관해 말한다. 극을 통한 언어와 행동의 결합, 짧은 방백이나 농담, 짧지만 격한 언사, 긴 혹평 등 모든 것이 우리들로 하여금 극 중 인물들이 실제로 존재한다고 생각하게 한다.

1. 인물의 특성들

행위 내의 인물들

극 속에서 행해지는 인물들의 행동을 가까이에서 관찰함으로써 그 인물에 관해 많은 것을 배울 수 있다. 특정한 상황에서 그들은 어떻게 행동하는가, 같은 상황에 있으면서도 그들의 행동은 서로 어떻게 다른가, 그들의 사고와 동기가 무엇인지를 알게 되면 또다시 그들의 행동이 얼마나 논리적으로 되는가, 어떻게 행동은 주제로 옮겨지는가 등등 행위 안의 인물에 관해서 물을 수 있는 수많은 질문들이 제기된다. 가능한 한 그러한 질문 중의 많은 것에 대답함으로써 그들의 '행동'으로 인물을 분석하고자 한다. 우선 어떤 인물이 왜 그러한 행동을 하는가를 묻고, 그것은 그가 이러저러한 종류의 사람이기 때문이라고 결론을 내린다. 오셀로가 질투 때문에 몹시 화가 났을 때 데스데모나의 뺨을 치는 것은 그의 성격의 일부이다. 아들에게 오만하게 소리지르는 것은 크레온의 성격의 일부이다. 교황을 놀리는 것은 파우스트의 성격의 일부이다. 달리 말하면 인물들은 대개 이유가 있기 때문에 그런 식으로 행동하게 되는 것이다. 우리는 항상 그들의 동기에 관해 이야기하지는 않는다. 왜냐하면 그들이 거의 전적으로 동기 없이 기본적인 성격에 따라 행동하기 때문이다.

동기

극 중에서 인물이 하는 많은 행동에는 피할 수 없는 동기가 있다. 따라서 우리는 비평가로서 인물의 동기를 분석할 권리와 의무를 가진다. 이아고는 특별한 이유로 오셀로를 몰락시키기로 결심한다. 그는 오셀로가 카시오를 승진시킨 것에 대한 복수의 열망뿐 아니라 권력에 대한 애정 때문에 동기를 부여받는다. 〈얼음장수 오다〉의 힉키는 모든 몽상은 무익하거나 죽음으로 귀결된다는 두려움에 의해 동기가 유발되므로, 다른 사람들에게 공상하지 말라고 주장한다. 윌리 로만은 그의 아들이 성공하리라는 바람이 실패한 것에 의해 동기가 유발된다. 대부분의 극들은 이렇게 중심 동기들을 가지며, 이는 일반적으로 대부분 사람들의 실생활에서도 동기를 유발시키는 인간의 위대한 감정이다.

보상에 대한 희망

주인공은 그가 사랑하는 사람들에게 행복과 영화를 가져다주고자 한다. 그의 모든 행동은 이의 도래를 재촉하도록 계획된다. 그는 오직 이런 결말을 향해 나아갈 뿐이다.

사랑

기본적으로 보상에 대한 희망의 특별한 범위이다. 한 인물은 그가 가진 사랑, 그가 원하는 사랑, 혹은 그에 대한 어떤 사람의 사랑 때문에 특정한 행동을 하도록 동기가 유발된다. 그리고 보상에 대한 희망의 범위로서 자기에 대한 사랑(자존심)의 동기도 있다.

실패에 대한 공포

보상에 대한 희망의 반대이다. 어떤 인물은 만일 그가 그렇게 하지 않는다면 파멸하게 될 것을 두려워하므로 특정 방식으로 행동한다. 그의 모든 행동은 모멸, 비참, 실패 또는 문자 그대로의 가난 및 정신적 가난으로 나타난다. 때로는 그러한 동기가 효과적으로 어떤 사람을 실패하게 만든다. 더욱이 실패에 대한 공포는 때때로 처벌에 대한 공포가 된다. 어떤 인물은 만일 그가 들은 대로 행동하지 않으면 죽음 이나 고통으로 위태로워질 것이므로 특정 방식으로 행동하는 것이다.

종교적 느낌

자주는 아니지만 때때로 종교적 신념에 의해 동기가 생긴 인물을 발견하게 된다. 그 인물은 신이 제시하는 것에 따라 행동하고 있다는 깊은 느낌과 신념을 가진다. 그 자신의 동기는 최소한으로 축소된다.

복수

'복수비극'(대개 스페인 비극이 그 예가 된다. 특히 〈햄릿〉)이라 불리는 극이 있다. 그렇게 명명된 극이 아니라도 사랑하는 친구나 친지의 죽음을 복수하려는 열망으로 동기가 유발된 주인공이나 부수 인물을 발견하게 되는 극들이 많다. 어떤 인물은 자신의 목숨조차 기꺼이 내던지며 자신을 오해한 이를 죽이려 한다.

탐욕

이것은 '보상에 대한 희망' 범주에 속하는 일종의 특별한 동기이며 많은 극에서 그 자체로 현저한 동기가 된다. 벤 존슨의 〈볼포네 (Volpone)〉와 셰익스피어의 〈베니스의 상인〉은 탐욕이 중심 동기로 작용하는 극의 좋은 사례이다.

질투

동기의 마지막 종류로서 실패에 대한 공포와 사랑 두 가지가 관련된 경우, 질투는 모든 극에서 가장 특별하고 강한 동기의 하나로 작용한다. 셰익스피어의 〈오셀로〉는 중심인물이 그의 질투에 의해 동기가 유발되는 극의 예로 자주 인용된다. 때로는 단순히 인간의 질투로, 다른 때는 지나치게 나쁜 증오로 정의되는 질투는 대부분의 인간관계에서 작용한다. 따라서 몰리에르에서 입센까지, 쇼에서 예이츠까지 세계의 유명한 극작가들이 남긴 대부분의 극에서 질투에 대한 관심이 많이 발견되는 것이 놀랄 일은 아니다.

원형적 인물

극 중에서 어떤 인물이 하는 행동을 보고 그의 중심 동기에 관해 이야기할 때, 섣불리 그가 단지 하나의 동기만을 가졌다고 말할 수는 없다. 물론 극작가는 그의 인물이 하나의 동기만을 갖도록 허용할 선택권을 가졌지만, 일반적으로 인물들은 많은 측면을 가진 복잡한 인간으로 나타난다. 안티고네의 사건을 밝혀내는 데서 크레온의 자존심을 보게 되지만, 그가 자존심에 의해서만 동기가 유발되었다고 추측하지는 않아야 한다. 그는 테베의 왕위에 올랐지만, 이에 그치지 않고 좋은 왕이 되려는 더 큰 동기를 가졌다. 그는 자기의 아들과도 좋은 관계를 갖기를 원한다. 비록 자존심이 그의 다른 동기들의 기저에 있을지라도 그것을 단순한 자존심만으로 분류할 수는 없다. 대개 중심 동기는 더 하위의 것들로 나눌 수 있다. 오셀로의 지나친 질투는 그의 새 신부에 대한 부드러움을 유지하려는 무어인으로서의 지나칠 정도의 천성적이고 본능적인 동기와 연관된다.

그러므로 하나의 동기보다는 여러 동기의 양식과 복잡한 인간을 연관시킴으로써 인물에 관한 이해에 도달하고자 해야만 한다. 물론 극작가가 인물의 행동을 하나의 지배적인 인간적 특징에서 일어난 것으로 의도적으로 결정할 수도 있다. 종종 셰익스피어의 이아고나 말로의 메피스토펠레스처럼 전통적인 악한에 내재한 악에 대한 재앙적 욕망으로부터 그러한 지배적 행동을 발견한다.

캐리커처

소설에서 어떤 인물의 행동이 믿을 수 없을 만큼 너무나 특이할 때 그것을 '캐리커처'라고 말한다. 희곡에서 일반적으로 이런 종류의 인물들 가운데 유형적 인물을 발견하지만, 주인공 중에는 이런 인물이 거의 없다. 주인공을 특별하게 만드는 것은 예술에서 중요한 일이지만, 극 안에서 작은 역할의 인물마저 완벽하게 만들 이유는 없다. 이것은 다음을 고려하게 한다.

능동적 인물과 수동적 인물

극에서 어떤 인물들은 변하지 않는다. 그들은 극의 시작부터 끝까지 같은 성격의 인물이다. 이 수동적 인물들은 극의 사건들에 의해 행동하게 된다. 그들은 대개 정적이거나 변하지 않는다. 반대로 어떤 인물들은 능동적이다. 그들은 행동을 수행하고 극에서 큰 역할을 하며 대개 극의 행위의 결과로 어떤 변화를 경험한다. 그들은 정적이 아니라 동적이다. 위대한 비극의 대부분의 영웅들은 행동적 인물들이다.

인물의 플롯 결정

희곡의 정수인 플롯은 인물 자신들에서 나온다. 극에서는 극 중 인물들이 존재하는 방식인 사건들이 일어나야만 한다. 작은 일화와 사건들, 그것의 복잡성과 단순성과 더불어 플롯은 인물의 성격에 의해 움직인다. 인물들은 자신의 느낌에 따라서 행동하고 그에 따라 사건들이 생긴다. 플롯을 고려할 때는 개연성을 다뤄야만 한다. 인물들이 그들에 관해서 알고 있는 것 내에서 행동하는지의 여부를 판단해야 한다. 이렇게 인물과 행동 사이에는 밀접한 관계가 있다. 플롯에 관한 토의는 인물에 관한 토의를 필요로 한다.

인물의 수

희곡을 분석하는 데 관심이 있는 모든 연구자들은 극 중 인물의 수에 직접적인 관심을 가져야 한다. 극작가는 그가 밝혀내기에 충분한 정도의 시간을 가질 수 없다. 주인공의 발전을 위해서는 극의 행동에 어떤 비중을 줘야만 한다. 그러므로 몇 시간 걸리는 극에서는 단지 한정된 수의 인물만이 나타날 수 있다. 부수 인물에 관해서 탄식할 것은 없다. 주인공들을 부각시키기 위해서 극작가가 시간을 바쳐야 하기에 그들은 종종 전형적으로 만들어진다. 연구자는 인물의 목록을 만들어 그들의 수를 헤아린 뒤, 주요 집단과 부수 집단으로 분류한 다음 여자와 남자로 분류해야만 한다. 대개 여기서 불균형이 생길 수도 있다. 주인공으로 간주될 수 있는 세 명의 여자와 한 명의 남자가 있다면 그 여자들이 남자의 주의를 끌기 위해 경쟁하게 되고, 그 남자는 결국 여자들과 세 개의 다른 관계를 맺게 되므로 그 누구보다도 비중 있게 나타날 가능성이 있다. 곧 인물의 수를 헤아리고 주요 인물과 부수 인물, 여자와 남자, 능동적 인물과 수동적 인물 사이의 다양한 균형을 빨리 파악함으로써 연구자는 자동적으로 극을 좀 더 잘 이해할 수 있는 위치에 선다.

기본적인 인물의 역할

연인들, 아내들, 남편들, 친구들, 적들은 별도로 하고 희곡의 인물들은 분석에서 사용될 어떤 특별한 '지위'들을 가진다. 이미 그리스비극의 부분에서 토의했듯이 우리는 종종 영웅에 관해 이야기한다. 아리스토텔레스가 정의하듯 비극적 영웅은 전적으로 선하지도 악하지도 않으며, 그의 성격의 어떤 결함을 통해서 그나 그가 사랑하는 이에게 죽음 또는 파멸을 가져다주는 고귀한 사람이다. 희곡의 플롯에서 주인공은 주동 인물(protagonist)이라 알려져 있다. 영웅과 주동 인물 모두 주인공을 나타내는 용어이므로 비극에서 동일한 사람이다. 주동 인물의 적은 반동 인물(antagonist)이라 불리거나 사람이 아닌 경우에는 적대 세력이라 부른다. 희곡에서 중요한 다른 역할은 주인공의 친구나 애인이다. 종종 영웅과 여주인공은 신뢰할 만한 친구를 가지는데 소위 영웅이나 여주인공은 그들의 친구나 하인 또는 어떤 사람을 신뢰한다. 절친한 친구의 기능은 영웅에게 무대 위에서 비밀을 털어놓게 해 관객으로 하여금 그의 참된 느낌을 알도록 허용하는 데 있다.

시간 속의 인물

어떤 인물이 무대로 걸어나올 때 우리는 그에 관해서 거의 아무것도 모른다. 그러므로 극작가의 주된 관심의 하나는 어떤 식으로든 그 인물의 과거 생활에 관한 정보를 드러내는 것이다. 예컨대 서두 부분에서 데스데모나와 오셀로가 나누는 대사를 통해 그들의 결혼에 대해 알게 된다. 그러므로 행동을 목격하는 것에 그치지 말고 행동에 관해 배워야만 한다. 극의 도입부에서 앞의 사건을 나타내는 것과 같은 원칙은 무대 밖의 죽음을 나타낼 때도 사용된다. 보고자나 보초들은 항상 누군가의 죽음을 알리며 무대로 달려나온다. 이것은 특히 그리스 비극(〈안티고네〉를 회상하라)에서 잘 나타난다. 인물들은 장차 존재할 참된 인간의 이미지를 가져와야 한다. 그들은 과거가 있다. 그들은 극이 시작되는 순간에 태어나지 않았다. 그리고 그들은 같은 의미에서 미래를 갖는다. 어떤 인물이 고귀하고 영웅적이며 인간적인 죽음을 맞이할 때 그는 우리의 마음속에 계속해 살아 있다. 그리고 만일 그 인물이 극의 끝에서 결국 죽는다면 그의 미래에 관해 논리적으로 고찰할 수 있어야만 한다. 그러므로 항상 극작가가 인물의 의미를 줄 때 그것을 성공적으로 이해해야 한다. 그리고 이것은 극작가가 등장인물의 성격을 부여하는 데 사용한 도구들을 고려함으로써 성취될 것이다.

성격묘사의 장치들

모든 극작가들은 성격묘사 장치에 관한 거대한 규모의 집단에 정통하다. 이 장치들 중 몇 가지는 다음과 같다.

▨ **인물의 용모**　서두 또는 무대 지시에서 극작가는 종종 물리적인 측면에서 인물을 묘사한다. 이 무대 지시로 인물이 어떻게 생겼으며 어떤 옷을 입고 있는지 등을 알게 된다. 인물이 무대로 걸어나올 때 그의 모습을 보면 소심한 사람인지 대범한 사람인지, 매력적인지 아닌지, 늙었는지 젊은지, 작은지 큰지 등이 명백해진다. 곧 인물의 단순한 외양에서 그를 최초로 이해하게 된다.

■ **방백과 독백**　　　인물묘사의 모든 것은 물론 대화를 통해 이뤄진다. 인물들이 말하는 것에 의해서 그들을 알게 된다. 특히 그들이 짧은 방백이나 긴 독백을 통해 이야기할 때 인물을 가장 잘 이해할 수 있다. 이런 경우 인물은 효과적으로 그의 특성을 관객에게 들려주는 셈이다. 만일 그가 악당이라면 대개 그의 악한 의도, 적어도 그의 사악한 희망을 설명할 것이다. 만일 연인이라면 헌신적이고도 시적인 말을 들려줄 것이다. 만일 사랑과 의무 사이에서 괴로워하는 영웅이라면 자신의 갈등과 고뇌에 대해서 말할 것이다. 독백과 방백의 사용은 성격묘사의 가장 노련한 장치 중의 하나이다.

■ **인물 간의 대화**　　　혼자 말하는 인물의 언어뿐만 아니라 그가 다른 사람에게 말할 때의 언어도 그의 인성을 이해하게 해준다. 누군가가 그의 주인 또는 다른 사람에게 이야기하는 특정한 방식으로부터 여러 결론을 이끌어낼 수 있다. 독백에서 사용되는 언어와 다른 사람에게 말할 때 사용되는 언어의 종류 사이에 큰 불균형이 있다면, 여기서도 많은 암시를 발견할 것이다. 예를 들면 오셀로에게 카시오에 관해서 말할 때의 이아고의 부정직하고 간사한 꾀와 혼자 말할 때의 솔직함 사이의 불균형을 보면서 이아고에 대한 기본적인 이해를 하게 된다.

■ **숨겨진 서술**　　　극에서는 극작가가 직접 묘사하지 않을지라도 인물묘사가 있다. 종종 사용되는 인물묘사 장치 중의 하나는 극 중의 한 인물이 다른 인물에 관해서 이야기하는 방법이다. 그러한 서술은 극작가의 직접적인 언급이 아니라는 점에서 숨겨져 있다. 그러나 만일 안티고네가 우리가 이미 알고 있는 그녀의 자매에 관해서 묘사한다면 그녀 자신의 말과 행동을 통해서 그녀에 관해 알려주는 것이나 마찬가지일 것이다. 물론 때때로 다른 인물에 대한 한 인물의 평가는 완전히

그릇된 경우도 있다. 그러므로 극작가는 어떤 인물이 다른 인물을 설명하기 전에 누가 어리석은지 누가 현명한지를 우리의 마음속에 결정해줘야 한다. 만일 묘사하고 있는 인물이 바보이고 일반적으로 매우 지각 있는 인물이 아니라면, 진실에 도달하기 위해 그가 다른 인물에 관해 말하는 모든 것을 뒤바꿔 받아들이게 된다. 만일 바보가 어떤 사람을 현명하다고 생각한다면 일반적으로 그는 어리석다고 생각할 수 있다. 그러므로 극에서 극작가가 어떤 인물에 관해 그들의 말과 행동을 통해서 하는 성격묘사와 어떤 인물의 다른 인물에 관한 숨겨진 서술의 사용을 통한 성격묘사 사이에는 큰 상호작용이 있다.

■ **언어**　　인물의 언어가 극단적으로 그의 인성과 태도에서 중심적이라는 것은 아무리 강조해도 지나치지 않다. 인물이 사용하는 단어의 종류뿐만 아니라, 그 인물이 말하는 방법도 주의 깊게 기억해야만 한다. 그는 열정적인가, 조용하고 소심한 태도로 말하는가, 화려한 언어로 말하는가, 사실을 문자 그대로 말하는가, 빨리 말하는가 또는 긴 한숨을 쉬며 말하는가. 인물이 이야기하는 방법과 그가 사용하는 표현들은 항상 최초의 관심거리가 된다. 인물묘사에 관한 이런 양상은 가장 중요하며 비평가뿐만 아니라 극작가도 잘 아는 사실이다.

■ **행위 내의 인물**　　인물들이 행위를 통해서 점점 얽혀들면 자연히 그들에 관해 더 잘 알게 된다. 일단 극작가가 다른 방법이 아닌 어떤 하나의 방법으로 인물이 행동하기를 선택한다면 그것을 통해 그 인물을 더 잘 이해하게 된다. 동기는 대개 실제 세계의 행동으로 옮겨지므로 무대 위의 인물의 세계에서 참된 것으로 파악된다. 우리는 계속해서 어떤 인물이 왜 어떤 특별한 방법으로 행동하는가를 묻는다. 서서히 '왜'라고 질문을 해나가면서 인물의 동기에 관해 결론을 내릴 수 있다.

그리고 동기에 대한 이해는 분석의 중심에 있게 된다.

인물의 발전

인물을 분석할 때 우리의 중심 작업은 그 극 안에서 인물의 발전을 설명하고 묘사하는 것이다. 극의 과정에서 주인공이 변화하는 방법을 이해하는 것, 또는 만일 그들이 변화하지 않는다면 그 이유를 이해하는 것은 매우 중요하다. 발전을 분석하는 가장 좋은 방법은 극의 사건을 통해서 논리적으로 그리고 시간 순으로 나아가는 것이다. 극의 처음에서 인물은 어떠한가, 왜 그는 극의 주된 전환점에서 그렇게 행동하는가, 극의 끝에서 그는 어떠하며 혹시 죽는다면 임종 시 그는 어떠한가 등등 우리의 모든 관심은 그가 하는 행동의 동기를 분석하는 데 있다. 그 다음에는 극작가가 우리에게 인물의 성격과 관련해 '가르쳐주도록' 고안된 인물묘사의 장치에 집중해야 한다.

한 인물과 다른 인물의 관계

인물의 발전 부분은 다른 인물과의 관계 변화에 기초를 둔다. 만일 적이었던 어떤 사람이 친구가 되거나 그 반대라면 그 인물은 자연스럽게 변화한 관계에 적응할 필요가 있다. 예를 들어 우리가 어떤 로맨스의 진전을 따라간다면 문자 그대로 그것의 발전의 각 단계에서 그 로맨스의 각각의 상대편에 대한 가치를 평가해야만 한다. 한 인물과 다른 인물의 관계는 상호 간 대화와 서로를 서술하는 말에서, 특히 그들이 서로의 행동에 원인으로 작용하거나 공유하는 행동에서 나타난다.

요약 : 극의 인물로의 접근

연구자는 극의 모든 인물을 주동 인물, 반동 인물, 친밀한 친구, 바보, 현자 등으로 명백하게 요약해야만 한다. 모든 인물들이 그들의 패턴과 관계 안에서 나타난 후에 그들은 개별적 분석을 위해 분리될 수 있다. 행동 안에서 인물을 고려함으로써, 즉 극의 과정에서 그 인물에게서 보이는 행동을 설명한 연후 그 행동의 이유와 동기를 파악함으로써 연구자는 재빨리 그 인물의 중심된 진실을 발견할 수 있다. 주된 인물의 현저한 특징을 분류해냄으로써 극에서 암시하는 의미의 어떤 이론을 발전시킬 수 있다. 극 안의 주인공의 발전에 관해 연구를 집중함으로써 부수 인물에 관한 결실 없는 조사에 따르는 불필요한 시간 낭비를 피할 수 있다. 어떤 인물의 여러 변화에 대한 증거를 찾으려 할 때 극작가가 고를 수 있는 성격묘사의 여러 장치들에 대해서 주의를 기울여야만 한다. 사랑, 미움, 벌에 대한 공포, 보상에 대한 희망 등의 목록들에 의해서 동기를 언급하는 것처럼 인물묘사 장치의 목록들을 안내자로서 사용할 수 있다. 마지막으로 하나의 중요한 질문이 남아 있다. 극 중 인물들은 과연 '믿을 만한가'?

2. 인물의 예들

오셀로

셰익스피어의 〈오셀로〉는 오셀로의 질투가 발전하는 다양한 변화에 따라 전개된다. 그는 극의 처음에는 강하고 영웅적인 장군이며 베니스의 충신으로 나타난다. 그러나 끝에서는 죄 없는 아내를 죽인 뒤의 절망으로 미쳐버리고 질투심만 남은 보잘것없는 한낱 동물로 바뀌어 있다. 셰익스피어는 처음에 그를 중년의 흑인 무어인으로서 훌륭한 장군의 의상을 입게 하고 국무와 관계된 일을 하는 사람으로 특징지었다. 그러나 오셀로는 그러한 겉모습과는 다른 면을 보여준다. 그가 가진 비극적 결함 때문에 그는 계획적이며 사악한 이아고에게 속는다. 오셀로는 데스데모나가 카시오와 몰래 사귀고 있는 중임을 확신하고 결국 그녀를 죽인다. 이것이 극에서 일어나는 사건이다. 오셀로는 질투심으로 인해 죄 없는 아내를 죽인 후에야 실수를 깨닫고 자살한다. 동기는 간단하고 단순하다. 질투란 쉽게 정의되고 이해되기 때문이다. 오셀로의 인격, 명예심, 자존심, 이 모든 것은 하나의 폭발적인 감정에 압도된다. 오셀로는 그가 폭발할 때만 발전한다. 그는 반동인물 이아고와 싸우는 능동적인 주동 인물이다. 그는 미신적이고 마술을 믿는데 그것은 그를 더욱 이아고의 공격에 다치기 쉽게 만든다.

오셀로는 그의 언어에 의해 특징지어진다. 그는 전문적 군인의 태도로 말한다. 그는 한마디의 말도 낭비하지 않으며, 공상적인 언어로도 말하지 못하고 아주 길게 말하지도 못하는 자신의 언어능력에 대해 언급하기조차 한다. 그의 언어는 무례하다. 결국 셰익스피어는 오셀로가 말하는 방식을 통해 오셀로라는 남자의 명백한 모습을 만든다. 더욱이 그는 아주 지속적인 방법으로 다른 인물에 의해 묘사된다. 그는 다른 사람과의 대화 및 독백에서 행동하는 인간과 전형적인 군인의 상투적인 언어로 말한다. 이것이 그의 과거와 막이 오를 당시 그의 현재에 대해서 우리가 이해하는 것이다. 극 중에서 그의 행동은 우리가 그에 관해서 알고 있는 한에서는 아주 논리적이다.

윌리 로만

아서 밀러의 윌리 로만은 때때로 부르주아 희곡의 비극적 영웅으로 인용된다. 그것은 아리스토텔레스적 의미에서의 전통적인 비극적 영웅이 높은 지위에서 낮은 지위로 떨어지는 고귀한 인물로 정의되는 것을 떠올리게 한다. 윌리 로만은 비록 전통적인 의미에서 고귀한 것은 아니지만 어떤 대표적인 인간의 존엄성을 가졌다. 그의 고통 속에는 그 자신과 크게 다르지 않은 수천의 고통이 들어 있다.

윌리 로만은 노년의 초기, 달리 말하면 중년의 말기에 있기 때문에 극작가는 그 외모를 쉽게 그려낸다. 정신적 의미뿐만 아니라 물리적 의미에서도 그의 일은 거의 끝이 났다. 그러므로 윌리 로만이 무대에서 걸어다닐 때 밀러의 인물묘사는 이미 완성되었다.

윌리 로만이 극 중의 중심인물이라는 것은 의심할 여지가 없다. 윌리 로만은 자존심과 채워지지 않는 꿈을 가진 나약한 사람이다. 비프는 그의 구조자였지만 결코 그 이상은 아니다. 결론은 나약함과 무지는 인간을 절망과 패배로 이끌 뿐이라는 것이다. 자살은 갑작스럽지만 윌리의 생에 대한 결론으로서는 논리적으로 이해할 만하다. 우리가 윌리의 자살을 쉽게 이해할 수 있다는 점이 이 극의 중심적 공포이다. 윌리의 죽음이 그렇게 강력한 논리를 갖는 주된 이유는 그 죽음이 그에 관해 우리가 알고 있는 사실에 비춰볼 때 납득된다는 점이다. 그는 더듬거리면서 점점 더 깊이 부적합한 고백으로 잠겨든다. 윌리는 세계와 일치할 수가 없다. 가족조차 그 고통을 이해할 수 없다. 윌리는 스스로 꿈을 꾸고 있으며 비프에게 위대해지도록 적극적으로 고무한다는 면에서 능동적인 인물이다.

물론 윌리는 무서울 정도로 비현실적이다. 밀러는 그의 현재보다 그의 꿈을 더 강력하게 만듦으로써 윌리라는 인물의 이러한 양상을 암시한다. 현실과의 관련은 그의 실패로 인해 달성하기 어려워졌고 그는 과거의 삶을 받아들일 수 있을 뿐이다. 그의 현재와 미래는 모두 죽어버렸다.

비프가 최초로 아버지의 나약함을 이해한 것은 그의 아버지가 지극히 평범하고 또 도덕적으로 파산했다는 발견과 더불어 온다. 윌리의 외적인 동기는 사업에서의 실패이지만 더 큰 동기는 자신과 가족에 대한 자존심이다. 비프는 윌리가 그의 이웃보다 더 높게 상승할 마지막 기회이자 가정을 지속적인 영화로 일으킬 마지막 기회였다.

윌리의 나약함과 자존심의 원동력과 그의 성격의 미묘함을 우리가 점진적으로 이해한다는 의미를 제외하고는 그는 극에서 발전하지 않는다. 변변치 못하지만 그의 발전은 대개 그의 긴 독백으로 나타난다. 비록 다른 가족 성원에 둘러싸여 있을지라도 윌리는 자신이 혼자라고 느끼는데 그것은 그가 현실세계로부터 분리되어 있기 때문이다.

과거의 삶의 의미가 윌리라는 인물의 일부이기 때문에 그는 극 중에서 행위나 장소의 혼란 없이 길게 독백할 수 있다.

밀러는 극이 시작하자마자, 윌리가 다른 희곡에서는 극의 끝 무렵에서야 도달하게 되는 정도의 깊이에 이미 도달해 있음을 암시한다. 윌리는 기본적으로 실패와 더불어 시작해 최후의 완전한 실패로 끝난다. 그의 죽음은 단지 최소한의 혹은 약간의 차이만을 만들 뿐이다. 왜냐하면 그는 극의 처음부터 죽은 것이나 다름없기 때문이다.

모습이 서서히 드러난다는 의미에서 윌리는 발견된다고 할 수 있다. 인물묘사의 모든 장치들은 이러한 드러냄의 양식을 향해 작용한다. 관객들은 서서히 윌리가 왜 실패했고 주위 사람들을 실망시켰는지, 왜 그는 해피와 비프가 새로운 가족 사업을 시작하기를 원하는지, 왜 그에게 있어 이웃과 그가 동등해지는 것이 중요한지 알게 된다.

윌리는 현재의 행동이라는 의미로서의 극 중 행동과는 무관하다. 그는 잃어버린 영화로운 젊음을 향해 불명예스럽게 추락하는 것을 제외하고는 아무것도 하지 못한다. 그의 행동은 과거의 행동이며 그는 극이 시작되기 전에 일어났던 모든 중요한 사건들을 회상할 뿐이다. 극이 끝나갈 무렵이면 우리의 느낌은 연민과 공포로 정화되기 때문에 비극적 의미에서 그는 '몰락'한 것이다. 이때쯤이면 그에게 현재의 지속보다 더 나쁜 것이라곤 아무것도 없음을 알게 되기 때문이다.

우리는 윌리의 실패와 타락 그리고 그의 모든 절망을 전적으로 이해하지만 그의 부정이라는 측면에서는 그를 용서하려고 하지는 않는다. 우리는 그가 어리석은 방법으로 인생을 살았기 때문에 동정한다. 윌리라는 인물의 중심에 있는 모든 전제는 그릇된 것이다. 모든 일이 점점 나아지리라는 그의 확신은 정당하지 않았다. 인격으로도 성공적으로 사업을 할 수 있다는 그의 지론은 그 자신의 사업이 실패한 사실을 설명하지 못한다. 간단히 말해서 윌리의 발전과 모든 성격묘사는 그 중심에 그 자신과 그의 세계에 대한 비현실적 판단이 내재되어 있다.

오셀로가 너무나 완벽하게 질투심에 젖어든 것처럼 윌리는 마지막에는 거의 파괴적이고 비현실적이며 그릇된 자존심에 고통스럽게 젖어들었다.

제9장 | **언어와 수사**

신문을 읽을 때마다
저는 행간으로 살금살금 돌아다니는 유령들을 보는 것만 같아요.
나라 전체에 바다의 모래만큼이나 많은 유령들이 있음에 틀림없어요.
그래서 모두는 빛을 그렇게 끔찍이 두려워하는 거죠.
ㅡ입센, 〈유령〉 중에서

　서두에서 밝혔듯이 극은 예술작품일 뿐만 아니라 문학이다. 그러므로 극작가의 언어와 수사적 장치의 사용을 연구하는 것은 당연하다. 극 중 언어의 사용을 고려할 때 항상 극작가가 의도한 극적 효과에 관심을 가져야 한다. 만일 한 인물이 어떤 식으로 말한다고 할 때 그로 인해 그가 더 극적으로 되는가, 그는 우리의 관심을 끄는가, 혹은 그의 언어가 그를 극적으로 만들기에는 불충분하고 단지 단순한 '유형'으로 만들 뿐인가 등등 극의 언어와 문체를 만드는 모든 수사적 장치들은, 인물의 대사라는 수단을 통해서 관객에게 유용하게 전달된다. 서술이라곤 없다. 명백하거나 특별한 묘사도 없다. 오직 대화만이 유일하며, 어떤 극의 언어에 대한 분석은 인물이 이야기하는 방법에 대해 분석하는 것이기도 하다.

1. 언어와 인물

언어가 인물을 정의함

앞장에서 언급했듯이 어떤 인물이 말하는 방법은 인물묘사의 장치이다. 여러 상황에서 특정 인물이 행동하는 방법을 관찰함으로써 그에 관해 많은 것을 알게 된다. 동시에 그가 말하는 방법에 의해 그 인물에 대한 평가를 강화한다.

〈안티고네〉에서 자기 아들에 대한 크레온의 언쟁은 무식한 정열과 사납고 오만한 말로 이뤄져 있다. 데스데모나에 대한 오셀로의 비난은 군인의 분명한 단어와 전쟁시 쓰는 말이다. 인물들은 그들의 개별성뿐만 아니라 그들이 속한 인간의 유형을 나타내는 방법으로 말한다.

예를 들면 싱의 〈바다로 간 기사〉의 모든 인물들은 섬에 사는 아일랜드인의 사투리 같은 말투로 말한다. 모리아의 말투와 어순을 보라.

> 모리아 큰 세상에서는 노인들이 그들의 아들과 후손들을 위해서 그들 뒤에 무언가를 남겨주지만, 여기서는 도리어 노인들에게 무엇인가를 남겨주는 것이 젊은이들이지.

우리는 모리아가 이야기하는 방법에서 그녀가 기본적으로 얼마나 단순한가를 재빨리 알게 된다. '그들 뒤에 남겨준다'라는 말의 어감은 비교적 간명한 방식으로 화자에게 개인성과 국민성을 동시에 부여한다. 다른 인물들도 같은 아일랜드풍으로 말한다. 예를 들어 그 극의 첫 부분을 보라.

> 노라   엄마는 어디 있지?
> 캐슬린   누워 계셔. 신이 도와준다면 아마 잠을 주무실 거야. 너는 뭘 들고 있니?
> 노라   젊은 목사가 가져다줬어. 도네갈에서 익사한 남자에게서 벗긴 셔츠와 양말이야.
> 캐슬린   만일 그것들이 마이클의 것이라면 엄마는 곧 바다로 가서…….

단어와 단어들의 결합은 기본적으로 아일랜드의 것이며, 언어를 통해서 극의 장소가 아일랜드 서부의 작은 섬임을 알 수 있다. 인물들은 장소의 일부분이며 적당한 언어를 통해서 서로를 정의한다.

언어, 인물 그리고 유머

셰익스피어의 유명한 희극 〈한여름밤의 꿈〉의 맨 앞부분에서는 극을 형성할 배우들의 집단이 소개된다. 그 작품은 연극의 역사에 있어서 가장 유머러스한 집단의 언어를 주의 깊게 사용하고 있다. 보틈의 말을 통해서는 그 인물의 영혼을 쉽게 알아채게 된다.

유머를 만드는 데 있어 주의 깊게 선택된 대사를 대신할 것은 없다. 다음의 대사를 통해서도 보틈의 성격을 짐작할 수 있다.

퀸스   그럼 부를 테니 대답들 하게. 직공, 니크 보틈.

보틈   여기 있네. 내 역할을 말해주게. 그리고 다음을 진행하게.

퀸스   니크 보틈, 자넨 퓌라모스 역일세.

보틈   퓌라모스라니? 애인 역인가, 폭군 역인가?

퀸스   애인 역인데 사랑 때문에 굉장히 용감하게 자살을 하네.

보틈   멋들어지게만 하면 관중들의 눈물을 짜낼 역이겠군. 내가 그걸
        맡는 날이면 관중들은 자기 눈을 조심해야지. 난 폭풍을 일으키고
        좀 비탄에 젖게 할 테야. 그런데 그 다음은 뭐지? 하지만 난 폭군
        역이 제일 맞아. 글쎄, 에르클레스 장사 역이나 고래고래 소리
        지르는 역이라면 온 관중을 물끓듯이 할 수 있고말고. "바위가
        무시무시하게 굴러 감옥의 자물쇠를 때려부순다. 피부스의 태양
        마차는 멀리서 빛을 내고 멍청한 운명의 여신들을 유린하리라."
        거 굉장하지. 자, 다음 역할을 부르게. 이것이 에르클레스 장사의
        분위기야. 애인 역이라면 좀 더 애절하게 해야지.

퀸스   그 사람 참. 에르클레스가 아니라 헤라클레스라니까 그러네. 그리고
        피부스의 태양 마차가 아니야. 포이보스 아폴론의 태양 마차지.
        다음. 풀무장이, 프랜시스 플룻.

플룻   네, 피터 퀸스.

퀸스   자넨 티스베 역할이네.

플룻   티스베요? 방랑 기사 역인가요?

퀸스   퓌라모스가 사랑하는 아가씨라네.

플룻   난 여자 역은 안 되겠어요. 수염이 나고 있거든요.

퀸스   괜찮아. 가면을 쓰고 하니까. 될 수 있는 대로 작은 목소리로만
        하게나.

보틈   가면을 써도 된다면 티스네 역도 내가 맡겠네. 들어봐 이렇게
       지독하게 작은 목소리로 말할 테니. "티스네! 티스네!" "아, 내
       사랑 퓌라모스! 여기 그대의 소중한 티스네가 있어요."
퀸스   그만, 그만! 자넨 퓌라모스 역이야. 플룻, 자네가 티스베 역이고.
보틈   좋아, 계속하세.
퀸스   재단사, 로빈 스타블링.
스타   여기 있네, 피터 퀸스.
퀸스   자넨 티스베의 어머니 역이네. 땜장이, 톰 스나웃.
스나웃 여기 있네, 피터 퀸스.
퀸스   자넨 퓌라모스의 아버지 역이네. 난 티스베의 아버지 역이고.
       가구장이 스너그, 자넨 사자 역이네. 자, 이제 배역이 끝났네.
스너그 사자 역의 대사는 써놓았나? 써놓았다면 미리 주게. 난 머리가
       둔해서.
퀸스   즉석에서 할 수 있어. 으르렁대기만 하면 되니까.
보틈   사자 역도 내가 맡겠네. 내가 으르렁대주지. 그걸 들으면 다들
       시원해질걸. 내가 으르렁대면 공작님이 이렇게 말씀하실 거야.
       "한 번 더 으르렁대라. 한 번 더"라고.

매 행이 인물의 특성을 크게 증가시키기 때문에 그 대본은 이 정도
길이면 된다. 보틈이 티스베를 '티스네'라고 잘못 발음하는 것은 그의
서투르고 유머러스하며 어리석은 면을 강조하는 문체이다. 무뚝뚝한
구어체로 나타나는 그의 재미있는 사고는 그를 단지 몇 초 내에 친근한
친구로 만든다.
집단을 형성하는 성원 각각은 그들의 이름이 불릴 때 '여기 있네'라

고 대답함으로써, 그리고 스너그가 그의 사자의 역할(그것은 단지 울음소리만 내는 것인데)을 기억하는 데는 시간이 필요하다고 말하는 것으로써 때때로 가볍게 중단하면서 가장 간략한 말로 그들의 성격을 드러낸다.

셰익스피어는 직접적인 태도로 재미있는 그의 친구들 집단을 소개했다. 그들은 억양이 있는 자연스러운 태도로 이야기한다. 셰익스피어는 효과적으로 보틈에게 재치 있는 말을 하게 할 뿐만 아니라 자기중심적인 엉터리 희극배우로서의 성격을 묘사하는 데 가장 적합한 방법으로 언어를 표현하는 능력을 보여준다.

대화가 관계를 정의함

극에서 대화는 인물과 극에서의 관계를 정의하게 된다. 즉, 극에서 어떤 특별한 인물이 다른 사람에게 이야기할 때 사용하는 언어는 또다른 인물에게 이야기할 때 사용하는 언어와는 다르게 나타난다. 예를 들면 오셀로가 카시오에게 이야기하는 방법은 명령하는 장교와 복종하는 장교 사이에 존재하는 것과 같은 관계를 정의해주는 반면, 오셀로가 그의 새 신부에게 이야기하는 방법은 사랑의 신비와 인간적 온유함으로 채워진 것 같은 관계로 그의 결혼을 정의해준다.

간단히 말하면 오셀로와 데스데모나 사이의 대화는 남편과 아내로서의 관계를 정의한다. 그 극을 통해서 같은 인물이 사용하는 여러 종류의 언어를 보면서 점점 인물의 원형적 인간성 및 그가 다른 인물과 가지는 관계를 이해하게 된다.

만일 소포클레스의 〈안티고네〉에서 크레온과 하이몬 사이의 날카로운 대화를 떠올린다면 이 대화가 그 극의 기본적인 부자관계를 정의

하는 데 기여함을 알게 된다. 크레온이 아들이 결혼하려는 소녀에 대한 자신의 판단을 하이몬에게 상기시킬 때, 처음에는 하이몬도 아버지가 현명하다고 생각하다가 서서히 아버지의 무지한 행동과 결정에 반감을 갖게 되어 결국 논쟁이 벌어진다.

하이몬은 크레온에게 완고하게 행동하고 처음의 결정을 번복함으로써 그의 뛰어난 지혜를 드러낼 것을 애원한다. 크레온이 자신의 판결 뒤에는 왕의 권리가 있다면서 거절하자 하이몬은 옳은 권리는 심판권을 나눔으로써 더 호응을 얻을 수 있다고 말한다. 이처럼 부자는 논리적으로 연관된 일련의 논쟁을 통해 점점 대립한다.

크레온과 하이몬도 모든 아버지와 아들들과 마찬가지 방식으로 논쟁한다는 것이 점점 명백해진다. 그러므로 그들의 정상적인 부자관계는 대화를 통해서 점잖은 것에서 분노로, 토의에서 논쟁으로 움직여간다.

모든 극에서 관계는 명백하게 설명되며 적어도 그래야만 한다. 예를 들면 어떤 인물이 다른 인물에 대해 양면적 느낌을 가지고 있고 대화의 진행이 사랑과 미움을 되풀이하는 것을 보여줄 필요가 있을 때, 다양한 억양은 그러한 관계의 미묘함을 특징짓는다. 사랑의 말이 들릴 때 만일 그것이 확언이 아니라면 이를 보충하거나 반대하는 감정이 필연적으로 제시된다. 연구자는 둘 또는 그보다 많은 인물 사이의 대화를 파악하고 대화에서 사용된 언어에서 그 극의 관계를 정의하는 데 쓰인 특징적 방법을 찾아내 보여줄 수 있어야만 한다.

비유적 언어

모든 극작가 – 사실은 모든 작가 – 는 비유적 언어를 사용한다. 그것은 극작가가 문자가 아닌 다른 방법으로 사물에 관해 말한다는 것이다. 극작가는 여러 방법으로 나타날 수 있는 유추를 사용하면서 그의 사상을 설명한다.

■ **직유와 은유**　　유추는 한 가지와 다른 것 사이의 유사성을 지적함으로써 상당한 관심을 이끌어낸다. 만일 "A는 B와 같다"라고 말한다면 그것은 유추를 나타내기 위해서 유사성을 사용하는 것이다. 예를 들어 "태양은 하늘에 있는 뜨거운 은화와 같다"라고 쓴다면 직유('~같이'나 '~처럼'에 의해서 알 수 있다)를 사용해 태양을 비유적으로 가리키는 것이다. 다른 종류의 기본적인 유추적 표현은 은유이다. 은유는 "A는 B이다"처럼 사용되는 비유적인 또는 유추적인 방법이다. 그러므로 앞의 예를 재인용해서 "태양은 하늘에 있는 뜨거운 은화이다"라고 읽는다면 같은 생각을 은유의 방법으로 나타낸 것이다. 직유와 은유는 비유적 표현의 중심이고 극작가들은 그들의 인물의 말에서 이를 자유롭게 사용한다. 직유와 은유는 언어를 더 다양하고 극적으로 만들기 위해 사용된다. 두 가지 기본적인 면과는 다른 셀 수 없이 많은 비유적 언어의 종류가 있다. 다양한 인물의 말을 연구할 때 연구자는 다음 중 몇 가지의 사용에 특별한 주의를 기울여야 한다.

■ **알레고리(풍유) 또는 확장된 은유의 사용**　　문학적 차원에서 말해지는 모든 것은 또 다른 차원에서 어떤 명백한 의미를 가진다.

■ **두운법 또는 가까이에 있는 단어에서 비슷한 소리의 반복**　　종종 극적 효과를 위해서 어떤 인물은 모든 단어가 같은 글자나 소리로 시작되는 행을 말한다.

■ **대조 또는 반대말의 매우 긴밀한 사용**　　유머나 긴장을 창조하기

위해서 극작가는 아이러니하거나 반대되는 것을 짝짓는다. '삶과 죽음', '미움이 깃든 사랑', '쌉싸름한 달콤함', '슬픈 영광' 등이다. 대조는 엘리자베스 시대와 왕정복고 시대의 극작품에서 흔하게 발견된다.

▪ **불협화음 또는 거칠게 섞인 소리의 표현**   불협화음은 부조화음의 다른 표현이다. 때때로 '거친' 인물이나 부드럽게 말하는 법을 모르는 사람을 나타내기 위해서 불협화음으로 가득한 언어를 사용한다.

▪ **형용어구 또는 가능한 한 짧게 어떤 사람을 특성화하는 데 사용되는 단어나 구**   다른 인물이 말하는 것을 통해서 특정한 인물에 관해 알게 되는 것을 말하는데 그것이 얼마나 적합한가를 고려함으로써 형용어구(Epithet)인지를 판별한다.

▪ **완곡어법 또는 어떤 것을 말하는 장식적 방법**   때때로 인물들은 문자적 언어로 표현될 때보다, 또는 실제보다 더 낭만적이고 외국풍으로 만들어질 때 장식적인 모습을 갖춘다. 거의 모든 인물은 어떤 한 부분에서 시적으로 말하며, 완곡어법은 시를 통해 표현된다. '태양이 진다'의 완곡어법 표현은 '황금빛 태양이 드리워진 구름 뒤로 고개를 파묻는다'가 된다.

▪ **활음조**   부드럽게 듣기 좋은 소리(반대는 불협화음)나 즐거운 조화를 이룬 소리를 사용하는 것이다.

▪ **이미지(심상)**   사람이나 대상을 묘사하는 상상적 방법이다. 단순한 문자적 표현 대신 극작가는 다른 것에 대한 묘사와 연관지어 생각한다.

▪ **역설 또는 자기 모순의 사상, 단어, 이미지의 사용**   역설은 어떤 대상이나 사람의 특별한 면에 주의를 끌거나 강조하고자 사용된다.

▪ **둘러말하기**   어떤 것을 장황하게 돌려 말하는 방법. 종종 어떤 인물은 극적 효과를 위해서 그의 말을 고의로 지나치게 '과장한다'.

어떤 인물은 자기의 개성을 서서히 부각시키기 위한 수단으로서 둘러 말하기를 사용한다. 이 지루한 표현방식에 싫증이 나서 마침내 깔끔한 생략이 나타나면 그것은 오히려 폭발적으로 주의를 끈다.

■ **인격화 또는 의인화**　　　사람이 '날아간다'라고 하는 것은 추상적 관념이 물리적으로 표현된 것이다(그러므로 문자적 표현이라기보다는 비유적 표현이다). 극작가는 종종 달을 숙녀로 또는 왕국을 친구라고 표현하는 식으로 비인간적인 사물에 생명을 부여한다.

그런데 이 직유, 은유, 알레고리, 두운법, 대조, 불협화음, 에피셋, 완곡어법, 활음조, 이미저리, 역설, 둘러말하기, 인격화 등은 언어의 흔한 표현들이다. 연구자가 해결해야 할 중요한 문제는 극작가가 문자적 언어보다 비유적 언어에 의지하거나 사용하는 정도를 결정하는 것이다. 많은 극에서 인물들은 명백한 용어로 간단하게 말한다. 반면 어떤 극에서는 길게 돌려진 색다르고 장식적인 언어로 말한다. 비유어를 거의 사용하지 않는 인물들이 있는 반면 매우 많이 사용하는 인물들이 있는데, 그러한 극에서는 어떤 식으로든 비유어에 크게 의존한다.

극의 언어는 결국 인물의 언어이며 그들은 종종 그들이 비유어를 사용하는 정도에 의해서 특성화된다. 비유어를 사용한 몇 마디의 말을 간략하게 살펴보자.

2. 비유어의 실례들

셰익스피어의 〈리처드 3세〉

셰익스피어 극에서 주인공들에 의해 행해지는 독백들은 셀 수 없이 많은 비유어의 예를 제공한다. 그러한 예는 〈리처드 3세(Richard III)〉에서 리처드의 독백의 시작 부분에서 나타난다.

이제 쓰라린 겨울은 가고
태양조차 요크 편인 영광의 여름철이 왔구나.
그리고 우리 집안 위에 내리덮고 있던 암운도
태양의 가슴속에 매장되었구나.
......

성난 병사는 얼굴을 폈구나.
얼마 전까지만 해도 무장한 군마에 걸터앉아
비겁한 적들의 간담을 위협하더니
이제는 여인의 방에서 류트 소리에 맞춰
춤을 추고 희롱하는구나.
그런데 나는 요염한 장난과는 인연이 없을 뿐 아니라
음란한 거울에게 호의를 사게끔 생겨먹지도 않았거든.
나는 거칠게 찍어내어졌다고나 할까.
요염하게 거니는 님프 앞을 활보할 만한 사랑의 위엄도 갖지 못했지.
......

난 단연코 악당이 되어

세상의 헛된 쾌락일랑 저주하고 말리라.

　시작의 두 행은 3중의 말장난을 포함한다. 에드워드 4세는 요크 공작의 아들이다. 그는 자신의 대표적 후원자로 태양을 가진다. 그는 또한 권력의 파벌로는 밝게 떠오르는 태양인 요크인이었다. 불평은 (여기서 은유적으로) 겨울에 의해 비유적으로 나타나며 반면에 행복은 비유적으로 그 반대인 태양에 의해 나타난다. '태양'에 대한 말장난은 그 비유를 훨씬 더 타당하게 하는 비유어가 된다. 은유와 상징의 사용과 더불어 전쟁의 인격화도 눈에 띈다. 추상적 용어인 '전쟁'은 '단호한 얼굴을 한' 것으로 나타나고 이제 전쟁은 없는 대신 여자의 호의를 얻으려 한다. 그러므로 '전쟁'은 에드워드 4세에 관한 용어로서 아이러니하게 사용된다.

　그런데 리처드의 기형과 추악한 모습에 관한 표현을 보면 그가 다른 방법으로 비유어를 사용하고 있음을 알게 된다. 그는 거울의 호의를 얻을 수가 없다고 말하는데, 그것은 그가 너무나 추악해서 그 자신이 거울에 비춰볼 수 없거나 거울이 그것을 허용하지 않으리라는 것을 완곡어법으로 말한 것이다. 나아가 그는 스스로를 마치 잘못 만들어진 동전처럼 "거칠게 찍어내어졌다"라고 말한다. 이는 그의 사악함을 더욱 잘 나타나게 해준다. 리처드는 잘못 찍어내어졌으며 사고이며 불운한 변종이다. 그의 언어는 극적 이미지와 모습에 의존하고 있기 때문에 그를 날카롭게 특징짓는다.

셰익스피어의 〈코리오라누스〉

인물들은 비유어의 사용을 통해서 자신의 개성을 창조하고 서로를 종종 비유어로써 묘사하기도 한다. 예를 들면 셰익스피어의 유명한 〈코리오라누스(Coriolanus)〉에서 코미니우스가 전쟁에서의 코리오라누스의 용맹을 나타낼 때와 같은 경우이다.

> 코미니우스 학동 시대에 이미 장부가 되어 있었던 그는 큰 바다와 같이 팽창해서 그 후 17회의 격전에 나가서 모든 명예를 독차지했습니다. 최근의 코라이올라이 문 안팎에 있는 그의 적에 관해서는 도저히 말로 다할 수가 없습니다. 그는 먼저 도망치는 아군을 제지하고 몸을 바쳐 모범을 보여 겁쟁이들까지 격려해서 공포를 유희로까지 생각하게 했습니다. 돛대를 단 배 앞의 해초가 쓰러지듯 적병을 쓸어버리고 뱃머리에 부딪히자마자 그들은 그의 발아래 쓰러졌습니다. 그의 칼은 장소를 가리지 않고 머리서부터 발끝까지 두 쪽으로 갈라버립니다. 그 자신도 피투성이였습니다. 그의 일거일동에는 죽어가는 적의 울부짖는 소리가 박자를 맞췄습니다. 그는 단신으로 저 무서운 적의 성문 안으로 뚫고 들어가서 그 문짝에 선혈을 묻혀가며 적의 멸망을 재촉하다가 구조도 기다리지 않고 돌아와서는 원병을 얻자마자 마치 혹성이 성난 듯이 당장에 코라이올라이를 함락시키고 말았습니다. 이젠 무엇이든 그의 것이 되었습니다.

비유어의 사용은 그 묘사를 통해서 매우 잘 나타난다. 우선 코리오라누스가 어른이 되었다는 말의 완곡어법식 표현을 보게 된다. 그 다음 코리오라누스의 커가는 용맹과 바다의 큰 물결 사이의 유추를 통해서 ('~같이'에 의해 나타나는) 직유로 나아간다. 그리고 "해초가 돌격하는 배 밑에서 쓰러지듯" 코리오라누스 밑에서 적병들이 쓰러진다는 두 번째의 큰 직유('~듯한'에 의해 나타남)가 나타난다. 이 두 번째의 직유는 지도자 코리오라누스에 의해 아주 크게 감명을 받았기에 겁먹은 부하들이 두려움을 재미있는 유희로 바꾼다는 과장법 – 흔한 극적 비유어 – 으로 미리 예시된다.

바다처럼 일어나는 코리오라누스의 용기 있는 모습이 코리오라누스 자신이 바다 위의 배처럼 강력하게 항해해가는 모습으로 바뀌는 방법에 주목하는 것은 특히 재미있다. 묘사하는 말이 계속되면서 우리는 피 흘리는 거대한 엔진이 적을 짓밟는 듯한 코리오라누스의 이미지를 갖게 된다. 군인과 그가 공격하는 자들은 두 가지 비유를 사용해 화려하고 흥미롭게 표현된다. 과장, 직유, 인격화 등이 뒤섞인 표현은 보통의 일반적인 묘사로는 쉽게 확신이 가지 않을 코리오라누스의 능력에 대한 아주 극대화된 과장을 낳는다.

셰리든의 말라프로프 부인

때때로 비유어는 인물묘사에서 매우 특별한 의무를 가진다. 종종 〈리처드 3세〉의 시작 부분 2행에서처럼 이중의 뜻을 가진 말이나 말장난을 광범위하게 사용하는 것을 보게 된다. 언어의 특별한 효과는 다음 절에서 다뤄질 것이다. 그러나 연구자는 비유어가 때로는 전적으로 희극적 효과를 위해서 의도적으로 부적당하게 사용하거나 잘못

지시된다는 것을 알아야만 한다. 그것은 셰리든(Richard B. Sheridan)의 극 〈적수들(The Rivals)〉에서 악담으로 유명한 여인 말라프로프(malaprop) 부인에게서 잘 나타난다. 말라프로프란 그릇되게 사용된 단어이다. 비록 만족스럽게 그리고 노련한 태도로 발음될지라도 그 단어의 의미를 이해하기 어렵다. 이것은 말라프로프 부인이 리디아에게 그녀가 어떤 사람을 '무식하다(illiterate)'고 기억하기를 원한다든가 ― 물론 여기서 그녀는 '기억에서 지우다(obliterate)'를 염두에 둔다 ― 또는 나일은행에서 '풍유(allegory)' ― 악어(alligator)를 생각하면서 ― 라고 말할 때와 같은 경우이다. 달리 말하면 비유어는 때때로 특별한 효과를 위해서 (의도적으로) 잘못 사용될 수 있다는 것이다.

반어(irony)에 대해서 생각할 때 훨씬 더 명백하게 그러한 사용에 관한 암시를 보게 될 것이다. 비유어에 강하게 의존하는 여러 부분을 보면서 그것의 중심을 이해할 수 있어야만 한다. 극작가가 시간에 제한받기 때문에 재빠른 인물묘사라는 목적을 위해서 그러한 언어가 계속해서 사용된다는 것을 대부분의 극에서 발견한다는 것이다. 극에서 어떤 비유가 어느 정도의 간격으로 반복되면 연구자는 관객에게 그 인물의 '지속적인 인상'을 심어줄 수 있다. 셰익스피어가 비유적 표현에 기초를 둔 문어체 대화의 거장이기 때문에 오셀로의 질투, 코리오라누스의 용맹함 또는 보틈의 희극적 태도를 신속하게 이해하게 된다.

3. 고급한 언어와 저급한 언어

대부분의 극에서 전체적인 언어가 '고급한지' 또는 '저급한지'를 결정할 수 있다. 고급하다는 것은 위엄 있고 형식적이고 수사적으로 꾸며졌으며 화려한 표현에 강하게 의존하는 언어를 의미한다. 저급하다는 것은 간단하고 명확하며 수식되지 않은 언어를 의미한다. 극작가가 쓰고 있는 관습을 결정하기 위해서는 언어의 범위를 결정하는 것이 중요하다. 앞에서 언급했듯이 우리가 가장 먼저 하는 작업 중의 하나가 극의 세계를 정의하는 것이기 때문에 극을 통해 사용되는 언어의 종류를 제대로 파악하는 것은 기본적인 일이다. 하나의 극에서 모든 인물들이 명백하게 같은 언어를 사용하는 것은 아니다.

예를 들면 셰익스피어의 〈한여름밤의 꿈〉에서는 여러 종류의 인물들에 의해서 세 종류의 언어 – 공작과 히포리타의 언어, 오베론과 요정들의 언어 그리고 보틈, 스너그, 퀸스 등 배우들의 언어 – 가 사용된다. 그럼에도 불구하고 극은 전체적으로 낭만적 희극의 언어로 쓰였다고 볼 수 있다. 테세우스는 우리가 '고급언어'라 부르는 언어로 이야기하고 보틈은 '저급언어'로 말하는 반면, 그 극의 기본적 언어는 '고급'하기보다는 '저급'하다고 이해된다. 반대로 비록 오셀로에서는 잔인하고 희극적인 말이 있음에도 불구하고 그 언어는 일반적으로 '저급'하기보다는 '고급'한 것에 가깝다.

애디슨의 〈카토〉

1713년에 쓰인 애디슨(Joseph Addison)의 유명한 유사 전통 비극

〈카토(Cato)〉는 전적으로 고급언어로 쓰인 좋은 예이다. 수사는 완전하고 위엄이 있다. 단어들은 길며, 구어적이거나 짧은 표현은 거의 없다. 전체적으로 그 극은 고급한 양식으로 쓰여 있다('고급'과 '저급'을 이야기할 때는 그것이 극의 문체를 결정하는 언어의 사용에 관한 것이기에 '문체'나 '언어'라는 용어를 서로 교환해서 사용할 수 있다). 예를 들어 제3장에서 루시아와 포르티우스 사이의 대화를 생각해보라. 루시아가 카토의 아들 포르티우스, 마르쿠스를 둘 다 사랑하기에 슬퍼하고 있음을 알게 된다. 다음의 대화에서 루시아는 만일 그녀와 포르티우스가 사랑을 따른다면 그들이 나머지 가족에게 큰 불행과 재앙을 가져다주게 되리라는 것을 설명한다. 문체가 얼마나 고급한가를 보라. 루시아와 포르티우스는 얼마나 그들의 느낌을 똑같이 표현하려고 하는가.

루시아 내가 여기서 당신의 형제 마르쿠스를 보지 않았던가요? 왜 그는 이곳을 떠나 나를 피하는지요?

포르티우스 오, 루시아. 언어란 너무나 불명확해서 사랑에 대한 그의 노여움을 나타낼 수가 없다오. 그것은 그의 생을 괴롭히고 있고, 그는 갈망하고 병들고 절망하고 죽어간다오. 그의 열병과 선함은 혼란되고 뒤섞여 혼돈의 상태에 있소. 완전한 인간이 흐트러지고 있소. 하늘이여! 사랑이 고귀한 영혼을 그렇게 파괴할 줄이야 생각이나 했겠소! 오, 루시아. 나는 고민하오! 나의 심장은 그를 위해 피 흘리오. 지금조차, 당신 앞에서 축복받은 지금조차 비밀스런 슬픔이 내 생각에 젖어들고 당신이 내게 미소 지어도 나는 불행하오.

루시아 사랑과 우정의 충격 속에 있는 당신의 명예를 어떻게 지켜야 할지! 늦지 않게 생각해봐요. 나의 포르티우스, 우리 서로의 기쁨을

> 확실하게 해줄 결혼이 당신 형제를 그렇게 슬프게 하고 파괴할지도
> 모르니 결혼이 어떻게 이뤄져야 좋을지 생각해봐요.

　　루시아의 처음의 말 "이곳을 떠나"와 "나를 피하는지"는 그녀의
수사를 풍부하게 하며 이 풍부함은 포르티우스의 말을 통해 발전된다.
예를 들어 "그는 갈망하고 병들고 절망하고 죽어간다오"라는 행에서
나타나는 점진적인 확장을 보자. 묘사적이고 요령 있는 그 말들은
점진적 효과를 가지며 우리가 '죽는다'라는 말에 도달할 무렵이면 거의
그 단어를 문자 그대로 받아들일 정도가 된다. 사랑에 의해 고통당하는
것은 사랑에 의해 영혼이 파괴되는 것이다. 자신이 혼란스런 상태에
있음을 설명하기 위해 포르티우스는 "비밀스런 슬픔이 내 생각에 젖어
들고"라고 화려하게 수식해 말한다. 요점은 그 이상의 상세함이 없어
도 명백하다. 〈카토〉의 대화에서는 고급한 문체의 언어가 쓰였다.
그리고 이것은 전통적 비극을 쓰는 데 매우 적합하다. 소포클레스의
〈안티고네〉의 말을 떠올려보면 알 수 있다.

암시의 사용

　　고급문체의 다른 양상은 암시의 사용이다. 장소와 사람들에 관한
암시는 화려한 감각을 주며 언어의 중요성을 강조한다. 카토의 최초의
말을 간략하게 살펴보자. 그는 제2막의 첫 부분에 시저의 우티카 도착
이라는 주제에 대해서 의회에서 발언하면서 등장한다.

카토　여러분, 우리는 다시 의회에서 만나는군요. 시저의 도착은 우리를

다시 모이도록 했고 로마는 그 운명을 우리의 결정에 맡겼습니다. 우리는 이 용감하고 열광적인 사람을 어떻게 다룰 것입니까? 성공은 아직도 그를 따르며 그의 죄를 뒤로 미뤘습니다. 파르살리아는 그에게 로마를 줬습니다. 이집트에서는 복종의 표시를 받았으며 나일 전체는 시저 것입니다. 내가 왜 주바의 정복에 관해 말해야만 합니까? 그리고 스키피오의 죽음에 대해서도……. 누미디아의 이글거리는 모래는 아직도 피로 타오르고 이제 우리는 어떤 길을 택할지 결정해야만 합니다. 우리의 적은 우리에게 가까이 오고 리비아의 뜨거운 사막조차 우리를 시기합니다. 여러분, 당신들의 생각을 말해보십시오. 그들은 아직도 그것을 지키기 위해 자리 잡고 끝까지 그것을 위해 싸우려 합니까?

시저가 이미 자기의 목적지로 삼고 떠난 장소에 관해 카토가 이야기 할 때 우리는 한편으로는 그가 진술한 큰 위협에 대해 더 많이 알게 되고 다른 한편으로는 언어 자체를 통해서 신비하리만큼 더 높은 영역으로 옮겨간다. 카토의 말 중에서 긴박감과 위급함을 주는 암시에는 어떤 형식성과 심각함이 있다. 이번 장의 서두 부분에서 우리는 언어가 항상 극작가의 의도적인 극적 효과와 관련되어 있다는 사실을 강조한 바 있다. 카토의 말이 주는 암시는 우리로 하여금 명예가 지배하는 거대한 세계로 옮겨가기를 의도한다. 카토의 말은 대개 언어의 고급한 문체를 통해서 극적인 효과를 얻는다. 애디슨은 그를 중심 표제 인물로서 극적으로 만드는 방법으로 표현한다. 극에 대한 분석은 결국 인물이 어떻게 말하는가에 대한 분석이다. 극 속의 언어로 관심을 기울일 때는 항상 문체의 극적 효과를 측정하려고 해야 한다.

4. 구어적 언어

매우 특별한 비유어 사용은 모든 일상적인 말에서도 발견된다. 사투리나 구어적 언어는 물론 우리가 오닐의 〈얼음장수 오다〉에서 잘 봤듯이 '저급한' 문체에서도 사용된다. 술집에 있는 남자 로키와 매춘부들은 모두 그들의 자아를 표현하는 데 있어서 지극히 정상적으로 말한다. 구어체를 쓰는 것은 이 일상어를 사용할 때이며 언어는 거칠고 수식되지도 않는다.

셰익스피어의 〈헨리 4세, 제1부〉

셰익스피어의 역사극 〈헨리 4세, 제1부(Henry IV, Part I)〉에서 홀스타프와 다른 사람들 사이의 대부분의 대화는 구어체로 쓰였다. 예를 들어 어떤 인물이 "악마가 바이올린의 활에 올라앉아 있다"라고 말할 때 그것은 일종의 소박한 표현을 사용한 것이다. 그러한 표현에서는 시를 창조하려는 시도가 없다. 더욱이 극작가는 구어적 언어에 나타나는 시적인 요소를 파괴하고자 한다. 사람들은 오랜 시간에 걸쳐 거의 시간을 초월할 수 있는 표현들을 창조했다. "돌을 던지면 닿을 정도의 거리(stone's throw)"는 혼란스러운 말이 아니라 '가까운(nearby)'이라는 말과 완전한 등가물이다. 만일 〈헨리 4세, 제1부〉에서 사용된 구어를 조사한다면 그러한 일반적 언어가 다양한 표현의 독창성을 갖는 것이 명백해질 것이다. 그리고 극작가가 그 창조적 언어의 멋을 많이 파악하면 할수록 그는 뛰어난 극작가인 것이다. 제2막에서 핼 왕자가 뚱뚱한 홀스타프를 재미로 평하는 말을 간략히 검토해보자.

필경 살찐 노인으로 둔갑해 너에게 붙어다니는 저 악마의 소치일 게다. 그 술통의 도깨비 같은 너의 친구 말이다. 왜 그따위 얼빠진 용기를 친구로 삼았느냐? 그따위 건달패를, 부어오른 수종 도깨비를, 그렇게 큰 술 주머니를, 창자로 된 큰 가죽 가방을, 소를 통째 구워먹을 녀석을, 늙은 여우를, 흰 대머리를, 그런 늙어빠진 허영의 아귀를 너는 어찌 친구로 삼았느냐? 마시고 먹는 것 외에 그 녀석에게 무슨 장점이 있다더냐? 교활한 것만이 장점이고, 그 교활하다는 사실 외에는 아무 자랑할 점이 없지 않느냐?

여기서 '저급한' 언어가 논리적으로 사용되는 것을 볼 수 있다. 홀스타프의 관능, 그의 육욕적 즐거움, 자기중심주의, 사회에 대한 익살스러운 무익함 등이 최소한의 말들로 명시되어 있다. '창자'와 '부어오른'은 너무나 많기 때문에 그들의 일상적 표현보다 훨씬 더 큰 효과를 얻는다. 그 부분은 평민적 성격을 가진 말들로 가득 차 있다. 만일 시를 말하고자 한다면 그것은 묘사의 실제 안에 존재한다. 구어는 고급하고 고귀한 언어와 반대됨으로써 다른 유형의 인물의 진수를 파악하게 한다. 그리고 이것은 마지막으로 고려해야 할 부분인 극적 언어의 관습으로 이어진다.

5. 극적 언어의 관습들

어떤 종류의 인물이 어떤 식으로 말한다는 것은 '주어진' 가정이다. 이는 극적 언어에는 많은 관습들이 있다는 뜻이다. 바보들은 항상 이해할 수 없는 이야기를 하고, 왕은 명예와 전쟁에 대해서, 공주들은 순결에 대해서 이야기하는 식이다. 어떤 극의 언어에 접근할 때 고려해야 할 것 중의 하나는 특별한 인물의 언어가 그의 유형에 적합한가 혹은 그렇지 않은가 하는 것이다. 악당이 아름다운 언어로 말하거나 선량한 공주가 난폭한 말이나 매춘부의 말을 쓰는 것 등이다. 대체로 극작가는 극적 언어의 관습을 따르는 경향이 있다. 고전 비극에는 고귀하고 영웅적인 인물에 의한 하나 혹은 그 이상의 피할 수 없는 독백이 있다. 복수극에는 항상 이의 제기와 복수에 대한 맹세가 있다. 희극의 양식에는 언제나 방백이 있다. 가정 비극에는 항상 날카로운 반박이 있다. 드라이든(John Dryden)의 '영웅'극의 인물을 분석할 때 언급했듯이 각각의 종류의 극은 그 자체가 관습이다.

그리고 각 종류의 극에는 항상 주인과 종에서부터 남편과 아내에 이르기까지 인물 간의 관계가 있다. 특정한 종류의 극에 등장하는 어떤 인물들은 특별한 유형의 언어로 말해야만 한다. 만일 한 인물이 전문적인 군인임에도 그의 신분에 어울리지 않게 말할 때 우리는 놀랄 것이다. 만일 어떤 기사가 거리의 부랑자처럼 말한다면 우리는 분노하고 아마도 화가 날 것이다. 관객도 극작가만큼이나 관습을 고려한다.

관습과 관객의 기대

관객의 기대는 어느 정도 채워져야만 한다. 이것은 단순히 그렇게 되리라고 논리적으로 예상하거나 예정했던 어떤 극의 종말에서 정당한 계승자에게 재산이 돌아가기를 원한다는 것을 의미하지는 않는다. 기대는 언어에 적용된다. 관객의 기대는 극작가의 효과적인 도구의 하나이다. 극작가는 관객이 공주와 영웅들이 어떤 식으로 이야기하기를 기대한다는 것을 알기 때문에 그들의 말을 그것에 일치해 쓴다. 희극적 완화와 심각한 언어로부터의 완화는 종종 필요하기도 하고 기대되기 때문에 극작가는 바보, 종, 아가씨 그리고 익살스러운 다른 '천한' 인물들과 더불어 종종 구어적 대화로 장을 써나간다.

극작가들에게 극의 중심인물들이 이야기하는 방법보다 더 중요한 것은 없다. 언어 자체는 표현의 다양한 양식이며 그들은 실제로 여러 가지 방법으로 쉽게 이야기하는 여러 종류의 인간들을 가질 수 있다. 이것은 일반적인 규칙이다. 만일 극의 모든 인물들이 일반적으로 같은 사회적 배경과 지적인 신용 증명서를 가진다면 아마도 그들은 비슷한 방법으로 이야기할 것이다.

윌리 로만의 가족 성원들은 같은 언어를 사용한다. 가족의 모든 인물들이 같은 언어 습관을 가진다는 것은 관습적이다. 동시에 부모들은 아이들과 약간 다르게 말한다. 그러나 어떤 경우에는 그들의 언어가 거의 대부분 공유된 경험이기에 관객은 나이, 교육, 성별 등의 차이에 의해 논리적으로 이해될 수 없는 너무나 큰 상이함을 발견하면 놀라게 된다. 셰익스피어의 〈한여름밤의 꿈〉에서 여러 종류의 인물들에 의해 사용되는 언어의 종류가 얼마나 큰 차이가 있는가를 봤다. 관객은 테세우스에게 고귀한 언어로 당당하고 화려하게 고급한 문체의 형용사로 이야기할 것을 기대한다. 동시에 관객은 만일 보틈과 스너그가 테세우스와 같은 언어로 말한다면 놀랄 것이다. 사실 셰익스피어는 극중극에서 극적 언어의 관습을 웃음거리로 만들고 있다. 티스베와 퓌라모스는 로미오와 줄리엣과 비슷한 아주 낭만적인 젊은 연인처럼 말한다. 그러므로 플룻은 "가장 밝은 퓌라모스, 백합처럼 흰 화려함,

승리의 들장미 덤불 위의 붉은 장미 같은 색"이라고 말한다.

셰익스피어는 관객이 어떤 종류의 인물이 관습적 방법으로 어떻게 말하기를 기대하는지에 대해 완벽하게 알고 있다. 보틈과 그의 동료 배우들을 그들의 언어적 관습의 가장 정확한 범위 안에 두며 티타니아, 퍽, 티스베, 퓌라모스는 관객이 기대하는 방법으로 이야기한다. 관습은 모든 경우에 관객을 친근함으로 인도한다. 관객들은 언어적 관습을 기대하며 만일 인물들이 '그릇된' 방법으로 이야기하면 실망한다. 어떤 사람이 '조화되지 않은 인물'이라고 말할 때 이는 행동이나 언어에 대해 언급하고 있는 것이다. 그들이 자신을 표현할 수 있는 범주는 언어의 관습 안에 있음을 뜻한다.

극은 상연된다

일반적으로 극의 언어에 영향을 미치는 몇 가지 중요한 사항을 살펴봤다. 그러나 어떤 극이든 상연되어야만 한다는 것을 기억해야 하며 독자로서 어떤 말들이 어떻게 무대 위에서 전달되는지를 상상해야만 한다. 톤은 어떠한가? 소리의 강도는 어떤가?

리처드 스틸(Richard Steele)은 1722년에 희곡 〈의식 있는 연인들 (The Conscious Lovers)〉(18세기 초 낭만주의 희극의 가장 중요한 예로 꼽힌다)의 서두 부분에서 관객에게 다음과 같이 상기시킨다. "극은 상연되기 위한 것이며 행동으로 옮겨지기 위해서 만들어졌다는 것을 기억해야 한다. 그것이 없다면 영혼을 반쪽만 가진 것이 되며 나타날 수도 없다. 극을 읽게 해서 얻는 가장 큰 효과는 그것을 가서 직접 보게끔 독자를 흥분시키는 데 있다. 그리고 그가 그렇게 할 때 비로소 어떤 극이든 실례와 교훈을 선사할 수 있는 것이다." 즉, 극의 언어를 통해 마음속에 감동을 줄 수 있도록 노력해야 한다는 것이다.

제10장 | 더 나아간 문제와 장치들

이성 간의 사랑은 투쟁이에요.

내가 나 자신을 당신에게 바쳤다고 생각하지 마세요.

나는 바치지 않았어요.

나는 내가 원했던 것을 얻은 거에요.

—스트린드베리, 〈아버지〉 중에서

극적 아이러니

어떤 극에서는 종종 인물이 그의 행동이나 말의 중요성을 완전히 이해하지 못하는 상황을 본다. 그 인물의 행위는 그가 파악하지 못하는 것과 관련되어 있으며 이런 일이 일어날 때 그 상황을 극적 아이러니의 하나로 묘사한다. 자신을 해치려는 계획을 알지 못하고 행하는 인물들을 많이 보게 된다. 또 관객인 우리는 그런 인물들이 알지도 못하고 행하는 유머가 재미있다는 것을 잘 알고 있다. 극적 아이러니는 인물과 관객 사이의 지식의 불균형에서 온다. 아이러니는 인물에 의해 사용되는 단어와 행위의 의미의 미완성에 있다. 관객으로서 우리만이 '완벽한 모습'을 본다. 우리가 그것을 이해하는 것은 우리가 특별한 인물이어서 가 아니라 앞의 장면부터 봤기 때문이다.

사실 우리는 모든 인물들이 때때로 부재하는 동안 극 중의 모든 장면을 지켜봤기 때문에 어떤 극 중 인물보다도 더 많이 알며, 그들 모두가 아는 만큼 안다. 극적 아이러니는 관객과 극작가가 공유한 비밀 장치이기에 모든 시대의 극작가들에 의해 널리 사용된다. 우리는 인물들에 관한 직접적인 지식을 얻고 그들이 깨닫지 못하는 것에 관심 을 갖게 된다.

사람을 착각하기

아이러니 중 특별한 종류의 하나는 사람을 착각하는 아이러니이다. 실제로 어떤 희곡들은 이 장치에 전적으로 의존하는 플롯을 가졌다. 이런 상황에서 무대 위의 몇몇 인물들은 관객들이 모든 사람을 알고 있는 반면 서로에 대해서는 알지 못한다. 셰익스피어의 〈십이야〉는 비올라라는 인물을 통해서 이 장치를 이용한다. 훨씬 더 좋은 예는 유명한 18세기 희극인 올리버 골드스미스(Oliver Goldsmith)의 〈그녀 는 굴욕을 참고 승리하다(She Stoops to Conquer)〉이다.

사람을 착각하기와 〈그녀는 굴욕을 참고 승리하다〉의 플롯

토니 텀프킨은 말로와 헤이스팅스를 리처드 하드캐슬 경의 집으로 보내어 그곳이 여관이라고 말한다. 말로의 아버지 찰스 말로 경과 하드캐슬 경은 오랜 친구이고 하드캐슬은 젊은 말로를 유숙객으로 생각했다. 말로가 하드캐슬을 보통 여관 주인으로 간주할 때 관객은 계속 웃을 수 있다. 그러나 인물들은 하드캐슬의 잘못된 정체를 알지 못한다. 하드캐슬은 자신이 여관 주인으로 여겨지고 있음을 알 길이 없으므로 당연히 말로의 주문이 매우 무례하다고 생각한다. 말로는 그 여관 주인이 정말 그 유명한 하드캐슬인 것을 알 길이 없고 그의 요구에 다정하게 응하는 것에 피곤해하고 있음을 알게 된다. 사람을 착각하는 것에 관한 희극은 풍성하다. 그 '장치'는 탁월하다.

이 익살스런 사람의 착각을 더 재미있게 꾸미려고 골드스미스는 다른 상황을 도입한다. 그는 말로로 하여금 케이트 하드캐슬을 희롱하게 만든다. 마치 그녀가 보통 여관주인의 여종인 듯이. 그는 그녀가 정말 하드캐슬 양이라는 것을 알 리가 없다. 나중에 그는 케이트에 대한 사랑과 애정의 말을 했던 것을 거부하게 된다. 관객과 케이트 자신은 말로가 알지도 못하면서 그녀를 향한 그러한 애정의 말을 하는 것을 아주 잘 알고 있다. 그 또한 하나의 유머를 제공한다. 극의 중심은 고상한 젊은 숙녀 케이트가 그녀의 높은 사회적 지위에 대해 남자들이 겁을 먹기 때문에 남편감을 발견할 수 없다는 것이다. 그래서 그녀는 말로를 아주 매력적이라고 느낀다. 그 극은 사람을 착각하는 장치를 치밀하게 사용함으로써 성공적인 결과를 낳는다.

페이소스

다른 문학작품뿐만 아니라 희곡에서도 페이소스는 관객을 연민, 유연함, 눈물로 이끈다. 대개 도와줄 사람도 없고 지나친 슬픔 때문에 고통받는 인물이 있는 상황에서 페이소스를 발견한다. 그 인물이 슬픔에 빠지고 그녀('그'보다는 종종 '그녀'임)를 동정할 때 그녀를 불쌍하게 여긴다. 영웅이나 여주인공을 지나치게 불쌍하게 만드는 '감상적 비극' 의 장르가 있다. 그런 경우 우리의 연민은 커지고 마침내 심각함이나 진지함과는 멀어진다.

이는 18세기의 슬픈 비극인 니콜라스 로(Nicholas Rowe)의 〈제인 쇼의 비극(The Tragedy of Jane Shore)〉에서 나타난다. 아리스토텔레스의 『시학』에서 제시된 고전 비극의 원칙 중에서 "참된 비극은 관객을 연민과 공포로 이끌어야만 한다"라는 이론을 회상해보자. 페이소스적 요소는 정도가 다를지언정 대부분의 비극에 나타난다. 때때로 극작가는 의도적으로든 비의도적으로든 페이소스를 얻으려는 그의 노력에서 실패하게 된다. 그리고 그 인물은 아주 지나치게 측은해서 그녀(그)가 점강법의 상황에 있다고 보게 된다. 대개 점강법은 흔한 사고나 이미지를 지나치게 꾸미거나 우리로 하여금 연민을 느끼게 하려는 것에 의해서 일어나며 그 결과는 오히려 우스꽝스러워진다.

감상주의

어떤 작가가 감정의 과잉을 만들거나 나타내려고 할 때 그는 대개 '감상주의'의 상황을 만든다. 지나친 감정주의와 감상주의는 또한 지나친 미덕을 의미한다. 눈물 젖은 눈을 하고 있으며, 정직하며 신의 있고, 순결하며 정숙한 딸은 종종 무한한 부드러움과 정직 등의 감정들로 채워진 동시에 도덕적 선에 무한히 끌리기 때문에 흔히 감상적인 인물이 된다. 소위 18세기의 '감상주의적 희극'에서 영웅과 여주인공들은 가장 명예롭고 정숙한 의도만을 갖는 반면, 스스로를 지나치게 주관적으로만 표현한다. 영웅은 항상 도덕적이며 나쁜 습관이라곤 없다. 동시에 그는 모든 것을 매우 깊이 느낀다. 감상주의의 문제는 무대에서 종종 나타나는 지나친 감정 때문에 관객이 당황한다는 것에 있다.

냉소주의

냉소주의는 기본적으로 우월한 태도이다. 어떤 개인은 그 자신을 그의 사회 위에 두며 스스로를 더 크고 중요하게 여긴다. 냉소적인 극작가는 인간성의 선함에 대한 이론이나 모든 관습적 사고 또는 그 일부를 일반적으로 신뢰하지 않는다. 그리고 자신의 희곡에서 냉소적 인물들을 성공시키려 한다. 인물과 작가에게서 냉소주의를 발견하게 될 때, 우리의 주된 관심은 사회를 향한 그들 각각의 태도이다.

대단원

극의 마지막 부분을 대개 대단원이라고 한다. 이것은 모든 극에서 필요한 장치의 하나이다. 만일 추리물이라면 해답을 찾아야 하고 사람을 착각했다면 참된 정체를 봐야 한다. 대단원은 극작가로 하여금 어떤 긴장된 방법으로 그곳으로 가도록 허용하기에 효과적인 극적 장치이다. 관객의 고조되는 호기심은 극의 결론 부분에서 완전히 만족되어야 한다. 대단원은 희극과 비극 모두에 나타나며 앞의 장에서 언급했듯이 비극에는 종종 파국으로 나타난다. 마지막 사건이 무엇이든지 간에 ─ 헤어진 연인들의 만남 또는 변장한 인물의 정체를 밝히는 것

등－극을 이야기할 때는 언제나 대단원을 언급해야 한다.

패러디

어떤 극작가는 때때로 다른 극, 대개 심각한 극의 명백한 희작(戲作)인 극을 쓴다. 이 희작을 패러디(parody)라고 일컫는다. 패러디에서는 행위, 인물의 종류, 언어가 모두 풍자된다. 뚜렷한 예는 드라이든의 영웅적 비극에 대한 유명한 패러디인 헨리 필딩(Henry Fielding)의 〈비극의 비극(The Tragedy of Tragedies)〉 또는 〈위대한 톰 섬의 생과 사(The Life and Death of Tom thumb the Great)〉가 있다. 이 패러디에서 필딩은 심각하게 사용된 인물과 언어라는 극적 관습을 풍자하고 조롱함으로써 42개의 극을 익살스럽게 풍자한다.

반전

반전은 극의 영웅이 행운으로 향하게 되는 극적 전환점을 묘사할 때 쓰는 용어이다. 영웅이 극 중에서 자신에게 일어날 일을 알지 못하고 어떤 운명을 향해 인도될 때, 그 지점을 반전 혹은 페리페티(peripeteia, 역전)라고 한다.

인식 플롯

대개 어떤 새로운 '인식' 때문에 영웅이 역전이나 급변을 경험하는 플롯이다. 극작가나 어떤 인물에 의한 갑작스러운 발견에 의해서 새로운 지식이 첨가된다. 이 새로운 지식은 완전히 비밀이 유지된다. 인식 플롯은 희극과 비극 모두에 사용된다. 골드스미스의 〈그녀는 굴욕을 참고 승리하다〉나 〈안티고네〉에서 뒤섞인 정체에 관해서 논의했던 것을 회상할 수 있다. 거의 모든 극은 반전이나 급전으로 이끄는 하나의 중심 인식 장면을 갖지만, 어떤 극들은 여러 개의 그런 장면을 가지며 즉각적으로보다는 점진적으로 새로운 정보들을 소개한다. 이것은 신비극(또는 이야기)에서 종종 나타난다.

이미저리

이미저리는 극의 의미에 대한 이해에 있어 중심이 되는 경향이 있다. 직유를 통해 두 사물 간의 문자적 유추를 갖는다. 이미지는 대개 감각을 통해 나타난다. 상징은 감각적일 뿐만 아니라 지적이다. 은유, 직유, 상징처럼 대부분의 이미지는 어떤 사물과 다른 사물과의 연관을 통해서 어떤 것의 특성을 나타내려고 한다. 때때로 우리는 희곡에서 밝음과 어둠의 변환을 발견하게 될 것이다.

밝음이 선과 연관되는 경향이 있고 어둠이 악과 연관되는 경향이 있듯 이미지는 어떤 도덕적 가치를 뒷받침한다. 이미지는 특성과 의미를 더 강화하며 어떤 종류의 이미지가 반복될 때 이미저리의 양식 또는 재현하는 영상에 관해 고찰할 수 있다. 〈햄릿〉에서는 병의 이미저리를, 〈오셀로〉에서는 마술의 이미저리를 볼 수 있다. 일반적으로 이미저리는 희극보다 비극에서 더 혼하다. 희극은 의미를 뒷받침하기 위한 이미저리보다 사회적 의견에 더 많이 의존하는 경향이 있기 때문이다.

교훈적 태도

극작가가 어떤 도덕적 원칙에 대해 (그리고 일반적으로 도덕적 선의 우위에 대해) '강의할 때' 그는 대개 교훈적 태도를 가진다. 어떤 극작가들은 주장하고 싶은 교훈을 가지고 있으며 인물의 행동과 말을 통해서 그것을 드러낸다. 극작가가 인간과 사회에 대한 자신의 태도를 내보이거나 어떤 종류의 사회적 행동을 채택하기를 원하는 한에서 관객은 극장에 있는 동안 학교에 있는 것과 같다. 만일 극작가의 교훈적 태도가 매우 강력하게 잘 알려진 어떤 제도나 주의(정치적·철학적·종교적)와 연관되어 있다면 그 극작가와 극은 공론가(公論家)로 표현된다.

가정 비극

고전 비극의 원칙들을 어느 정도 검토하는 동안 보통 사람의 생에 기초를 두고 있는 어떤 비극, 일반적으로 가정 비극(부르주아극)이라 불리는 극의 양상은 검토하지 않았다. 영국 연극사에는 동시대 사람들의 생활을 다뤘고 흔한 비극의 부류에 속하는 어떤 극들이 있다. 토머스 헤이우드(Thomas Heywood)의 〈친절로 죽은 여인(A Woman Killed with Kindness)〉은 엘리자베스 시대 가정 비극의 좋은 예이다. 이 극은 헤이우드의 다른 극들처럼 부르주아 계층에 매우 인기가 있었다. 존 프랭크포드는 사업차 갔던 여행에서 돌아왔을 때 그의 진실한 친구 웬돌과 그의 아내 앤이 침대에 함께 있는 것을 보게 된다. 프랭크포드는 그의 앞에서 아내의 부정을 꾸짖는다. 그리고 그녀를 자신의 저택에 머무르게 하기 위해 그녀를 죽이기로 결심한다. 그 극은 TV의 연속극에 나오는 부부 싸움으로 가득 차 있으나 동시에 비극의 여러 면을 가진다. 극의 과정에서 부정은 죽음을 부르고 명예의 상실은 (하위 구성에서) 다른 사람의 명예를 통해서 예견된다. 그 극은 남녀 간의 유혹과 부정의 전 범위를 포함한다. 가정 비극에서는 흔히 좋은 남편이 잘못되곤 한다. 18세기에 가정 비극은 다시 나타난다. 대개 드라이든 의 영웅극에 반대하고 보상의 재반응으로 나타나며 일상적 결혼의 문제뿐만 아니라 거대한 감상주의로 채워져 있다. 더 최근에는 아서 밀러의 〈세일즈맨의 죽음〉같이 아주 가까이에서 볼 수 있는 가정 비극이 있다. 윌리 로만은 상류층 출신은 아니지만 깊은 고통을 가졌고 리어 왕에 못지않은 연민과 비극적 파괴로 극을 이끌어간다.

단조로운 운문

아주 많은 극들이 단조로운 운으로 쓰여 있기에 연구자는 그것이 무엇을 의미하는지 정확하게 분석하는 것이 좋다. 대부분의 행들은 운율이 없으며 악센트가 있는 음절과 없는 음절이 교차된 10개의 음절 (약강 5보격)을 가진다. 애디슨의 〈카토〉에서 루시우스의 행들을 보라.

> My thoughts, I must confess, are turn'd on peace.
> Already have our quarrels fill'd the world
> With widows and with orphans: Scythia mourns
> Our guilty wars, and earth's remotest regions
> Lie half unpeopled by the feuds of Rome:
> "This time to sheathe the sword, and spare mankind."

내 생각이 평화 쪽으로 돌아선 것을 고백해야만 하겠다.
이미 우리의 싸움은 과부와 고아로 세상을 채웠다.
시시아는 로마의 싸움으로
지구의 먼 지역조차 반이나 사람이 줄게 한
우리의 죄악의 전쟁을 한탄한다.
"무기를 칼집에 넣고 사람을 아낄 때이다."

단조로운 운문에서 또는 무운의 약강 5보격에서는 몇 행이 다른 행보다 운율이 더 엄격하게 일치한다는 것에 주목해야 한다. 마지막 행의 강한 운율을 보라. 그 다음 '시시아(Scythia)'의 억양이 문제를 일으키는 제3행과 비교해보라. 더욱이 기본적으로 단조로운 운율로 쓰인 극에서 일상 언어로 쓰인 말, 특히 가로막는 대화(알림, 보고자, 갑작스런 죽음 등)의 짧은 말로 쓰인 부분들이 많다. 단조로운 운율은 후세대에 의해서 마침내 운문의 가장 좋은 형식으로서 주목된다. 언어 중에는 주목되어야 할 다른 사항들이 있다. 중간 휴지의 행의 위치, 계속되는 행의 사용, 화법의 변화, 극적이면서도 단조로운 운문의 유명한 거장은 셰익스피어와 밀턴이다.

아이러니, 사람을 착각하기, 반전 그리고 극의 더 나아간 영역의 목록은 끝이 없다. 그러나 연구자는 어떤 극에 관해서 글을 쓸 때 점차 자신의 일상적 단어로 거의 모든 표현을 할 수 있게 될 것이다. 그 용어 모두가 절대적으로 필요하지는 않다. 분석은 그러한 용어 없이도 이뤄질 수 있지만, 자신의 사상을 말하는 데뿐만 아니라 "이 극에서 아이러니는 무엇인가?"라고 물음으로써 그 사상들을 발견하는 것을 돕는 데에서도 옳은 비평적 용어를 아는 것은 유익하다.

제11장 | **극의 해석**

우린 모두 밖에 서 있는 거야.

신까지도 밖을 서성거리지.

그에게 문을 열어주는 자는 없거든.

죽음, 결국 죽음만이 우리를 위한 출구인 거야.

난 그리로 가는 도중에 있지.

—보르헤르트, 〈문 밖에서〉 중에서

　어떤 극을 분석할 때 단순히 행동, 인물, 구조, 이미저리의 양식
같은 여러 필요한 요소의 기능에만 관심을 가져서는 안 된다. 우리의
궁극적 작업은 항상 그 극이 무엇을 의미하는가에 대한 설명이다.
행동, 인물들 혹은 이미저리에는 어떤 중요성이 있는가? 운 좋게도
발견될 수 있는 중심 주제가 대개는 있다. 암시, 미묘함, 주제 해소의
뉘앙스 등 모든 것이 극 해석에 기여한다. 문학비평에서 정말 흥미로운
측면의 하나는 예술작품에서 추론될 수 있는 해석의 다양성이다. 〈흰
고래(Moby Dick)〉는 가장 많이 언급된 문학작품의 하나이고 그 비평
의 양이 소설의 양을 훨씬 넘는다. 연구자가 의미를 해석하는 관점에서

어떤 극을 분석하기를 배울 때 그것은 극작가가 탐색하려고 하는 어떤 기본적 인간관계를 이해하도록 돕는다. 다음에 일반적인 몇 가지가 있다.

인간과 자연

대부분의 극작가들은 어떤 식으로든 인간과 자연의 관계를 탐구한다. 연구자는 극에 인간과 자연에 관한 어떤 언급이 있는지 살펴야 한다. 종종 그는 극작가가 자연을 적대적인 혹은 파괴적인 세력으로 간주한다고 결론 내릴 수 있다. 인간은 적대적 환경과 일치할 수 없는 것으로 나타난다. 앞에서 검토했던 싱의 〈바다로 간 기사〉는 바다를 강하게 비난한다. 다른 가정의 많은 남자들뿐만 아니라 한 가정의 많은 사람들이 모두 물에 빠져 죽었기 때문이다. 싱은 인물들을 육지에서 약간 떨어진 섬에 살게 함으로써 바다에 의해 파괴당할 수 있는 장소에 인간을 두고 있다. 그것은 "자연의 영구성, 특히 변화하지 않고 기본적으로 변화할 수도 없는 바다와 비교될 때 인간이란 얼마나 미미한가, 얼마나 유한하며 얼마나 변덕스러운가"하는 행에서 잘 나타난다. 이 모든 소리가 너무나 비관적이지 않도록(그러나 아마도 낙관적 극작가보다는 비관적 극작가가 많음을 기억하라) 어떤 극들은 인간과 자연 상호 간의 호의적이고 유익한 관계를 강조한다는 것을 기억하자.

인간과 사회

유명한 모든 극작가들은 분명 인간에 관해 뭔가를 말하고자 한다.

그러므로 극들은 인간과 사회와의 관계를 강조한다. 이것은 때때로 시대와 국가를 초월하는 표현으로 행해진다. 예를 들면 인간은 사회가 그의 개인적 행동의 자유를 제한하기 때문에 사회를 혐오했으며 현재도 그러하고 앞으로도 항상 미워할 것이라고 말한다. 물론 그 주제가 더 잘 어울리는 시대가 있다. 극작가는 자신과 관객이 현재 살고 있는 시대와 인간의 관계에 주의를 기울인다. 18세기 극인 골드스미스의 〈그녀는 굴욕을 참고 승리하다〉에서는 인간과 동시대 사회의 관계를 많이 언급한다. 골드스미스의 중심 태도는 현재 사회가 너무나 허영과 허세에 빠져 있고 특히 시골사람들이 패션과 머리모양, 태도, 양식 등을 흡수하기 위해서 도시로 여행하는 습관을 가지게 됨에 따라 도시의 병이 서서히 시골로 물들어간다는 것이다. 골드스미스는 극의 시작 부분에서부터 이를 암시하고 있다.

> 하드캐슬 부인, 당신은 매우 유별난 사람이에요. 시골에 창조적인 것이 있어요? 때때로 도시로 여행하지 않고 어떻게 그 녹을 제거할 수가 있어요? 혹스 양과 그릭스비 부인은 매 겨울마다 도시로 한 달 동안 광내러 간답니다.

만일 〈그녀는 굴욕을 참고 승리하다〉를 해석하는 글을 쓴다면 인간과 사회를 향한 골드스미스의 태도를 설명할 필요가 있을 것이다. 전체 플롯은 간단하게나마 그 시대의 사회적 허세와 허영을 비난하도록 고안된다. 케이트 하드캐슬이 방탕한 술집 여급처럼 옷을 입고 행동할 때 불만스러워한다는 사실은 허영과 허세가 얼마나 사람을 그릇되게 치켜세우는지의 증거로서 제공된다. 케이트가 — 그리고 암시에 의해서 다른 사람들이 − 굴복하는 것은 '정복'하거나 성공하기 위해서이다. 골드스미스는 인간 및 사회에 관한 극을 명쾌하게 만들면서 그 시대의 사회적 결정에 반대하는 지속적이며 직접적인 언급으로 플롯을 이끌어간다.

추상적 특성에 관한 일반적 주제

인간과 사회 간, 인간과 자연 간의 관계는 아주 분명한 용어로 언급될 수 있다. 다른 주제들은 추상적이며 그것에 관한 우리의 해석 또한 추상적이다. 죽음을 추상적 용어 이상의 어떤 것에 관한 주제로 토의하기는 어렵다. 예를 들어 오닐의 〈얼음장수 오다〉의 주제는 기본적으로 죽음은 필연적으로 오며 피할 수 없다는 것이다. 이 사실은 더는 새로울 것 없지만 여전히 추상적이다. 죽음이라는 최종적 상황에 대한 개인적인 해석을 해야 하지만 기본적으로 그 주제에 관한 오닐의 사고와 만나야 한다. 극에는 해리 호프(Harry Hope)의 술집에 있는 시민들이 몽상하며 시간 보내는 방법에 관한 많은 언급이 있다. 모두가 내일은 더욱 나아질 것이라고 확신하며 그 내일의 피할 수 없는 총체로서의 죽음은 인식하지 않는 것 같다. 해리의 성을 '호프(Hope)'로 만들고 다른 인물을 '지미 투마로(Jimmy Tomorrow)'라 부르고 개인적 몽상에 대해 계속 언급하면서, 오닐은 모든 사람이 죽음으로 향해가는 아이러니로 우리의 관심을 이끈다. 인물이 아니라 관객인 우리는, 그들이 채워지지 않는 몽상에 의해서 술을 마시면서 조금씩 죽음을 향해 가고 있음을 알게 된다. 이 극은 죽음이라는 최종적 상황을 다루며 또한 사람들, 특히 성공하지 못한 사람들이 죽음을 준비하는 (혹은 준비하지 않는) 비현실적인 방법을 다룬다.

물론 죽음만이 추상적 특성의 유일한 주제인 것은 아니다. 자유, 도덕성, 사랑 그리고 미움, 복수, 질투, 소유욕 같은 것에 연관되어 있는 모든 감정과 더불어 극을 해석할 수 있다. 셰익스피어의 낭만적 희극 〈한여름밤의 꿈〉에 나타나는 사랑에 관한 사상에 관해서도 이야기할 수는 있지만, 완전한 결론을 내릴 수는 없다. 사랑은 단독적으로 인식할 만한 대상으로 언급될 수 있는 것이 아니다. 사실 이 극의 요점 중의 한 가지, 곧 이것을 해석하는 데 있어 강조하는 것은 어떤 면에서는 비슷하고 어떤 면에서는 다른 매우 많은 종류의 사랑이 존재한다는 것이다.

가족관계

보통의 인간관계 특히 특별한 가족 성원 간의 관계를 해석하려는 극들이 많다. 셰익스피어의 코리오라누스와 그의 어머니 볼룸니아 사이의 관계를 살펴보기란 얼마나 쉬운가. 그러나 거기서부터 특별한 부자관계로 향하는 극의 중심적 태도에 대한 해석으로 나아가는 것은 얼마나 어려운가. 극 해석은 극 속에서 일어나는 행동에 크게 기초를 둔다. 극에서 무엇이 일어나는지가 극이 무엇을 의미하는지에 대한 가장 큰 단서이다. 어떤 행동을 분석할 때 밝혀진 것과는 다른 결론들을 이끌어내는 경향이 있다. 그럼에도 불구하고 해로울 정도로 소유욕이 강한 엄마나 질투심이 강한 형제 등과 같은 가족관계의 일반적 양식이 있다. 그리고 극 해석은 가족관계가 전형적인지 또는 아주 특별한지를 고려함으로써 좀 더 분명해질 수 있다.

특별한 가족관계들

　아주 특별한 가족관계를 다룬 주제들이 있다. 예들 들면 근친상간 같은 전형적인 극적 문제를 다루는 것이다. 그것이 일반적으로 다른 극들과 비슷해도 주제가 비관습적인 한 특별한 차이가 있다. 만일 어떤 극이 특별한 방법으로 어떤 가정의 이야기를 나타내려고 한다면 그 극은 특별한 가족관계를 이용하고 있는 것이다. 예를 들면 오랫동안 찬사를 받아온 입센의 유명한 〈유령(Ghosts)〉은 가정 비극이며 헤이우드의 르네상스 시대극 〈친절로 죽은 여인〉 같은 가정 비극과 대체로 유사하다. 헤이우드의 극은 부정한 아내와 그릇된 남편이 있는 가정 비극의 일반적 범주 안에서 진행된다. 이와 달리 입센의 〈유령〉은 예외적으로 매우 친밀한 가족관계와 관련되어 있다. 아버지의 죄가 거의 문자 그대로 아들에게 이어진다는 혼치 않은 주제를 증명하기 위해서 입센은 오스왈드 알빙의 이상한 운명을 그렸다. 그의 아버지가 매독에 걸렸기 때문에 그는 거의 제정신이 아니다. 입센의 시대에는 의학적 유전이 종교적으로 믿어졌다. 전체적으로 극은 아버지의 죄에 대한 환멸감을 나타내는 데 치중하며 극의 끝에서 오스왈드가 제정신이 아닐 때 아버지의 죄가 완성되는 것을 보여준다. 오스왈드는 자신의 아버지가 부정한 남편이었음은 물론 그가 진실을 알기 전에 결혼하려고 했던 하녀의 친아버지임을 결코 알지 못했다. 그러나 오스왈드는 그의 어머니인 과부 알빙 부인이 생각하듯이 그의 아버지에 대해 실망하지는 않는다. 오스왈드는 정말로 그가 자기의 아버지를 잘 알지 못한다고 말한다. 물론 이 말에는 그 주제의 모든 아이러니가 들어 있다. 아들은 아버지의 죄를 이어받을 뿐 아니라 더 종종 그가 거의 알지 못하는 아버지의 모든 것을 이어받는다. 그 극의 특별한 상황은 오스왈드가 받은 인생이 자신이 요구한 것은 아니라는 사실이다. 그는 자기가 결코 원치 않은 것을 제거하는 것이 옳다고 생각했기 때문에 결국 어머니에게 자신을 죽여줄 것을 요구한다. 대체로 입센은 그 주제를 계속되는 악몽으로 보여준다. 극에 대한 우리의 해석은 아들이 아버지의 죄를 이어받는다는 중심 주제에 관한 설명과 이 주제가 논리적으로 그리고 명백하게 만들어지는 수단, 즉 아들을 제정신이 아닌 상태로 이끈 아버지의 불운한 매독이라는 특별한 사실에 대한 설명을 포함한다. 그 극은 매우 특별하고 흔치 않은 일련의 가족관계에 기초를 둔다. 이제는 격려해주고 고백을 들어주는 관계인 파슨 맨데르스는 한때 과부 알빙 부인에게 구혼했었다. 오스왈드는 그의 아버지의 사생아와 결혼하려 했다. 알빙 부인은 그녀가 사랑하는 아들의 유일한 동료로서 자신의 생을 살려고 했다. 보통 가족성원 사이의 관계에서 쉽게 발견되지 않는 이러한 관계에는 특별한 긴장이 있다.

다른 개별적 주제들

특별한 방법으로 나타나는 특이하고 사적인 주제는 가족관계에서만 나오는 것은 아니다. 주된 주제들 – 순결의 상실 같은 것 – 과 부수적 주제들 – 〈유령〉에서처럼 – 은 다른 종류의 극에서도 발견된다. 입센의 〈유령〉은 가정 비극이지만 초기 고전 비극에서도 발견된다. 어떤 주제들은 다른 것보다 더 일반적인 경우가 있다. 우리가 의미나 의도에 있어 특별한 어떤 극을 발견하게 될 때, 그것이 그렇게 특별한 차이를 갖는 이유에 대한 구체적인 설명이 뒤따라야 한다. 만일 사랑에 관한 극이라면 왜 그것은 사랑을 주제로 다룬 다른 극과 함축하는 것에서 차이가 나는가, 만일 생의 무상함에 관한 것이라면 같은 주제를 다루는 다른 극과 얼마나 다른 면을 가지고 있는가. 만일 그 극이 – 비록 독특한 방법을 사용할지라도 – 전통적 주제를 탐구한다면 극작가의 의도를 일반적으로 고려하고 그 행동을 설명하는 것이 쉬워질 것이기 때문에 극에서 관습성의 정도는 고려할 대상이 된다.

존 게이(John Gay)의 불멸의 18세기 희극 〈거지의 오페라(Beggar's Opera)〉는 이탈리아 오페라의 풍자희극과 풍속희극 등 여러 종류의 극이 하나로 뭉뚱그려져 있다. 그러나 그 중심 주제를 보면 결혼은 이성 간의 귀찮은 관계 형성이며 불쾌한 일이라는 독특한 입장이 있다. 새 신부의 부모들은 극 처음부터 오직 그녀가 결혼한다는 사실에만 관심이 있을 뿐 나머지는 중요하지 않게 생각한다. 극은 결혼이 불행의 주된 원천임을 명확히 밝히려고 노력한다. 노상 강도 마체드는 법에 저촉되지 않는 최소한의 원칙 안에서 일부러 수많은 여자들과 온당치 못하게 결혼했다. 극의 끝부분에서 그는 결국 한 사람과 결혼하면서, 안정적인 삶을 위해서 한 사람하고만 결혼하는 전통적인 '죽음보다 나쁜 운명'을 익살스럽게 언급한다. 이것은 희극이므로 하나의 제도로서의 결혼을 심각하게 비평하지는 않지만 적어도 결혼은 나쁘다는 주제에 기초를 둔다.

자서전적 요소들

어떤 극들은 어느 정도는 자서전적 요소로 해석된다. 극 자체는 자서전에 의존하지 않는 구조를 가지고 있지만 그럼에도 인물 중의 한 사람 또는 그 이상의 사람들과 극작가의 개인적 관련성은 우리로 하여금 극을 해석함에 있어 작가와의 관계를 염두에 두게 한다. 이런 종류의 극은 자주 자서전적 요소와 독립해 해석되기도 하고 그 안에서 해석되기도 한다. 중요한 것은 두 측면의 해석이 가능함을 인식하는 것이다.

밀턴의 〈영웅 삼손〉

밀턴의 17세기 희곡 〈영웅 삼손〉은 수 세기 동안 유명했다. 그 극을 읽은 이들 중 많은 사람들은 그것의 형식적 역사 – 영어로 쓰인 최초의 그리스비극 – 의 측면에서 생각한다. 다른 사람들은 이 희곡이 순수하게 성경의 시각에서 온 것으로 알고 있다. 밀턴은 분명히 그의 이야기를 구약성서의 「사사기(Book of Judges)」에서 골랐지만 많은 비평가들은 「욥기(Book of Job)」와 더 많이 일치한다고 말한다. 특히 어떤 이들은 〈영웅 삼손〉에서 삼손이 겪는 고난을 밀턴의 정적에 대한 개인적 적의의 폭발로 정의하고 그 시대의 청교도 정치의 관점에서 극을 해석한다. 그 극은 인간의 정신적 성장의 근거로서 영웅적 갈등과 최후의 승리 위에서 고통과 절망을 겪는 삼손의 여행을 적절히 따라간다. 그 극은 삼손의 내적 갈등에 관한 것이지만 많은 이들은 밀턴의 내적 갈등에서 연유된 것이 아닐까라고 생각한다. 그렇다면 이 극 해석은 자서전적 요소를 어느 정도나 고려해야 하는 것일까? 내적 갈등과 승리라는 주제는 자서전적 주제인가? 주된 주장 중의 하나는 극이 시작될 때 삼손이 밀턴처럼 눈멀어 있었다는 사실에서 온다. 그의 실명과 절망에 대해 삼손이 불평할 때 밀턴의 실명과의 연관성을 거부하기는 어렵다. 삼손의 탄식은 주인공의 것일까, 혹은 작가 자신의 것일까?

> 삼손 아, 나는 빛을 잃은 것을 탄식한다! 적 가운데서 실명하다니, 아,
> 사슬보다도 지옥보다도 거지보다도 노년보다도 나쁘구나! 나에
> 대한 신의 가장 중요한 은총인 빛이 사라지고 모든 즐거움은 나의
> 슬픔이 머무는 곳에서 무효가 된다. 이제는 추악한 인간 또는
> 벌레가 되었구나. 그러나 여기서 가장 추악한 것조차 나를 능가한
> 다. 벌레들은 기지만 볼 수는 있는 것이다. 날마다의 시기, 경멸,
> 욕, 그릇된 것을 비추고 있는 빛 안에서 나는 어둡다. 문 안에서도
> 밖에서도 나는 바보로 남아 있고 결코 나 자신의 것이 아닌 다른
> 사람들의 세력 안에 있다. 반 이상이 죽어 있고 겨우 반 정도
> 살아 있는 것 같다. 아, 어둠, 어둠, 어둠, 달빛 안에서의 어둠,
> 회복할 수 없는 어둠, 희망이 없는 일식이여.

삼손의 말을 아주 잘 이해할 수 있게 만드는 어조는 실명의 경험에서 온다. 그 부분은 적어도 전기적이라고 간주해야 한다. 더욱이 적 가운데서 실명한 것에 대한 언급은 정치적으로 소외되었던 밀턴의 실명을 암시한다. 극을 통해서 우리는 밀턴의 생과 관련된 어떤 주제가 계속해서 발전하는 것을 보게 된다.

어떤 시점에서 친구란 가장 필요할 때는 거의 나타나지 않는다는 밀턴의 태도를 보게 된다. 삼손은 "영화로운 시절에 그들은 떼 지어 오지만 그러지 않을 때는 머리를 쑥 빼도 보이지 않는다"라고 말한다. 이러한 극 중 표현은, 밀턴이 황혼기에 겪었던 모든 개인적인 낙담을

나타낸다. 반면 삼손을 통해서 종국적인 승리에 대한 그의 느낌이 동시에 표현된다. 개인적 절망을 넘어선 승리는 「사사기」에서 언급되는 것처럼, 삼손의 강직함 및 삼손의 생에 일어난 사건과 일치하는 듯한 밀턴의 개인적 생의 사실에 부합해 일반적 용어로 토의되어야만 한다.

역사적 배경

극의 역사적 배경을 광범위하게 분석하지는 않더라도 때때로 어떤 극은 해석하는 데 있어 그 배경까지 다룬다. 극에서 특히 고려해야 할 자서전적 요소가 있다면 초점을 맞춰야 할 역사적 사실이나 사건이 있을 것이다. 예를 들어서 밀턴의 극을 정치적인 입장에서 해석한다면, 그 시대의 청교도 정치에 대한 연대기와 밀턴의 부분적 개입을 설명하면서 그 시대의 전체적인 정치적 사실들을 읽어야만 한다. 사실 역사적 배경에 대한 이해와 설명 없이 어떤 극을 해석한다는 것은 거의 불가능하다. 그 시대에 대한 학문적 관심과 그 당시의 마법에 관한 최소한의 이해 없이는 말로의 〈파우스트〉와 로버트 그린(Robert Greene)의 〈베이컨 수사와 버게이 수사(Friar Bacon and Friar Burgay)〉를 완전하게 읽을 수 없다. 그 행위가 일어났던 시대와 극의 장소에 깔려 있는 분위기에 대한 지식 없이는 오닐의 〈얼음장수 오다〉에 대한 어떤 해석도 무가치하다. 뉴욕 시의 남서부에 절망과 무익한 백일몽에 빠져 있는 특별한 인물들이 살고 있다. 로키와 두 매춘부가 처해 있는 상황을 언급하지 않고는 기껏해야 극에 대한 부분적 해석만을 할 수 있을 뿐이다. 해석의 기본적 측면은 극이 쓰인 역사적 풍경의 검토 – 비록 짧다고 해도 - 이다. 유대인에 대한 17세기의 시대적 태도를 언급하지 않는다면 셰익스피어의 〈베니스의 상인〉이나 말로의 〈몰타의 수전노 (The Jew of Malta)〉를 완전하게 설명할 수는 없다. 벤 존슨의 준가면극 〈변화된 집시들(The Gipsies Metamorphosed)〉 같은 가벼운 극조차 그 극이 쓰인 당시 집시의 이미지에 대한 최소한의 설명 없이는 이해할 수가 없다. 대체로 역사적 배경을 주된 문젯거리로 삼지 않을지라도 그 주제가 갖는 역사적 암시에 관해서 항상 관심을 가져야 한다. 오늘의 극에서는 궁극적으로 죽음의 종국성, 죽음의 의미, 죽음에 대한 인간의 준비에 관심을 기울여 다룬다. 극 해석이 좀 더 완벽하려면 시간과 공간 안에서 극의 세계에 관해 언급해야 한다. 말로의 〈파우스트〉에서 우리는 악과 바꿔치기된 결과로서의 파멸이라는 주제를 탐구하기를 원하지만 동시에 그 극이 기록하고 있는 지적인 경험을 완전히 무시할 수는 없다. 의미를 가장 중시하더라도 완전하게 이해하려면 다른 면도 고려해야 한다. 입센의 〈유령〉의 주된 주제는 아버지의 죄가 아들에게 이어진다는 것이며 이것이 우리의 주된 관심사이다. 우리는 이 주제에 관해 토의하고 입센이 그것을 어떻게 생생하게 만드는지 설명하려고 한다. 그러나 비록 광범위하지는 않지만 그 시대에는 매독이 유전한다고 믿었음을 언급해야만 한다. 죄는 문자 그대로 아들에게 이어질 수 있다. 우리는 추상적 주제를 다루고 있지 않다.

관객의 개념에 의한 해석

어떤 극에 대한 해설은 기본적으로 극에 대한 우리 자신의 개념이다. 극작가의 의도에 관해 토의할 수 있다 할지라도, 인간과 그의 사회사이의 관계와 더불어 주제를 다룰 수 있고 그러면서 극에 대한 우리 자신의 개념을 설명해야 한다. 우선 그 극에서 느낀 방법을 고려하고 다음에는 왜 이 특별한 방법에 의해 영향을 받았는지 설명해야 한다. 때때로 우리는 어떤 극의 행동이나 인물과 거부할 수 없는 개인적 관계를 맺는다. 이를 통해 우리 자신의 생에서 일어난 사건이나 태도를 상기함으로써 예술작품으로서의 극에 대한 개념을 극의 세계와 관련시킨다.

극에 대한 '진보적' 해석을 하는 것은 가치 있는 일이다. 극의 행위에 특별한 의미를 부여하고 이러한 관점을 인물을 통해 증명함으로써 우리는 극에 대한 관습적인 해석을 받아들인다. 우리는 참된 느낌의 토대를 발견하거나 그 극에 대한 일반적인 관습에 반대하려고 애쓴다. 이 말이 마치 우리가 일반적인 결론에 끌려가는 것을 피할 수 없음을 의미하지는 않는다. 우리는 새로운 해석의 지평을 열었던 뛰어난 문학비평 몇 가지가 의도적으로 비관습적인 것을 찾으려 했음을 강조해야 한다. 극의 암시를 찾으면서 때로 그 극의 새로운 철학적 세계로 나아가기도 한다. 그때 극에 대한 우리의 사고는 다른 독자들의 부러움을 산다. 그뿐만 아니라 아주 중요한 것도 얻게 된다. 우리가 이것이 X에 관한 극이 아니라고 전제하면 그것은 Y를 넘어선 확장된 토의로 나아가는 것이다. 그 이후에는 어떤 것에 대한 직접적인 관심을 더 명백하거나 직접적인 방법을 통해 표현하면서 극작가들이 그 어떤 것에 대한 특이한 관점을 나타내려고 애썼음을 보여주려고 노력해야 한다. 설령 우리의 판단이 잘못된 것으로 밝혀진다 해도 의미 있는 결론에 도달할 수는 있다. 예술작품으로서 극에 대한 최종적인 관념은 주된 개념의 구조적 표현으로서 무엇보다 상상적이어야 한다. 이것이 비록 실패할 가능성이 있을지라도 더 나아간 해석을 하는 것이 가치 있다고 말할 때 비로소 진정으로 토의하고 있는 것이다. 왜냐하면 비록 극작가의 기본적 의도를 이해할 수 있다 해도 만일 우리가 다른 것을 찾기 위해 우리의 상상력이나 극을 이해하는 가능한 방법들을 사용하지 않는다면 미숙한 분석에 머물 것이기 때문이다.

제12장 | 가치 평가와 비평

가난한 사람들은 용기를 필요로 해요.
그들은 버림받은 자들이기 때문이죠.
그들이 궁핍할 때는 심지어 아침에 일어나는 것도 대단한 일이에요.
그들이 전쟁 시에 밭을 일구는 것도 대단한 일이고,
심지어 그들이 세상에 어린애를 태어나게 하는 것도
그들이 용기를 가졌다는 증거지요.
왜냐하면 그들은 희망이 없거든요.
그들은 서로를 하나하나 목매달고 무더기로 서로 죽일 수밖에 없어요.
그래서 이따금 서로의 얼굴을 정면으로 쳐다보려면 용기가 필요하지요.
　　　　　　　　　　　-브레히트, 〈억척어멈과 그 자식들〉 중에서

　비평이란 문학예술작품에 대한 설명·분석·판단을 가리키는 용어
이다. 비평은 이 책을 통해서 관심을 가졌던 모든 활동을 포함한다.
그러나 이제는 더 특별히 전체적 가치 평가로 주의를 돌려보자. 최종
분석에서 어떤 극에 대한 관점은 무엇인가? 그것에 관해서 어떤 종류
의 비평을 할 수 있는가? (비평이 문학작품의 가치 평가에 사용될 때 부정적

함축성을 갖지 않음을 주목하라. 비평은 잘못이 아니라 기술을 발견하려는 시도이기 때문에 전적으로 긍정적일 수 있다) 비평할 때 기억해야만 하는 여러 기본적인 특징이 있다. 아주 복잡하게 혹은 지나치게 문학비평의 가치를 평가할 필요는 없지만 관련된 용어들을 이해할 필요는 있다.

1. 비평에 대한 여러 가지 태도

아리스토텔리안과 플라토닉

비평의 기본적인 두 종류는 아리스토텔레스 학설과 플라톤 학설이다. 아리스토텔레스식 비평은 형식적이고 논리적인 분석으로 간주된다. 그 기준은 진지하고 규칙에 대한 기대를 소홀히 다루지 않는다. 더욱이 예술작품은 어떠해야 한다는 형식적 기준이 있기 때문에 아리스토텔레스식 비평을 통해 작품의 기본적 가치를 발견할 수 있다. 극의 의미는 전적으로 극 자체에 포함되어 있으므로, 극 밖에서 그 극의 가치를 이해하려고 애쓸 필요가 없다. 대조적으로 플라톤식 비평은 예술작품에 대한 실용적 태도를 가진다. 어떤 극의 가치는 그것이 사람들에게 주는 실용적인 선(善)이다. 이런 측면에서 예술은 덜 형식적이지만 도덕적으로 자극적이다. 극의 가치는 그것의 예술적 가치보다는 그것이 관객에게 미치는 효과에서 더 잘 나타난다. 극이 불멸의 도덕적 조화를 이루려면 어떤 힘, 특히 교훈적인 힘을 가져야 한다. 그러므로 아리스토텔레스식 비평과 플라톤식 비평 사이의 기본적인 차이는 하나는 내적 지향이고 다른 하나는 외적 지향이라는 것이다.

어떤 극의 가치를 평가할 때 이 차이를 기억하는 것이 좋다. 왜냐하면 단순히 두 질문(그 극은 예술작품, 곧 독립적 창조물인가? 그것은 관객에게 효과를 미칠 힘과 가치를 이끌어내는가?)을 던짐으로써 연구자가 극에 대해 직접적으로 이중의 관점을 취하게 해주기 때문이다.

상대적 비평과 절대적 비평

상대적 비평은 가치 평가의 일부 혹은 모든 기준들이 논리적으로 어떤 예술작품으로서의 극에 적용되는 것이다. 이해라는 목표는 그 수단들의 형식성 위에 중요하게 자리한다. 만일 그 극이 어떤 비관습적 제도의 사용을 통해서 더 잘 이해될 수 있다면 결말은 피할 수 없이 그 수단들을 정당화한다. 대조적으로 절대적 비평은 교조적 강경함을 가진 분석이다. 절대론자는 예술작품에는 반드시 비평적 전제가 있음을 강하게 느끼며 존경할 만한 (비록 때로는 싫어한다 해도) 고집과 함께 그 전제에 이끌린다.

이론적 비평과 실제적 비평

기억해야 할 또 하나의 유용한 구별은 문학작품에 관한 일반적 이론에 도달하도록 고안된 이론적 비평과, 개별적 예술작품의 해석 안에서 그러한 이론을 사용하도록 고안된 실제적 비평이다. 전자의 비평은 개별적인 극에서 모든 극에 관한 이론으로 움직여감으로써 실제적인 것에서 일반적인 것으로 옮겨간다. 반면 후자는 일반적인 극에서 특별한 극에 관한 이론으로 옮겨간다. 대부분의 연구자들은 어떤 특별한 극의 장점에 집중하고 이론의 축적은 더 경험 있는 비평가에게 남겨두길 원할 것이다. 이것은 연구자를 실망시키기 위한 말이 아니라, 이론적인 극 비평이 뒤범벅된 바다로 항해하기 전에 더 깊이 생각하기를 경고하기 위함이다.

2. 비평가의 목적

극에 대한 비평은 어느 정도 그 목적에 의해 쓰일 것이다. 물론 일반적으로 극의 가치 평가에 도달하기를 원하지만 때로 특정한 목적이 더욱 강조되기도 한다. 우리는 어떤 종류의 극을 정당화하기를 원하는가? 우리는 그것이 더 관습적이고 쉽게 받아들여지는 다른 어떤 극만큼이나 상상력과 가치를 가졌다는 것을 보여주기를 원하는가? 또는 특별한 규칙들에 따라 어떤 극에 대한 판단을 내리기를 원하는가? 예를 들면 우선적으로 아리스토텔레스의 『시학』에서 제시된 극의 구성의 원칙에 관한 용어로 극을 정의하는 것이 우리의 목적인가? 기본적으로 우리는 극적 흥분이나 긴장의 상승이 무엇인지 발견하고 설명하고자 하는가?

정확한 목표가 비평의 종류를 결정한다. 만일 극에 대한 일반적 비평을 하려고 한다면 굳이 목표를 설명할 필요가 없다. 한편 어떤 특별한 의도는 비평을 시작할 때 명백하게 설명되어야 한다. 비평 종류의 차이점과 비평자의 의도가 갖는 중요성도 언급했으므로, 이제는 일련의 질문들을 제기할 수 있다.

어떤 종류의 극이기를 기대하는가

극작가의 의도가 무엇인지가 최초의 질문이어야 한다. 비극을 논할 때 사용하는 분석틀로 희극을 해석하는 것은 얼마나 무익하며 유치한가. 그러므로 연구자는 항상 그것이 어떤 종류의 극인지 언급하는 것으로 (그 자신의 의도를 따라) 시작해야 하며, 이는 다음의 일반적인 질문으로 이어진다.

그것은 특정 종류의 극에 관한 일반적 요건들과 만나는가

극에 대한 가치 평가는 어떤 극이 일반적으로 특정 종류의 극에서 기대되는 필요조건들을 갖췄는지를 밝혀야 한다. 예를 들어 어떤 가정 비극이 있다면, 그 요건의 하나로 극의 영웅이나 주동 인물이 보통의 흔한 종류의 인물임을 간략히 말한 뒤 문제가 되는 그 극의 작가가 이 요건을 따르는지의 여부를 말해야 한다. 만일 고전 비극으로 간주되는 애디슨의 〈카토〉를 검토한다면, 애디슨이 주의 깊게 고전 비극의 요건들 – 장소와 행동의 일치가 있으며, 24시간 내에 모든 행동이 일어나야 하고, 고귀하고 높은 지위의 사람이 낮은 지위로 떨어지는 등 – 에 의지하는 방법들을 설명할 필요가 있다. 바로 극의 종류에 따른 패턴을 알고 있는 것과 관련해 가치 평가를 시작하는 것이다. 일반적으로 극의 종류에 관한 언급을 바탕으로 문제가 되는 특별한 극에 관해 지적하고, 그것이 어떤 종류의 극인가에 관한 측면에서 논하므로 이것은 일종의 실질적 비평이 된다.

극작가의 의도가 언급되며 그 의도는 잘 성취되는가

중요한 원칙은 옳은 방법으로 가치를 평가하는 일이다. 만일 극작가가 직접적으로든 간접적으로든 어떤 효과를 내려고 노력한다면, 그 효과가 얻어지는 (또는 얻어지지 않는) 성과를 묘사하는 방법으로 극의 가치를 평가해야만 한다. 예를 들면 〈얼음장수 오다〉에서 극작가는 우리가 죽음의 의미를 성찰하기를 원한다. 그는 이것이 자신의 의도임을 명백히 하기 때문에 비평가로서 우선 그의 의도에 대응해야 한다. 극이 우연적 결과를 얻는 동안, 즉 극작가가 계산하지 않았을지도 모르는 효과들을 만드는 동안 우리의 주된 목표는 작가가 의도한 것의 성공 여부를 평가하는 것이다. 극작가는 그가 얻으려 했던 효과를 얻었는가? 그는 우리를 지적으로 자극해 특정한 사상의 측면으로 가도록 만들었는가? 극작가는 명백히 우리를 우울하게 만들려고 했는가? 그는 어떤 이유로 극을 쓰고 있으며 적어도 이 이유들 중의 일부분은 작품을 판단하는 요소에 포함되어야 하는가? 만일 어떤 극이 썩 흥미롭지 않아서 좋은 희곡이 아님에도 불구하고 (희곡에 담겨 있는 정의에 따라) 극작가의 목표가 성취된다면 그 극을 어떻게 평가할 것인가? 그 극작가가 자신이 얻고자 했던 것을 표면상으로는 성취했지만, 결과적으로 그 극이 매우 재미도 없고 흥미도 없다는 것을 지적할 수 있고 지적해야만 한다. 최종적인 평가는 아마 극작가가 관념상으로는 실패했지만 실행에서는 성공했다든가, 계획의 측면에서는 옳은 방법으로 극을 썼지만 정작 계획을 실행하는 면에서 실수를 했다는 식으로 나타날 것이다. 그러므로 극작가의 여러 의도에 관해 간략하게나마 고려할 필요가 있는 것은 그것이 극을 '구제하는' 하나의 측면을 형성하기 때문이다. 개념이 빈약할지언정 적어도 의도에 있어서 성공을 거뒀다면 극 전체를 비난할 수는 없다.

우리는 다른 종류의 성취를 어떻게 측정하는가

극작가의 성공에 대한 측정은 여러 가지의 분석 요소들을 가질 때처럼 여러 다른 수준에서 이뤄진다. 분석에 관련된 모든 것은 자동적으로 평가에 관련된다. 그러므로 인물, 행위, 언어, 화법, 구조, 의미와 관련해 극작가의 성취를 평가할 수 있고 대개 그렇게 해야만 한다. 만일 극 속의 인물을 앞에서 정의했던 주제적 인물들로 분석했다면, 극작가가 이 인물들을 자신의 주제들에 일치하도록 만들었는지 판단해야 한다. 예를 들어서 악의 화신인 이아고가 극에서는 어떤 선한 행동을 한다면(실제로 그는 하지 않는다) 그는 모순되게 행동한 것이 된다. 조화는 모든 평가의 열쇠이다. 인물들은 '인물에 알맞게' 행동해야만 한다. 이것은 반복이 아니라 ① 인물의 행동이 서로 일치하고, ② 인물의 신념과 일치하며, ③ 다른 인물이 그 인물에 관해 언급한 말과 일치해야 하는 것의 필요성을 강조하는 방법이다.

극 비평에 있어서 조화가 출발점으로 너무 강하게 강조될 필요는 없다. 우리는 극작가가 자신의 의도를 성취하기 위해 어떤 식으로 극 중 인물을 조화롭게 행동하게 하는가, 여러 인물들이 극에서 일관성 있는 언어로 말하는가(언어가 바뀌는 것에 대한 논리적 설명 없이, 비천한 언어로 말하다가 난데없이 고상한 언어로 말하지는 않는가), 극의 구조가 일치하고 극의 부분들이 연결되는가, 극의 사건에서 주제가 나타나는가를 설명한다. 어떤 극의 최종 분석에서 극작가가 사용한 일치하는 또는 일치하지 않는 여러 방법을 접합시키려고 해야만 한다. 최소한의 어떤 설명도 없이 여러 종류의 언어나 일치하지 않는 행동들을 뒤섞어 놓는 것은 무책임한 일이다.

3. 극이나 극작가의 특별한 장점들

형식적 비평의 큰 부분은 문제가 되는 극이나 극작가의 특별한 장점들을 설명하는 것이다. 그것이 어떤 종류의 극이 되어야 한다고 주장하거나 극작가의 의도가 성공적으로 이뤄졌는지의 여부를 주의 깊게 관찰할 때, 우리는 극의 독특한 점을 지적하며 이 극의 특별한 장점이 무엇인지를 살펴야 한다. 종종 특별한 장점이 전혀 없다거나 그 극은 평범하며 전형적인 유형이라고 결론 내릴 때가 있다. 이는 별로 중요하지 않은 극작가의 관습적인 작품, 즉 드라이든의 영웅극의 하나 또는 셰익스피어의 초기 희극의 하나를 어설프게 모방했을 뿐인 작품 등을 검토하는 경우에 해당한다. 그러나 대부분의 중요한 비평에는 극작가의 독창성에 대한 언급이 포함된다. 이를 통해 극작가가 점진적이고도 신비한 방법으로 플롯을 만들어가는 방법을 발견함은 물론 극작가가 다루는 현실의 사람들에게서 흔한 대화체 언어를 파악할 수 있을 것이다. 18세기에 셰익스피어를 언급한 드라이든 박사의 「셰익스피어 서문(Preface to Shakespeare)」이나 존슨의 「서문(Preface)」에서는, 지나치게 거칠지도 않으면서 지나치게 순화되지도 않은 언어를 골라 사용하는 셰익스피어의 탁월한 능력을 특별히 언급한다.

어떤 어법의 양식은 그 각각의 언어 양식이나 유추와 너무나 일치해서 변치 않고 남아 있다. 이러한 양식은 우아함에 대한 욕망 없이 단지 이해받기 위해서만 말하는 사람들의 교제와 같은 생활에서 흔히 발견된다. 겸손한 태도는 항상 시대의 유행을 파악하고, 배운 사람은 더 좋은 것을 발견하고 만들기를 바라면서 말의 고정적인 형식에서 벗어난다. 저속한 것이 만연할 때 차별화되기를 원하는 사람들은 그 저속함에서 벗어났다. 그러나 예의가 있는 곳과 이 시인(셰익스피어)이 그의 희극적 대화를 수집했던 곳에서는 지나치게 우둔하지도 세련되지도 않은 대화가 있다. 그러므로 그는 이전의 다른 어떤 작가보다도 현시대의 관객들에게 더 큰 만족을 선사한다. 따라서 그는 우리 언어의 독창적인 대가 중 한 사람으로서 중요하게 연구되어야 한다.

존슨은 비평가로서 셰익스피어의 특별한 장점 중의 하나라고 자신이 느끼는 것을 지적했다. 모든 비평가는 어떤 극이나 극작가의 특별한 장점과 관련해 이렇게 발표하도록 시도해야만 한다.

이 책을 통해서 언급했던 작품들 중 몇 편을 떠올릴 때 생각나는 특별한 장점들은 무엇일까? 밀러의 〈세일즈맨의 죽음〉에서는 부르주아 비극에 고전 비극의 효과를 얼마나 교묘하게 접목하는지를 강조했다. 거기에는 높거나 고귀한 영웅이라곤 없다. 그러나 윌리 로만은 소포클레스의 영웅이 그러하듯이 어떤 진지한 태도로 괴로워한다. 싱의 〈바다로 간 기사〉에서는 극을 꿰뚫는 뛰어난 사투리의 사용을 강조했다. 극작가로서의 싱이 지닌 뛰어난 특성의 하나는 아일랜드 해변의 외딴섬에 살고 있는 소박한 아일랜드 지방인의 대화에서 정확한 발음을 파악하는 능력이다. 게이의 〈거지의 오페라〉에서는 희극적 주제를 위해 사용되는 독특한 주제를 언급했다. 〈그녀는 굴욕을 참고 승리하다〉에서 우수한 점은 골드스미스가 당시의 관습과 사회적 양상을 반영한 부분이다. 〈한여름밤의 꿈〉에서 셰익스피어는 테세우스, 보텀, 퍽 등을 통해 언어의 종류를 대조시키는 특별한 방법을 사용한다. 각각의 예에서 인물, 구조, 의미, 언어 그리고 일반적 문체의 발견이라는 관습적 요소들뿐만 아니라 극의 특별한 장점을 알게 되었다.

4. 극의 종류와 주제의 관계

마지막으로 고려해야 할 것은 그 극이 특별한 주제를 전달하는 데 좋은 도구인가 아닌가 하는 점이다. 매우 저급한 희극에서도 정부에 대한 지나치게 심각한 비난이 성공적으로 전달될 수 있는가. 고도의 비극에서 유머가 – 비록 희극적 긴장 이완뿐이라 할지라도 – 성공할 수 있는가. 극작가가 성공적으로 그의 주제를 전달했다고 간주한다면, 즉 그가 바라던 목표를 성취했다면 그가 옳은 종류의 극을 골랐는지 등등에 관해 판단할 수 있다.

중요한 것은 "이 주제는 다른 종류의 극에서 더 잘 드러났을지 모른다"라고 말하지 않는 것이다. 우리는 비평을 통해 비난하려는 것은 아니기 때문이다. 그러므로 "이것은 이러저러하기 때문에 그의 특별한 주제를 나타내는 데 좋은 종류의 극이다"라고 하는 것이 낫다. 우리는 극작가의 선택에 대한 적합한 설명을 찾고 있다. 어떤 종류의 문학비평에서 필수적 요소인 형식과 내용 사이의 관계, 기술과 의미의 관계를 설명하려고 한다. 만일 건설적인 비평이라면 – 건설적이지 않은 비평은 다소 무의미하다 – 극의 형식, 극의 종류, 극의 종류에 대한 요구, 이런 형식의 요구들의 전반적인 관계에서 그 극의 의도 등을 토의해야 한다. 또한 그 극의 특별한 장점과 그 수행의 관습적 측면에 대해서 특별한 주의를 기울여야만 한다. 제13장에서 극을 분석할 수 있는 기본적 방법들을 다시 요약할 것이다.

제13장 | **결론**
완전한 분석을 하기 위한 방법의 요약

인간의 의지와 운명은 전적으로 서로 어긋나고 있으니
항상 계획은 전복되느니라.
우리들의 생각은 우리들의 것이건만
일이 성사되는 것은 인간의 힘에 의한 것이 아니로다.
—셰익스피어, 〈햄릿〉 중에서

이 장에서는 앞에서 논의했던 분석 방법에 관해 복습하면서, 특정 극에 대한 분석의 여러 측면이 어떻게 전체적으로 일치되고 검토되는 지를 보여주고자 한다.

최초의 결정

글쓰기를 시작하기 전에 연구자는 여러 가지를 결정해야만 한다. 분량을 정하는 것이 우선이다. 논문을 얼마나 길게 쓸 것인가? 그 다음은 첫 번째 질문의 대답에서 나온다. 분석이 얼마나 많은 양상을 포함할 것인가?

다른 기본적 결정은 강조점과 관계가 있다. 극을 분석할 때는 특정 부분을 강조해야 할 것이다. 일단 얼마나 많은 양상에 대해서 결론을 내릴지 결정한 뒤에는 그 강조점을 나타내기 위해 계획된 특별한 질서에 의거해 그들을 배열할 필요가 있다.

분석 요소에 대한 결정

일단 최초의 결정이 이뤄지면 연구자는 그가 검토하기를 원하는 분석의 영역을 고르고, 그 다음에 효과적인 순서로 그들을 배열해야 한다. 예를 들어 연구자는 다음의 주제를 고려해서 자신의 논문을 계획한다.

---

① 극의 세계에 대한 정의

② 주된 인물들의 중요성 설명

③ 이 인물들의 행동의 중요성 설명

④ 이 인물들이 얽히는 방법

⑤ 이 얽혀가는 과정이 극의 주제의 점진적인 발전을 고려하는 방법

⑥ 이 주제에 대한 더 나아간 해석

⑦ 요약된 말로써 주제와 인물들을 연관시킨 결론 극작가가 인물들을
　주제에 연결하는 효과에 대한 최종적 가치 평가

이 7개 부분에서 연구자는 너무 지나치게 인물에 얽매이지 않으면서 인물을 강조해야 한다. 중요한 것은 연구자가 분석의 한 양상에 특히 중요성을 부여하면서도 동시에 분석의 여러 측면을 포함해 분석하기

위해서 - 극의 분위기에 대한 토의는 첫째 문단에, 인물에 대한 개략적 검토는 둘째 문단에 포함된다. 인물의 태도가 행동으로 옮아가는 것은 셋째 문단에서 조정된다. 행동과 주제 사이의 관련은 넷째 문단에 포함된다 - 그의 분석의 구성을 정리하는 일이다. 극에 대한 최종적 비평은 기본적으로 인물에 관한 극작가의 의도에 맡겨진다. 행동과 의미 등의 관계에서 인물을 고려함으로써 연구자는 그의 비평적 시각을 넓히고 일반적으로 인물에 관한 의견들을 형성할 수 있다.

구성 요소의 다른 배열

모든 해설적인 글에서는 사고를 표현하는 순서에 주의를 기울여야 한다. 어떤 극에 대한 비평을 쓸 때 분석의 모든 측면들을 배열하는 여러 방법을 고려해야만 한다. 다루고자 하는 측면들을 고른 후 (길이와 대상이 결정되었을 때) 이 측면들을 배열하는 가능한 방법들을 고려해야 한다. 예를 들어 구조, 구도, 수사 같은 형식적 측면 및 의미를 언급하면서 어떤 극을 분석하는 아주 긴 논문을 쓰길 원한다고 가정해 보자. 우리는 어떤 종류의 순서를 계획하는가? 우선 극을 두 가지(기술상으로 그리고 주제상으로)의 방법으로 분석하려는 의도를 밝히며 시작할 필요가 있다. 극의 기본적 사건들 - 무엇이 일어나는가 - 을 더 잘 파악하게 되면서 형식적 측면에서 비형식적이고 사변적인 해설로 진행해가는 것이 더 현명할 것이다.

분석의 진행 순서를 결정한 후 그 각각의 부분에 적합한 재료를 정리할 필요가 있다. 극의 구조에서부터 시작해 다음에 인물, 그들의 행동 및 언어로 나아가는 것이 좋을 것이다. 극의 최종적인 의미를 다루는 뒷부분에 가서는 가장 효과적인 순서를 따르는 것이 더 좋다. 그것은 무엇보다 그 극에 대해 우리가 정말 말하고자 하는 바와 더불어 비평의 절정에 이르도록 해석의 순서를 계획한다는 뜻이다. 우선 극에 대한 전형적이고 관습적인 해석을 하고 한두 가지의 '더 나아간' 해석을 한 다음 우리가 정말 말하고자 하는 해석으로 절정을 만들어가는 것이다. 그러므로 완전한 분석은 다음과 같이 될 것이다.

① **두 가지의 기본적인 방법으로 극을 분석하리라는 것에 대한 언급**
② **형식적 분석**
    A. 극의 구조
    B. 인물들
    C. 인물의 행동들
    D. 인물들의 수사적 언어의 사용
③ **극의 해석** 이제 우리는 극에서 무엇이 일어나는지, 인물은 어떤 사람인지 등에 완전히 익숙해진다.
    A. 가장 일반적인 해석
    B. 다른 관습적인 해석
    C. 더 비관습적이고 '더 나아간' 몇 가지 해석
    D. 가장 정확하다고 생각하는 해석, 관습적 해석과 다른 근본적 차이, ②에서 이뤄진 형식적 분석과 이 해석과의 관련

극의 관습적 해석에 대해 반격하는 자세를 취하기보다는 우선은 지지하는 편이 좋다. 그 다음 그 극에 대한 비관습적인 해석 몇 가지를 소개하고 비평가들의 착오를 증명한 다음 (몇 가지 착오가 있음을 가정하

면서) 극작가의 의도와 참된 의미에 더 가깝다고 느껴지는, 그 극에 대한 관습적 견해를 제시한다.

순서에 대한 일반적 양식은 다음과 같다. 분석의 쉬운 측면에서 더 복잡한 측면으로, 흔한 측면에서 특이한 측면으로, 표준적인 수사와 문체의 사례에서 특별하고 독특한 것으로, 구조에서 인물로, 인물에서 행동으로, 행동(사건)에서 주제로, 주제에서 해석으로 진행되어야 한다. 이 방법은 배타적이지 않은 비평문을 쓰는 경우 절정에 달하도록 구성 요소들을 배열한 것이다. "극이 어떻게 계획되는가, 극에서 인물들은 무엇을 하는가, 그들 행동의 기본적 의미는 무엇인가?" 등의 기본적 질문들에 대답하고 사실들을 제시함으로써 분석의 모든 영역에 다다를 수 있다. 비교적 간단한 방법으로 이 질문들에 답한 후에 본격적 비평을 위해 남겨둔 논문의 다른 부분으로 갈 수 있다. 여기서 몇 가지 양상 — 그러나 아마도 전체는 아닐 것이다 — 을 고르게 될 것이고, 독자들이 이미 이러한 측면에 관한 근본적 사실들을 알고 있다는 가정 위에서 작업할 것이며, 계획과 실행의 두 측면 모두에서 성공적이었는지의 여부를 설명할 것이다. 비평은 극의 다양한 측면에 관한 '기본적인' 것을 설명하기 위해서 머뭇거려서는 안 된다. 더욱이 비평은 독자가 그 극에 관한 모든 기본적 사실을 알고 있으며, 이제는 이미 알려진 것에 대한 평가와 판단을 듣는 것에는 관심이 없다는 전제 아래 이뤄져야 한다.

분석의 기본적 양식

분석의 구성 요소들의 순서는 특별한 목적에 의해 결정된다. 기본적으로 그 과정은 지금까지 우리가 살펴본 제2부의 장 목차 순서와 같다. 극의 완전한 분석은 (최소한의 용어로 축소한) 다음의 순서에 따르게 될 것이다.

① **극의 모든 측면에 대해 이뤄질 분석에 대한 설명** 여기서 앞으로 도달할 결론에 대한 힌트를 남겨라.

② **극의 세계에 대한 정의** 그것의 장소, 분위기 그리고 감정적 장치 등을 정의한다.

③ **극의 구조에 대한 설명** 그 극이 논리적으로 어떻게 나눠지며, 그 부분들은 어떻게 연결되는가?

④ **인물에 대한 토의** 각각의 인물에 소비하는 시간의 양은 그 인물의 중요성과 일치해야 한다.

⑤ **극의 언어와 수사** 비유어, 특히 아이러니와 반전 사용에 관해 토의한다.

⑥ **극의 해석** 설사 다른 비평가의 것과 대부분 유사할지라도 극에 대한 자신의 견해를 강조한다.

⑦ **가치 평가와 비평** 논문의 결론을 형성하며, 분리된 구성 요소로서가 아니라 어느 정도는 모든 논문 내용의 요약임과 동시에 논문의 중요한 부분이 되어야 한다.

이 전체적인 계획과 더불어 연구자는 어떤 극에 대해 논리적이고 흥미 있는 분석을 할 수 있어야만 한다. 분석의 모든 양상을 조합하면 다른 측면들을 이용해 한 측면에만 강조점이 치우치는 불균형을 없앨 수 있는 한 좋은 논문을 낳을 것이다.

3

How to read and
write drama

희곡의 공연과 창작

제14장 | 희곡의 공연

　우선 조별로 단막극을 공연해보자. 희곡을 쓰는 것이 목적이므로 대사를 외우고 분장을 하는 등의 완벽한 공연을 할 필요는 없다. 다만 강의실의 일부를 무대라고 생각하고 배역을 정해 대본을 들고 리딩하면서 동선을 연습하는 것이다. 이때 강의실의 상황에 따라 조명을 사용하면 극적 분위기를 낼 수 있고 조에서는 적당한 음악이나 음향을 준비한다. 배역을 맡은 사람은 가지고 있는 옷 중에서 그에 적합한 의상을 준비하고 다 함께 두어 번 정도 대사와 동선 연습을 한 후 공연한다. 이것은 희곡과 연극을 이해하는 데 매우 중요한 과정이며, 학생들도 즐거운 마음과 열의를 갖고 참여하게 된다.

　공연을 마친 후, 조에서 미리 준비한 분석문을 발표하고 다 같이 토론하면서 작품을 분석해보자. 면밀한 분석을 통해 작품의 의미를 찾아내고 각 작품에 사용된 희곡의 구성 요소들의 특성을 비교해보자. 언어와 주제, 인물과 사건, 시간, 장소 등 각 작품의 구성 요소들이 어떻게 어울리며 나아가 한 작품의 고유한 분위기를 형성하는지 생각해보자. 이러한 공연과 토의를 통해 작품을 분석하는 과정에서 앞으로 단막극을 쓰는 데 실질적으로 도움이 되는 요소들을 배울 수 있다.

각 작품 뒤에 몇 가지 질문들을 제시했다. 작품을 이해하기 위한 기본적인 문제들이다. 문제에 너무 얽매이지는 말고 자유롭게 생각을 나누면서 작품의 전체적인 의미로 나아가보자.

천호동 구사거리 | 장진*

등장인물

장덕배, 유달수, 장화이, 서진희

골목길에 낡은 택시가 있다. 보닛은 열려 있다. 그 밑으로 장덕배의 누워 있는 발만 보인다. 차가 심하게 고장났는지 장덕배 계속 끙끙대고 있다.

장덕배 (차 밑에서) 이런 빌어먹을, 왜 안 걸려……. 휴. 답답해……. 그래 옳지. 이런 쌍……. 또 빠져버리네. 나 이거 정말.

유달수 등장한다. 약간 취해 있다. 차 밑에 들어간 장덕배를 보지 못하고 다리를 밟아버린다.

---

* 1995년 조선일보 신춘문예 희곡 당선. 〈서툰 사람들〉, 〈택시 드리벌〉 등의 희곡을 쓰고 연출했으며 영화 〈킬러들의 수다〉, 〈아는 여자〉, 〈박수칠 때 떠나라〉, 〈거룩한 계보〉, 〈아들〉의 감독이기도 하다.

장덕배   (차 밑에서) 악! 어떤 새끼야……. 눈 똑바로 못 뜨고 다녀!

유달수   (그제서야 알아보고) 이런…… 형님이슈? ……나 달수요.

장덕배   이런 상녀러 자식이…… 해 뜬 지 얼마나 됐다고 벌써부터
        술에 담겨서 아스팔트하고 사람 다리하고 구분도 못하고 다녀.

유달수   술 먹는 놈들이 언제 때 가리며 처먹수? ……그나저나 참
        딱하슈. 쉬는 날이면 쉬어야지. 이게 뭐하는 짓이유?

장덕배   마, 주둥이 닥치고……. 거, 위에 쇼바 좀 봐.

유달수   어이구 왼통 시커멓구먼.

장덕배   쇼바 구멍으로 꼬다리 나오면 프라이어로 쪼여라.

유달수   나 이거, 해장술 잘 먹고 이게 뭐하는 짓인지…….

장덕배   뭐 임마? 하기 싫으면 꺼져 자식아!

유달수   이 똥차도 이젠 버리슈. 매일 겔겔대면서 겨우 이틀 땡기고
        쉬는 날이면 왼종일 기름 묻혀가며 씨름하고……. 거, 왜 요즘
        좋은 차들 많이 나오잖아? 시커먼 차들…… 모범인가 뭔가 하
        는…… 그건 요금도 많이 받는다며…….

장덕배   그게 얼마인 줄이나 알아? 네놈이 사줄래?

유달수   형님도 참. 그 돈 벌어서 다 뭐 할 거유? 정 붙이고 살 피붙이
        하나 없는 양반이…….

       장덕배 차에서 빠져나온다.

장덕배   그 자식 꼬다리 좀 잘 잡고 있으라니까. 비켜 임마.

       장덕배 유달수를 밀친다.

유달수 (옆에 걸터앉으며) 형님도 나이 생각하슈. 그런 억척도 평생
　　　갈 것 같수?

장덕배 네놈이나 정신차려라. 매일 밤낮으로 술통에 빠져 지내면서
　　　재단질할 때 손은 안 떨리냐?

유달수 후후…… 안 그래도 증상이 오는 것 같아요. 미싱 실밥 끼우는
　　　것도 침침해지고 재단 다 해놓고 걸어보면 주머니를 막아놓질
　　　않나. (주머니에서 소주병을 꺼낸다)

장덕배 허허, 이젠 옆구리에다 끼고 다니네.

유달수 그래도 이 동네에선 제법 쓸 만한 솜씨라구요. 저기, 신사거리
　　　백화점이니 뭐니 하는 옷들보단 훨 낫다구요.

장덕배 동네 욕 먹이지 마라. 네놈한테 옷 한 벌 한 뒤로 10년을
　　　넘게 후회하는 나다.

유달수 에이, 거 정말, 그땐 그게 유행이었다니까.

장덕배 뭐가 유행이라는 거냐?

유달수 여름 양복치고 그만한 게 없었다니까.

장덕배 마, 여름 양복이면 천을 얇은 걸 써야지, 세상에 반팔로 만들어
　　　놓은 양복이 어딨냐?

유달수 난 시대를 앞서간 거라니까. 요즘 젊은 애들 보슈. 반팔, 반바지
　　　정장이 얼마나 유행인데…….

장덕배 그런데 왜 한쪽 팔만 짧아! 내가 정박아냐, 임마!

유달수 알았수. 내 실수했수. 술 먹고 덜 깬 상태였다니까 그러네…….

장덕배 망할 놈의 술……. (사이) ……제수씨한텐 소식 왔냐?

유달수 그만 좀 하슈! 그 얘긴!

장덕배 이 자식이 왜 소리는 질러? (사이) ……온다고 한 날이 오늘

아니야?

유달수　거, 정말……. 몰라요!

장덕배　알았다. 알았다……. (사이) …… (혼잣말처럼) 그런데 그동안
　　　　뭐 하고 지냈을까.

유달수　이런 빌어먹을!

장덕배　왜 흥분하고 그래? 내가 뭘 어쨌다고……. 쟤는, 참 웃겨.

유달수　(사이) 인천에서 커피전문점인가 뭔가를 냈다는 소식은 들었는
　　　　데.

장덕배　(기다렸다는 듯이) 다방을? 그럼 제수씨가 마담 짓거리를 한단
　　　　말이야?

유달수　아, 다방이 아니고 커피전문점이라니까…….

장덕배　한 끗 차이지. 물장사가 다 그런 거지…….

유달수　그게 어떻게 똑같아요? 다방은 어둠침침하고 칙칙해가지고
　　　　바퀴벌레나 기어다니는 데고 커피전문점은…… 그러니까 커피
　　　　전문점이라는 데는 깨끗하고 턱 트인 게 건전한 데라니까.

　　　장덕배, 유달수의 말에는 신경도 안 쓰고 차만 고친다.

유달수　(답답해하며) 아, 상대하는 손님도 틀리다니까! 다방은 늙다리들
　　　　이나 꼰대들이 와서 레지들 엉덩이나 툭툭 쳐대고 농이나 걸지
　　　　만…… 거…… 거기 오는 놈들은…… 그래. 주로 젊은 애들,
　　　　많이 배운 놈들만 간다니까.

장덕배　아하, 그러니까 돈 많고 젊은 애들만 상대한다 이거냐?

유달수　뭐요? 상대는 누가 누굴 상대한다는 거요! 왜 그렇게 생각하는

게 불순해요? 나이가 먹을수록 점잖아지고 인덕이 쌓여야
지……. 절간에 다니면 뭘 해. 그러니 매일같이 부처하고 트러블
만 생긴다고 씩씩대지.

장덕배　자식이, 여기서 왜 부처님 얘긴 꺼내? 그분이 지금 네놈 주둥아
리로 불려질 위인이냐?

유달수　형님이 자꾸 남의 여편네 가지고 험담하니까 그러는 거 아니유?

장덕배　후후후…… 자식. 아직도 남은 정이 있긴 있는 모양이구만.
제 마누라 감싸고 도는 꼴이…….

유달수　감싸긴 누가 감싼다고 그래요? 아, 아무튼 다신 그 여자 얘기
꺼내지도 마슈.

장덕배　너 잘한 거 하나도 없다. 응? 새끼들 생각해서라도 찾아가서
무릎 꿇고 싹싹 빌어라.

유달수　빌긴 내가 왜 빌어. 자기 발로 나간 여자 난 하나도 아쉬운
거 없수다.

장덕배　네가 너무했지 뭘. 그래도 대학까지 나온 제수씬데 그까짓
직장 생활 좀 하면 어때서……. 사내자식이 속은 좁아가지
고…….

유달수　형님이 뭘 안다고 그러슈?

장덕배　모르긴 뭘 몰라. 네놈 마누라한테 무시당할까 봐 반대했던
거 아냐! 그리고 손찌검은 왜 하냐. 뭐 잘난 게 있는 놈이라
구…….

유달수　됐수. 그만 하슈.

유달수, 술을 마신다. 장덕배 차 고치길 시작한다. 사이.

장덕배　……오늘은 뭐 할 거냐? 술 먹고 반바지나 만들 거면 가까운 물가로 고기나 구워먹으러 가자.

유달수　난 뭐, 인생 완전히 포기한 놈인 줄 아슈? 나도 개인사업 하는 사장이유.

장덕배　다 낡아빠진 이놈의 구사거리에서 무슨 사업은……. 양복점을 할래도 신사거리 나가서 번듯하게 차려놓고 해. 이 동네에서 언제까지 이러고 있을래.

유달수　형님이나 빨리 이 똥차 처분하고 검정택시 모슈. 난 구사거리 귀신으로 남을라우.

장덕배　난 똥차 체질이다. 말이 좋아 모범택시지. 그게 찌꺼기만 태우는 아주 더러운 거야.

유달수　찌꺼기는 무슨, 자기가 능력 안 되니까…….

장덕배　호텔이나 역 앞에서 죽치고 있다간 일반택시 죽어라 잡아도, 못 타고 남은 놈들이나 타는 거라니까. 어디 변두리 외진 곳이나 차 막혀서 꼼짝도 못하는 동네……. 어휴, 난 적성에 안 맞는다. 껠껠대는 이 고물이라도 빨빨거리고 돌아다니면서 온갖 위반 다 해가며 다니는 게 재밌지……. 그나저나 안 갈 거야?

유달수　고기는 무슨…….

장덕배　바깥바람 좀 쐬자는 거 아냐.

유달수　그럼 여기 한강이나 가서 먹어요. 애들 점심이면 올 텐데……. 그리고 절간 다니면서 부처랑 말 트고 다닌다는 양반이 매일같이 무슨 놈의 고기타령이유?

장덕배　그러는 넌? 일요일이면 애들 데리고 꼬박꼬박 교회당 가는 녀석이 왜 그렇게 늘상 술에 찌들어 있냐?

유달수 그거야 애들 교육상 나가는 거고. 또 그렇게라도 해야 하루라도 술 안 먹고 버티는 거 아니유.

장덕배 핑계 좋다. 넌 예수한테 미안하지도 않냐?

유달수 좌우지간 형님이나 절간엘 가서 구워먹든지 법당엘 가서 구워 먹고 오든지 맘대로 하슈.

장덕배 자식 되게 튕기네……. 가버려 자식아.

유달수 거, 정말……. 저기…… 오늘이유……. 온다는 날…….

장덕배 ……오늘 ……맞냐? ……헤헤 ……자식 ……그나저나. 그럼 빨리 가서 집안 청소도 해놓고 이발이라도 좀 해. 그 몰골로 네 마누라 볼래?

유달수 뭐 대단한 사람 온다구.

장덕배 그나저나 얼마 만이냐? 1년 하고도 6개월이다. 제수씨도 독하다. 아무리 화가 나서 나갔어도 그렇지. 그동안 연락 한번 없었다며?

유달수 아니에요. 전화 몇 번 왔었어요. 통화는 못했지만……. 받으면 끊어버리는 그 이상한 전화가 집사람이었을 거예요.

장덕배 애들 보고 싶지도 않았다던?

유달수 왜 안 보고 싶었겠어요. 그러니까 전화해서 내가 받으면 끊었죠. 그 사람 보기보단 여린 데가 있어요.

그때, 장화이 커피 보자기를 들고 등장한다.

유달수 배달 가냐?

장화이 어머. 유 사장님은 아까, 극장 앞에서 비틀대고 있더니만 언제

자리를 옮겼어요?

유달수 술이 가자는 데로 간다. 그런데 어디냐? 코스가?

장화이 어디긴? 아홉 시 땡 하기가 무섭게 커피 시키는 집이 구사거리
       에 몇 집 된대요?

유달수 복덕방 김씨? (장화이 눈을 쫑긋 해준다) 하하…… 그 영감도
       밝히긴 되게 밝혀.

장화이 얼마나 색골인데……. 그 나이에 남은 정력이 있는지, 창골
       골목에 정기적으로 출근한대요.

유달수 그놈의 현수막 때문에 그래. 경로 우대중 소지자 50퍼센트
       할인해준다고……. 그런 글씨는 왜 써놨대?

장화이 그럼 그럴려고 젊었을 때 아끼고 지금 쏟아붓는 건가?

유달수 뭐? 하하하…… 좌우지간 천호동엔 저놈의 사창가를 죄다
       없애버려야 돼. 어디 가서 천호동 산다고 그러면 한다는 소리가
       "가봤수?", "정말 물이 좋습니까?" 이러니……. 동네 챙피해서
       원…….

장화이 너무 그러지 말아요. 다들 먹고 살자고 하는 건데……. 나도
       가다가다 보면 언젠가 그쯤에서 깨지겠지 뭐.

       장덕배 차 밑에서 나온다.

장덕배 임마, 말 함부로 하지 마.

장화이 (놀라며) 어머, 오빠, 어디 들어가 있었수?

유달수 뭐? 오빠?

장화이 우리 종씨잖아요. 오빠 커피 한 잔 할래요?

장덕배   됐다. 영감이나 갖다주고 힘쓰는 거 자제하라고 해라.

유달수   야, 이거 서러워서. 나는 사장님이라고 부르며 노땅 취급하고
         형님은 오빠야?

장덕배   부러우면 창씨개명해라?

유달수   허이구 그놈의 장씨, 뭐 잘난 게 있다구?

장화이   왜 이래요? 우리 장씨에서 훌륭한 사람들이 얼마나 많이 나왔다
         구요. 장보고, 장희빈, 장수왕, 장총찬, 장다르크, 장발장……
         어…… 또…….

장덕배   (귓속말로) 장혁거세.

장화이   그래, 장혁거세.

유달수   허이구 장하서. 왜, 장지문덕, 장감찬, 장순신 장군은 없냐?

장덕배   화이야, 배달 빨리 가라. 저 자식은 인문계 출신이다. 계속하면
         우리가 불리하다.

장화이   알았어요. 이따가 차 고치면 놀러 와요. 그리고 이번 달 종친회
         는 언제 해요?

장덕배   응, 이번 쉬는 날에 하자. 내 마담한테 얘기해서 저녁근무
         빼줄게. 어디 고깃집에라도 가서…… 응?

    장화이 나간다.

유달수   저 녀석 보기보단 씩씩하고 참해요.

장덕배   그럼 임마, 어디 장씬데…….

유달수   그놈의 장씨…….

장덕배   그나저나 빨리 목욕이라도 하고, 이발소라도 가, 임마. 네

몰골이 지금 사람 몰골이냐.

유달수 (겸연쩍어하며) 그렇게 보기 흉하우?

장덕배 그걸 말이라고 해.

유달수 그럼 어디 가서 이발이라도 할까…….

장덕배 우선 목욕부터 하고……. 그리고 이발은 저기 신사거리 가서
해라. 괜히 구닥다리 새마을 이발관에 가서 얼굴에 칼자국 내지
말고……. 참, 돈은 좀 있냐?

유달수 형님도…… 나도 엄연히 사장이유.

그때, 달수 처 서진희 들어온다.

유달수 아니, 여보…… 일찍 왔구려.

서진희 오래간만이군요.

장덕배 제수씨 오셨어요. (유달수에게 조그만 소리로) 그러게 빨리 가서
이발하라니까……. 빌어먹을 놈. 하하하, 그동안 이놈 때문에
맘고생이 이만저만 아니셨죠? 이제 달수도 제 잘못 많이 반성했
으니까 기분 풀어요.

서진희 애들은요?

유달수 응? ……학교 갔지. 곧 올 거야. 토요일이니까. 저기……
아침은?

서진희 됐어요.

장덕배 길에서 이러고 있을 게 아니라, 집에 들어가서 얘기해요. 그동
안 서운한 것도 다 잊어요.

유달수 그럴까……. 집으로 먼저…….

서진희　아니요. 어디 다른 데 가서 얘기하죠.

유달수　다른 데? ……그, 그래. 그럼……. (유달수, 서진희에게 다가간다)
　　　　다른 짐은 안 가지고 왔어?

서진희　(인상 찡그리며) 아직도 술 드시나 보죠?

유달수　응? ……응 조금.

장덕배　그냥 저랑 입가심으로 맥주 한 잔 했습니다. 달수 요새 술
　　　　안 마셔요.

서진희　(차갑게) 건너편 카페로 가죠.

유달수　그래…… 그럼.

장덕배　(유달수에게 살짝) 무조건 잘못했다고 빌어 임마.

　　　이때 장화이 등장한다.

서진희　그럼…….

　　　유달수, 서진희 나간다.

장화이　누구예요? 혹시, 유 사장님 사모님?

장덕배　아니. 네가 어떻게 알아? 척 보니 부부 같으냐?

장화이　어…… 이상하다.

장덕배　뭐가?

장화이　저 여자분, 아까 우리 가게에 왔었어요.

장덕배　다방엘?

장화이　네, 문 열자마자…….

장덕배 허허, 제수씨도 마음을 가다듬으려고 했나 보지…….

장화이 그런데 이상하네.

장덕배 또 뭐가 이상하다는 거야? 괜히 잘 되어가고 있는 사람들한테 공연히 헛다리 짚지 말고……. 그나저나 그 영감탱이 껄떡대진 않티?

장화이 오늘은 정말 웃기드라구요. 나더러 저녁에 영화 보러 가자는 거예요.

장덕배 허허…… 그 영감, 집 팔아먹는 게 안 되니까 다른 쪽으로 취미를 바꾸는 모양이구만.

장화이 복덕방이 왜 재미를 못 본대요? 재개발 어쩌구 하면서 해장국 골목이랑 극장 근처, 잘하면 창동 골목까지 싸그리 헐린다던 데…….

장덕배 재개발되면 살아남는 놈들만 살아남지. 아, 다른 없는 놈들은 찌그러져야만 하고……. 재개발되면 다 좋은 줄 아냐? 건물주 집주인들은 다 다른 데 살고 있는데……. 그 자식들만 배때기에 기름살이 많아지고 죄다 전세방 월세방살이 하는데 그 사람들은 텐트라도 손봐줘야지. (장갑을 벗고 담배를 문다) 박통 때 다리 생기고, 허허벌판 배나무 밭이던 데가 신사거리 되고, 돈독 오른 양반들 줄을 서더니만 여기 구사거리는 갸우뚱해지드라구. 가만, 네가 지금 몇 살이지?

장화이 스물넷이요.

장덕배 그럼…… 그래, 네가 아홉 살 때쯤이군. 그땐 여기도 꽤 번화가였지. 달수 저놈도 이 동네에선 둘째가라면 서러울 정도로 괜찮은 재단장이었어. 가끔 그놈의 술 땜에 기럭지를 잘 못 잴 때도 있었지만……. 하하, 그땐 일요일이면 고기 싸들고 광나루 가서 물놀이도 하고 그랬다. 물이 깨끗했으니까.

장화이 유 사장님 사모님은요?

장덕배 뭘?

장화이 어떻게 만나셨대요? 사모님은 대학까지 나오신 분이시라면서요?

장덕배 동네에서 함께 자란 한참 동생뻘이었어. 중학교 땐가…… 이사를 간 뒤 소식을 몰랐다가 달수랑 시내에서 우연히 만났었나 봐. 제수씨 집이 어려워서 대학 땐 달수놈이 학비며 뭐며 많이 대줬나 봐.

장화이 그래서요?

장덕배 뭘 그래서요야? 졸업하고 달수놈이 들쳐업고 왔지. 그땐 참 보기 좋았는데…….

장화이 지금도 괜찮아보여요.

장덕배 그렇지? 후후후…… 잘 지내야지. 이젠 정신차리고……. 새끼들도 신경 써가며……. 그나저나 넌 언제까지 보온병이나 나르면서 살래?

장화이 몰라요. 저축이랍시고 쥐발톱만큼 해보는데……. 그거 가지고 뭘 해보겠어요. 처음엔 안면 털고 몇 년만 해서 다방이나 하다못해 양품점이라도 하나 차려보려고 했는데……. 그게 장난이 아니더라구요.

장덕배 그럼 임마, 가게 하나 차리는 게 보통 일이냐? 우리나라에 레지가 몇 명인데 그 애들이 양품점 하나씩 다 차리면 빤스가게만 해도 몇 개가 생기는데……. 하하. (장화이 엷게 웃는다) …… 너 운전이나 배워라.

장화이 운전요? 내가 무슨…….

장덕배 왜? 아, 그거 배워서 택시기사나 해라. 난 여자들이 택시 끌고
다니는 게 제일로 멋지더라. 여자가 선글라스에 가죽장갑 끼고
신호위반, 차선위반 해가며 합승이란 합승은 싹쓸고 찻길에서
교통경찰이랑 개새끼 나쁜 새끼 싸우며 무식하게 다니는 게……
이게, 얼마나 아름답냐?

장화이 아름답다구요? 어머. 하하하…….

그때, 유달수 처진 모습으로 등장한다.

장덕배 야…… 어떻게 됐냐? 아니, 뭐 어떻게 되고 자시고도 없겠지.
제수씬 어딨냐? 집으로 먼저 갔냐? 짐은 나중에 가지고 온대?
아니면…… 짐 가지러 곧장 갔냐?

유달수 아무 반응 없이 주머니에서 소주병을 꺼내어 마시려다 바닥
에 붓는다.

유달수 이놈의 술도 이젠 끊어야겠수.

장덕배 아니…… 왜? 자식 술 때문에 혼났구나. 그래서 약속했냐?
허허, 잘됐다. 그놈의 거 진작에 끊었어야지.

유달수 (장덕배를 뚫어지게 본다) 형님.

장덕배 자식. 왜 이렇게 살쾡이 눈을 해서 노려봐.

유달수 형수 죽고 지금까지 혼자서도 괜찮았수?

장덕배 뭐? 아, 왜 갑자기 우리 마누라 얘긴 꺼내?

유달수   혼자 살기 괜찮았냐구요?

장덕배   (의심쩍게) 아니, 자식이 자꾸…… 너…… 무슨 일 있냐? (사이)
        ……너 ……뭔 일 생겼구나. 뭐야 응?

유달수   그 여자…… 떠났수.

장덕배   뭐야?

장화이   어머, 유 사장님…….

유달수   내가 싫대요. 이곳 천호동 구사거리에 다시 들어오기가 끔찍하
        답니다……. 그 말 하러 온 거랍니다. 쳇, 전화로 해도 될 것
        을…….

장덕배   그…… 그래서, 그래서 어떻게 했어?

유달수   뭘 어떻게 합니까? 잘살아라. 나 잘살게. 애들 잘 키울 테니
        걱정하지 말고…….

장덕배   야…… 야…… 이 병신아. 그래서 그냥 이렇게 온 거야? 아,
        다시 가서 잘못했다구 빌어.

유달수   (눈물이 흐른다) 소용없어요. 나도 지긋지긋한데요, 뭘.

장덕배   야, 이 밥통 같은 놈아! 지금이라도 싹싹 빌고 데려와! 이사
        가면 되잖아. 다른 데로 가서 정신 차리고 살면 되잖아! 너절한
        구사거리 말고……. 그래, 신사거리…… 거, 아파트 좋은 거
        많이 생겼더라. 거기 가서 산다 하면 되잖아. 내 돈 줄게. 빨리
        가서 도로 데려와! 자식아!

유달수   (참고 있던 분노를 터뜨린다) 그만 좀 해둬요! 남자가 있다구요.
        대학생 가르치는 선생이랍니다! (사이) 알고 있었어요. 이런 식으
        로 될 줄 알았다니까.

장덕배   (흐느끼며) 이 병신아…… 혼자 사는 게 얼마나 못할 짓인

줄 알아? 넌 새끼들까지 있잖아.

유달수   (힘없이) 그만 하슈. 난 괜찮으니까…….

장화이   (울며) 유 사장님…….

유달수   어서 가라, 마담 또 눈총 준다. 그리고 이젠 부담 없이 오빠라고 불러라. 솔직히 서럽더라.

장덕배   (차분해졌다) 도장은 언제 찍냐?

유달수   다음 주에 연락하기로 했수.

장덕배   그건 인감도장이라야 하냐?

유달수   당연하죠.

장덕배   네 인감 우리 집에 있다. 저녁때 갖다주마. (사이) 제수씨 어렸을 땐 참 고왔다. 중학교 때 말야. 기억나냐? 나 군대 가는 날이 제수씨네 이사 가는 날이었잖아. 네놈, 이삿짐 날라야 한다고 배웅도 안 나왔잖아. (유달수를 툭 치며) 기억나? 그땐 얼마나 서럽던지……. 네놈 다신 안 보겠다고 다짐을 했었는데…….

유달수   허허…… 미안하게 됐수.

장덕배   애들 왔을 거다. 데리고 나와라. 고기나 구워먹으러 가자. 걔들한테도 말은 해야지.

유달수   해야죠. 언젠간……. 고기는 나중에 구웁시다. 가서 재단할 양복 있수. 이제야 좀 정신이 드는 게 미싱질 잘 나올 것 같은 예감이 드는데……. 후후…….

유달수 천천히 나간다.

장덕배   (유달수에게 소리친다) 우리도 이렇게 살지 말자. 구사거리 다

쓰러져간다고 인간들까지 이따위로 살지 말자구……. 나! 검정
택시 뽑는다. 달수야 임마, 나 검정택시 뽑는다구! 우리 이렇게
살지 말자! 우리 이제 이렇게 살지 말자구……. (고함은 잦아드는
흐느낌으로 바뀐다. 차 앞에 주저앉는다)

장화이   오빠! 사실 아까 유 사장님 사모님 다방에 어떤 사람이랑
같이 들어왔었어요. 혹시나 했는데……. (유달수 나간 방향을 보
며) 종친회 땐 둘째 오빠도 데리고 오세요.

　　　장화이 나간다.

장덕배   혼자 사는 게 얼마나 서러운데……. 병신 같은 놈……. 그래,
이제 우리 이렇게는 살지 말자……. 나 검정택시 뽑는다. 달수야
임마 나 검정택시 뽑는다. 나 검정택시 뽑는다구.

🌀 생각해볼 문제들

1. 구체적인 지명이 작품의 제목으로 사용되었는데 이는 어떠한 유용성이 있는가?

2. 제목의 상징적 의미는 무엇인가?

3. 현대극의 등장인물은 고전극의 인물에 비해서 많이 약화되었는데 그 이유는 무엇인가? 그 인물들은 과거의 극과 비교할 때 어떤 방식으로 인물의 기능을 수행하는가?

4. 이 극의 주인공은 누구인가? 그는 극을 관통하는 어떠한 목표를 가지고 있으며 적대적인 인물(요소)과 무엇을 두고 갈등하는가?

5. 장화이는 극에서 어떤 역할을 수행하는가? 이후의 작품 〈서툰 사람들〉이나 〈택시 드리벌〉에 동일 이름으로 등장하는 장화이와 어떤 공통점을 가지는가? 그 인물은 작가의 주제를 연속적으로 구현하는가? 일반적으로 작가가 다른 작품에서 같은 이름을 사용할 때 일관된 어떤 의도를 가지고 있는가, 아니면 단순히 이름에 대한 호의나 편의적 사용일 뿐인가?

6. 이 작품의 가족관계는 사회의 특성을 어떤 시각에서 반영하는가?

7. 등장인물의 성격을 비교해보자.

8. 후속 작품인 〈택시 드리벌〉도 택시 기사의 이야기다. 택시는 어떤 공간
   적·사회적·연극적 특성을 가지는가?

9. 구성 단계를 구분해보자.

10. 단일한 장소와 시간, 사건을 사용한 것은 어떠한 장점이 있는가?

11. 희극적인 특성을 찾아보자.

12. 극적인 대사란 어떤 것인지 생각해보고 이 작품에서 가장 극적인 대사들을
    골라보자.

13. 작가는 현재 영화감독으로 활동하고 있는데 이 작품에서 영화적인 요소를
    찾을 수 있는가?

눈뜨라, 부르는 소리가 있어 | 양영찬*

등장인물

홍 대리(32세, 회사원), 최명성(28세, 회사원)

김 부장(43세, 회사원), 아내(32세, 홍 대리의 아내)

무대

양변기가 설치된 깨끗한 화장실. 두 개의 양변기가 파티션을 사이에 두고 설치되어 있다. 남성용 소변기와 스팀, 환풍기 등 화장실임을 드러내는 소품들이 준비되어 있으나 일부러 강조할 필요는 없다.

중요한 것은 화장실에 설치된 세면기이다. 거울이 붙어 있는 세면기는 관객석을 향해 설치되어 있어 거울을 통해 안을 들여다볼 수 있다. 세면기는 가정에서의 싱크대로도 변형될 수 있기를 바라며, 아내의 출연공간으로 이용한다. 장소는 굳이 지정할 필요를 느끼지 않지만 양변기가 설치된 공간과 유기적으로 반응할 수 있는 편이 유용할 것이다.

---

* 1995년 동아일보 신춘문에 희곡 당선. 희곡으로 〈디지털 돼지틀〉 등이 있다.

막이 오르면 홍 대리와 김 부장이 변기를 하나씩 차지하고 앉아 용변을 보고 있다. 두꺼운 안경과 왜소한 체격이 인상적인 홍 대리는 변비증이 있는지 꽤나 애를 쓰며 용변을 보고 있다. 손에 든 검은 비닐봉투가 힘을 줄 때마다 바스락거린다. 상대적으로 부한 몸을 가진 김 부장은 한결 여유가 있다. 가끔 방귀까지 뺑뺑 뀌어가며 시원하게 볼일을 보고 있다.

홍 대리 (안간힘을 쓴다) 으…… 응. (처절하게 일그러진다) 휴우…….

두루마리 휴지를 잡아당겨 밑으로 가져가는 홍 대리. 조금 심하다 싶을 만큼 휴지를 드르륵거리며 잘라낸다. 꽁무니로 전해지는 고통의 흐름에 따라 리드미컬하게 휴지를 잡아당긴다. 이때 아내의 공간인 세면대에 조명이 들어온다. 아내는 이 극이 진행되는 동안 이 공간을 통해 표현된다.

아내 저, 여보. 나 자기한테 물어보고 싶은 게 있거든. 오늘 미장원에서 주간지를 봤는데 글쎄 30대 유부남의 74.2퍼센트가 자기 아내에게 권태로움을 느낀다고 하더라구. 뭐 여자는 권태를 못 느껴서 참고 사나, 그건 좋다 이거야. 글쎄 그중 89.7퍼센트의 남자가 기회만 주어지면 아내 아닌 여자와 혼외정사를 가질 용의가 있다지 뭐야. 문제가 안 생긴다는 조건이면 95퍼센트가 하겠다는 거야. 이럴 수 있는 거야? 자기는 어때? 자기두 나 모르게 나 아닌 다른 년들하구 잠잘 수 있어? 그럴 거야?

홍 대리 (타르륵 소리를 내며 휴지가 동난다) 그걸 말이라구 하냐. (다

쓴 휴지를 버리고 바지를 추스르다 또다시 변의를 느껴 변기 위에 주저 앉는다) 아휴…… 젠장.

아내 그렇지? 정말이지? (웃음) 그럴 줄 알았어. 세상 남자들 다 타락해 서 지옥불에 떨어져도 자기만은 안 그럴 줄 믿었다구. 난 자기의 그런 순결한 마음이 너무 좋아. 아, 아버지 하나님 감사하옵니 다. 우리 가정을 이렇게 굳건히 잡아주심을 감사드리옵니다.

홍 대리 어이구…… 쓰라려.

아내 자기 이번 달에 보너스 타면 성전건축에 감사하는 마음으로 건축헌금 내자, 응?

홍 대리 아픔이 있구먼……. 끄…… 응. (처절한 배변의 고통이라 눈물이 찔끔거린다) 아이구…… 아…… 아…… 아, 아…… 휴우……. 아멘.

김 부장 (둔중한 몸을 뒤척거리며 휴지를 찾는다. 보이지 않는다) 허. 이것 참. (슬쩍 휴지통을 들춰본다. 절로 찌푸려진다) 청소하는 놈들은 다 어디 가 처박혀 있는 거야? 월급 따박따박 받아먹으면 밥값은 해야 할 거 아냐. 쯧, 이거 명색이 국내 최대의 회사 변소에 휴지가 없다는 게 말이나 되는 소리야.

홍 대리 (갑자기 나는 소리에 긴장한다)

김 부장 (파티션을 노크하며) 거기…… 누구 있나?

홍 대리 (다리를 반짝 들어 밑에서 보이지 않도록 변기 위로 움츠린다)

김 부장 아무도 없나? (파티션 아래로 건너편을 살핀다) 아무도 없어? 에이. 딴 때는 곳간에 쥐방구리 드나들듯 틈만 나면 변소에 와서 죽치던 것들이 왜 오늘은 하나도 안 보여.

김 부장은 바지춤만 얼추 부여잡고 겸연쩍은 헛기침으로 여기저기를 둘러본 뒤 변기에서 일어나 나온다. 홍 대리 신경이 곤두선다. 문을 열려고 잡아당기는 김 부장. 문고리를 악착같이 잡은 홍 대리와 영문을 모른 채 문을 열려는 김 부장.

김 부장 어라? 이것 보게. (힘껏 당긴다) 이거 잠겼나?

홍 대리 ……예, 잠겼는데요.

김 부장 어이쿠!

홍 대리 아, 안에 있는 건 사람이거든요.

김 부장 (얼른 자신의 변기로 돌아가 앉는다) 어…… 어흠.

홍 대리 으…… 흠.

김 부장 혹시 홍…… 윤조 씨?

홍 대리 예……. 혹시 부, 부장님이십니까?

김 부장 이 친구야, 안에 있으면 있다고 인기척이라도 내야 할 거
        아냐?

홍 대리 시정하겠습니다.

김 부장 뭐 시정까지야, 저…… 거기 혹시 휴지…… 있나?

홍 대리 다…… 썼는데요.

김 부장 이런.

홍 대리 휴지…… 없으세요?

김 부장 (쓰레기통을 들어다 이리저리 뒤척거리며) 결재받으러 올라가다가
        급해서 들르다보니 말이야. 큰일인데. 빨리 결재받아야 할 건인
        데, 쯧.

홍 대리 저…… 부장님. 그쪽 휴지통에서 참한 거 골라서 쓰시면

안 될까…… 요?

김 부장　자네 지금 그걸 말이라고 하고 있나? 내가 남이 쓴 휴지나
　　　　뒤져서 써야 하겠나?

홍 대리　그래도…… 갇혀 있는 것보다는 낫지 않을까요?

김 부장　날 뭘로 보고 하는 소리야!

홍 대리　(찔끔) 죄송합니다.

김 부장　그쪽엔 건질 만한 놈 없나?

홍 대리　이쪽이요? 지금 찾아보겠습니다.

김 부장　참 이거. 사장님 퇴근하시기 전에 결재를 받아야 할 텐데.

홍 대리 건성으로 쓰레기통을 뒤진다. 발로 슬쩍슬쩍 밀어본다.

홍 대리　없는데요.

김 부장　거 참 이상한 사람들이야. 도무지 다른 사람 생각은 전혀
　　　　하질 않는구만. 휴지가 떨어졌으면 총무한테 이야기해서 비치해
　　　　야 할 것 아냐. 다른 사람이야 어찌 됐건 저만 쓰면 다다 이거야
　　　　뭐야? 그리구 자네도 그래. 변소에 오는 사람이 휴지를 넉넉하게
　　　　안 가져오는 건 또 뭐야. 전쟁터에 총알 안 가져가는 것하고
　　　　똑같잖아. 자네같이 준비성 없는 사람이 대리 자리 차지하고
　　　　있으니 이 회사도 알조로구먼. 에이 월급 도둑놈들.

홍 대리　제가 뭘 어떻게 했다고 그러십니까? 휴지를 안 가져올 수도
　　　　있는 거지 뭐 그런 일 가지고 대리 자격이 이러니저러니 그러시
　　　　는 거냐구요.

김 부장　뭐? 야 임마 너 지금 반항하는 거냐?

홍 대리　좋습니다. 저도 할 말은 하고 살아야겠습니다. 제가 그동안
　　　　회사에서 못한 일이 또 뭐 있습니까. 대리 자리요? 하는 일로
　　　　보면 부장님보다 서너 곱절 많습니다. 부장님 근무시간에 사우
　　　　나 가서 자고 있을 때 전 땀으로 목욕하면서 동동거렸고, 부장님
　　　　룸살롱에서 바이어 접대한다고 아가씨들 치마 속 더듬을 때 전
　　　　내 돈으로 현장 담당자들 커피대접하면서 아쉬운 소리 했습니
　　　　다. 대리 자리 이거 뭐 고스톱 쳐서 딴 건지 아십니까? 이러지
　　　　마십시오. 섭섭합니다.

김 부장　섭섭? 더 밥 벌어먹기 싫어?

홍 대리　더럽고 치사하게 밥줄 가지고 그러실 겁니까?

김 부장　(흥분) 더럽고…… 치사하게? 이 자식이 뵈는 게 없구만.
　　　　너 이리 와봐!

홍 대리　이 자식? 반말하지 마시죠. 당신이 사장 아들이면 답니까?

김 부장　이런 상노므 자식! (문을 박차고 나온다) 나와 이 자식아!

홍 대리　(벌떡 일어나 문을 연다) 나오라면 겁날 줄 아냐? 나왔다, 어쩔래.

　　바지들을 채 올리지도 않은 속곳 차림의 홍 대리와 김 부장. 수탉처
럼 서로 버틴다.

김 부장　(멱살잡이) 이 자식이 위아래 없이 까불어.

홍 대리　(밀친다) 잡지 마 이 새끼야. 니가 사장 아들이라고 목에 힘을
　　　　주는 모양인데 웃기지 마. 사장이 첩질해서 낳은 곁가지 주제에.
　　　　니가 아무리 목에 힘을 줘도 넌 이 회사 못 가져 임마. 알아?
　　　　이 자식아.

김 부장 뭐 이런 싸가지 없는 자식이 있어. (주먹을 날린다)
홍 대리 (날아오는 주먹을 떡 잡아낸다. 무림의 고수처럼) 하…… 까불지
　　　　 마 이 자식아.

　홍 대리의 주먹이 정확하게 김 부장의 얼굴을 가격하고 김 부장
자신의 변기 속으로 나동그라진다.

홍 대리 나 이깟놈의 회사 안 다니면 될 거 아냐. 이 개새끼야!
아내 여보, 나 내일 아침에 새벽기도 가니까 깨워줄 때 기다리지
　　　 말고 때맞춰 일어나. 나중에 툴툴거리지 말고. 토스트 기계 고장
　　　 났으니까 전자레인지에 데워 먹구. 프라이할 때 노른자는 꼭
　　　 빼고 먹어.
김 부장 너! 이 자식 폭행까지……. 고소할 거야!
아내 툴툴거리지 마. 자기는 마누라 잘 둔 줄 알아. 나라고 새벽
　　　 댓바람에 교회에 가고 싶어서 가는 줄 알아? 다 자기 때문이야.
　　　 내가 하나님한테 자기 잘되게 해달라고 얼마나 열심으로 기원하
　　　 는지 자기가 알아? 툴툴거리지 말라구. 저번 100일 새벽기도
　　　 하니까 대리로 승진시켜주셨잖아. 이번에는 금식하면서 새벽기
　　　 도 하니까 꼭 아파트 당첨시켜주실 거야. 아파트 붙으면 나 혼자
　　　 사나? 그래! 나 혼자 살 집 아니니까 자기도 같이 새벽기도 가자.
　　　 금식은 나만 할 테니까 간절하게 매달려보자. 응?
홍 대리 이런 엔장할.

　　바흐의 교회 칸타타 제140번(삼위일체 주일 뒤 스물일곱 번째 주일용)

「눈뜨라, 부르는 소리가 있어」가 서서히 흐른다. 오케스트레이션 편제의 연주곡으로 울려 퍼진다. 홍 대리는 자신의 자리로 되돌아간다. 어둠 속에서 이 행동이 이뤄지는 편이 더 깔끔하겠지만 굳이 관객들로 하여금 단절감을 느끼게 하는 '암전'을 권하고 싶지는 않다. 이는 뒤에 등장할 장면전환에서도 동일하게 적용된다.

김 부장   혹시 홍…… 윤조 씨?

홍 대리   예…… 혹시 부, 부장님이십니까?

김 부장   이 친구야, 안에 있으면 있다고 인기척이라도 내야 할 거
          아냐?

홍 대리   시정하겠습니다.

김 부장   뭐 시정까지야, 저…… 거기 혹시 휴지…… 있나?

홍 대리   다…… 썼는데요.

김 부장   이런.

홍 대리   휴지…… 없으세요?

김 부장   (쓰레기통을 들어다 이리저리 뒤척거리며) 결재받으러 올라가다가
          급해서 들르다보니 말이야. 큰일인데. 빨리 결재받아야 할 건인
          데, 쯧.

홍 대리   저…… 부장님. 그쪽 휴지통에서 참한 거 골라서 쓰시면
          안 될까…… 요?

김 부장   자네 지금 그걸 말이라고 하고 있나? 내가 남이 쓴 휴지나
          뒤져서 써야 하겠나?

홍 대리   그래도…… 갇혀 있는 것보다는 낫지 않을까요?

김 부장   날 뭘로 보고 하는 소리야!

홍 대리　(찔끔) 죄송합니다.

김 부장　그쪽엔 건질 만한 놈 없나?

홍 대리　이쪽이오? 지금 찾아보겠습니다.

김 부장　참 이거. 사장님 퇴근하시기 전에 결재를 받아야 할 텐데.

아내　(슬립 차림의 아내. 머리도 풀려 있고 엑스터시 직전의 숨 가쁜 호흡이
　　　다) 아…… 아…… 아…….

홍 대리　흡! (배변 고통이 급습한다) 아…… 후…… (아랫배에 엄청난
　　　부하가 걸린 듯) 아…… 후.

김 부장　홍 대리? 왜 그러나?

아내　아…… 여보…… 헉…….

홍 대리　죄, 죄송합니다. 제가 저, 장이 안 좋아서요……. 헛!

김 부장　그…… 안됐네만……. 휴, 휴지 좀 빨리 찾아줄 수 없겠나.

홍 대리　차, 찾아보고 있습니다……. 흡! (억지로 밀려나오는 변비의
　　　고통이 절정에 다다른다) 아…… 으…….

아내　(냉랭한 표정. 흐트러진 슬립 끈을 추키며) 기분 나쁘게 듣지 마.
　　　자기는 의지박약인 것 같아. 뭐 하나 열정적으로 매달리는 것
　　　없이 뜨뜻미지근하잖아. 남자가 한번 한다면 수단과 방법을 가
　　　리지 말고 해치워야지. 박력 있게 밀어붙여봐. 결혼한 지 얼마나
　　　됐다고. 남들은 다 펄펄 나는데, 어휴……. 자기 나 수요예배에
　　　가. 자긴 안 갈 거지?

　홍 대리 잠시 표정이 굳는다. 바흐의 칸타타 「눈뜨라, 부르는 소리가
있어」의 첫 몇 마디가 두 번 정도 반복되어 흐르다가 잦아들면 홍
대리는 얼굴을 파묻고 쓰레기통을 뒤지기 시작한다. 이때의 연주는

콰르텟이나 윈드앙상블 정도의 사운드로도 무방하다. 단지 조금 빠르게 연주되어야 한다. 오물이 묻어 있는 휴지들 속에서 그나마 조금 깨끗한 녀석이 건져진다.

홍 대리 아…… 이거 좀…… 그렇네요.

김 부장 어떤데? 상태가 아주 못쓸 지경인가? 웬만하면…….

홍 대리 부장님! 찾았습니다!

김 부장 그래? 난 홍 대리 자네가 찾아낼 줄 알았네.

홍 대리 (휴지에 묻은 누런 자국을 떼어낸다) 다행입니다. 빨리 결재받으셔야 하는데 이나마라도 못 찾았으면 큰일 날 뻔했습니다. (건넨다) 자 여기.

김 부장 (받는다) ……흠, 저 홍 대리.

홍 대리 예?

김 부장 이거 축축한데…… 다른 것 좀 더 찾아보는 게 어떻겠나?

홍 대리 아, 그렇습니까? 아…… 어쩐다. (검은 비닐봉투에서 일회용 휴지를 마지못해 꺼낸다) 부장님…….

김 부장 그래, 괜찮은 놈 찾았나?

홍 대리 아, 아닙니다. (발로 쓰레기통을 툭툭 건드리며 짐짓 찾는 듯) 저 혹시 이번 인사발령에 대해서…… 아, 부장님은 인사과가 아니시니까 직접 관여하지 않으시지.

김 부장 그거야 뭐.

홍 대리 만약에 말입니다. 제가 인사담당자라면 그래도 장차 이 회사의 최고 경영자가 되실 분인데 자세하게 브리핑을 해드릴 텐데…… 지금 친구들은…… 안 하나 보지요?

김 부장 내 말이 바로 그 말 아니겠나! 사실 이까짓 회사 경영하는
게 뭐 그리 대수이겠느냐마는 그래도 영감이 이나마 가꿔온 것
이니까 뜻을 받아들여서 내 꾹 참고 배운다 생각하고 있는데
말이지. 그 이 전무 그 작자가 사단이란 말야.

홍 대리 저런. 그럼 그 소문이 사실이었군요.

김 부장 무슨 소문?

홍 대리 어휴 아닙니다. 확증이 된 것도 아닌데 경거망동하고 싶지
않습니다.

김 부장 아…… 이 사람 왜 이러나…… 내가 누구야?

홍 대리 (터지는 미소를 억누르며) 저야 물론 부장님을 믿지요. 하지만
전 다른 사람의 말을 옮기는 그런 치졸한 놈이 되고 싶지 않다는
거지요. 제가 능력이 있는지 없는지는 저도 잘 모르지만 입 무겁
고 의리를 목숨보다 중요하게 생각한다는 것은 자부할 수 있습
니다.

김 부장 (은근하게) 홍 대리, 내가 왜 그런 걸 모르겠나. 다 알지,
나 이래 봬두 사람 보는 눈은 있어요. 그전부터 '저 친구는 믿을
만하다, 믿고 일할 수 있는 친구다!' 하고 생각하고 있었지.

홍 대리 말씀은 감사합니다만…….

김 부장 어차피 윗세대는 이제 떠나야 한다구. 회사도 자네나 나
같은 젊은 사람들이 책임지고 나가야 할 것 아닌가, 안 그래?

홍 대리 그렇습니다. (웅변조) 새로운 세대의 새로운 세계를 향한 새로
운 경영. 세계는 변하고 있는데 우리만 구태의연하게 옛날 스타
일을 고집하면 그것은 곧 죽음입니다. 갈 사람은 빨리 가고 새로
운 마인드를 가진 새로운 세대가 회사의 중심이 되어야 합니다.

아내   (절절한 통성기도의 소리) 아버지 하나님…… 힘! ……주시옵시고!
       강하게 하시옵시고! ……세계 제일의 교회로 ……옵시고! 일만
       이천 평의 교회와! ……불 같은 성령의 감화, 감동으로……
       강하게 하옵소서. 모두들 우러르는…… 원쑤 마귀들을 물리쳐
       주시고…… 어떠한 고난과…… 환란 속에서도…… 굴하지 않
       는…… 옵소서……. 주여! 주여…… 아버지여!!!

김 부장   그래! 바로 그거야! 대단한 비전이야!

홍 대리   감사합니다!

김 부장   자! (변기 위로 올라가 손을 내민다) 악수하세.

홍 대리   (변기 위로 올라가 감지덕지하며 넘겨온 손을 잡는다) 감사합니다.

김 부장   (손을 흔들며) 자네와 나는 이제 이 회사의 미래를 위해 한배를
         탄 동지야!

홍 대리   성심성의껏 부장님을 보필하겠습니다.

김 부장   좋았어, 홍 대리. 자, 가세!

홍 대리   예?

김 부장   여기서 이럴 게 아니라 한잔하면서 회사의 앞날을 함께 계획해
         보세.

홍 대리   하지만 휴지가 없으시지 않습니까?

김 부장   아차! 휴지. 음! ……상관없네.

홍 대리   예?

김 부장   자, 빤스를 벗어버리세. 빤스를 꼭 입어야 하나? 우린 젊은
         세대이니까. 남들이 하지 않는 신사고를 실천하는 거야!

홍 대리   예! 좋습니다!

김 부장   음! (팬티를 벗어 휴지통에 던져넣고는 바지만 입은 채 문 밖으로)

뭐 하나? 얼른 가세.

홍 대리 (검은 봉투에서 꺼내들었던 일회용 휴지로 잽싸게 밑을 닦는다.
팬티를 올려 입고 바지를 입는다) 예, 부장님. (발로 휴지통을 슬쩍
찬다) 빤스를 꼭 입어야 한다는 구태의연한 사고를 단숨에 벗어
버리지요!

두 사람 문밖에서 만난다. 김 부장이 홍 대리의 손을 잡고 감격어린
표정을 짓는다. 홍 대리도 동감한다는 듯, 비장한 표정을 지어 보인다.
바흐의 교회 칸타타 제 140번 「눈뜨라, 부르는 소리가 있어」가 서서히
흐른다. 파이프 오르간의 웅장한 연주이다. 아니면 베이스가 보강된
아카펠라 허밍도 무방하다. 두 사람 나란히 손을 잡고 퇴장한다. 김
부장의 약간 어그적거리는 발걸음이 인상적이다.

다시 한번 이전의 상황으로 전환한다.

홍 대리 (소리) 부장님! 찾았습니다!

서서히 조명이 들어온다.

김 부장 그래? 난 홍 대리 자네가 찾아낼 줄 알았네.
홍 대리 (휴지에 묻은 누런 자국을 떼어낸다) 다행입니다. 빨리 결재받으
셔야 하는데 이나마라도 못 찾았으면 큰일 날 뻔했습니다. (건넨
다) 자 여기.
김 부장 (받는다) ……흠, 저, 홍 대리.

홍 대리 예?

김 부장 이거 축축한데……. 다른 것 좀 더 찾아보는 게 어떻겠나?

홍 대리 아, 그렇습니까? 아…… 어쩐다. (검은 비닐봉투에서 일회용
        휴지를 마지못해 꺼낸다) 부장님…….

김 부장 그래, 괜찮은 놈 찾았나?

홍 대리 아, 아닙니다. (발로 쓰레기통을 툭툭 건드리며 짐짓 찾는 듯)
        저 혹시 이번 인사발령에 대해서…… 아, 부장님은 인사과가
        아니시니까 직접 관여하지 않으시지.

김 부장 그거야 뭐.

홍 대리 만약에 말입니다. 제가 인사담당자라면 그래도 장차 이 회사의
        최고 경영자가 되실 분인데 자세하게 브리핑을 해드릴 텐데…….
        지금 친구들은…… 안 하나 보지요?

김 부장 내 말이 바로 그 말 아니겠나! 사실 이까짓 회사 경영하는
        게 뭐 그리 대수이겠느냐마는 그래도 영감이 이나마 가꿔온 것
        이니까 뜻을 받아들여서 내 꾹 참고 배운다 생각하고 있는데
        말이지. 그 이 전무 그 작자가 사단이란 말야.

홍 대리 저런. 그럼 그 소문이 사실이었군요.

김 부장 무슨 소문?

홍 대리 어휴 아닙니다. 확증이 된 것도 아닌데 경거망동하고 싶지
        않습니다.

김 부장 하긴, 뭐 좋은 이야기라고……. 하기 싫으면 관둠세. 아직
        휴지는 못 찾았나? 영감이 결재 기다리고 계신다니까.

홍 대리 예, 여기 찾았습니다. (손에 든 휴지를 살짝 구겨 넘긴다)

김 부장 그래 고맙군.

홍 대리   저…… 부장님 사무실에 가시면 제 휴지도 좀 가져다주시지
          요. 저도 급한 일이 있거든요. 손님이 오신다고 해서요.
김 부장   (바지를 추스르며) 알았네. (나간다) 참, 홍 대리.
홍 대리   에?
김 부장   아, 아닐세.

　　바흐의 「눈뜨라, 부르는 소리가 있어」가 바이올린의 처연한 독주로
연주되면 홍 대리가 멋쩍은 표정을 짓는다. 김 부장 결재판을 들고
나선다. 잠시 손을 씻고 화장실 밖으로 나가는 김 부장의 모습과 홍
대리가 처량맞게 비닐봉투를 부스럭거리는 모습이 천천히 딥 아웃되
어 어두워지는 가운데 천천히 사라진다.

홍 대리   아, 이 사람 참 이상한 사람이네. 자기 급한 일 끝났다 이거지.
          나 참 20분이 다 되어가도록 뭐 하구 안 나타나는 거야.
아 내   여보, 자기는 나 사랑해?
홍 대리   어떤 놈은 부모 잘 만나서 제멋대로 살아도 떵떵거리며 살고,
          어떤 놈은 이거 마음 놓고 똥두 못 닦는구나. 이런 염병.
아 내   호호호…… 그 거짓말 참 맘에 든다. 호호호…… 나 또 태어난대
          도 자기 아내가 될 거야. 정말.
홍 대리   에이구. 이거나 긁자. (즉석복권을 꺼내 긁는다) 아자! 일천만
          원도 좋고 에스페로 한 대도 좋다. 자동차, 자동차…… 어이구?
          요거 봐라.
아 내   대학동창 민정이 있잖아. 그애 이혼했다지 뭐야? 남편이 회사에
          디자인하는 젊은 계집애한테 홀려서 살림을 차린 걸 2년 동안

까맣게 몰랐다잖아. 세상에 저번 우리 모임에 나와서두 허허거리더니, 그런 나쁜 놈일지 누가 알았겠어? 처음부터 얼굴값을 한다 했어.

홍 대리 그러면 그렇지. 내 복에 무슨, 자 천만 원에 도전한다! 일⋯⋯ 천만 원. 일⋯⋯ 십만 원. 일⋯⋯ 십만 원. 어이구 괜찮은데?

아내 자기는 나밖에 없지? 그치?

홍 대리 일⋯⋯ 천만 원. 야 요거 봐라. 천만 원도 좋고 십만 원도 좋다. 천만 원이면 차 한 대 뽑고, 십만 원이면 술 한잔 먹자. 아자자자⋯⋯ 일⋯⋯ 천⋯⋯ 원? 짭.

아내 자기⋯⋯ 사랑해⋯⋯. 날 배신하면 안 돼. 응?

홍 대리 자 천만 원⋯⋯ 십만 원⋯⋯ 일⋯⋯.

화장실 문을 후다닥 열고 뛰어드는 명성. 쾅 닫히는 소리!

홍 대리 (큰소리로) 왔다!

뛰어들던 명성, 홍 대리의 큰소리에 놀라 주춤한다. 주춤한 잠깐의 사이를 비집고 막혀 있던 설사가 주르륵 바지를 타고 흐른다. 난감한 표정으로 어기적어기적 걸음을 떼어보지만 한 걸음을 뗄 때마다 쏟아져내리는 설사더미가 곤혹스럽다.

홍 대리 부장님?

명성 후⋯⋯. (변기통으로 돌아가 앉는다)

홍 대리 부장님 아니에요?

명성 아녜요! (일단 뱃속에 남은 것을 변기에 쏟아놓는다)

홍 대리 …….

명성 이거 참……. (숨을 돌리고 바지에 묻은 설사를 변기에 털어넣으며)
    왜 소리를 지르십니까? 참…….

홍 대리 최명성 씨?

명성 홍 대리님? 대리님이 소리 지르는 바람에 에이…….

홍 대리 왜?

명성 빤스에 지렸잖아요……. 이거 큰일 났네. 어떡하지?

홍 대리 자네 설사야? 허휴…… 슬슬 냄새가 나네.

명성 간밤에 술을 좀 과하게 먹었거든요. 이거 어쩐다? 대리님, 이거
    딴 데서 말씀하시면 안 됩니다. 비밀이에요.

홍 대리 부럽구만.

명성 예, 뭐가요?

홍 대리 변비보다는 낫지 않은가 말야.

명성 지금 같아서는 차라리 변비가 나을 것 같습니다.

홍 대리 그런가? 하하하.

명성 대리님, 휴지 좀 넘겨주실래요? 여기 휴지가 떨어졌는데요.

홍 대리 휴지 없어.

명성 예?

홍 대리 나두 기다리고 있거든.

명성 휴지를 기다려요?

홍 대리 그렇게 됐어. 김 부장이 마지막 휴지를 가져가면서 금방
    갖다준다고 했는데 아직 안 오고 있어.

명성 김 부장이요?

홍 대리　응.

명성　포기하구 여기서 나갈 방법을 찾아보는 게 빠르겠네요.

홍 대리　그건 또 무슨 얘기야? 난 여기서 20분이나 기다렸는데.

명성　대리님도 참. 회사생활 하루 이틀도 아니고 척하면 아셔야지요.

홍 대리　뭘?

명성　김 부장님이 어디 자기 말에 책임지는 사람입니까? 안 올걸요.

홍 대리　설마, 결재가 늦어지는 모양일 테지. 사장님한테 결재받으러
　　　가야 한다고 했거든.

명성　제 말은 김 부장님이 고의로 안 온다는 것이 아니구요. 잊어버린
　　　단 얘깁니다. 김 부장님 원래 그런 기질이 있잖아요. 주위에서
　　　항상 떠받들어놓으니까 남을 생각하는 걸 전혀 못하는 부잣집
　　　외동아들 곤조. 20분이면 아마 결재받는 건 이미 끝났을 텐데요.

홍 대리　설마 그렇기야 하겠어? 결재가 길어질 수도 있고 아니면
　　　오는 중간에 급한 전화나 손님이 왔을 수도 있고.

명성　아닙니다. 못 올 상황이라면 다른 사람을 보냈을 수도 있잖아요.

홍 대리　왜 매사를 그렇게 부정적으로 생각하나.

명성　전 그동안 경험한 바를 유추해서 드린 말씀입니다.

홍 대리　그거야, 상황마다 다를 수 있는 거 아닌가. 자네 경험이 많지도
　　　않을 테고.

명성　20분이란 시간을 허비하시고도 얼마나 더 기다리시려고요? 대리
　　　님은 시간을 도둑맞은 겁니다.

홍 대리　뭐 20분 정도 가지고 그렇게까지 이야기할 것 있나.

명성　20분 정도라니요. 대리님 월급이 한 달에 얼마쯤 되십니까?
　　　한 150 되지요? 그럼 한 달에 26일 일하는 것으로 계산하면

약 6만 원이구, 하루 8시간 근무를 하는 것으로 치면 시간당 7,500원, 그중에 20분이면…… 음…… 한 3,000원 되네요. 구내식당 두 끼분을 그냥 날리신 꼴이에요. 그게 왜 20분 정도인가요?

홍 대리 우리 회사가 어디 딱 8시간만 근무하게 되나. 두 끼까지는 안 될 거야.

명성 말이 그렇다는 거지요. 20분이면 그사이에 기발한 아이디어를 생각해낼 수도 있고, 잠깐 눈을 붙일 수도 있는 시간 아닙니까. 기발한 아이디어 하나면 3대가 먹고 살 수도 있는 겁니다. 하여튼 제가 말씀드리고 싶은 것은 홍 대리님의 귀한 시간을 김 부장 때문에 도둑맞았다는 점입니다.

홍 대리 자넨 항상 그렇게 하고 싶은 말을 다 하고 사나?

명성 네?

홍 대리 (신경질이 배어난다) 그래 나는 사람이 좀 못나서 20분쯤은 기다릴 수도 있다고 생각해. 하지만 사람이 하는 일이 어디 그렇게 무쪽 자르듯이 계산대로 되는 건가?

명성 제가 언제 계산대로 된다고 했습니까? 분노해야 할 일을 그저 그렇거니 하고 넘기는 태도가 문제라고 말씀드리는 겁니다. 이렇게 그냥 유야무야 넘어가는 게 어디 이 일뿐입니까?

아내 자기는 왜 그래? 어머니가 말도 안 되는 얘기를 하는데 그냥 듣고만 있으면 어떻게 해? 내 꼴은 뭐가 되냐구? 나 참. 당신이 마냥 어정쩡하니까 어머님이 더 그러시는 거 아냐? 난 더 이상 그렇게는 못살아.

홍 대리 그래 내가 뭘 어떻게 하란 얘기야? 가서 김 부장한테 쫓아가기라도 하란 말이야? 내 밑에 똥이 묻어 있는데? 여기서 나가란 말이야? 그랬으면 좋겠어? 그래도 상사 아냐?

아내   어머, 어머…… 가재는 게 편이라더니. 내 말이 틀렸어? 틀렸어? 어머님이 괜히 어거지 부리고 턱도 없는 심술부리는 거 당신도 다 알잖아. 그런데 왜 가만히 있냐구.

홍 대리   그렇게 네가 잘나고 매사에 손해보는 게 억울하면 회사 안 다니면 될 거 아냐? 그럼 되잖아!

명성   왜 화를 내십니까? 실망했습니다. 그래도 홍 대리님은 안 그러실 줄 알았는데 결국 그 구닥다리 세대들하고 똑같아요. 강한 윗사람에게는 약하고 약한 아랫사람한테는 권위적으로 지배하려고 드는 그런 태도, 전 실망했습니다. 환멸을 느낍니다.

아내   왜 나한테 화를 내? 화를 내야 할 사람이 누군데?

홍 대리   내가 뭐 그렇게 잘못했어? 아무도 나한테 어떻게 해야 한다고 말해준 사람이 없었다구. 나도 피해자야. 받은 게 아무것도 없어. 그래 잘난 네가 가르쳐. 나이고 직위고 다 접어두고 네가 날 가르쳐. 뭐가 옳구 뭐가 잘못된 것인지. 위에서는 자기 말만 들으라고 목숨줄 잡고 흔들지. 아래에서는 만만한 중간만 비난하지. 가르쳐줘봐. 가르쳐줘, 얼른!

명성   (냉정하게) 혹시나 했는데, 비겁하기까지 하시군요.

홍 대리   그래! 난 비겁하다. 윗사람에게 대들 용기도 없고 아랫사람한테 관대할 여유도 없이 그저 비겁할 뿐이야. (바지를 내리고 문 밖으로 뛰어나온다) 자! 이제 됐냐? 소리칠까? 야! 김 부장 이자식아! 왜 휴지 안 가져오는 거야! 난 어떻게 하라고? 휴지가 없어서 이렇게 빨가벗고 있잖아! 야! 들리냐! 휴지 가져와! 휴지! 똥 좀 닦자. 궁둥이에 묻은 똥 좀 닦아보자! 야!!! 안 들려! 나보고 비겁하다잖아! 휴지!

홍 대리 소리를 지르며 화장실 안을 맴돌고 있다. 바흐의 「눈뜨라, 부르는 소리가 있어」가 연주된다. 멜로디라인의 바이올린 독주에서 두 대의 바이올린의 멜로디라인. 그리고 제1, 제2바이올린이 각각의 화음으로 마지막으로 비올라와 첼로의 두툼한 코러스 파트가 붙어 나오는 현악 4중주로 변주되기를 바란다. 홍 대리의 절규와 함께 음악이 맞물리면 더욱 이상적일 듯하다.

홍 대리 휴지 없어.
명성 예?
홍 대리 나두 기다리고 있거든.
명성 휴지를 기다려요?
홍 대리 그렇게 됐어. 김 부장이 마지막 휴지를 가져가면서 금방
　　　　 갖다준다고 했는데 아직 안 오고 있어.
명성 김 부장이요?
홍 대리 응.
명성 포기하구 여기서 나갈 방법을 찾아보는 게 빠르겠네요.
홍 대리 그건 또 무슨 얘기야? 난 여기서 20분이나 기다렸는데.
명성 대리님도 참. 회사생활 하루 이틀도 아니고 척하면 아서야지요.
홍 대리 뭘?
명성 김 부장님이 어디 자기 말에 책임지는 사람입니까? 안 올걸요.
홍 대리 설마, 결재가 늦어지는 모양일 테지. 사장님한테 결재받으러
　　　　 가야 한다고 했거든.

명성 제 말은 김 부장님이 고의로 안 온다는 것이 아니구요. 잊어버린
      단 얘깁니다. 김 부장님 원래 그런 기질이 있잖아요. 주위에서
      항상 떠받들어놓으니까 남을 생각하는 걸 전혀 못하는 부잣집
      외동아들 곤조. 20분이면 아마 결재받는 건 이미 끝났을 텐데요.

홍 대리 설마 그렇기야 하겠어? 결재가 길어질 수도 있고 아니면
        오는 중간에 급한 전화나 손님이 왔을 수도 있고.

명성 아닙니다. 못 올 상황이라면 다른 사람을 보냈을 수도 있잖아요.

홍 대리 그럼 우린 여기 갇힌 거네.

명성 네, 그렇지요. 빌어먹을 김 부장님 때문에. 하여튼.

홍 대리 좋은 생각 없나?

명성 글쎄요. 정 없으면 휴지통이라도 뒤져봐야지요. 뭐.

홍 대리 힘들걸. 김 부장도 뒤지다가 실패했어.

명성 젠장. 이걸 어쩌지요?

홍 대리 글쎄, 내 생각엔 휴지가 우리 손에 들어올 때까지 기다리는
        것밖에는 아무 방법이 없을 것 같은데.

명성 기다린다, 휴지를 기다린다, 김 부장님을 기다린다.

홍 대리 최명성 씨도 그냥 쉰다 생각하고 앉아서 기다려봐. 나름대로
        재미가 있어. 아무것도 안 하고 처분만 바라는 것도 괜찮은 느낌
        인데.

명성 그래선 안 될 것 같은데요. 너무 무기력하잖아요.

홍 대리 특별히 할 수 있는 방법도 딱히 없지 않나.

명성 정말 아무것도 할 수 있는 방법이 없을까요?

홍 대리 내가 말야 조금 전까지 복권을 긁고 있었는데 말야. 천만
        원이 2개, 십만 원이 2개 걸렸었거든. 천만 원이 붙으면 뭘 할까?

명성 음…… 어떻게 한다. 어떤 방법으로 움직이기는 해야 할 것
      같은데…….

홍 대리 천만 원이면…… 전셋돈을 올려? 아니면 차를 한 대 뽑아?
      아냐 전부 천 원짜리로 바꿔서 베갯속을 만들어 넣고 잠이나
      자볼까?

명성 (바지를 주섬주섬 벗는다)

홍 대리 좋아, 그때 가서 생각하는 편이 훨씬 좋겠다. 자…… 하느님,
      예수님, 부처님, 공자님, 알라님 그리고 두루 여러 귀신 제위들,
      돈도 없고, 빽도 없고, 힘도 없는 이 불초소생을 두루 살펴주시옵
      고…… 믿씁니다.

명성 대리님, 전 팬티라도 빨아놔야겠습니다. 언제 휴지가 오더라도
      준비는 하고 있어야 할 것 아닙니까. 아무것도 안 하고 기다린다
      는 것이 어쩐지 죄스럽네요. (문을 열고 나간다)

홍 대리 하지만 피곤하지 않은가. 자 난 귫네. 일…… 천…….

명성 (수도를 켜보고) 아 이게 웬일이야. 뜨거운 물이 콸콸 나오네.
      와! 짠돌이들이 웬일이야. 대리님! 뜨거운 물 나오네요! 허허허.

홍 대리 일…… 천…….

  바흐의 「눈뜨라, 부르는 소리가 있어」가 파이프오르간 선율을 타고
흐르기 시작하면서 조명이 어두워진다. 5분 10초가량 연주되는 이
곡의 시작 1분 내에 아내의 공간에 불이 들어오고 그 어느 때보다
화사한 모습의 아내가 보인다. 물론 음악의 중간 부분을 파고 아내의
대사가 들어간다.

아내   여보, 자기 오늘은 일찍 들어와야 돼. 내가 큰맘 먹고 된장찌개 끓여줄게. 자기 맨날 집에서 끓인 된장찌개 타령했지. 약속 있어도 오늘은 안 돼. 빨리 들어와서 저녁 먹어. 알았지? 참, 그리구 자기…… 알지? 나 샤워하고 기다릴게. 오늘은 힘 좀 써, 응?

1. 이 작품의 제목은 어떤 의미를 가지는가?

2. 실제로 이 음악을 들어보고 극에서 음악이 어떤 기능을 하는지 알아보자.

3. 이 작품에서 가장 특징적이며 돋보이는 요소는 무엇인가?

4. 인물의 성격을 비교해보자. 가장 마음을 끄는 인물은 누구이며 그 이유는 무엇인가?

5. 같은 상황이 반복되는 매우 특이한 구조를 가지고 있는데 구성상의 특성을 알아보자.

6. 장소의 선택이 다소 파격적이라 할 수 있다. 이런 장소를 택한 이유는 무엇이며 작품에서 장소는 어떤 의미를 가지는가?

7. 화장실이 갖는 일반적 의미와 작품 내에서의 특별한 의미를 비교하면서 현실과 허구에서의 공통점과 차이점을 생각해보자.

8. 다른 시간과 장소가 한 무대에서 사용되는 이러한 방식을 통해서 연극적 상상력의 특성과 자유로움에 관해 생각해보자.

9. 부부는 각기 다른 시간과 공간에 있고 다른 목표를 갖는 인물로 설정되어 있다. 이것이 극에서 특별한 의미를 가지는가?

10. 종교는 인물에게 있어서 어떤 의미를 가지는가?

11. 이 작품의 희극적 요소들은 어떤 감정을 불러일으키는가?

12. 주제는 무엇인가?

13. 실제로 이런 상황에 처한다면 어떻게 하겠는가?

14. 소시민의 의미에 관해 생각해보자.

15. 희극의 특성에 관해 생각해보고 희극의 사회적 기능과 효과에 대해서도 알아보자.

16. 이 작품이 갖는 비사실주의적인 요소를 찾아보고 사실주의극인 앞의 작품과 비교해보자.

판도라의 상자 　　장성희*

등장인물

　　노인, 노파, 중년신사, 군인, 청년(20대 초반)

　　여인(시골 아낙네), 소녀(13세), 소녀의 엄마, 요원, 직원

　　남자(20대 후반), 남자의 형, 여인(남자의 어머니)

　　전도 부인, 10대 소녀

무대

　　지하철 만남의 장소. 흔히 볼 수 있는 플라스틱 휴게의자, 커피 자판기, 공중전화 부스가 하나 있고 객석을 향해 정면으로 물품보관함이 놓여 있다. 가로 여섯 칸 세로 다섯 칸 해서, 모두 30개로 구획된 보관함은 이 연극을 이끌어가는 주요 소도구이다. 지하철역 구내로 들어오는 입구와 개찰구가 등·퇴장구로 쓰일 것이다. 무대 오른쪽에는 화장실 표시가 붙어 있다. 극이 진행되는 동안 전동차가 도착하고 떠나는 소리 끼어든다.

---

　　* 1997년 한국일보 신춘문예 희곡 당선. 희곡으로 〈길 위의 가족〉, 〈이 풍진 세상의 노래〉, 〈달빛 속으로 가다〉, 〈AD2031 제3의 날들〉 등이 있다.

1.

조명 밝아진다. 하루가 시작되는 아침, 경쾌한 음악이 흐른다. 구내
방송이 사이사이 삽입되어도 좋다. 양복을 잘 갖춰 입은, 그러나 왜소
한 중년의 한 신사가 서류가방을 들고 나타난다. 주위를 살펴보고는
주머니에서 열쇠를 꺼내 보관함을 연다. 보관함엔 작업화, 작업복,
연장가방 등이 들어 있다. 다시 재빨리 주위를 두리번거린 후에 서류
가방을 박스 한쪽에 놓고는 작업복 일습(一襲)을 꺼낸다. 화장실로
향한다

2.

노인과 노파, 구내에 들어선다. 노인은 자판기에서 율무차 한 잔을
빼 노파에게 건넨다. 노파는 목도리로 머리를 감싸고 있는데 몸이
몹시 쇠약해보인다. 기침소리.

노인 거봐, 내 뭐랬어. 아침 바람이 몸에 해롭다니까는. 굳이…….
노파 이렇게 아침 일찍 문 여는 복덕방이 있을까요?
노인 복덕방엔 왜 가누, 동리 사람들 일 나가기 전에 알아보려는
      게지.
노파 괜한 짓 허는 것 같네요. 방 한 칸 물려줄 것도 없는데 죽어서
      누울 땅 장만은 무슨……. 애들이 알면 웃어요. 땅금이 얼매나
      되는지 시세도 물어보잖구 무작정 가면 어쩌게요?
노인 암말 말구 임자는 보구만 있어. 내 양지바른 쪽으로다, 까치발

짚으면 바루 고향 내려다보이는 곳으로 두 자리 정하고 올 테니까.

　중년 신사가 화장실에서 나온다. 먼지투성이의 작업복 차림. 아까와
는 딴판인 것이다. 할아버지와 할머니를 일별하고는 휴게의자 한쪽에
양복과 와이셔츠, 바지를 가지런히 놓고 구김이 가기 쉬운 부위마다
일일이 종이 막대를 끼운 다음 잘 갠다. 마치 성스러운 의식을 집행하
는 것처럼 진지하다. 그리고 보관함에 옷들을 가지런히 집어넣는다.
마지막으로 서류봉투에 구두를 넣고 보관함 문을 닫아건다. 사라진다.
　노인, 일어서서 보관함 쪽으로 다가간다. 나일론 끈으로 묶은 꾸러
미 하나를 함에 놓는다. 주머니에서 주섬주섬 동전을 꺼내 한 개 한
개 투입구에 밀어넣는다.

노파　　그거 또 들고 나왔수?
노인　　나헌테 낙이라고는 저거 모으는 재미밖에 더 있어? 이녁이 나헌
　　　　테 시집올 때 해온 이불이 생각나네. 명주솜 그 귀한 거를. 난리
　　　　때 없어졌지? ……임자 잔디 이불은 내 해주지! 자, 이거 임자가
　　　　갖고 있어. (보관함 열쇠를 내민다)
노파　　(열쇠를 받아 주머니에 넣으며) 집에 둘 일이지, 뭐 하러 자꾸 들고
　　　　나와요?
노인　　(버럭 화를 내며) 치워버리는 데 선수잖어? 내다버리고, 아무나
　　　　줘버리고! 됫박이며, 버들고리며, 얽으미, 뒤주, 키! 그뿐이여?
　　　　제사가 뭔 소용이냐고 들엎구서리 목기그릇 그 귀한 걸 모두
　　　　내다팔지를 않나!
노파　　노염 푸세요. 없는 살림이니 어쩌겠수. 방 두 칸에 그런 거

쟁여둘 데도 없어요. ……애들은 우리 죽으면 화장헐 것 같습니다. (보관함을 가리키며) 저거 다 소용없어요.

노인 (담배에 불을 붙이려다 화가 솟구쳐 바닥에 떨군다) 누가? 누가 불구덩이에 나를 넣어? 뼈라두 이빨이라도, 머리카락 한 줌이라도 있어야 묘자릴 쓰지! 태워버리고 말면 고향엔 뭘루 묻하나? 묘자리라도 써야 나중에 이장이라도 할 거 아닌가? 사람은 죽어서 태를 묻은 곳으로 돌아가 묻혀야 다음 세상에 태어날 때 장돌뱅이로 안 태어나는 거여. 철이라군 약에 쓸래두 없는 고얀 것들! 내 그것들을 어떻게 믿어? 죽기 전에 아부님 어무님 묘를 찾아뵙고 사초라두 내 손으로 해드려야 할 턴데……. 저거 뿌려 키울 땅 한 뙈기가 있나, 의지 삼을 제대로 된 자식이라도 있나…….

노파 다 사는 게 힘에 부쳐 그러지요. (한숨) 우리 살아선 틀렸어요, 죽어서나 넘어갈까……. 가지 마세요. 어째 꿈자리도 뒤숭숭헌 게……. 누가 즈이 산 한쪽 뚝 떼어 묘 쓰라고 내주겠수…….

노인 (담배를 피워 물며 깊은 숨을 내쉰다) 넘겨다보면 20리여. 걸어서 한 시간이믄 갈 고향인데……. 눈앞에 선산 두고 묘자리 얻으러 다녀야 하는 꼴이라니. 머슴살이 허는 것도 아니고……. (끙 하며 일어난다) 내 당겨오리다. 어여 들어가.

노파 이거 시장허면 드세요. 요기할 데라도 있을라는지. (비닐봉지에 싼 것을 내민다)

노인 됐어.

노파 가져가요. 어느 녘에 오실라우.

노인 (벌컥 화를 내며) 아, 됐다니까! 이노무 처지 생각하면 생목이 올라 꿀물이라도 안 맥힐 판인데 인절미는 뭔 인절미여!

노파 그냥, 바람 쐰다 생각허구 한바퀴 휘 둘러보고 오셔요.

노인 내 걱정은 말구 어여 들어가. ……못 참겠다 싶으면 약 먹구,
      쓴 물 올라오면 박하사탕 한 봉지 사다먹어. 돈 애끼지 말고.
      내 댕겨오리다.

      노인, 개찰구 쪽으로 사라진다.

노파 안 갔으면 좋겠구만…….

      노인이 떠난 자리를 한참 바라보다가 마지못해 돌아선다.

3.

      한눈에 봐서 시골에서 막 올라온 모습을 한 50대 여인. 손에는 잔뜩
짐을 들었다. 여인은 의자에 짐을 부려놓는다. 그중 보자기로 싼 나무
상자를 특히 조심스럽게 의자 위에 올려놓고 공중전화로 다가선다.
어디론가 전화를 건다.

여인 에미다! 에미 서울 왔어야. 올해 꿀농사는 다 끝난 농사여야.
      산사태루 반 넘게 묻히구 초여름에 받아논 거 인저 한 병 남었길
      래 안 되겄다 허구 갖구 올라온겨. 핑소에 니 뒤봐주는 상사
      어른 좀 이참에 찾아뵐라고 그랴. (갑자기 소리를 빽 지른다) 뭐가
      부끄럽냐! 니 근본이 부끄런 것이여? 에미 없으면 니두 없다!
      명심해라. (좀 죽어든다) 특상품이여. 빛깔이 진헌 게 똑 조청

같어야. 그려 그려. 내 봉천동 고모네 들렀다가 거게로 갈팅게 지녁은 같이 져묵자. 찬거리도 쪼매 가져왔어야.

앳돼 보이는 군인 하나가 뒤에 와 선다. 그의 팔에는 큰 곰인형이 안겨 있다. 여인은 군인을 돌아보고는 마음이 바빠진다.

여인 ……운냐, 보오냐 사기 항아리에다 잘 넣어왔제. 참, 들구댕길라니까 영 갈고치고. 느이 고모 득달겉이 달려들어 좀 덜어달라고 그라면 어쩌나 싶고! 와 지난번에도 위장이 쓰리네, 눈알이 누르팅팅허네 속이 번한 소리 해싸트만 과부 올케 뭐 보태주기는커녕 누가 시집식구 아니랄까 봐 앗아갈라고만 그러니, 얼굴 보는 것도 겁난다야. (뒤에 서 있는 군인을 의식한다. 맘이 급해진다) 여기 파출소나 우체국 같은 디선 물건 안 맡아주냐? (뭐라 그러는 모양이다) 알았어야. 해본 소리제. (소리를 버럭 지른다) 나두 그 정도는 안당게. 에미를 바보로 아는겨? ……그려! 엉? (주위를 둘레둘레 살핀다. 보관함이 눈에 들어온다) 그려, 있다. 벌집맨크롬 쪽허니 서 있네야. 잉, 잉, 그려! 뭐? 700원이나 되야? 뭐가 그리 비싸냐? 운냐, 공중전화니께. (군인의 눈치를 힐끔 본다. 군인, 신문을 뒤적이며 기다리다가 갑자기 변의를 느끼고는 화장실로 향한다) 그려. 갖구댕기다가 흘리고, 깨지고 뭐 그른 거보담은 낫겠지. 운냐, 알았다. 그려, 들어가거라.

전화를 끊고 주머니를 뒤져 동전을 꺼낸다. 보관함 안에 옷가방이랑 찬거리, 곡식 보따리를 먼저 넣는다. 맨 나중에 보자기로 잘 여미어

싼 나무상자를 넣는다. 문을 잠근다. 몇 번이고 잘 잠겼는가 확인한다. 열쇠를 주머니에 넣다가 안심이 안 되는지 지갑에 넣었다, 양말에 넣었다 여러 번 단속 끝에 목걸이를 풀어 열쇠를 끼운다. 다시 목걸이를 건다.

여인 (그제야 안심이 된다는 듯) 홀가분허긴 하네. (바삐 자리를 뜬다)

4.

얼굴빛이 창백하고 피로에 지쳐보이는 한 청년이 쇼핑봉투를 들고 보관함 앞에 선다. 다리 사이에 봉투를 끼운 채로 보관함을 연다. 잔뜩 들어 있는 전단들. 봉투에 나누어 담는다. 사라진다.

5.

곰인형을 든 군인, 공중전화를 건다. 몸에 군기가 배어 있다.

군인 육군 3811 젓가락 부대, 김병일 이병! 휴가 나와 신고함다! 예, 편지는 받으셨습니까? 예, 만나고 싶슴다! 깜짝 놀랄 선물도 준비했슴다! 선미 씨허고 저허고, 펜팔로 오간 지 100일을 기념하는 선물임다! 지금 회사 앞임다! 예? 아, 퇴근시간까지 꼼짝 않고 대기하겠슴다! 선미 씨 사진을 요짝 가슴에 딱 품고 있응께 염려 놓으십쇼! 예, 예! 정, 그러시면 영화라도 때리고 오겠슴다! 2번 출구 쪽에서 여섯 시까지……. 예! 아닙니다! 먼저 끊으십시오. 먼저 끊으십시오! 그럼 동시에 끊겠습다. 하나, 둘, 셋!

수화기를 놓고, 의기양양해져 휘파람을 분다. 문득 옆구리에 끼고 있던 곰인형을 떠올리고는 난처해한다. 보관함이 눈에 띈다. 보관함을 열고 곰인형을 집어넣으려 애쓴다. 인형이 너무 커서 안 들어가자 우격다짐으로 구겨넣다시피 집어넣는다. 인형은 몸이 반 접혀 겨우 들어간다. 안도의 한숨, 동전을 넣고 문을 잠근다. 씩씩하게 퇴장한다.

6.

흰 보자기로 정성껏 싼 나무상자를 목에 걸고 검은 양복 차림의 20대 후반으로 보이는 남자가 나타난다. 그의 목에 걸린 것은 유골함이다. 전화를 건다.

남자 어, 나야. 그래 다 끝냈어. 내 할 도리는 다한 거지. 아니, 형한테 맡길 거야. 배는 다르지만 씨는 같으니까. 그 씨를 떨군 아버지가 하늘로 돌아갔는데 나 몰라라 하진 않겠지. 그래. 이제 홀홀 단신이다. ……니네 부모님이 부모까지 없는 반거들충이 나한테 딸자식 내줄라는가 모르겠다. 하기야 아버지 살아계셨으면 니가 더 고생이지만. 아니, 못 쉬어. 거래처에 들러야 해. 급히 처리해야 할 일이야. 어, 오늘은 못 볼 것 같다. 형 만나야지. 그래도 장자인데, 아버지 유골은 거두겠지. 그래. 보고 싶다. 전화할게. 그래, 끊는다.

보관함을 열고 유골함을 집어넣는다. 잠근다. 두어 번 문짝을 흔들어 확인하고는 퇴장한다.

7.

노파는 돌아와 의자에 앉아 졸고 있다. 한 여인이 소녀를 끌듯 데려와서 휴게의자 한구석에 앉힌다. 소녀는 한눈에 어딘가 비정상인 것을 알 수 있다.

여인 (윽박지르듯) 징징거리지 말고 가만 있어! 아유 내 못살아, 못살아! 너 먹여 살리느라고 손금이 다 지워졌다, 이년아! 자꾸 징징대면 엄마, 너 놔두고 손가락에 불 댕겨 갖구 하늘로 올라갈란다. 알았어?
노파 (졸음에 겨운 눈을 애써 뜨고는 소리나는 쪽을 바라다본다)
소녀 음, 음, 음마! 쪼꼬레, 쪼꼬레!
여인 으이그, 아귀가 따로 없지!

핸드백에서 초콜릿을 꺼내 소녀의 손에 쥐어준다.

소녀 (허겁지겁 받아 입에 넣었다 뺐다 핥아댄다. 몹시 아껴 먹는 것이다) 마시쩌. 마시쩌.
노파 어쩌다, 쯧쯧.
여인 (한숨) 무슨 팔잔지. (배를 가리키며) 요기 이 애물단지가 들어설 때 그날 벼락이 치고 천둥이 울리고, 날이 궂더니만 애가 이렇게 태어났지 뭐예요. 아유 내 이것 낳은 뒤로 한번 얼굴 피고 웃어본 적이 없답니다.

노파 마음고생이 크겠수.

여인 (핸드백에서 콤팩트를 꺼내 화장을 고치면서) 할머니는 어디 다니러 오셨어요?

노파 근처에 살아. 영감이 어딜 좀 다니러 갔어. 기다리는 중이라우.

여인 의도 좋으셔라. 어딜 가셨는데요?

노파 (쓸쓸히 웃으며) 저기 고향이 가까운 데 집 한 칸 마련하겠다고. 거기서 둘이 의좋게 살자고……. (말꼬리를 감춘다)

여인 좋으시겠어요. 그래도 젊어서 벌어놓은 돈이라두 있으신가 봐. 늘그막엔 그저 텃밭이라두 딸린 시골집을 한 채 사서……. (소녀의 얼굴이 초콜릿으로 뒤범벅된 것을 본다) 아유, 내 못살아, 못살아! (휴지를 꺼내주며) 화장실 가서 닦구 와! (소녀의 등짝을 후려치며 내몬다. 소녀, 비칠비칠 일어나 화장실로 간다)

노파 (소녀를 눈으로 가리키며) 올해 몇이유?

여인 열세 살이에요. 애비라는 놈은 내 저런 것 낳았다구 정 떨어져서 집 나가구, 저거 데리고 산전수전 안 해본 거 없어요. 곧 몸이 있을 나이인데 저거 인생이 어떻게 되나 싶구. (한숨)

노파 성한 자식도 장래를 헤아리다 보면, 맷돌 눌러놓은 모냥 가슴이 답답해오는 게 부모 맴인데……. 평생을 마음에 끼고 살라믄 한숨이 나올 만하지.

여인 요기 네거리 다방에 조바 자리가 났다구 해서 가보려는 참이에요. 늙어서 얼굴마담 허기는 글렀구. 어떡허겠어요. 먹구 살아야지. 아유, 그나저나 저 애물단지를 어쩌지? 물건이라야 저기다라두

맡기죠. 사람 보관하는 데는 없나? 인보관함이라두 있으면 집어
넣겠어요. (문득) 할머니, 쟤 좀 30분만 맡아주세요. (구인광고가
어지러이 붙어 있는 보관함을 가리키며) 숙식 제공이라는데, 취직도
되기 전에 저 모양인 딸년 둔 거 알면 주인이 마다할 것 같구.

노파 (난처하다) 보다시피 내 몸이 성치 않은데…….

여인 쟤는 한번 앉혀놓으면 한 시간도 좋구, 두 시간두 좋구 일으킬
때까지 꼼짝 않고 앉아 있는 애예요. 입에 뭘 물려줘야 하지만.
초콜릿이랑 사탕이랑 다 드리고 갈 테니까 징징거리면 한 개씩
노나주세요. 사람 하나 살리시는 셈치고 도와주세요, 할머니.
금세 다녀올게요.

노파 (마땅치 않지만 마지못해 허락한다) ……그러시우.

여인 아유, 오늘 운세에 서쪽으로 가면 귀인을 만난다고 하더니만,
할머니가 그 귀인인가 보네! 고마워요. 증말 증말 고마워요.

소녀, 윗도리가 온통 물에 젖어 나타난다.

여인 못살아, 못살아! 이리 와! (할머니 옆자리에 눌러 앉힌다) 너어,
엄마 어디 좀 댕겨올 테니까 할머니 옆에서 말 잘 듣고 있어,
알았지? 엄마가 갔다 와서 자장면 사줄 테니까.

소녀 ……. (여인의 치맛자락을 잡고 안 놓아주려 한다. 다소 겁먹은 눈)

여인 (매몰차게 손을 뿌리치며) 너 그러면 자장면 안 사준다! 할머니,
그럼 금세 다녀올게요. 잘 부탁합니다.

여인 사라지고 소녀는 낯설음에 몹시 불안해하다가 금세 할머니의

목도리를 벗겨내어 자기 몸을 꾸미며 논다.

소녀   하, 함머니 머, 머, 머리가 왜 그애?
노파   약을 하도 써서 그러지. 이것 좀 먹으런? (무릎에 올려놓은 검은
       비닐봉지에서 떡을 꺼낸다)

   이때 전도 중인 한 여인이 '예수천국 불신지옥'이라고 적힌 작은
피켓을 들고서 등장한다. 한 손에는 전도지를 들었다.

전도 부인   주 예수를 영접합시다. 구원받으세요! 믿음, 소망, 사랑,
       그중에 제일은 사랑이라! 아무리 천사의 말을 한다 하더라도
       사랑이 없으면 울리는 징, 요란한 꽹과리와 같고, 산을 옮길
       만한 믿음일지라도 사랑이 없으면 아무것도 아니도다! 예수님
       말씀입니다, 할머니, 구원받으세요. (전도지를 건넨다) 할렐루야!
       할렐루야! 칠삼공에 구원구원(9191)! 칠삼공에 구원구원(9191)!
노파   힘들겠수, 좀 쉬어가요. (떡을 집어 권한다) 이것 좀 자시구랴.
전도 부인   고맙습니다. (떡을 받아 입에 넣는다. 우물거리며) 할머니,
       교회 나가세요?
노파   아직…….
전도 부인   (바짝 붙어 앉으며) 우리 교회 나와보세요. 할머니 연세쯤
       되면 돌아가신 뒤를 생각해서라도 교회 다니셔야죠! 친척 많으
       세요?
노파   월남한 처지에 친척이라고 있겠소.
전도 부인   그러시구나……. 할머니, 할머니께서 돌아가셨다고 생각해

봐요. 믿음 가진 사람은 죽어서도 축복을 받지요. 신도들이 돌아가면서 영안실 지키고 있죠. 찬송과 기도로 천국 가는 길 인도해주죠. 장례절차며, 묘자리며, 일체가 얼마나 의지가 되는지. 예수님 영접 않구, 교만 속에서 떠난 사람들은 그저 자손 몇몇만 영안실 지키고 앉았는데 참, 예수님 축복이 이런 거구나 새삼 알지요.

노파 야소교에선 제사를 마다하지 않수……? 어떻게 묘자리까지 챙기누?

전도 부인 서양 사람들 우리처럼 삭막한 공동묘지가 아니라 그림처럼 예쁜 공원묘지를 맨들어놓잖아요. 우리 교회는 신도 수가 많아서 교회 이름으로 공원묘지를 갖고 있답니다. (보관함을 가리키며) 저 상자곽 같은 함에 사람을 담고, 뜨거운 불지옥으로 화장을 하다니, 끔찍해라! 할머니, 교회 나오세요!

노파 교회를 나가기만 하면 묘자리를 그냥…… 주는가요?

전도 부인 아유, 금싸라기 같은 땅을 어떻게 그냥 주나요? 장로냐, 집사냐 믿음이 깊냐, 얕냐 등급을 정한 다음에 성전건축기금으로 한 두어 구좌 트면 되는 거지요. 할머니! 일단, 교회에 나오서요. 네?

노파는 전도지를 받아 소중히 접어 스웨터 주머니에 넣는다. 그때까지 입가에 고물을 묻혀가며 떡을 먹고 있던 소녀, 갑자기 숨을 거칠게 몰아쉬고는 바닥으로 고꾸라진다. 간질을 앓고 있던 것이다.

노파 아이구, 야가 왜 이려? 맥혔냐? 야가 왜 이려? 엉? 이거 봐요. 얼릉 야 좀 들처업어요. 사람 죽겠네!

전도부인, 얼른 핸드백과 전도지 뭉치를 집어들고 재빠르게 일어나 사라진다.

노파 이, 이걸 어째! (소녀의 몸을 급히 주무른다. 이때 군인이 들어온다)
노파 이봐요, 군인 양반! 야 좀 얼릉 들쳐업어요! 다 죽게 생겼어!
군인 예? 저, 저요?
노파 그랴! 사람 죽네! 얼릉!

군인은 엉겁결에 등을 내밀어 소녀를 업고 출구로 뛰듯 나간다. 그 뒤를 과자봉지와 떡 봉지를 쥐고 노파가 따른다.

노파 이걸 어째, 야 에미는 왜 여태 안 오는 거여?

8.

보관함 관리회사 직원을 앞세우고 말끔한 양복차림의 남자가 들어선다. 직원은 흔히 볼 수 있는 작업복 점퍼 차림이다. 남자의 바지 주머니에 워키토키가 삐죽이 나와 있다. 직원은 손에 장부를 들었고, 열쇠 꾸러미 때문에 점퍼 한쪽 주머니가 축 처졌다.

요원 자, 열라구!
직원 이러시면 곤란합니다. 매번 영장도 없이……. 이거 사유재산 침해에 인권무시라는데요.
요원 인권? 국가안전은 인권 앞에 우선한다, 몰라? 그러다가 거물간첩이라도 놓치면 어쩔려구 이렇게 비협조적이야, 엉? 일본을 발칵 뒤집어놨던 살인가스사건 알지? 정보를 입수했단 말야. 내가 책임진다니까! 문이나 열어!

직원 이럼 안 되는디……. (하면서 열쇠를 주섬주섬 찾아 하나를 연다. 그 안에는 쇼핑봉투가 잔뜩 들어 있다)

요원 이 사람 이거. 이래서야 날 저물지! 한꺼번에 따라고, 활짝! 바닥에 다 내려놔봐, 검사 좀 하게.

직원 참 미치겠네! 그르다 물건이라도 섞이면 뭔 낭패래요. 우리 회사 고소당허고, 그러면 내게 책임을 물을 거고. 토막 살인이 난 것두 아니겠구, 뭔 일인지 모르겠네.

요원 사람 참 말이 많네! 내가 책임진다니까.

직원 시키는 대로 하긴 하겠습니다만, 물건 위치 파악부터 좀 허고(장부를 펴고 윗주머니에 꽂은 만년필을 꺼내 적기 시작한다).

요원 만년필 하나 그럴 듯하구만!

직원 (자랑스럽게) 지가 고등핵교 때 도에서 백일장 나가 탄 상품이랑께요! 지가 참 새마을 글짓기대회, 거 뭐냐, 반공 글짓기대회 겉은 데 참가하믄 싹 씰었쥬.

요원 (말을 자르며) 일이나 끝낸 다음에 이력서를 쓰든가, 말든가!

직원 (찔끔하고는 하나하나 물건을 꺼내놓으며 메모를 한다) 11번, 롯데백화점 쇼핑 봉투 니 개…… 13번은 이기 참 뭐래…… 별걸 다 넣어놓는구만! (신문지에 둘둘 말린 난 몇 촉을 꺼내놓는다) 여기 이렇게 요주의라고 써놨는데도 암거나 맡겨요. 현금, 골동품, 유가증권, 인화성 물질, 흉기, 부패성 물질, 기타 본인이 판단한 고가품, 십만 원 상당의 물품은 보관하지 마시오. (난 촉을 들추며)

이거 비싸다는디……. (다시 메모를 시작한다) 16번은 낭구로 맨든 상자…… (코를 싸쥐며) 이 이건 뭔 냄시여. 코리헌 게 (보따리를 찔러본다) 아, 청국장이구만! 별걸 다……. 접때 어떤 놈인지, 아매 중고등학생 겉은디, 채변한 봉투를 떡 하니 넣어놓고 글씨 안 찾아가지 않겠어유. 곱똥이 되었구마는, 벨 사람이 다 있다니게. 이건 뭐고? (노인이 넣어둔 꾸러미를 꺼내 요리조리 살핀다)

요원　어디 이리 줘봐! (꾸러미를 풀러본다. 분분히 날리는 씨앗)

요원　이게 뭐야?

직원　어? 잔디 씨앗이구먼요! 내 국민핵, 차암 초등학교지? 입에 영 안붙네. 내 초등학교 댕길 때 일본으루 수출헌다구 여름이면 송충이, 가을이면 잔디 씨앗 엄청 훑었슈. 우리 땅에 나는 잔디가 젤루 곱다는구만유. 잔디 잔디 금잔디, 심심산천에 금잔디!

요원　(눈에 들이대며) 이거 잔디 씨 틀림없나?

직원　맞구먼유, 이것두 돈금으로 치자면 꽤 비싸다든데 많기두 하네. 골프장에 팔려고 그러나?

요원　……. (무성의하게 둘둘 말아 자리에 놓는다. 그리고 직원이 물건을 꺼내 바닥에 놓을 때마다 꼼꼼히 매의 눈이 되어, 그러나 다소 우악스럽게 뒤지고 흩어놓는다)

직원　(곰인형이 든 보관함을 들여다본다) 이건 놔두죠. 언나들 델꼬 다니는 인형인게.

요원　이 사람이! 몰라? 영화두 못 봤어? 인형 배따고 거기다 마이크로 필름이다, 보석이다, 마약이다, 숨겨 들어오잖어. 꺼내!

직원　(곰인형을 꺼내려 손을 집어넣는다. 끄집어내려고 애를 쓴다) 지 힘으룬 안 되는구먼유.

요원 (완력으로 끌어내려 애쓴다. 좀처럼 나오지 않자) 힘 좀 써봐! 내,
뒤에서 잡아줄 테니.

요원과 직원은 곰을 빼내려 실랑이를 벌인다. 뒤로 나자빠지는 두
사람, 앞서 꺼내놓은 보따리를 치면서 간장병을 쏟는다. 장부 위로
검은 물이 쏟아지고 직원이 보관함 내역을 메모해둔 종이는 흠뻑 젖어
형체를 알 수 없다.

직원 이 이걸 어쩐다, 이걸 어쩐다! 하나두 못 알아보겠네!
요원 (낭패라는 듯 바라보다가) 걱정 마! 일하다 보면 별일 다 있는
게 이 직업이야. 대한민국 최고 브레인을 뽜는 데가 나 있는
곳 아냐! (자기 머리를 가리킨다) 이 비상한 기억력, 다 써먹을
데가 있구만! 얼추 다 외고 있으니까, 내 시키는 대로만 집어넣으
면 된다구. (거의 끌려나온 곰인형을 마저 꺼낸다. 흰 곰인형은 먼지투
성이가 되어 있다. 의자에 눕혀놓고는 마치 검문검색을 하듯 곰인형을
찬찬히 훑는다. 다소 멋쩍어하며) 뭐, 별거 아니구먼.
직원 (곰인형의 머리를 쓰다듬으며) 니, 여게 있다간 백곰이 불곰 되는
꼴 당하겠다! 야, 운좋지유?
요원 (직원을 노려본다)
직원 (시침 떼며) 근디 이눔을 워찌 저 우리 속에 다시 집어놓는데유,
힘깨나 쓰게 생겼네.
요원 (내려놓은 짐들을 이것저것 뒤적이기 시작한다. 갑자기) 헉!
직원 왜, 왜 그런댜? 토막 시체라두 나왔시유?
요원 (손에 끌려나오는 것은 긴머리 가발이다) 재수 없어! (다음 쇼핑봉투에

손이 간다. 거꾸로 들어 바닥에 쏟는다. 전단들이 잔뜩 들어 있다. 한 장 한 장 꼼꼼히 본다. 갑자기) 걸려들었다!

직원 아이구 귀청이야, 물르는 사람이 보믄 보물단지라도 찾은 줄 알겠네유. 뭔디유? (요원의 손에서 전단을 뺏듯 잡아채 읽는다) 이거 부흥회 안내장 아녀유? 예수 믿으면 천당, 안 믿으면 지옥! 뭐 흔한 거 아녀유?

요원 (무시하며) 뭘 알겠어? 77년 YMCA 불순세력들의 위장회합 사건! 종교집회를 빙자허구 빨갱이 세력들이 모여든 거! 놈들 수법이 칠십년 대나 구십년 대나 똑같다니까. 우리 정보능력은 2001년 을 앞서가는데 말야. 한 건 건졌네! 이거 수상하잖아. 보라구! 일본어 학원 광고 찌라시부터 각종 전단⋯⋯. 위장술을 쓰고 있지만 내 감은 틀림없어. 자, 됐네! 어서 제자리에 넣어두자고. 가만 있자, 이게 여긴가?

이때부터 둘은 각각 제자리에 물건을 돌려넣느라고 헤맨다.

요원 이게 이 구멍에서 나왔던가? 아니야. 오른쪽 두 번째 칸, 그래 거기였던 것 같애.

직원 난 몰러유, 책임져유!

요원 이 사람이, 나랏일 하다 보면 그럴 수도 있지! 걱정 말라구. 다 원위치로 해줄 테니까. (혼잣말로 군시렁거리며) 원위치, 그거 군바리 십 년 동안 수천 번도 더 해본 거구만.

직원 워쩐대유? 자신 있어 하드만 국가일 보시느라 그 좋던 머리 다 녹슬었나부네유.

요원 (짜증스럽게) 물러서 봐! 떨어져서 보면 아까 놓인 모양새가 어땠
      는지 생각이 날 법도 하니까.

직원 미치겠네!

요원 (한눈에 보관함 전체를 볼 수 있는 위치에 가 선다) 자, 내가 지금부터
      호명하는 순서대로 원위치시킨다! 실시!

직원 환장허겄네!

직원 13번 거 고거 위에. 그래 17번으루 올려놓구 그렇지! 음 19번
      거, 그 옆이었던 것 같은데…….

직원 미치겠네.

요원 10번 거 고거 위에, 그래 4번으루 올려놓구 그렇지! 음 26번
      거, 그 옆이었던 것 같아.

넣었다 뺐다 제자리를 찾아가느라고 야단이다. (사이) 직원은 허둥
대다가 전단이 가득 든 가방 하나를 건드려 쏟는다. 바닥에서 신문지에
싼 무언가가 떨어진다. 요원이 집어 펴본다. 날선 과도이다. 순간 둘
다 긴장한다.

요원 이거 심상치 않어! 얼른 마저 집어넣고 잠복하자구! 자, 서둘러!

직원과 요원은 이 박스, 저 박스에 되는 대로 집어넣는다. 점점
빨라지는 속도. 암전.

직원 이기 뭔 짓이랴?

9.

　다시 불이 들어오면 휴게의자 부근에 검은 양복 차림의 남자와 40대 초반으로 보이는 사내가 담배를 피우며 서성거리고, 의자엔 60대 여인이 앉아 있다.

남자　이제 형님이 알아서 하세요. 납골당에 모시든, 한강에 뿌리든 전 상관 않겠습니다. 사리 한 알 남긴 게 없으니까 혹시나 하진 마십시오. 아부지 시신 말고 떠안은 건, 빚뿐이니까요.

사내　아, 이 새끼가! 고인 떠나신 지가 며칠 되었다고 그따위 말을 할 수 있는 게야? (멱살을 쥔다)

남자　이거 놓으세요! 조선 시대 서출일지라도 저만큼 구박과 냉대는 받지 않았을 겁니다. 똥오줌 못 가리는 아버지 내팽개쳐놓고 어머니, 형님은 "다신 안 본다, 벌 받는 거다" 하구선 떠났지 않습니까?

여인　자식 된 처지로 아버지 거둔 게 참 큰 벼슬이구마?

남자　예, 벼슬이지요. 너무 무거운 벼슬이라 근 5년을 짜부라들어 살았습니다. 상의도 않고 제 뜻대로 화장했습니다. 형님도, 저도 우리 처지에 평당 200만 원이나 하는 묘지를 어떻게 쓰겠습니까? 허긴 세 평짜리 지하방에서 눈감은 아버지가 열한 평짜리 누울 곳을 바라셨겠어요? 자, 이제 모시고 가십시오. (열쇠를 의자에 던져주고 퇴장한다)

사내　개새끼…….

담뱃불을 끄고 보관함으로 다가간다. 연다. 보자기에 싸여 있는 나무상자, 꺼낸다. 의자 위에 놓고는 끌러 뚜껑을 연다. 그 안에 들어 있는 하얀 도자기를 꺼내 조심스럽게 의자에 놓는다. 벌떡 일어나 절한다.

사내 아이고 아버지. 그르케 한평생을 한량으로 떠도시더니만 결국 한 줌 재가 되어 즈이한테 오시는구먼요. 어머니 한을 다 어쩌시려고……. (오열한다. 여인은 마땅치 않은 듯 외면한다) 어머니, 미우나 고우나 남편입니다. 마지막 가시는 길 지켜보기라도 하세요.

여인 기맥히는구나. 자식 버리고, 조강지처 버리고서 방방곡곡을 휘젓고 다니던 그 장골 양반이 게우 요 고추장 단지로도 못쓸 쪼매한 그릇에 담겼다니. (뚜껑을 열어본다. 잠시 후 무언가 이상하다는 듯 갸웃거린다) 아이구 야야, 젊어서 그래 보약을 밝히드만. 죽어서 이런 진액을 냈나 부다!

사내 무슨 말씀이세요? (도자기를 받아든다. 의아하다. 망설이다가 도자기 속에 손가락을 넣어 찍어본다. 묻어나는 꿀, 조심스럽게 혀끝에 대본다. 당황해하는 표정) 이거 뭐가 잘못되었네요. 새끼, 누굴 놀리는 거 아냐! (얼른 상자 안에 넣고 보자기로 다시 싸서 가슴께에 안는다) 따라잡읍시다!

사내와 여인, 황급히 퇴장한다.

10.

　아침에 작업복을 갈아입었던 중년 신사, 연장가방을 메고 흙투성이가 되어 지친 모습으로 나타난다. 자판기에서 커피를 빼 의자에 앉는다. 깊은 한숨. 작업화에 묻은 흙을 물끄러미 바라본다. 눈을 지그시 감고 커피를 한 모금, 한 모금 음미한다. 종이컵을 구겨 쓰레기통에 넣고 일어선다. 보관함으로 간다. 열쇠로 연다. 무심코 손을 놓았다가 놀라 들여다보는 사내, 보관함 속에는 양복과 가방, 구두는 간데없고 몇 촉의 난이 들어 있다. 어쩔 줄 몰라 한다. 열쇠와 보관함 번호를 몇 번 견주어보고는 주저앉듯 의자에 앉는다. 그때 교복을 입은 커트 머리의 소녀가 보관함 앞에 선다. 보관함을 연다. 쇼핑봉투를 꺼낸다. 소녀는 봉투를 들고 화장실 쪽으로 사라진다. 사내는 혹시나 하는 심정에 그 보관함을 들여다본다. 그리고 다시 자리로 돌아와 앉는다. 마치 석상처럼 앉아서 골똘히 무언가를 생각하고 있다. 잠시 후 화장실에서 소녀가 나온다. 아까 모습과는 딴판이다. 소녀는 긴 가발을 쓰고 미니스커트에 형광색 티셔츠, 굽 높은 슬리퍼를 신고서 투명하게 안이 내비치는 핸드백을 들었다. 교복이 든 쇼핑백과 책가방을 다시 보관함에 넣고 잠근다. 자신을 힐끔 쳐다보는 사내에게 배시시 웃는다. 사라진다. 사내는 꿈이라도 꾼 듯한 표정으로 보관함으로 가서 하나 하나 흔들어본다. 어떤 것은 비어 있고 어떤 것은 열리지 않는다. 보관함에 부착된 주의문 아래 전화번호를 눈여겨본다. 번호를 되뇌며 공중전화 쪽으로 다가간다. 번호판을 누른다. 신호음이 오래 울려도 받는 이가 없다. 몇 번을 다시 걸어본다. 이윽고 소용없음을 알고 한숨을 내쉬며 다시 번호판을 누른다.

사내 여보, 나야. 오늘 늦을 것 같아서. 응 비상이 걸렸어. 갑자기
    세무감사가 들이닥쳐서 장부 정리해야 될 것 같애. ……부장,
    그거 공으로 딴 이름 아냐. 부서일 제대로 꿰는 사람이 나 말고
    있어? 그래, 어쩌면 못 들어갈 것 같기도 해. 응, 밥은 먹어야지.
    그래, 끊자구. 차, 참, 회사에 전화하지 말구! 여관 작업할 것
    같으니까. 여관 잡으면 전화할게. 그래. 응. (힘없이 전화 끊는다.
    다시 자리에 돌아와 깊은 한숨을 쉬며 쓰러지듯 앉는다)

11.

    창백한 청년이 쇼핑봉투를 들고 들어선다. 아주 지쳐 있다. 한 손에
는 검은 봉지를 들었다. 보관함을 연다. 전단 뭉치를 꺼내 다시 쇼핑봉
투에 집어넣는다. 이때 요원과 직원 들이닥친다. 재빠르게 청년의
두 팔을 뒤로 돌려 꺾는다. 직원은 관망하고 있을 뿐이다.

요원 꼼짝 마!
청년 와, 와, 이랍니까?
요원 너 어디 소속이야. 이 유인물 어디서 제작했어?
청년 유인물요? 뭔 말씀입니까?
요원 시치미 떼도 소용없어!
청년 (그새 뭔가를 희미하게 알아챈다) 저깟 광고전단이 유인물입니까?
요원 학생이야? 학생증 내놔봐.
청년 휴학생입니다!
요원 어쭈, 단골 레퍼토리 나오는데?

청년 당신은 누구십니까?

요원 당신은 누구십니까? 유행가 제목 읊냐? 너 데모꾼이지, 접때
      사진에 다 찍혔어 임마! 사수대 맨 앞줄에 선 놈 너 아냐? 경찰서
      로 가자. 몽둥이찜질 맛 좀 보면 촬촬 불지 않고는 못 견딜걸.
      자죽 안 내고 패는 게 내 특기야!

청년 나 참! 데모할 시간이나 있었으면 좋겠습니다. 등록금 벌려고
      아르바이트 하는 학생, 장학금은 못 거둬줄망정 쪽박을 깨요?
      뭔 일인지는 모르지만 이래도 되는 깁니까? 미란다원칙도 안
      지키고, 다짜고짜 연행을 해요?

요원 웃기고 있네! 미란다원칙? 흥! 검열 걸려든 포르노 제목이 미란다
      드라 임마! 자, 좋은 말 할 때 순순히 가자고! (옆에 벌쭘히 서
      있는 직원에게) 이봐, 저 봉지 좀 뺏어봐!

직원 (엉겁결에 봉지를 낚아챈다. 비닐봉지에서 쏟아지는 새빨간 사과 몇
      알) 이, 이거 어째 잘못 짚으신 거 같은데요? (천연덕스럽게 사과를
      주워 한 입 베어 문다. 암전)

12.

  희미한 조명 아래 의자 위에서 작업복 차림의 중년 사내가 지쳐
잠들어 있는 모습. 신문지를 덮고서. 노파가 천천히 발을 끌며 등장한
다. 소녀는 노파의 치맛자락을 꼭 잡고 있다.

노파 이 양반이, 어째 이르케 늦는가 모르겠네. 원, 얼매나 좋은 자리를
      구하느라고……. 자 여기 앉아라. 이젠 괜찮으냐? 니가 이 할미

명을 쥐락펴락하는구나. 아이구, 혼비백산했드니 온몸이 저릿저릿헌 게. (끙 하며 다리를 펴 허벅지를 두드린다. 소녀는 헤헤 웃으며 노파의 등과 어깨를 안마하는 시늉을 한다)

노파 그래, 그래 착하구나. 느이 엄마가 널 데리러 왔다가 기겁을 했을 건데. ……다시 오겠지. (소녀의 머리를 쓰다듬으며) 아가야, 잘 알아둬라. 사람 많은 데서 길을 잃어버리면 한곳에 가만히 서 있어야 한단다. 그래야 엄마가 널 찾으러 와. 니가 니 힘으루 찾겠다고 여기저기 휘젓고 댕겨봐라, 그러면 영영 이별이 되는 게야. (소녀는 어느덧 노파의 무릎을 베고 잠이 든다. 머리를 쓰다듬어 준다) 그래, 힘두 들겠지. 어쩌다가 쯧쯧, 너도 업이 많구나. (한숨, 개찰구 쪽을 바라보며) 이 양반이 어째 이리 늦능가……. 에서 떠났으니 이 자리로 오시겠지.

노인의 목소리 자네 먼저 가버리면 나 혼자 어떻게 살겠는가. 홀시어미는 모시구 살아도 홀시애빈 못 모시구 산다잖아. 내가 자리보전하면 누가 똥오줌을 받아내구…….

노파 (빙그레 웃는다. 가슴께를 누르며 혼잣말을 되뇐다) 내가 영감보다 오래 살아야 할 틴데……. 혼자 돼서 목숨 이어가는 게 문제지, 이깟 몸 아픈 건 암것두 아니구먼요……. (윗도리 주머니에서 손수건을 꺼내려다 열쇠가 손에 잡힌다. 꺼내어 잠시 들여다본다. 만지작거리며) 영감, 엊저녁 꿈에요. 어무님이 나타나셨어요. 젊은 아낙적 모습으로 가지색 치마에, 흰 저고리를 곱게 채려입고 내 손목을 끌어댕기믄서 산속으루, 산속으루 가자 합디다. 산

깊은 곳에 이쁘구 자그만 집이 한 채 있는디 그걸 사자구 해요. 이게 좋은 꿈일라나 어쩔라나…….

곧 졸기 시작한다. 고개를 떨어뜨리며 코마저 얕게 곤다. 어디선가 물 떨어지는 소리 간간이 섞이고. (사이) 치지직거리며 잡음 섞이더니 음악소리가 멈춘다. 잠시 정적. 뉴스 아나운스먼트가 지하보도를 낮게 울린다.

소리 오늘 오후 한 시, 경기도 둔산 금성산 기슭에서 76세 김성칠 노인이 실향민인 자신의 처지와 생활고를 비관해 목을 매 자살한 것을, 도토리를 주우러 온 등산객이 발견하고 경찰에 신고했습니다. (다시 잡음이 섞인다) ……통신원, 서울시 외곽도로 교통 상황을 말씀해주시죠. 네. 구행주대교에서 일산 방향, 통일로 구간 심하게 정체되고 있습니다. 차량 진행에 어려움이 많……. (잡음이 심해진다. 긴 사이. 지하보도는 완전한 정적에 잠긴다. 두 사람의 코고는 소리만 낮게 울려 퍼진다. 조명 서서히 어두워지면서 암전)

🌀 생각해볼 문제들

1. 단막극의 일반적인 방식에서 벗어난 요소들을 찾아보자. 그리고 작가가 그러한 선택을 한 의도를 생각해보자.

2. 제목으로 사용된 판도라의 상자는 그리스로마신화에 나오는 판도라의 상자 이야기와 어떤 공통점과 차이점을 가지는가?

3. 장소와 주제의 관계를 알아보자.

4. 아리스토텔레스적 구성과 비아리스토텔레스적 구성을 비교해보자.

5. 단막극에서 삽화적 구성의 효과적인 사용법을 고찰해보자.

6. 등장인물의 수가 매우 많은 편인데 그것은 작품에 어떠한 영향을 미치는가? 작품에 미치는 긍정적인 측면과 부정적인 측면은 무엇일까?

7. 소도구도 매우 많이 필요한 작품인데 그것들은 어떤 특성을 가지며 극에서 어떻게 기능하는가?

8. 이 작품은 앞의 두 작품과 마찬가지로 평범한 사람들의 애환을 그리고 있다. 세 작품에서 보통 사람을 등장시켜 사건을 이끌어가는 방식의 공통

점과 차이점은 무엇인가?

9. 앞의 두 작품은 인물의 이름이 있고 이 작품의 인물들은 이름을 가지고 있지 않다. 인물을 만들 때 인물에 관한 정보의 양은 극에 어떠한 영향을 미칠까?

10. 중심인물이 노부부라고 할 수 있는가? 그들이 작품에서 하는 기능은 무엇이며 그들이 주인공인 이유는 무엇일까? 일반적으로 노인이 주인공인 경우는 작품에 어떤 영향을 미치는가?

11. 이 작품에서는 공간 선택이 매우 효과적이라고 할 수 있는데 그 이유는 무엇일까? 이러한 개방인 장소는 연극의 무대로서 어떤 특성을 가지는가?

12. 가장 마음이 끌리는 인물은 누구이며 그 이유는 무엇인가? 그 인물이 작품의 중심인물이라면 작품은 어떤 분위기와 주제를 가지게 되었을까 생각해보자.

13. 인물의 종류에는 유형적 인물과 개성적 인물이 있다. 이 작품에서 그러한 기준에 따라 인물을 분류해보자.

14. 등장인물의 수만큼 배우가 필요한가? 아니면 어떤 식으로 배우의 수를 경제적이고 효과적으로 사용할 수 있겠는가?

15. 너무 많은 인물의 등장으로 산만해보일 수도 있는 이 작품이 통일성을 가질 수 있는 것은 어떤 요소 때문인가?

16. 엔딩은 효과적인가? 관객이 받아들이기에 만족할 만한 엔딩인가?

17. 시작과 끝의 장면을 연결해 노부부의 일과와 그들이 생각한 것들과 선택 등에 관해 생각해보자.

18. 이 작품에서 전환점과 절정은 잘 배치되어 있으며 그 기능을 잘 수행하고 있는가?

만행 | 노동혁*

등장인물

강철주(20대 중반), 고기봉(20대 중반)

오석미(10대 후반)

무대

어둠 속에서 심장박동 같은 북소리가 희미하게 들려온다.
북소리 점점 커지며 템포가 빨라진다. 한 발의 총성. 울부짖는 코끼리.
이때 길게 이어지는 타잔의 고함소리. 수많은 동물들이 지축을 흔들며
몰려오는 소리가 들려온다. 극에 달했던 소음이 서서히 잦아든다.
밝아지면 늦가을 오후 4시경. 동물원 코끼리 우리 앞 벤치. 승복 차림
의 철주가 목탁을 두드리며 주변을 조심스레 두리번거리고 서 있다.
이따금 불경을 중얼거리고 있고, 벤치에는 역시 승복 차림의 기봉이
웅크린 채 떨고 있다. 두 사람 다 등에는 바랑을 메고 있고, 기봉만
머리에 털모자를 쓰고 있다. 벤치 뒤로 나무들이 들어서 있다.

---

* 1998년 한국일보 신춘문예 희곡 당선. 작품으로 희곡 〈코끼리 사원에 모이다〉,
〈겨울 코끼리 이야기〉와 영화 시나리오 〈고독이 몸부림칠 때〉가 있다.

어디선가 각종 동물들의 간헐적인 울음소리와 놀이동산에서 제트코
스터의 굉음과 탑승객들의 비명, 유행가 등이 들려온다. 기봉이 흐느
끼다가 벤치 뒤로 가 헛구역질을 하기 시작한다.

철주 스님! 세상에 쉬운 일이 어디 있는 줄 아십니까?

　기봉, 담배를 피워 문다. 익숙하지 않은 듯 콜록거린다.

철주 스님! 이제부터 시작입니다. 마음을 단단하게…….

　철주, 담배 냄새를 맡은 듯 뒤돌아본다.

철주 아니 스님! 이게 무슨 짓이십니까?
기봉 다 미친 짓이야!
철주 사람들이 봅니다. 어서 끄세요! (사이)
철주 스님! (사이)
철주 스님! 가야 할 길이 참으로 멀고도 험합니다.
기봉 우리한테 무슨 가야 할 길이 남아 있어?
철주 (목탁으로 기봉의 머리를 후려치며) 야! 이 씨발아! 끄라면 빨리 꺼!

　기봉, 담배를 끈다. 철주, 벤치에 앉는다.

철주 짜식! 그새 담배는 배워가지고. (사이) 너 같은 '믿씁네다!'한테는
　　　안 어울려.

기봉 (벤치에 앉으며) 아까 그 사람 죽었을까?

철주 청원경찰? 뒈졌겠지 뭐. (사이) 그 새끼 아팠겠어. 배에 칼침 맞아본 친구놈들이 그러는데 (자신의 배를 문지르며) 여기 통증이 제일 좆같대. (손목시계를 보며) 그나저나 지금쯤 이 일대에 짭새들이 쫙 깔렸겠지? 조금 더 기다리다가 어두워지면 그때 나가자.

기봉 우린 저주받았어. 아바야님을 저버린 벌을 받고 있는 거라구.

철주 웃기고 자빠졌네. 그런 또라이 새끼는 잊어버려. (사이)

철주 (기봉의 어깨를 감싸며) 떨지 마. 이럴수록 침착해야 된다구. 여긴 괜찮아. 원래 등잔 밑이 어두운 법이거든. 그리고 이따가 나가서 짭새들하고 마주치더라도 괜히 쫄지 말고 당당하게 행동하란 말야. 알겠어?

기봉 죽일 필요까지 없었잖아?

철주 (기봉의 바랑을 툭툭 치며) 대신 돈이 생겼잖아.

기봉 돈이 생겼다구?

　　기봉, 다시 담배를 피우려 한다.

철주 (담배를 뺏어 뒤로 던져버리며) 그럼 넌 그 정도도 안 하고 돈이 생길 줄 알았어?

기봉 그렇다고 사람을 죽여?

철주 그 새끼 팔자가 그런 거야. 우리가 땅속에 파묻었던 년놈들처럼. (사이)

기봉 그 사람들은 배교자였어. 아바야님의 사랑을 저버리고 도망가려 했다구.

철주 뭐? 사랑? 신도들 등쳐먹고 처녀들 따먹는 게 사랑야?

기봉 그건 김 장로의 모함이라구. 배신자들의 거짓말이란 말야.

철주 이 자식 이거 아직도 정신 못 차렸네. 내가 황 장로한테도 들었어. 그동안 신도들이 재산 헌납한 거, 행려병자들 앞으로 들어온 후원금하며 애들이 앵벌이해서 번 돈하며…… 그 돈 다 어디 갔겠어? 너 그 새끼가 얼마나 추잡한 놈인 줄 알아? 감람나무 동산에는 아다가 없어요, 아다가! 심지어 코흘리개 국삐리까지 다 잡아먹었다구. (사이) 오래는 살겠다. 영계가 보약인 건 알아 가지고.

기봉 다 거짓말이야! 거짓말!

철주 거기다가 사람들까지 죽였으니. 너도 어제 테레비 봤지? 난 우리가 지난달에 파묻은 여섯 명이 다인 줄 알았더니 포크레인 으로 여기저기 쑤셔대니까 아주 줄줄이 사탕이더구만. (사이)

기봉 우린 아바야님이 돌아오실 때까지 감람나무 동산을 지켜야 했어.

철주 미쳤니? 그 사기꾼 새끼가 몇십 억을 가지고 중국으로 토껴버렸 는데 뭐 먹을 게 있다구 거기 남아 있어? 그 새끼가 행여나 돌아오겠다. 나라도 안 돌아오지. (사이) 내가 미친놈이지. 식구 관리만 잘해주면 한몫 단단히 챙겨주겠다는 말을 믿었으니.

기봉 그게 무슨 소리야? 그럼 넌 돈 때문에 감람나무 동산에 들어오기 라도 했다는 거야?

철주 그럼 넌 내가 지구 최후의 날이라도 피해 들어온 줄 알았어?

기봉 (털모자를 쓴 머리를 쥐어뜯으며) 넌 뭔가를 잘못 생각하고 있는 거야. 아니면 내가 악몽을 꾸고 있든가.

철주 그럼 꿈 깨서.

기봉   젠장!

　기봉, 모자를 확 벗어제낀다. 그의 짧은 머리는 깎다 말았는지 우스
꽝스럽다.

철주   야! (일어서며) 머리가 그게 뭐야?
기봉   왜?
철주   꼭 꼰대가 고삐리 대가리 밀어논 것 같잖아. 깎을려면 제대로
　　　깎던가. 하기야 니 정신으로 깎았겠냐? (바랑에서 바리깡을 꺼내며
　　　주위를 둘러본다) 야! 마저 깎자!
기봉   (모자를 다시 쓰며) 싫어!
철주   (벗기며) 빨리 깎어! 지금 싫고 좋고 따질 때야?
기봉   싫다니까!
철주   (기봉의 뒤통수를 때리며) 잔말 말고 깎어!

　기봉, 뭐라 중얼거리며 모자를 벗고 머리를 앞으로 내민다. 철주,
벤치 뒤로 간다.

철주   진작에 이렇게 나올 것이지. 머리 뒤로 제껴. (머리를 깎으며)
　　　만에 하나 검문에 걸려봐! 누가 이 대가리를 중대가리로 봐줘?
　　　넌 그저 이 형님이 시키는 대로만 하면 돼! (사이)
철주   얼씨구?

　기봉, 고개를 숙이고 눈가를 훔친다.

철주   너 지금 우는 거야?

기봉   아냐! (사이) 눈에 뭐가 들어가서 그래.

   기봉, 다시 고개를 뒤로 젖힌다. 철주, 깎는다.

기봉   오랜만에 하늘을 올려다보는 것 같애. (사이) 철주야. 하늘에
       뭐가 떠 있는 줄 알아?

철주   구름?

기봉   아니.

철주   비둘기?

기봉   풍선! (사이)

기봉   나 초등학교 1학년 땐가 아버지랑 여기 한 번 왔었어. 그때도
       늦가을이었던 것 같애.

철주   기억력도 좋네.

기봉   아버지가 사주신 풍선을 놓쳐서 하늘만 쳐다보고 울던 게 생각나.
       아버지는 나한테 풍선이 언젠가는 다시 돌아올 거라고 하셨는데.

   기봉, 머리가 뽑히는지 비명을 지른다.

철주   (기봉의 이마를 때리며) 참어! 내가 무슨 일류 이발산 줄 알아?

   이때 어디서 아이들의 웃음소리가 들린다.

철주   야! 길면 깎아야지. 중이 머리 기르는 거 봤어? (바리깡을 집어던지

는 시늉을 하며) 빨리 안 꺼질래!

아이들의 비명소리.

철주   저것들이 사람 혈압 높이구 지랄야. 그렇잖아도 혈압이 높아서
       걱정인데. 자, 됐다. 시원하지? 인물 난다 인물 나. 제법 진짜
       스님 같아 보이는데.

    철주, 손을 털고 벤치에 앉아 바리깡을 바랑에 집어넣는다. 기봉,
머리와 어깨 주변의 머리카락을 대충 털어내고 모자를 쓴다.

철주   스님이면 거 뭐냐? 중 이름을 뭐라고 하던데? 뭐라고 그러냐?
       거 있잖아.
기봉   법명.
철주   그래, 그래. 법명! 스님이면 그 법명이라는 것도 있어야겠지?
       (골똘히 생각하다) 사명대사? 삼장법사? 이런 건 너무 유명한 거니
       까 좀 그렇고. 너 뭐 좋은 생각 없어?

    기봉, 말없이 하늘만 쳐다본다.

철주   그래. 바로 그거야. 우리 엊그저께 비디오 본 거 있지?

    자리에서 벌떡 일어나 영화에서처럼 유덕화가 독주를 마시고 비틀
거리는 장면을 흉내 낸다. 중국말 비슷한 걸 중얼거리다 바닥에 쓰러진

다. 신음소리와 함께 몸을 부르르 떨며 한 손을 들어올린다.

철주 지존무상! 바로 이거야! 난 지존 스님! 넌 무상 스님! 어때?

기봉 그 뜻이나 알고 말하는 거야?

철주 야! 지금 우리가 이 판국에 그딴 거 따지게 생겼어? (벤치에 앉으며) 대충 폼만 나면 되지. (사이)

철주 절 이름은 뭘로 할까? 너 어디 가본 데 있어? 불국사 같은 데 말구.

기봉 조계사.

철주 뭐 조개? (자신의 사타구니를 주물럭거리며) 그 맛 본 지 정말 오래 다. 거기는 뭐 조개들만 다니는 절야? 정말 그런 데가 있어?

    기봉, 철주를 보며 한숨을 내쉰다.

철주 그럼 공평하게 조불사에 있는 스님이라고 해둬. (사이)

기봉 우리…… 진도까지 무사히 갈 수 있을까?

철주 몰라! 가든가 말든가. 이거 뭐 손발이 맞아야 해먹지. (사이)

기봉 너 정말 개 키워봤어?

철주 속구만 살았나? 내가 군견병이었다니까.

기봉 (바랑 속을 들여다보며) 이 돈이면 충분할까?

철주 뭐 첨부터 크게 시작하기는 힘들겠구. 친구놈이 내려오기만 하면 도와준다고 했으니까.

기봉 그래도 개 키우는 게 쉬운 일이 아닐 텐데. 애 키우는 거랑 똑같대.

철주 (일어서며) 자신 있어! 난 짐승들하고 사는 게 속 편할 거 같애. 사람들 냄새보다 짐승들 냄새가 더 친근해. 사기꾼놈들 똘마니 노릇도 이제 지긋지긋하다구. 기봉아! 우리 개만 기를 게 아니라 흑염소도 기르고 닭도 치자!

기봉 꽃사슴두!

철주 꽃사슴? 까짓 거 다 기르지 뭐.

기봉 그 녀석들 끼니마다 밥 주는 일도 장난이 아니겠는데.

철주 나한테 생각이 있어. 훈련을 시키는 거야.

기봉 훈련이라니?

철주 밥 줄 때 신호를 주면 오게 하는 훈련! 자, 이렇게.

   철주, 벤치 위로 올라가 타잔 고함소리를 흉내낸다. 이에 화답하듯 코끼리의 울음소리를 필두로 온갖 동물들의 울음소리가 들려온다.

철주 (눈을 감은 채) 온몸이 짜릿해지는데.

기봉 철주야! 너 진짜…… 군견병이었구나.

   철주, 눈을 뜨자 아이들이 이상한 얼굴로 자신을 보고 있는 걸 발견한다.

철주 아니 저것들이 우릴 완전히 무슨 원숭이 쳐다보듯 하네. 이제 보니 아까 그 애새끼들 아냐? (벤치에서 내려오며) 야! 나한테 한번 죽어볼래? 눈깔을 다 뽑아버린다.

기봉은 그쪽으로 뛰어가려 하는 철주를 붙잡는다.

기봉   참어! 애들이잖아.

철주   (뿌리치며) 저것들이 죽을라구 환장을 했나!

기봉   참으라니까! 넌 이제 강철주가 아니라 지존 스님이라며. 지존이
       면 지존답게 굴어.

철주   (이빨 사이로 침을 찍 뱉으며) 동물원에 왔으면 동물들이나 구경하
       다 갈 것이지. 좆만한 씹새끼들! 다 한삽에 묻어버릴까부다.

기봉   제발 그만 좀 해! 우리가 지금 큰소리칠 처지야?

철주   우리 처지가 어때서? 그 새끼한테 실컷 이용만 당하다 이제
       좀 사는 것처럼 살아보겠다는데.

기봉   이용만 당했다구? (사이) 그래도 갈 곳 없는 우리들을 받아준
       사람은 아바야님밖에 없었어. 아바야님이 아무 말씀 없이 사라
       지신 건 분명 말 못할 사정이 있으셨을 거야. 아바야님은 반드시
       돌아오실 거야. 철주야! 난 믿어! (환상에 사로잡힌 듯) 그분이
       다시 돌아오시면…… 그날이 오면…… 우리를 최후의 환난에
       서…….

철주   그딴 개소리 집어쳐! 이 병신새끼야! 아직도 저 푸른 하늘에서
       피섞인 우박이 쏟아져내릴 거라고 생각해? 이 지구가 반쪽이
       날 거라구 믿고 있는 거냐구? 너 그럴 거면 나 왜 따라왔어?
       왜 강도짓까지 했냐구? (사이) 니네 아버지 입원만 하셨어도 그렇
       게 돌아가시진 않으셨을 거야. 그 개새끼 때문에 돌아가신 거잖
       아! 그만큼 속았으면 됐지 더 이상 뭘 바라? (사이) 뭐, 믿음이
       부족해 죽는 거라구? 암도 고칠 수 있다고 나불대더니만. 아가리

를 확 찢어버리구 싶어.

철주, 나무를 걷어찬다. 기봉, 철주를 멍하니 쳐다보다 벤치에 앉는다.

철주 (옆에 앉으며) 나두 니 마음 다 알어. 그 새끼한테 속아 이용만
      당했다는 걸 인정하기 싫겠지. (사이) 지난 일은 다 악몽이었다고
      생각하고 잊어버려.
기봉 잊어버리라구? 어떻게?
철주 나두 몰라! 나두 미치겠어. 밤마다 우리가 파묻었던 시체들이
      땅을 박차고 나오는 꿈을 꿔! 내가 너처럼 그 사람들을 배신자라
      구 생각하고 묻었는 줄 알어? 난 단지 그 새끼가 돈 준다고
      해서, 목돈 만들어준다고 해서 그런 거야. 나두 남들처럼 행복하
      게 살고 싶었어. 뭘 하든지 돈만 생기면 사람답게 살고 싶었다구.
      (사이) 하지만 이젠 사람들 얼굴 보기가 겁나. 사람들이랑 함께
      살아갈 용기가 안 난다구.

제트코스터의 굉음과 탑승객들의 비명소리, 유행가가 들려온다.

철주 (두 귀를 막으며) 씨발새끼들! 3천 도짜리 유황불에 다 뒈져버려라!
      (사이)
기봉 철주야! 그 사람…… 숨을 헐떡이던 그 청원경찰 얼굴이 자꾸
      떠올라. 우리 아버지뻘 되는 것 같던데…….
철주 아가리 닥쳐! (사이)
철주 너 칼두 맨홀에 집어넣었지?

기봉 칼? (사이) 나 줬어?

　기봉, 멍하니 철주의 얼굴만 쳐다본다.

철주 뭐야? 지금 무슨 소릴 하는 거야?

　철주, 자신의 바랑을 뒤지다 기봉의 바랑을 뒤진다.

철주 너, 길바닥에 흘린 거 아냐?
기봉 아냐.
철주 그럼?
기봉 저기 화장실에서 옷 갈아입을 때 거기다 두고 나온 거 같은데.
철주 피가 묻은 칼을 화장실에다 두고 나왔어?

　기봉, 고개를 끄덕인다.

철주 돌아버리겠네. 너 꼼짝 말고 여기 있어. 내가 갔다 와볼 테니까.
　　　(손목시계를 쳐다보며) 내가 만약 20분 후에 안 오거든 거기로
　　　튀어! 알았지? 그리고 누가 나타나면 연습한 거 알지?
기봉 연습한 거라니?
철주 진짜 중처럼 보이게 하라구!

　기봉, 고개를 끄덕이고 철주, 주위를 살피며 나간다.

기봉   철주야!

철주   (깜짝 놀라 뒤돌아보며) 왜?

기봉   우리 지금 헤어지는 거 아니지?

철주   내가 그걸 어떻게 알아?

　철주, 사라진다. 기봉, 철주 쪽을 처다보다 벤치에 웅크리고 앉는다. 잠시 후 고등학교 교복 차림의 석미가 유모차를 밀며 나타난다. 석미, 관객 쪽으로 난 우리 앞에 멍하니 서서 코끼리를 바라보며 과자를 던져준다. 코끼리의 울음소리. 석미, 그러기를 몇 차례 과자가 다 떨어진 듯 기봉에게로 온다.

석미   스님! (사이)

석미   저 스님!

　기봉, 그제서야 고개를 들어 석미를 바라본다.

기봉   저 말인가요?

　석미, 기봉에게 합장하며 고개를 숙인다. 기봉, 당황해 자리에서 일어나 고개를 꾸벅한다.

석미   옆에 좀 앉아도 될까요?

기봉   (벤치에 있던 목탁을 집어들며) 앉으세요.

기봉, 석미의 눈치를 살피며 목탁을 두들겨댄다.

석미   지금 만행 중이신가 봐요?

기봉   아뇨. 전 그냥 중인데요.

석미   (웃으며) 스님도 농담을 다 하시네요?

기봉   예? 저 진짠데요. 법명은 지존…… 아니 무상이라고 합니다.

석미   아, 예. 무상스님요?

기봉, 일어나 손목시계를 보며 철주가 간 쪽을 두리번거린다.

석미   저 여기 자주 오는데 스님을 뵙는 건 처음인 것 같애요. 스님도
       동물구경 좋아하세요?

기봉   예?

석미   동물구경 좋아하시냐구요?

기봉   뭐 동물구경을 좋아한다기보다는 동물들한테 저를 이렇게 구경
       시켜주고 있는 거죠.

석미   동물들한테 스님을 구경시킨다구요?

기봉   뭐랄까? 구경이라기보다는…… 그러니까…… 저 동물들도 전생
       에 다 죄 많은 인간이었던 거죠. 해서 다음에는 착한 사람으로
       태어날 수 있도록 부처님께 불공을 드리고 있는 거지요. (목탁을
       두드리며) 나무아미타불 관세음보살!

석미   스님!

기봉   예?

석미   정말 멋지세요. 우리나라에 이렇게 훌륭한 스님이 계시다니…….

스님! 어느 절에 계시나요?

기봉 저요? 저는 그러니까…… 진도에 있는…… 조불사에 몸담고
있습니다.

석미 어머! 진돗개 진도요? 저 재작년에 거기 한번 갔었어요. 바다
갈라지는 데 있잖아요. 영등제 하는 데. 거기서 엄마랑 아빠랑
낙지도 잡고 했었어요. 스님도 뽕할머니 얘기 아시겠네요?

기봉 (시계와 주변을 둘러보다가) 예?

석미 모도까지 무지개 타고 건넜다는 뽕할머니 전설요.

기봉 뭐…… 그런 전설이 옛날부터 전해 내려올 수도 있겠군요. (목탁
을 두드리며) 나무아미타불 관세음보살!

석미 요즘 자꾸만 그 전설이 떠올라요. (유모차에서 담배를 꺼내며)
스님! 저 담배 한 대만 필게요. 제 앞에도 그 무지개가 탁 나타나
면 얼마나 좋을까요? 그러면 이 시궁창 같은 세상을 밟지 않고
그 어딘가로 갈 수 있을 텐데.

기봉 보아하니 고등학생 같은데…….

석미 왜요? 제가 담배 피우는 게 이상하세요? (사이)

기봉 (유모차 안을 들여다보며) 조카가 참 똘망똘망하게 생겼습니다.
애기 이름이 뭔가요?

석미 얘요? 얜 이름 같은 거 없어요. 스님이 하나 지어주실래요?
행복하고 오래 사는 이름으로.

기봉 제가 뭘…… 애기 이름 같은 건 애 아빠가 지어야죠.

기봉, 연신 시계를 쳐다보며 주위를 두리번거린다.

석미 스님! 누구 기다리세요?

기봉 아니 그냥 좀…….

석미 스님!

기봉 예?

석미 스님! 혹시…….

기봉 뭐요?

석미 내 눈은 못 속여요.

   기봉, 어쩔 줄 몰라 한다. 석미, 참고 있던 웃음을 터뜨린다.

석미 죄송해요. 스님. 제가 장난친 거예요. 하두 불안해하시는 것
     같아서. 테레비에 보면 그런 거 많이 나오잖아요. 사기 치고
     유부녀 울궈먹는 땡중들! 무상 스님이야 절대로 그런 분은 아니
     시겠지만.

기봉 잘 아시는군요. 나무아미타불 관세음보살!

석미 또 모르죠. 난 원래 잘 속으니까.

   코끼리의 울음소리. 석미, 담배를 피워문다.

석미 전 다음에 코끼리로 태어났으면 좋겠어요. 하기야 그게 내 맘대
     로 되는 건 아니지만. (사이) 뭐든 상관없어요. 호랑이로만 안
     태어난다면. (사이)

석미 예전에 애기 아빠가 이런 얘길 해줬어요. 야생 코끼리는 죽기
     전에 어디론가 사라진대요. 아무도 모르는 곳으로요. 물론 우리

에 갇혀 있는 코끼리는 그렇게 못하겠지만.

기봉 (석미와 유모차를 번갈아 쳐다보며) 애기 아빠?

석미 근사하죠? 저 덩치가 어디로 숨어버리는 걸까요? 다람쥐나 토끼
     같이 작은 동물이라면 또 모르겠지만. (사이) 얘네들이 죽으면
     어디다 묻어줄까? 엄청나게 큰 구덩이를 파야 되겠죠?

유모차 안의 아기가 울기 시작한다. 아기를 꺼내 어르는 석미.

기봉 저 혹시…… 얘…… 친엄마가…….

석미 스님! 저 부탁이 있는데요. 잠깐 애기 좀 맡아주세요.

기봉 애기를 맡아달라구요?

석미 애기 아빠를 좀 만나야 하는데요. (사이) 그 사람 여기서 근무해
     요. 호랑이 사육사죠. (사이) 오래 걸리지 않을 거예요.

기봉 그럼 애기를 데리고 가지 왜 혼자서…….

석미 그 사람 애기 데리고 나타나는 거 싫어해요. (아기를 기봉에게
     건네며) 금세 다녀올게요.

기봉 난 애기 볼 줄도 몰라요.

석미 (일어서며) 애기가 울거든 젖병만 물려주시면 돼요. 유모차 안에
     기저귀도 있구요, 딴것도 다 있어요. 딸랑이도 있구…… (사이)
     얘는 아무나 잘 따라요. 바보같이 그런 건…… 날 닮아서…….

석미, 가려다 몇 발자국 걷지 못하고 고개를 숙인 채 서 있다. 기봉,
일어나 석미를 바라본다.

기봉 이봐요! 난 금방 가야 돼요. (사이)

석미 그럼 우리 애기는요…….

기봉 예?

석미 스님, 우리 애기는 아무 죄가 없어요. 엄마 아빠를 잘못 만난 죄밖에는. (고개를 돌려 아기를 쳐다보며) 우리 애기만큼은 행복했으면 좋겠어요…….

　　　석미, 입가를 가리며 돌아서는 순간 기봉, 석미의 팔을 붙잡는다.

기봉 이게 무슨 짓이야?

　　　석미, 왈칵 울음을 터뜨리며 기봉을 껴안는다. 아기도 울기 시작한다. 기봉, 석미를 부축해 벤치에 앉힌다.

석미 스님, 얘는요, 살겠다고 이렇게 하루에도 수십 번씩 울어대요. (사이) 그게 너무 무서워요. 전 살 이유가 없는데……. 이제는 더 이상 애기 얼굴을 볼 자신이 없어요. (사이) 그 사람 잊고 싶어도 애 때문에 잊을 수가 없어요. (사이) 학교에서 짤린 제가 왜 교복을 입고 왔는지 아세요? 그 사람한테 제 옛날 모습을 보여주고 싶었어요. 혹시나 그 사람 마음을 돌려볼까 하는 생각에. (사이) 인간으로 태어난 게 원망스러워요. 차라리 동물로 태어났더라면…….

　　　코끼리의 울음소리.

석미 스님, 코끼리가 부러워요.

기봉 우린 코끼리가 될 수 없어. 우리한테는 그런 안식처가 없다구. 그냥 터벅터벅 걸어가는 거야. (사이) 그게 사람 사는 거라구.

석미 하지만 얘는요? 얘도 나처럼 불행해질 거예요. 언젠가 사랑을 배우고 고통 속에서 자기 자신을 저주할 거라구요.

기봉 그래서 애기를 버리고 가겠다는 거야? (사이) 애기 핑계 대지 마! 니 말대로 애가 무슨 죄가 있어? (사이) 애도 언젠가 자기의 삶을 선택할 날이 올 거라구. 그 결과가 고통이든 행복이든. (사이) 그때까지는 니가 엄마 노릇을 해줘야 될 거 아냐.

기봉, 석미에게 아기를 건넨다.

석미 잔인해요. 정말 잔인해요! (사이) 왜 그래야 하죠? (사이) 이게 다 누구 때문인 줄 아세요?

기봉 그 사람 원망할 거 없어. 누군지는 몰라도.

석미 스님이 뭘 안다구 그런 말씀을 하세요? 저처럼 버림받아보셨어요? 과거를 잊지 못해 몸부림쳐보셨냐구요? (사이)

기봉 난 너한테 과거를 잊으라고 한 적 없어! (사이) 내 말은 그러니까……. 살자구! 더 이상 피하지 말구, 이 땅에서 살자구. (사이)

석미 (일어서며) 좋아요. 그 사람 원망하지 않겠어요. (사이) 하지만 이제 그 사람도 느껴봐야 해요. 아픔이 뭔지, 사랑이 뭔지. (아기를 기봉에게 건네며) 스님, 오래 걸리지 않을 거예요.

기봉 (일어서며) 약속해! 도망가지 않겠다구.

석미 우리는 여기서 다시 만날 거예요. 비록 스님이 절 못 알아보셔도.

기봉 그게 무슨 소리야?

석미 아까 저한테 그러셨죠. 여기 동물들이 전생에는……. (사이) 스님 말씀이 맞다면 우린 다시 만날 거예요.

코끼리의 울음소리. 석미, 코끼리를 응시하다 몸을 돌려 가버린다.

기봉 넌 나랑 약속한 거야! 니가 올 때까지 애기랑 기다리겠어. (사이) 우린 더 이상 숨을 곳이 없다구.

기봉, 잠든 아기를 바라보다 유모차 안에 넣고 벤치에 앉는다. 철주, 돌아온다. 기봉은 유모차를 벤치 옆으로 밀어놓는다.

기봉 왜 이렇게 늦었어?

철주 제기랄!

기봉 칼은?

철주 없어. 누가 발견하고 신고라도 하면…….

아기가 깨어 울기 시작한다.

철주 (두리번거리며) 이게 무슨 소리야?

아기의 울음소리가 점점 커진다. 철주, 유모차를 발견한다.

철주 뭐야 이거? 누구 새끼야?

기봉   내가 잠시 봐주게 됐어.

철주   너 미쳤니? 우리가 동물원에 소풍 나온 거야? 니가 지금 애
       봐주게 생겼어? 이 새끼 정말 또라이네.

아기가 더욱 자지러지게 울어댄다.

철주   시끄러! 어떻게 좀 해봐!

기봉, 유모차에서 아기를 꺼내 어색하게 위아래로 흔든다. 그러나
아기는 더욱 더 울어댄다.

철주   너 지금 딸딸이 치냐? 그렇게 흔들어만 댄다고 애가 안 울어?
       (사이) 어떤 년 애새끼야?

기봉   그러니까…… 그냥 엄마지 뭐.

철주   그년도 정신 나간 년이지. 그래 지 애새끼를 맡길 사람이 없어
       너 같은 인간한테 맡기냐?

기봉   진짜 스님인 줄 알았나 봐.

철주   중이 뭐 애 봐주는 사람야?

기봉, 아기를 달래다 뭔가가 생각난 듯 유모차에서 젖병을 꺼내
아기에게 물린다. 그제서야 아기가 울음을 멈춘다. 기봉, 철주의 눈치
를 보며 안도의 한숨을 내쉰다.

기봉   애기가 우유를 정말 열심히 빨아먹는다.

철주   애새끼 우유 먹는 거 첨 봐?

기봉   아이구, 요 주둥이 오물락거리는 거 봐. (사이) 이런 게 정말
      살아 있는 생명일 거야. 너두 한번 안아볼래?

철주   저리 가! 애새끼 냄새도 맡기 싫어! (사이) 소름끼친다구!

기봉   소름이 끼쳐?

      스피커에서 안내방송이 흘러나온다.

      (소리) 관람객 여러분들께 알려드립니다. 오늘은 저희 동물원 사정
   으로 인하여 한 시간 일찍 폐장하게 되었습니다. 관람객 여러분들은
   지금 곧 퇴장하여주시면 대단히 감사하겠습니다. (사이)

철주   왔어!

기봉   오다니?

철주   (목탁을 집어들며) 몰라서 물어? 너 마음 단단히 먹어. 정면 돌파하
      는 거야.

기봉   정면 돌파라니?

철주   지금 사람들 나갈 때 묻어나가는 거야. 여기서 괜히 남아 어물쩡
      거리다가는 의심받기 십상이니까.

기봉   그럼 애는?

철주   알게 뭐야? 자, 가자!

기봉   안 돼!

철주   안 된다니?

기봉   애 엄마가 찾으러 올 거란 말야.

철주   여기다 두고 가면 알아서 데리고 갈 거 아냐?

기봉   그렇다고 애만 버려두고 갈 수 없어!

철주   (기봉의 팔을 끌며) 좆까는 소리 하지 말고 빨리 따라와! 시간
　　　없어.

　　　기봉, 뿌리치며 애기를 더욱 꼭 껴안고 돌아선다.

철주   너 지금 장난하는 거야?

기봉   올 때가 됐다구.

　　　다시 안내방송이 흘러나온다.

철주   애 엄마가 오기 전에 짭새들이 먼저 들이닥칠 거야. 중놈 둘이서
　　　애새끼를 안고 있는 게 참 잘도 어울리겠다.

기봉   애 엄마하고 약속했어. 돌아올 때까지 봐주겠다구.

철주   야, 너 지금 머리가 어떻게 된 거 아냐? 우린 사람을 죽였어!
　　　잡히면 평생을 빵에서 썩어야 한다구.

기봉   난 못 가.

철주   이 새끼가 정말?

기봉   그 여자를 기다려야 해.

철주   (기봉의 따귀를 때리며) 정신 차려! 주제파악 좀 하라구. (사이)

기봉   미안해!

철주   한심한 새끼!

철주, 가버린다. 기봉, 벤치 위로 올라가 석미가 간 쪽을 쳐다본다.
잠시 후 다시 앉는다.

기봉 애기야! 너 이름 없다구 했지. 내가 하나 지어줄까? (아기의 얼굴을
　　　뚫어져라 쳐다보며) 근데 여자야? 남자야?

이때 철주가 황급히 뛰어온다.

철주 야, 기봉아! 애 엄마 아직 안 왔지? 짭새들이 쎄파트까지 끌고
　　　들어왔어! 우리가 숨긴 옷도 찾아냈나 봐. (목탁을 벤치 뒤로 집어
　　　던지며) 애 이리 내!

철주, 아기를 뺏어 안고 쓰레기통에서 사이다 병을 꺼내 깨뜨린다.

기봉 뭐 하는 거야?
철주 (깨진 병을 아기 얼굴에다 들이대고 주변을 둘러보며) 몰라서
　　　물어? 짭새들이 코 앞에 와 있다구.
기봉 너 설마?
철주 인정사정 볼 거 없어. 어차피 우리는 버림받았어. 그 사기꾼
　　　새끼한테 실컷 이용만 당하고 버림받았다구. 나 이 돈 갖고 진도
　　　내려가서 조용히 살 거야. 더 이상 꼬붕 생활 안 하고 개새끼들의
　　　왕으로 살 거라구.
기봉 니 가슴에 안겨 있는 게 뭔 줄이나 알고 그러는 거야?
철주 애새끼건 뭐건 간에 상관없어.

기봉 상관이 없다구?

철주 우린 어차피 사람도 죽였어. 이제 와서 뭘 가려?

기봉 하지만 이건 달라.

철주 다를 거 하나도 없어. (사이) 우리가 묻었던 포대 속에 시체만 들어 있었는 줄 알아?

기봉 뭐?

철주 아직 숨이 붙어 있는 요만한 애새끼가 둘이나 들어 있었어.

기봉 무슨 소리야? 포대 안에는 시체만 들어 있었어.

철주 징징거리는 애새끼를 내 손으로 직접 죽일 수가 없었어. 그래서 청테이프로 온몸을 칭칭 감아버렸지. (사이)

기봉 아냐. 넌 그런 인간이 아냐.

철주 내가 죽였다고는 안했어. (사이) 매장은 너하고 내가, 우리 둘이서 똑같이 한 거야.

기봉 아냐. 아냐. (사이) 나한테는 다 시체라고 그랬었잖아.

철주 니 말대로 그 새끼들은 어차피 배신자였어. 우리는 아바야님의 충직한 개새끼들이었구. 안 그래? 그런 니가 이제 와서 변한 거야? 아니면 변한 척하는 거야? (사이)

기봉 (달려들며) 애기 내놔!

철주 (병을 휘두르며) 허튼 수작 부리지 마!

　　이때 석미가 간 쪽에서 사람들의 비명소리가 들린다. 사납게 울부짖는 호랑이의 소리. 그 쪽으로 뛰어가는 경찰들의 구둣발소리. 다른 동물들도 뭔가에 놀란 듯 부산스런 울음소리를 낸다.

철주 뭐야? (몸을 벤치 뒤로 숨기며) 왜 짭새들이 저쪽으로 뛰어가지?

기봉, 철주에게서 아기를 뺏어 안으며 소리 나는 쪽을 쳐다본다.

철주 (기봉의 어깨를 잡으며) 기봉아! 무슨 일인지는 몰라도 지금이
기회야! 어서 가자! 뭐해? 마지막 기회라구!

기봉 이거 봐! 난 가지 않겠어!

철주 가지 않겠다구? 그럼 우리 약속은 뭐야? 진도 내려가서 조용히
살겠다던 계획은 다 뭐냐구! (사이)

기봉 난 그 여자와 약속했어. (사이) 이 땅에서 살겠다구.

철주 (기봉의 멱살을 잡으며) 거짓말하지 마! 결국 애기와 여자는 핑계일
뿐야. 안 그래? 넌 아바야의 저주가 두려운 거야. 천사들의 나팔
소리에 맞춰 아바야가 다시 올 거라고 믿고 있는 거지? 그래,
역시 너한텐 감람나무 동산이 어울려…….

기봉 이 세상 그 어디에도 도피처는 없어. (사이) 난 더 이상 도망가지
않을 거야.

철주 (기봉의 얼굴에 침을 뱉으며) 병신새끼! 여기서 아바야의 재림이나
기다리다 뒈져버려라.

철주, 유모차를 발로 걷어차고 사라진다. 그 바람에 안에 있던 젖병
과 기저귀, 딸랑이 등이 바닥에 흩어진다. 기봉이 그 물건들을 챙기려
는 순간 사람들의 비명소리와 호랑이의 울부짖는 소리가 들려온다.
호랑이 우리 안으로 들어간 석미에게 확성기로 소리치는 경찰의 다급
한 목소리가 들려온다.

(소리) 움직이지 말고 가만있어! (사이) 학생! 벽 쪽으로 바싹 엎드려! 움직이지 말란 말야!

포효하는 호랑이 소리. 사람들의 비명소리.
기봉, 소리 나는 쪽으로 간다.

(소리) 쏴! 그냥 쏴!

요란한 총성. 기봉, 순간적으로 아기를 감싸 안고 바닥에 주저앉는다. 정적. 아기가 깨어나 울기 시작한다. 기봉, 고개를 들어 호랑이 우리 쪽을 쳐다본다.

(소리) 다들 물러나요! (사이) 당신이 여기 책임자야? (사이) 119 출동했어! 앰뷸런스 올 거라구. (사이) 뭐 하는 거야? 지혈부터 해야 할 거 아냐. 그 학생 상태가 지금 어때? (사이) 크게 말해, 잘 안 들려! 아직 숨이 붙어 있는 거냐구? (사이) 뭐야? 젠장!

기봉, 일어나 멍하니 한참을 서 있다가 우는 아기를 쳐다본다.

기봉   애기야, 이제부터 니 이름은 '진도'야…….

기봉, 유모차를 바로 세우고 흩어진 아기용품들을 챙겨 담는다. 코끼리의 느릿느릿한 울음소리. 암전.

🌀 생각해볼 문제들

1. 만행은 무슨 뜻인가? 동음이의어의 사용은 극에 어떻게 기여하는가?

2. 코끼리는 어떤 상징적 의미를 가지는가?

3. 장소로서 동물원이 선택된 이유는 무엇일까?

4. 2인극일 경우 이 작품은 어떤 작품이 되었을까? 한 사람의 인물이 더 등장해서 극은 어떤 성과를 거두는가?

5. 철주와 기봉의 성격을 비교해보자. 극의 진행에 있어 그들은 각자 어떤 기능을 하는가?

6. 아기의 의미와 기능은 무엇인가?

7. 동물의 소리를 비롯해서 다양한 소리를 사용하고 있는 작품인데 각각의 소리들은 어떤 기능을 하는가?

8. 인물과 그가 사용하는 언어의 관계에 대해 생각해보자.

9. 종교의 사회적 기능에 대해 생각해보자. 특히 사이비종교와 현대사회의
    관계에 관해서도 생각해보자.

10. 진도의 상징적 의미에 관해 생각해보자. 진도는 이들에게 구원이 될 수
    있을까?

11. 석미가 죽음을 택한 이유는 무엇인가? 그 선택은 어떤 의미가 있는가?
    속죄양의식과 관련이 있는가?

12. 석미와 사육사의 만남은 어떤 의미를 가지는가? 석미가 아기를 낳은 것은
    그 인물 개인에게 어떤 영향을 미쳤으며 극에서는 어떤 의미가 있을까?

13. 석미는 왜 기봉에게 아기를 맡기는가?

14. 기봉은 전혀 모르는 아기를 왜 받아들이게 되는가? 그것은 인물의 성격과
    관련해볼 때 관객이 수용할 수 있는 적절한 태도인가?

15. 두 개의 전환점을 찾아보자.

16. 작품에서 발생한 사건 이후 이들에게 어떤 일이 일어날지 상상해보자.

절대사절   선욱현[*]

등장인물

주희(31세, 주부), 남편(36세, 건설회사 과장)

총무(27세, 신문 보급소 총무)

때와 장소

현재. 주희의 집과 신문 보급소.

무대

기본적으로 무대는 비어 있다. 여기에 신문박스 8개가 들어와 각 상황에 따라 세트를 구성한다. 일단, 이 희곡에 등장하는 신문박스라는 것은, 신문지가 쌓여서 가로·세로·높이가 70~80cm 정도의 정육면체를 이룬 모양을 가리킨다. 실제 신문지를 이용해 만들 수도 있으나, 즉석에서 설치하고 해체한다는 편의성을 고려하면 겉모양은 최대한 신문지의 모양을 살리되 스티로폼으로 만들어도 된다. 그 신문

---

[*] 1995년 문화일보 신춘문예에 〈중독자들〉 당선. 희곡으로 〈고추말리기〉, 〈의자는 잘못 없다〉, 〈피카소, 돈년, 두보〉, 〈거주자 우선 주차구역〉 등이 있다.

박스 세 개를 나란히 둬 소파를 만들거나, 여덟 개를 두 줄로 놓아 침대를 설치한다든가 하는 방법으로 모든 세트를 처리한다. 그래서 관객으로 하여금 처음엔 아이디어 세트쯤으로 생각하게 했다가, 극의 내용 전개상, 나중엔 그 신문박스들이 심한 혐오감을 불러일으키도록 한다.

※ 본 희곡에 등장하는 대한신문이나 민국일보는 특정 신문사와 관련 없으며 극작 과정에서 임의로 작명되었음을 밝힙니다.

1.

신문 한 박스를 들고 나오는 주희, 한 손엔 고지서를 들고 있다. 중앙에 서서, 신문박스를 내려놓고 관객을 향해 이야기한다.

주희   전 정말이지 돈 때문이 아니에요. (고지서를 팔랑거리며) 신문 한 달 보는 데야 팔천 원밖에 더 하나요? 정말이지 이깟 팔천 원 아까워서 이러는 건, 정말 아니라는 거죠. 치사해서 그래요. 하는 짓들이 하두 못나서, 상대하는 제 자신이 더 화가 나요. 어찌 생각하면 상대할 가치도 없는 족속들이지만 어떡해요? (다시 고지서를 들어 보이며) 이렇게 나오는 걸. 한번 해보자는 거죠. (냉소적으로 웃음을 흘리며) 정말 우스운 족속들 아닌가요? 정말 제가 이런 족속들과 이런 문제로 다퉈야 하는지 한심하기 짝이 없네요. 글쎄 제 얘기를 잠시만 들어보세요. 사건의 발달은 이랬답니다. 남편이 하루는 퇴근하더니 대뜸 그러는 거예요.

남편, 등장한다. 아내를 대하는 남편의 태도는 외면적으론 다정다감
하나, 어딘가 차가운 내면이 느껴지는, 그런 친절함이다.

남편   여보, 우리 해외여행 갈 거야.

주희   예? 회사는요?

남편   으응. 요즘 경기가 그래서 한 달 쉬어야 한대.

주희   설마 당신. 퇴직당한 거 아니죠?

남편   아니, 부서별로 돌아가면서 쉬는 거야. 월급이라두 아껴보잔
        심사지.

주희   그럼 우린 한 달 동안 어떡해요?

남편   왕복 항공권을 끊어준대. 겸사겸사 쉬었다 오라구.

주희   아주 쉬란 얘기는 아니겠죠? 근데 어디루요?

남편   응. 괌.

주희   예? 하필 괌이에요?

남편   휴양지로는 사이판보다는 괌이 낫대.

주희   한번 사고 났던 데니까 이제 괜찮겠죠? 그래, 언젠데요?

남편   다다음달.

주희   미리 신문부터 끊어야겠네.

남편   왜?

주희   왜는요. 휴가 때 집 앞에 신문 쌓여봐요. '빈집이니 맘껏 털어가세
        요' 그 말밖에 더 돼요?

남편   그렇다구 벌써 끊어?

주희   그 사람들이 내일 끊는다면 바로 해주는 줄 알아요?

남편   알아서 해. (퇴장한다)

주희 (다시 관객에게) 다음 날로 전환 했죠. 보급소에선 당연히 그러겠다고 하더군요. 근데 웬걸요. 그동안은 잊어먹겠다 싶으면 한 번꼴로 배달 사고를 내던 사람들이 그 전화 이후론 꼬박꼬박 신문을 잘도 넣더라구요. 또 전화를 하죠. 대답은 늘 똑같아요. 총문지 뭔지 하는, 그 느릿하고 어벙한 목소리가 나와서는 (흉내 내어) 알겠습니다. (제 목소리로 돌아서) 다음날 아침이 되면 똑같아요. 현관 앞에는 신문이란 놈이, 확인하는 제 눈을 비웃기라도 하듯 모로 누워서 새우잠을 자고 있답니다. 그 달 말일이 돼서 총문지 뭔지 하는 사람을 만날 수 있었어요. 고지서가 왔길래 당연히 돈을 안 내고 있었죠. 그랬더니, 무슨 잘한 일이라고, 집으로 아예 찾아왔더군요.

총무가 장부와 고지서들을 든 채 등장한다. 총무는 젊은 나이답지 않게 어리숙하고 어딘지 주눅 들어 있는 듯한 모습이며, 그런가 하면 능글맞아 보이고, 늘 말 뒤끝을 삼키는 듯 흐리는 버릇이 있다.

총무 팔천 원인데요.
주희 그래서요?
총무 ……예?
주희 휴가 간다고 넣지 말라고 했죠?
총무 ……안 가셨네…….
주희 (바락 악쓴다) 누가 이번 달이래요? 넣지 말라면 넣지 말 것이지, 이 따위로 굴 거예요? 무슨 낯짝으로 신문대를 받으러 와요?
총무 …….

주희 팔천 원이 그렇게 궁하던가요? 우리 집에서 팔천 원 못 받아가면, 그 신문사 망한대요?

총무 ……

주희 (멀뚱히 바라보고 있는 총무를 향해) 어디 그 잘난 입으로 대답해봐요. 전화로는 꼬박꼬박 잘 대답하더니. 왜 할 말 없어요? (사이) 할 말 없죠?

총무 ……전화 주실 때가 십오 일 무렵이어서 이번 달까지는 보실 줄 알……

주희 이 사람이 어디서 딴소리야? 내가 당장 끊으라고 했잖아요.

총무 알겠습니다. (그럴 뿐 가지는 않는다)

주희 뭐예요?

총무 ……

주희 신문대 달라구요?

총무 결산을…….

주희 (팔천 원을 건네주며 비아냥거린다) 또 신문 넣을 거죠?

총무 (인사를 꾸벅 하고 퇴장한다)

주희 (관객에게) 다음날…… 신문은 또 왔어요.

　　남편이 잠옷 차림으로 신문을 든 채 등장한다.

주희 당신, 지금 무슨 신문이에요?

남편 대한신문.

주희 누가 그거 물어봤어요? 웬 신문이냐구요?

남편 문 앞에 있던데? 화장실 갈려구 집어왔어. 왜?

주희　(신경질이 나서) 아악!

남편　왜 그래?

주희　(거의 울상이 되어) 나 못 살아……. 어떡해? 나 미쳐!

남편　허어, 참, 이 사람이…… 아침부터 왜 그래?

주희　(남편의 신문을 뺏어 갈기갈기 찢으며 악을 쓴다) 아아악악!

　　그러던 주희가 제 성에 못 이겨 악을 써대며 몸서리를 친다. 그런 주희 모습에 남편은 고개를 흔들며 무심히 들어가버린다. 남편 퇴장하면, 아내는 다시 관객을 향한다.

주희　'절대사절!'도 붙여보고, '절대사절'의 '사' 자를 '죽을 사(死)' 자로도 써서 붙여보고, 끝에 '절' 자를 가위를 그려서 붙여보는 둥 별짓 다했어요. 해도 해도 안 되니까, 나중엔 안 되겠다 싶어서 호소문까지 써봤어요. (간절하게 그 문장을 흉내 낸다) 신문을 배달하시는 지체 높으신 선생님, 엎드려 비옵건대 절대로 신문 넣지 말아주세요. 그렇게만 해주신다면 그 은혜는 죽어두 잊지 않겠습니다. (어금니를 물고) 알았니? (제 목소리로 돌아와서) 다 소용 없었어요. (신문박스를 가리키며) 한 건의 배달 사고도 없이 한 달분이 고스란히 모아졌죠. 고지서는 승리의 깃발처럼 펄럭이며 날아왔구요. (고지서를 팔랑이며) 정말이지 전 돈 때문이 아니에요. 우리 집 형편에 팔천 원이 문제겠어요? 그 족속들이 하는 짓을 보세요. 그들은 지금 비웃고 있는 거예요. 오늘 아침 전화가 그걸 증명하죠. 그 총문지 뭔지 하는 놈이 용기백배해서는 전활 했더라구요. (흉내 내어) 신문대가 입금되지 않았습니다.

바쁘시면 제가 직접 찾아뵙겠습니다. 저희 보급소도 결산을 해야 합니다. (제 목소리로) 정말 용감하지 않나요? 혹시 그 놈, 미친놈 아닐까요? 아님…… 좀 모자란 놈이던가요……. 제 말이 맞죠? 그 놈, 좀 이상한 놈 같죠? (현관 쪽으로 시선을 두고) 저기 마침 오네요. 여러분은 제가 어떻게 미친놈을 다루는지 지켜만 보세요.

    총무, 등장한다.

총무 팔천 원인데요.
주희 (웃고만 있다)
총무 ……?
주희 (정말 반갑기라도 한 양 웃고 있다)
총무 (속도 없이, 주희의 모습에 함께 어색한 웃음을 짓는다)
주희 (그 모습에 웃음을 지우며) 웃지 마.
총무 예?
주희 한번 해보자는 거지?
총무 무슨……?
주희 야 이 새끼야, 내가 여자라고 우습게 아는 모양인데, 사람 잘못 봤어.
총무 이번 달에 여행……
주희 (폭발한다) 아악! 누가 널 보고 우리 여행 가는 거 상관하래? 그래서? 그래서? 다음 주일에 떠난다, 왜? 그래서?
총무 제 얘기 좀 들어…… 그게 아니라…… 떠나시기 전까지는 보시라구……. 저희는 바깥분이 불편하실까봐……. 왜 남자 분들은 아침에 신문을 봐야 하잖아요. 여행 떠나시면, 그 기간은 끊을려구 했습니다. 정말입니다.

주희는 준비한 듯이 품에서 호신용 가스총을 꺼낸다. 흡사 진짜 총처럼 보인다. 총을 총무에게 겨누지만, 의외로 총무는 덤덤하다.

주희 야 이 새끼야, 절대사절 봤어, 못 봤어? 너 까막눈이니? 글자도 모르는 게 보급소 총무 하구 있니? 글자 몰라도 그 짓은 할 수 있대니?

총무 신문대 때문이라면……

주희 (반사적으로 악을 쓴다) 돈 때문이 아냐! 야, 이 새끼야! 누가 그깟 팔천 원이 없어서 그런대? 그게 아까워서 내가 '절대사절'로 현관문을 도배한 줄 알어?

총무 여행 가시기 전까지는 그냥 넣어 드리겠……

주희 (총을 겨눈 채) 안 돼, 필요 없어.

총무 ……바깥분에게 한번 여쭤……

주희 쏠 거야. 대답해. 내일부터 당장 끊겠다구.

총무 여행 떠나시면 그날로 끊겠습니다.

주희 너 정말 죽여버린다.

총무 그럼, 여행 다녀오시고 나면……

주희 너…….

총무 다시 보실 거죠?

'탕!' 소리에 급히 암전된다. 암전 속에서도 연속적으로 '탕! 탕! 탕!' 울린다.

2.

밝아지면 신문박스 세 개로 소파가 만들어져 있다. 그 소파와 조금 떨어져 박스 한 개가 놓여 보조의자 구실을 한다. 소파에는 아내가 앉아서 뭔가 집요한 생각에 빠져 있고, 보조의자에는 남편이 앉아 대조적으로 덤덤히 신문을 보고 있다.

남편　하마터면 당신, 큰일 날 뻔했어. (신문을 한 장 넘기며) 그 남자, 뒤로 넘어지면서 머리가 깨졌어. 피가 났기 망정이지…… 안 그랬으면……. (다시 무료하게 신문을 넘긴다) 그 남자가 순순히 합의를 해줬기 망정이지…… 당신, 유치장 갈 뻔했다구.

주희　진짜 총이었어야 해…….

남편　(신문을 넘긴다) 물레방아 살인사건이라…… 제목도 잘 붙이는군. (기사를 읽고는) 물레방아 곱창전골집이 두 개라…… 분명 한 군데가 원조인데…… 서로 원조라고 우기며 다투다가 살인까지 했군……. 근데 죽은 쪽이 실은 원조였다네……. 장사가 잘 되는 곳이었나 보지……. 그렇게 잘 되면 거 사이좋게 장사하면 되지, 이럴 필요까지…… 쯧쯧…….

주희　(혼잣말로) 지금쯤 지가 이긴 줄 알겠지…….

남편　(머리기사를 읽는다) 저명한 프랑스 영화감독 한국 대사관에 폭탄 던져. 잉? 이놈이 미쳤나? 왜? (다시 기사를 읽으며) 자신의 네 시간짜리 영화를 한국의 모 대기업 영화사에서 수입한 후, 국내에서 한 시간 오십 분으로 줄여 상영한 데 격분……. 아하…… 그런데도 우리 관객들은 몰랐대네. 어딜 잘라냈는지. 내용은 이어지면서 상영 횟수는 두 배를 만들었다 이거군. 그 영화감독이 놀랄 만하군. 세계적인 편집기술이라구 극찬했네. 글쎄 이러니까 이 작은 나라가 올림픽도 열지, 월드컵도 여는 거 아니겠어……. 그럼…….

주희 여보…… 우리 언제 떠나죠?

남편 엉? 어딜?

주희 괌 말이에요…….

남편 응……. 이번 주 목요일인가……. 참, 근데 우리 너무 한가한 거 아닌가? 그래두 해외여행인데……. (신문을 또 넘긴다)

주희 신문이 그렇게 좋아요? 아예 눈을 박고 있네요.

남편 (웃으며) 우리나라 신문이 얼마나 재밌는데……. 비행기 떨어져, 다리 무너져, 백화점 무너져, 웬만한 영화보다 재밌지. 참, 이번에 당신 일도 기자들이 알았으면 사회면 구석 한 칸은 채웠을 텐데……. 그치? "삼십대 주부, 보급소 총무에게 가스총 난사, 알고 보니 팔천 원 때문."

주희 뭐요? 이이가. 돈 때문이 아니라니까요.

남편 그게 아님 뭐야……. 그냥 보면 되지. 난 괜찮은데…….

주희 정말 남의 일 보듯이 할 거예요?

남편 우리 떠나고 나면 끊을 거라며?

주희 고지서는 날아올걸요.

남편 날아오면 다시 날려보내면 되지.

주희 이게 무슨 애들 장난인 줄 알아요?

남편 당신 요즘 너무 예민해졌어.

주희 예민한 게 아니라 그 족속들 하는 심보를 봐요.

남편 간단한 걸 가지구서…….

주희 그래, 속 편한 당신의 고견 좀 들어봅시다. 뭐가 간단해요?

남편 팔천 원 주면 되지……. 구태여 몇 달 안 내보겠다구 하니까
      그런 거지.

주희 남자들은 이렇게 편해.

남편 (문득 한 기사에 눈을 두고) 고등학생 한 달 수입이 천육백만 원?

주희 예? 무슨 얘기예요?

남편 가만 가만……. (기사를 읽고는) 가출한 여중생들을 모아놓고
      단란주점 같은 데 내보내서 화대를 챙겼군. 삼십 프로(%)라…….
      도대체 몇 명을 두고 했길래……. 이 정도면 아예 중소기업인
      데……. 이 친군 세상을 너무 빨리 알았군.

주희 당신 반년 벌 거 한 달에 버는군요.

남편 꼭 말을 해두……. 근데 내 연봉이 삼천이백이나 되나? 회사에서
      휴가 다녀오란 얘기할 만하네.

주희 그 고등학생은 잡히지만 않았으면 연봉 이억이에요.

남편 돈이 최고가 아닌데 말야…….

주희 그럼 뭐가 최곤데요? 우리 때야 '교육! 교육!' 했지만, 요즘에야
      어디 배운 사람이 힘쓰는 세상이에요? 돈 있는 사람들이 귀족이
      지…….

남편 귀족? 거 재밌는 말이네. 허허…….

주희 좋은 집에 좋은 차에 좋은 옷 입고 다니면 그게 귀족이지.

남편   (신문을 넘긴다) 당신 말도 틀린 건 아냐…….

주희   정답이에요! 무슨 딴소릴 붙이고 싶어서…….

남편   갈수록 애들 키우는 게 무서워.

주희   (무심코) 우린 애 없어서 다행이네요, 뭐.

남편   (그 소리에 비로소 신문을 접는다. 그러더니 일어선다)

주희   얘기하다 말구 어디 가요?

남편   자러……. (심사가 뒤틀린 듯, 그러나 애써 평온하게 퇴장한다)

주희   (시계 소리 째깍거리며 지나간다. 멀뚱히 앉아 있다가 관객 쪽으로)
      새벽에 현관문을 열어보기 전까진 잠을 설치게 돼요. 진짜 총이
      아니라 진짜 유감이었지만, 지가 가스총까지 맞았는데……. (사
      이) 이제 설마, 하는 거죠. (문득, 남편 나간 쪽을 보다가) 애가
      없는 게 어디 내 책임인가? (현관 쪽을 기웃거리다가 되돌아오는데,
      시계 소리 째깍거리며 지나간다) 이렇게 이른 시각인데도 괜히 기웃
      거리게 되거든요. 하지만 어떡해요? 그나마 이런 시간에 텅 빈
      현관 앞을 보면 그나마 흡족해지는 걸요. 이런 게 삶 속에 작은
      기쁨인가요?

      주희는 또 현관 앞으로 나가본다. 잠시 나갔다 돌아오는데, 그녀의
손에는 신문이 들려 있다. 이성을 잃는 그녀의 얼굴.

주희   오늘은 그 작은 기쁨까지 빼앗기는군요. (사이) 전쟁은 시작된
      거고 어떻게든 끝은 내야겠죠.

      주희는 모종의 결심을 한 양 퇴장한다. 무대 오른쪽으로 백열등이

밝혀져 새벽 신문보급소 풍경을 자아낸다.

그 풍경 안으로 뒤통수에 반창고를 붙인 총무가 신문지 네 박스를 차례로 가지고 나온다. 방금 도착한 조간인 듯, 한켠에 모아두고, 소파와 보조의자로 이용되었던 신문박스도 가져다가, 먼저 것들과 함께 둔다. 총무는 그 박스들 사이에 서서, 장부를 꺼내 수량을 세어 보는 둥 점검한다. 주희가 왼편에서 등장하는데 한 손엔 신문, 다른 한 손엔 석유통을 들고 있다.

주희 잘 돼가요?

총무 (돌아보고는) 안녕…… 하십……

주희 물론 안녕 못하죠, 덕분에.

총무 지금 제가 좀 바쁜데요…….

주희 그렇게 바쁘시면서, 잊지 않고 배달해줘서 고마워요.

총무 예? 무슨……?

주희 당신, 대단해요. 그 응큼함에 감복했어요. 무슨…… 이라구요? (가져온 신문을 들어, 총무의 얼굴을 때린다) 이래도 무슨이야?

총무 …….

주희 지금 장난하자는 거니, 아님 나 화병 내서 죽이라고 누구한테 사주받았니?

총무 신문 넣은 적 없는데요. 보시다시피 이제 막 신문들이 도착해서 배달 나가지도 않았……

주희 (다시 신문으로 총무의 머리를 때리며) 이제 거짓말까지 해? 나이도 새파란 게 왜 점잖게 말하면 안 들어? 우리 사는 게 우습게 보여서 그러니? 만만해? 어디 한번 해보자구? 니들이 이딴 식으로 무식하게 나오면 나두 어쩔 수 없어, 같이 무식하게 해줘야지.

총무는 주변을 한 번 둘러보더니, 들고 있던 장부를 바닥에 떨어뜨린다.

주희   어쭈, 어쩔 건데? 둘러보면 어떡하라구……. 나 때릴 거니?
       그래, 어디 힘자랑 해봐! 그건 잘하니? 말귀는 못 알아먹는 것들
       이 힘쓸 줄은 아니?

주희는 석유통을 들어 쌓인 신문박스에 부어댄다. 그리고 라이터를
꺼낸다. 총무가 주희에게 접근한다.

총무   (눈빛이 전과 다르게 예사롭지 않다)
주희   저리 안 비켜?
총무   해봐.
주희   이 새끼 봐, 새파란 게, 너 지금 누구 앞에서…….

총무가 주희를 확 밀쳐버린다. 주희는 다시 일어서지만, 재차 총무
에게 밀려 엉덩방아를 찧는다. 주희는 거의 사생결단으로 울고불고하
며 달려들지만, 도저히 힘으론 역부족이다.
이제 주희는 총무를 포기하고, 라이터를 든 채 신문더미 쪽으로
가려고 안간힘을 쓴다. 솔직히 처음엔 시위용으로 들고 나왔겠지만
이젠 이성을 잃은 상태이다. 정말 불을 지를 셈이다. 총무는 계속
주변을 돌아보며, 주희를 농락한다. 한참을 그러다가 총무는 주희가

신문더미 쪽으로 가도록 가만둔다. 그러면서 자신 있음 불을 질러 보라는 듯 손으로 시늉을 한다. 주희는 정말 불을 붙인다. 순식간에 신문더미가 활활 타오른다. 총무는 기다렸다는 듯이, 반 실성해 있는 주희를 붙잡더니 억세게 밀어 넘어뜨린다. 쓰러진 주희가 갑자기 자신의 치마를 보더니 비명을 지른다. 치마로 붉은 피가 배어 나오는 것이다.

주희   피…… 피…… 여보…… 여보…… 여…… (실신한다)
총무   (잠시 사태를 파악하는 듯하더니, 주희에게 달려들어) 아주머니……
       아주머니…… 정신 차리세요. (주변을 돌아보며) 누구 없어요?
       누가 여기 좀 도와주세요. 누구 없어요? 누구 없어요?

   조명 암전되고 타오르던 불길도 어둠에 묻힌다. 어둠 속에서 소방차 소리와 구급차 소리만 요란하다. 모든 소리가 잦아들고…….

3.

   밝아지면 신문박스 여덟 개로 침대가 만들어져 있다.
   침대에 주희가 누워 있고, 남편이 걱정스레 내려다보고 있다. 누워 있는 주희는 온전한 정신이 아닌 듯 눈동자가 풀려 있고, 남편은 여전히 덤덤한 목소리로 그녀에게 이야기한다.

남편   임신했단 얘긴 왜 안 한 거야?
주희   …….
남편   하긴 육 주째라 의사도 당신이 몰랐을 거라고 그러더라. (사이)

그런데 정말…… 몰랐던 거야?

주희 …….

남편 하긴 알았다면 그렇게 굴진 않았겠지. (사이) 당분간 정신과 치료를 받아야 한대. 입원하는 건 아니고 집에서 다니면 돼. 당신이 미쳤다는 게 아니고, 유산에 대한 정신적 충격도 있고, 요즘 당신 신경이 너무 예민해져서 그러는 거니까……. (사이) 아무래도 유산한 게 너무 아깝다. 그지? 어떻게 생긴 아인데 ……. 결혼 사 년 만인가…… 오 년 만인가……. (사이) 하긴 의사가 그러더라. 당신 요즘 신경 상태로 임신이 계속 됐으면 필시 임신중독증으로 이어졌을 거래. 그럼 산모가 위험하대나? 어찌 보면 잘된 건지도 몰라. 아무튼 당신이 애를 가질 수 있다는 희망은 생겼잖아.

주희 (뭐라 말하고 싶은 듯하나, 입술만 열릴 뿐, 말은 나오지 않는다)

남편 왜? 물? 아님 화장실 갈 거야?

주희 (겨우 고개만 저어 아니라고 답한다)

남편 아냐? 그럼 뭐?

주희 (포기한 듯 다시 멍해진다)

남편 그리구 왜 그런 짓을 했어? (사이) 당신을 나무라는 게 아니라, 이번엔 정말 당신, 큰일 날 뻔했어. 방화죄가 얼마나 큰 죈데……. 그 보급소 홀랑 타버렸어. (사이) 하긴 당신이 그토록 싫어하는 신문들이 다 재가 돼버렸으니, 이제 속은 시원하겠다, 그지? 하여튼 당신 성미도 알아줘야 해. 가만 보면 당신하구 나하구 바꿨어야 해. 나 대신 사회생활 했으면 우리 집 벌써 귀족 됐을 거다. 근데…… 그 총무라는 사람, 정말 괜찮더라.

주희 (그 소리에 남편을 뚫어지게 바라본다. 말은 못하고)

남편 나이는 젊은 사람이 속은 어른 같애. 정말 요즘 신세대들하고는 다르더라구. 다짜고짜 술을 한잔 하자길래, 그러자구 했는데, 들어보니까 고생을 많이 하며 자랐더라구. 우리처럼 편히 자란 사람은 생각지도 못한 일들을 겪었더래니까. 그래서 그렇게 어른 스러운가 봐. 사실 첨에는 어차피 당신이 지른 불이니까 합의는 해야겠고, 또 돈을 요구하겠다 싶어 만났던 건데……. 그래두 낸들 속이 편하겠어? 어찌됐든 그 쪽에서도 원인 제공을 한 거고, 게다가 당신은 유산까지 했는데……. 내심 화가 나면서도 무조건 미안하다고 할 수밖에. 근데 얘기 하다 보니까 그게 아닌 거야. 그 총각이 모두 자기 책임으로 하겠대. 그 보급소장이 자길 잘 봐서, 별일 없을 거라고, 도리어 이렇게 된 당신 걱정만 하는 거야. 글쎄 도리어 미안하게 됐다고 사과하더라니까. 당신을 밀었다는 그 아르바이트 학생을 사전에 말리지 못했다구 말야.

주희 (무슨 얘기냐는 듯 쳐다본다)

남편 맞어. 당신 그 학생 얼굴 기억나? 왜 당신을 말리려다 넘어뜨렸다 는 그 배달 학생 말야. 총무 말로는 겁이 났는지 안 나온대. 도망 갔대나 봐. 물론 찾아봐야 우리가 어떻게 해볼 수 있는 처지도 아니지만. 이유야 어찌됐든 결과가 이렇게 됐으니 사과 라두 해야 할 거 아냐? 나쁜 놈 같으니…….

주희 여…… 보…… 그게…… 아……

남편 알아. 난 당신 이해해. 그놈의 신문 하나 가지고 이게 무슨 난리야. 진즉 내가 나서서 힘을 쓸걸. (머리칼을 쓸어주며) 미안해. (사이) 그나저나 우리, 괌엔 다 갔지? 항공권은 동료에게 줘버렸어. 괜찮다는데도 그 친구가 입원비 보태라고 돈까지 주더라. 받았지. 잘했지? (사이) 그보다 당신이 놀랄 만한 빅뉴스가 있어. 우리 이사 갈 거야.

주희 예에……?

남편 어차피 이 동네 정 떨어져서 당신 살기 싫지? 그럴 거 같애서. 그리구 그 신문 땜에라도 이사 가는 게 좋을 것 같아.

주희 (남편 손을 잡고 고개를 끄덕이며 눈물짓는다)

남편 그래. 당신두 좋지? 그동안 신경 못 써줘서 미안해. 이젠 걱정 마. (주변을 돌아보더니) 참! 병실에 꽃이 없잖아. 잠깐만 기다려. 내 얼른 나가서 꽃을 한 수레 싣고 올 테니까. 그런데 수레 놓을 자리가 마땅찮네. (웃는다)

　

남편은 퇴장하고, 주희는 어렵게 몸을 일으킨다.

　

주희 (관객을 향해) 이사를 갔죠. 그 도리밖에 어쩔 수 없었어요. 제 기분도 많이 나아지는 듯했어요. 무엇보다, 새로 이사 간 동네에 선 신문을 보지 않았거든요. 물론 제가 남편에게 부탁을 했었죠. 그런데 오래가지 않았어요. 이사 간 지 한 달쯤 지난 오후였죠. 우습게도 그날따라 참 화창했어요. 그 쨍쨍한 햇볕에 우리 집의 텅 빈 베란다는 무척 허전해보였죠. 내가 이렇듯 삭막하게 살았 구나, 그런 생각을 하고는, 남편에게 전화라두 하려던 참이었어 요. 퇴근할 때 예쁜 화분 하나 사다 달라구요. (사이) 그런데 …….

초인종이 울린다.

주희　(밝게) 누구세요?

총무　(바깥에서 소리만) 대한신문입니다.

주희　(소스라치게 놀란다) ……이 ……예?

총무　(소리만) 팔천 원인데요.

주희　절대 잊을 수 없는 목소리. 전 너무도 또렷이 기억하고 있었어요.
　　바로 그 목소리가 들렸던 거예요.

　　총무가 슬며시 들어온다.

총무　열려…… 있네요.

주희　…….

총무　(느릿한 어조로 하지만 명랑하게) 안녕하…… 몸은 좀 괜찮……?

주희　(충격에 아무 말 못한다)

총무　이곳 보급소로 옮겼습니다. 그래서 인사라도 드릴…….

주희　…….

총무　(잠깐 둘러보고는) 이 아파트 몇 호에 미친년이 산다던데…….

주희　(그 자리에 털썩 주저앉고 만다)

총무　모르는 사이도 아닌데 석 달은 그냥 넣어 드릴게요. 저두 막
　　옮긴 터라 실적을 올려야 하거든요.

주희　……어 ……떻게…….

총무　사모님, 내일부터 그럼 시작합니다. 바깥양반이 좋아하실 겁니
　　다. 신문대는 네 번째 달부터 내세요. (사이) 겨우 팔천 원입니다.

(사이) 그대로예요.

총무는 퇴장한다. 이어, 남편이 퇴근하는 모습으로 등장한다.

남편 (앉아 있는 주희를 보고 시큰둥하게) 앉아서 뭐 해? (바닥에 앉아 있는 주희에게 접근하다 미끄러질 뻔한다) 뭐야? 이거 웬 물이야? (주희 치마 근처에 물이 흥건하다) 여보!

주희 그 남자…….

남편 그 남자라니……. 무슨 끔찍한 드라마라두 본 거야?

주희 저번 동네에 그 신문 보급소 총무 말에요. 이 동네 왔어요. 우리 집까지 알구 오후에 왔었어요.

남편 (대수롭지 않게) 응……. 내가 가르쳐줬어.

주희 예? 뭐라구요?

남편 아침에 출근하다가 아파트 입구에서 만났지 뭐야? 거 옛날 동네 사람이라구 반갑대. 사모님한테 인사라두 하겠다 그래서 알려줬지.

주희 (힘없이 고개를 꺾는다)

남편 왜? 그래두 우리한텐 은인이나 다름없지, 뭐. 그 총각 아니었음 당신, 그때 콩밥 먹었어, 안 그래?

주희 왜요? 신문이라두 한 열 부 구독해주지.

남편 했어. 열 부까진 못했어두 부탁하길래 넣으라구 했지.

주희 다신 신문 안 보기루 약속했잖아요.

남편 난 당신이 좋아졌길래 괜찮으려니 했는데……. (사이) 정 싫으면 안 보겠다구 할게.

주희   어떻게요? '절대사절'이라구 써붙일래요?

남편   (사이) 당신 정말 심각하구나.

주희   (울상이 되어) 이럴 순 없어. 이건 말도 안 돼.

남편   남자가 집에서 신문 한 부 맘대로 못 보나?

주희   여보, 신문 때문이 아네요. 모르겠어요? 그 남자 때문이라구요.
       그 남자…… 이유는 모르지만 절 죽이려고 해요. 이 동네까지
       우리를, 아니, 절 쫓아왔다구요.

남편   (주희의 증상이 걱정되어) 여보…….

주희   그렇게 보지 말고 제발 날 믿어줘요. (운다) 이렇게 사정할게.
       정말이야, 여보…… 나, 이러다가 정말 죽어. 그 남자가 날 죽일
       거라구.

남편   그냥 신문 보급소 총각이야.

주희   여보……. (사시나무 떨 듯 떤다)

남편   당신 내일 나랑 병원 가자.

주희   (사이) 당신두 한패야.

남편   뭐?

주희   아냐. 모두 당신이 꾸민 짓이야.

남편   난 당신 병이 나은 줄 알았는데…….

주희   이제 알겠어. (남편을 툭툭 치기 시작한다) 당신이야! 그렇지? 왜
       그랬어? 내가 뭘 잘못했다구?

남편   (악쓴다) 제발 정신차려!

주희   여자 생겼니? 그래서 날 죽일려구? 미친년 만들어서 이혼할려구?
       애 안 생기니까 그랬니? 그랬구나. 그나마 생긴 애가 피로 쏟아
       져버리니까, 날 죽여버리고 싶디? 내가 일부러 그랬어? 왜 나한

테 그래? 나두 미칠 것 같애! 차라리 그냥 죽여……. 치사하게
굴지 말고 그냥 죽여!

남편 (주희의 몸을 붙잡으면서) 주희야…….

주희 (남편을 떠밀고 벗어나며) 놔! 누구야? 어떤 년이랑 붙은 거야?
(도리어 남편의 먹살을 잡고 흔들며) 말해! 누구야? 어떤 년이냐구?

남편 (주희를 진정으로 안는다) 미안하다. 소리친 거 미안해.

주희 (몸부림치며) 뭐가 미안한대? 이제야 솔직해지니? 그래, 뭐가 미안하
니……. (남편의 위로하려는 손을 거부하며) 손대지 마, 놔! 놔!

남편은 몸부림치는 주희의 손에 얼굴을 맞는다. 풀려난 주희. 낙심
한 남편은 어찌할 바를 모르고 결국 발길을 돌려 나가버린다.

주희 어디 가니, 그년한테 가니? 어디 가? (무너져 내린다)

주저앉은 주희 앞에 총무가 등장한다.

총무 (남편이 나간 방향을 쳐다보며) 남편이 무슨 죄야?

주희 (벌벌 떨고만 있다) 어어어…… 어어…….

총무 기다린 보람이 있었네, 아줌마. 이런 좋은 구경을 할 줄 알았지.

주희 아저씨…… 살…… 살려주세요..

총무 아저씨라니요……? 새파란 놈한테……. 그렇게 자신만만했던
아주머닌 어디 가셨나요?

주희 제가 잘못했어요.

총무 뭘 잘못했는데요?

주희　뭐든지 다요……. 다 제 잘못이에요.

총무　거 봐요. 아줌만 뭘 잘못했는지도 모르잖아요. 가르쳐줘요? (주희에게 다가가서) 난 아줌마처럼 자신만만한 사람이 정말 싫어. 아줌마……. 아줌마보다 가진 거 없다고 막말하면 돼, 안 돼? 안 되는 거지, 응? 지금이 조선시대야? 아줌마는 양반 마님이고 난 상것이야? 왜 돈 없으면 아랫것 취급을 해? 아줌마는 날 때부터 양반이야? 난 돈 없이 태어나긴 했어두 상것 대우 받으며 살라구 안 그랬어. 돈 있음 그렇게 고개 쳐들고 눈 내리까는 거야?

주희　우리 그렇게 부자 아니에요……. 그리구 제가 어…… 어…… 언제…….

총무　(주희의 뺨을 툭 치며) 왜 벌벌 떠는데? 내가 너 죽인대? 너 같은 애 처음 봤다. 너, 증말 악종이더라.

주희　잘못했어요. 제발……. (손을 모아 빈다)

총무　지금 나한테 비는 거야? (사이) 너 정말 빌어본 적 있어? (혼자만 아는 울분으로) 누구한테 정말로 무릎 꿇고 빌어본 적 있어? 없지? 이날 이때까지 그래본 적 없었지? (사이) 너처럼 빌어가지구 안 돼. 일어서. 어서 일어서…….

주희는 떨며 일어선다. 총무는 그 앞에 선다.

총무　(아직도 손을 모으고 있는 주희의 손을 내리며) 이러지 마. 돈 몇 푼 때문에 상것 되는, 그런 사람들이나 두 손 두 발 비는 거야. 너처럼 기름기 흐르는, 양반이 이러면 안 되지. 전처럼 가스총으로 날 쏘든가, 불을 지르든가, 어떻게 해봐. 어서! 나같이 없는 놈한테 아줌마가 이게 무슨 꼴이야. (얼굴을 대주며) 침을 뱉든가, 주먹으로 치든가, 하고 싶은 대로 해봐. 뭐 해? 해보라니까.

주희   (자신도 모르게 남편을 찾는다) 여보…… 여보…….

총무   (웃으며) 미친년아, 니가 쫓아내구선 왜 찾어? 다른 여자 만나러 갔다며? 불쌍한 너희 아저씬 지금쯤 어디서, 쓰디쓴 소주나 걸치고 있을 거다. 너에 비하면 아저씬 천사야. 얼마나 친절하신데. 자, 내가 셋을 셀 동안 내 얼굴에 침을 안 뱉으면, 너 죽일 거야. 알았지? 농담 아냐. 너희 집 부엌칼로 널 찢어준다구. 그리구 나서 너처럼 불질러줄게. 그 석유통 아직 있지? 사람들은 미친년 이 발광했다구 할 거야. 신문에는 그렇게 날 텐데, 넌 참 억울하겠다. 어떡하니? 자, 센다. 하나…….

주희   여보…….

총무   미친년, 내가 니 여보야? 두울…….

주희   제…… 발…….

총무   셋!

주희   (겁에 질린 채 총무의 얼굴에 침을 뱉는다)

총무   (닦지도 않고 서 있는데 흥분에 부르르 떤다. 애써 자제한다)

주희   사…… 사…… 살려…… 주세요. 제발…….

총무   말했잖아. 안 죽인다구. 그리구 너. 잘했어. 진작 이래야지. 이게 바로 너야. 알았지? 이제 너 죽기 전까진 내가 계속 신문 넣어줄게. 걱정 마, 다 공짜로 해줄게. 나 있지…… 실은 신문 보급소 안 다녀. 몰랐지? 저번 그 동네서 이미 짤렸어. 내가 사서 넣어주는 거니까 고마워하라구 알려주는 거야. 참…… 또

이사 갈 생각 마. (사이) 차라리 날 죽이는 게 속 편할 거다. 난 죽고, 넌 교도소 가고. 너두 거기 한번 가봐야 돼. 어떤 덴 줄 알아? 거기두 돈 없고 빽 없는 상것들만 가는 데야.

눈동자를 칼처럼 주희 눈에 박으며, 총무는 퇴장한다. 주희는 그 자리에 쓰러져 사시나무 떨듯 벌벌 떨고 있다. 남편이 총무가 퇴장한 쪽을 뒤돌아보며 등장한다. 남편이 어찌할 바를 모르고 아내를 쳐다보는데, 조명은 암전된다.

4.

밝아지면 신문박스 열두 개가 네 개씩 세 칸을 이뤄 벽처럼 쌓여져 있다. 그 신문박스로 이뤄진 벽 앞에 쪼그려 앉은 주희가 보인다. 이미 그녀는 제정신이 아니다. 그 곁으로 남편이 손에는 신문을 든 채, 망연히 고개를 떨구고 있다.

남편   (주희를 한 번 보고는) 여보…… 그날 밤…… 대한신문 보급소엘 다녀왔었어. 당신 얘길 듣고, 아무래도 그 총무를 한번 만나봐야 할 것 같아서……. 그런 사람 없다더라. 우리 집은 구독 신청두 안 돼 있구. 돌아오는 길에 그 총무를 봤어. (사이) 미안해. 붙잡고 무슨 말이라두 하고 싶었는데…… 그러지 못했어. (신문을 허망하게 내려다본다) 당신 말이 맞았어. (사이) 여보…….

주희   (멍하다)

남편   여보……. 뭐라구 말을 좀 해봐.

주희   (신문박스 벽 쪽으로 몸을 숨긴다)

남편   그래……. 현관에다 알아듣게 메모도 붙여보고, 나중엔 협박 비슷하게도 붙여봤는데, 다 소용없더라. 그래서 가까운 민국일보 보급소로 가서 구독 신청을 했어. 오해하지 마. 나두 다 생각이 있어서 그랬던 거야.

　　무대 오른편의 어둡던 부분에 불이 밝혀지면 총무가 등장한다. 주희와 남편이 있는 무대와는 다른 시점의 공간이다. 신문을 놓고 가려고 등장했던 총무는 현관 앞에 민국일보를 발견한다. 민국일보를 든 총무는 남편과 주희가 있는 쪽을 한 번 째려본다. 그리고는 민국일보를 갈기갈기 찢는다. 그도 이제는 광인의 모습이다. 그런 후에야, 가지고 온 대한신문을 그 자리에 놓고 퇴장한다. 그 부분에 밝혀졌던 조명은 다시 꺼진다.

남편   난 민국일보 보급소에다 이러이러하니 어떻게 된 거냐고 따지며 전화를 했지. 며칠 전엔가 새벽에 문밖이 시끄럽더라. 그 총무하구, 망을 보구 있던 민국일보 보급소 직원들하구, 대판 싸움이 벌어진 거야. 난 정말 거기까지만 예상했었어. 당연히 혼자인 사내가 쫓겨가려니 하구 말이야. 그런데……. (신문을 들어 보이며) 그 총무가 죽었어. (신문기사를 다시 한 번 보고는) 어제는 아예 그 총무란 사내가 민국일보 보급소로 쳐들어갔나 봐. 먼저 칼을 들고 설친 데다가, 대낮이라 본 사람도 많아서, 정당방위로 처리될 것 같대. 보급소 직원들한테 집단 구타를 당했는데, 직접적 사인(死因)이…… 장파열이래. 도대체 얼마나 맞았길래…….

(쓴맛을 다신다. 보던 신문을 들어보이며) 하긴 이건 민국일보 기사
야. 자기네들이 관련됐으니, 정확한 사실은 나두 잘 모르겠다.
(사이) 아무래두 내가 어마어마한 일을 저지른 거 같아.

주희   (남편 말을 알아듣는지, 모르는지 아무튼 남편을 힐긋 쳐다본다)

남편   이번 일로 나, 많이 알았어. 세상은 내가 아는 것보다 훨씬
무섭다는 거야. 내가 가진 '상식'이란 잣대를 이젠 버려야 할까
봐. 그런데 정말 이런 일이 있을 수 있는 거야? 여보…… 세상이
왜 이렇게 된 거지? (다시 한 번 신문을 보고는 바닥에 툭 버린다)

　　바닥에 떨어진 신문에 주희가 다가간다. 신문을 펴고 기사를 읽는
듯하다. 그러더니 상처를 쓰다듬듯이 가만가만 그 기사를 어루만진다.

남편   (그런 아내를 보고) 나 오늘, 회사에다 사표 냈어. 이젠 명예퇴직두
안 되고, 또 언제 목이 날아갈지도 모르고……. 그냥 속 편하게
그랬어. 어차피 당분간은 당신을 돌보기두 해야겠고……. (사이)
그래…… 사실은 불안해서야. 다른 게 불안한 게 아니라, 내가
신문에 눈을 박고 있는 것도 다 그 이유였어. 이런 얘기, 당신한
텐 창피하지만, 내가 관여했던 다리나 건물, 또 터널이 언제
신문 한 켠을 장식할지 늘 불안했거든. 거기두 내가 배운 상식이
안 통하는 세상이야. 그래. 그래서 불안했던 거야. 실은 그것들
대신, 내 가정이 무너진 셈이 돼버렸어. 아이나, 어른이나, 꼭
자기 살이 아파야 철이 드는 모양이야.

주희   (문득, 창가에 쏟아지는 햇볕에 눈길을 준다)

남편   (자신도 창가를 바라보다) 여보…… 오늘 같이 나가서 화분 하나

사올까? 예쁜 꽃 하나가 매달린 그런 화분 말이야. 왜 당신,
꽃 좋아하잖아? 햇볕이 너무 좋다. (잠시 더 바라보다 혼잣말로)
그러네.

남편과 아내는 그렇게 망연히 창가의 햇볕을 바라보고 있다. 그런
그들의 모습에서 조명은 어두워진다. 연극이 끝난다.

🌀 생각해볼 문제들

1. 주변에서 흔히 볼 수 있는 말이 제목으로 채택되어 매우 인상적이고 강력한 의미로 사용되었다. 분명하게 주제와 내용을 담으면서도 호기심과 상상력을 불러일으키는 제목에 관해 의견을 나눠보자. 연극에서 인상적인 제목이나 그렇지 못한 제목 등을 예로 들어 그 제목을 택한 이유를 토의하면서 제목의 중요성에 관해 생각해보자.

2. 이 작품에서 다루는 주제 중의 하나는 의사소통의 어려움이다. 이러한 관점에서 부부 관계를 분석해보자.

3. 이 작품의 인물들의 결함은 무엇인가 생각해보자.

4. 이 극의 세부 장르는 어디에 속하는가? 공포물에 속한다고 볼 수 있는가? 혹은 희극이라고 볼 수 있는가? 어떤 장르적 특성들을 가지고 있는가?

5. 신문을 끊으려는 주인공의 목표는 왜 성취되지 못하는가? 인물은 그 목표를 달성할 수 없는 어떤 잘못을 했는가?

6. 현실에서 이러한 일이 생긴다면 어떻게 대처할 수 있는가? 왜 주인공은 그 방법을 사용하지 않았는가?

7. 작품의 주인공은 명확한 목표, 쉽게 달성할 수 없는 다소 어려운 목표를 갖는 것이 좋다고 할 수 있다. 이 인물의 극 중의 목표는 단막극의 규모와 특성을 고려할 때 적절한가?

8. 작가의 의도는 무엇이며 성공적으로 성취되는가? 그것은 우리가 고민할 만한 가치가 있는 문제인가?

9. 주희와 총무의 갈등 과정은 관객이 납득할 만한 수준에서 적절하게 진행되는가?

10. 이 작품의 특별한 장점은 무엇인가?

11. 총무의 행동이 궁극적으로 의미하는 것은 무엇인가?

12. 일반적으로 신문이 갖는 사회적 의미가 이 작품에서 특별한 의미가 있다고 할 수 있는가?

13. 이 작가의 다른 작품 〈의자는 잘못 없다〉처럼 무생물이 갈등의 핵심적 요소로 기능하는 경우가 있다. 인간과 인간의 갈등에 있어서 이러한 구체적인 소도구의 효과적 사용에 관해 생각해보자.

제15장 │ **희곡의 창작**

제1부에서 희곡에 대한 기본적인 이론을 익히고 제2부에서는 이 이론을 토대로 해서 작품을 분석하기 위해 좀 더 구체적인 방법을 알아봤다. 제3부에서는 희곡을 읽고 실제로 공연하면서 희곡을 쓸 때 고려해야 하는 요소들에 관해 배웠다. 이제 드디어 실제로 희곡을 창작할 차례이다.

1. 1단계 : 시놉시스 쓰기

글은 왜 쓰는가? 할 말이 있어서이다. 할 말은 여러 가지이다. 세상과 사회와 인간에 대한 나의 생각과 느낌을 나만의 방식으로 말하고 싶다는 생각이 들 때 글을 쓰려는 욕구가 생긴다. 이것이 곧 주제이다. 구체적으로 작품을 쓰려고 할 때, 특히 희곡을 쓰려고 할 때는 극 장르의 특성을 고려해야 한다. 다른 장르와 달리 눈앞에서 배우의 말과 행동을 통해서 표현되는 장르인 희곡은 소위 '극적'이라는 특성을 가진다. 놀랍고 신기하고 현실에서 흔히 일어나지 않는 일을 일반적으로 극적이라고 한다. 희곡을 쓰려면 극적인 소재를 택하고 개성이 강한 인물을 등장시켜 짧은 시간 내에 역동적으로 작품을 이끌어가야 한다. 그러나 어떤 소재나 인물이 떠올랐다고 해서 바로 희곡 쓰기에 들어갈 수는 없다. 먼저 시놉시스를 써야 한다.

시놉시스는 작품을 쓰기 위한 개요를 짜놓은 계획서라고 할 수 있다. 작품을 쓰기 전에 철저한 계획을 세우고 충분히 준비하면 조금이라도 나은 작품을 쓸 수 있다. 급한 마음에 계획 없이 작품을 쓰면 다 쓰고 난 후에도 부실한 점이 많이 발견되어 애써 쓴 작품을 포기해야 하는 경우가 많다. 그렇다면 시놉시스에는 어떤 요소들이 들어가야 할까.

처음 희곡을 쓸 때는 신춘문예용 단막극을 쓰는 것이 좋다. 극 장르에서 보통 1분은 200자 원고지 2장이다. 단막극은 공연 시간 40분을 기본으로 해서 원고지 80장의 분량으로 쓴다(한글문서를 작성할 때 문서 정보에 들어가면 원고지 장수를 확인할 수 있다). 그렇다면 시놉시스의 분량은 얼마가 적당할까. 작품과 작가에 따라 다르지만 작품과 유사한 분량 혹은 그 이상의 시놉시스를 쓸 것을 권한다. 너무 힘들면 최소한 작품의 반이라도 쓰려고 노력해야 한다. 충분한 준비가 되지 않은 상태에서 좋은 작품이 나올 리 없기 때문이다.

희곡을 쓰려고 할 때는 보통 개성 있는 주인공에서부터 글쓰기의 욕구를 느낄 수도 있고 흥미로운 이야기의 짜임, 곧 플롯에서부터 시작할 수도 있다. 그렇다면 희곡을 쓰는 데 있어서 개성 있는 인물과 좋은 플롯 중 어떤 것이 더 중요할까. 경우에 따라 다르지만 자기가 시작하고 싶은 곳부터 시작하는 것이 좋다. 시놉시스에 들어갈 요소들 은 다음과 같다.

^ 주제와 창작의도

^ 등장인물

^ 줄거리

^ 플롯

주제와 창작의도

글을 쓸 때는 가장 먼저 주제를 명확하게 정해야 한다. 인물과 사건
이 아무리 흥미롭고 극적이라 할지라도, 주제가 없이 외적인 사건
위주로만 쓰는 글은 바다에서 단지 눈앞의 구경거리를 찾아 이리저리
헤매는 배와 같다. 물론 작가가 주제를 정한다고 해서 연극이 그 주제
를 완전히 구현하고 관객이 그 주제를 명확하게 이해하거나 전적으로
동의하는 것은 아니다. 공연되는 순간 작품은 작가의 의도를 떠나
하나의 새로운 생명체로 존재하며 다양하게 해석되고 수용된다. 관객
이나 비평가들에게 작품이 내 의도와 달리 나왔다며 일일이 설명할
수도 없는 노릇이고 그것이 의미 있는 일도 아니다. 희곡이라는 장르는
그 속성상 문자로 머무르지 않고 연출 의도나 배우의 개성에 의해
달리 해석될 뿐만 아니라 조명과 의상, 음향 등에 의해서도 다양한
모습을 보인다. 하지만 달리 해석될 여지가 있다 하더라도, 작가는
쓸 때만큼은 명확한 자신의 주제를 가지고 있어야 한다. 주제는 한
줄로 압축하는 훈련을 하는 것이 좋다. 예를 들면 '원수 집안의 남녀가
만나 이룰 수 없는 사랑으로 괴로워하는 이야기'나 '사랑은 겉으로는
아름다운 것 같지만 그 안에는 치명적인 불행을 안고 있다'라는 식으로
명확하고 간결하게 한 문장으로 주제를 표현할 수 있어야 한다.

주제에 대한 자신의 생각을 좀 더 길게 쓴 글이 창작의도 혹은
작가의도이다. 이런 글을 A4용지 한두 장 정도의 분량으로 써보면서
자신의 생각을 정리하는 것이 좋다.

등장인물

정말 매력적이고 개성 있는 인물을 만들어내면 작품을 극적으로
이끌어가는 데 매우 유용하다. 영화나 드라마처럼 인물을 받쳐주는
여러 요소들이 별로 없는 연극의 경우, 무대에서 오직 배우만이 적나라
하게 드러난다. 연극은 흔히 배우의 예술이라 할 정도로 배우에게
강하게 의존하는데 이는 결국 희곡에서 인물이 매우 중요하다는 의미
이다. 그러나 아무리 뛰어난 배우라 해도 죽어 있는 인물을 일으켜
세울 수는 없다. 흔히 자신의 인물을 유명한 배우가 맡아준다면 훨씬
근사한 작품이 될 것이라 생각하지만 그렇지 않다. 오히려 그 반대로
잘 만들어진 인물은 연기력이 부족한 배우마저도 살아 움직이게 해줄
수 있다. 아마추어 극단이나 경험이 별로 없는 학생들의 공연일지라도
잘 만들어진 인물의 힘으로 좋은 공연을 낳는 경우가 이를 증명한다.
그렇다면 단막극에서 인물의 수는 몇 명이 적당할까. 극은 곧 갈등
이므로 두 사람만으로 일단 극이 성립된다. 주인공 혹은 주동 인물과
라이벌, 곧 반동 인물이다. 물론 한 사람의 내적 갈등이 주된 경우라면
1인극이 될 수 있다. 그러나 이 경우는 예외적이므로 처음 극을 쓰면서
1인극에 도전하는 것은 좋지 않다. 두 사람의 인물이 있으면 극은
일단 하나의 갈등을 만들면서 움직인다. 그러나 40분 동안 두 사람이
계속해서 무대를 지키는 것은 좀 지루할 수 있으며 갈등이 하나이면

단조롭게 느껴질 수 있다. 한 사람을 더 등장시키면 어떨까. 한 사람이 들어오면 두 사람이 무대에 있는 경우의 수는 크게 늘어난다. 두 사람이 등장하는 경우 인물의 수만 가지고 생각해볼 수 있는 무대에서 가능한 그림은 a, b, ab의 세 가지이지만, 세 사람이 되면 a, b, c, ab, ac, bc, abc의 일곱 가지가 된다. 이것은 이들에게 가능한 사건의 수와도 비례하는 셈이다. 한 사람이 더 나오면 경우의 수는 한 가지가 아니라 네 가지가 늘어난다. 결국 단막극에서 두 사람이 나오는 극보다는 세 사람이 나올 때 훨씬 다양한 갈등을 조성할 수 있을 뿐만 아니라 무대도 변화 있게 꾸려나갈 수 있다. 한 사람이 더 등장하면 더욱 다양한 가능성이 열린다.

그럼 등장인물이 많을수록 좋은가? 꼭 그렇지는 않다. 40분 안에 일정한 사건의 발단·전개·위기·절정·결말에 이르는 전 과정을 보여주려면 지나치게 많은 갈등이 그다지 좋다고 할 수는 없다. 너무 복잡해져서 이야기를 늘어놓기만 하고 마무리하지 못하는 수가 있기 때문이다. 한 사람은 그만큼의 갈등 요인을 가지고 있으므로 40분 안에 시작해서 마무리할 수 있는 정도의 갈등이 적당하고 그렇게 본다면 단막극에는 3~4명 정도의 인물이 등장하는 것이 적당하다.

시놉시스에서는 인물에 대한 준비를 해야 한다. 이것을 인물 만들기라고 하자. 주인공에 대해서는 가장 많은 생각을 하게 될 것이고 또 해야만 한다. 그의 내면에서 외면에 이르는 복잡한 모든 것을 살펴야 한다. 작가가 인물에 대해서 많은 것을 알수록, 인물은 명확해지고 그 인물이 어떠한 상황에 놓이더라도 적절한 선택을 할 수 있게 된다. 한 사람에 대해서 어느 정도의 정보를 가져야 그를 주인공으로 내세워 작품을 쓸 수 있을까. 물론 많이 알수록 좋다. 그러나 본격적인 작가가 되면 누가 시키지 않아도 인물에 관해서 아주 긴 시놉시스를 준비하겠지만, 처음 작품을 쓰는 이에게 그것이 그리 쉬운 일은 아니다. 주인공에 대해서는 적어도 A4용지 두 장 장도를 준비하는 것이 어떨까 한다.

적대 인물 곧 라이벌에 대해서도 그 정도의 분량이 필요하다. 주인공이 돋보이는 것은 라이벌과의 경쟁과 갈등 속에서이기 때문이다. 주인공이 혼자서 자기가 멋지고 잘났다고 떠들어댈 수는 없는 일이다. 오셀로는 이아고와의 갈등 속에서, 안티고네는 크레온과의 대립 속에서 성격을 드러내고 고귀함을 부각시킨다. 강력한 적대 인물을 만든다는 것은, 곧 나의 주인공을 돋보이게 하는 중요한 일이므로 결코 소홀해서는 안 된다.

조연의 경우, 주인공보다는 상대적으로 적은 정보만으로도 가능하지만 어느 정도는 준비할 필요가 있다. 그러나 엑스트라의 경우는 별로 부담이 없다. 커피를 들고 나오는 장면에서 딱 한 번 등장하는 카페 종업원의 내면이나 성장 배경 혹은 지식수준과 인생관 등에 관해서까지 생각할 필요는 없다. 그는 단지 소도구처럼 스쳐지나갈 뿐이기 때문이다. 결국 인물 만들기를 할 때는 각 인물의 중요도에 비례해서 적당한 분량을 준비하면 될 것이다.

줄거리

인물에게는 어떤 일이 일어나는가? 관객은 공연장에서 그것을 보는 것이다. '누가 무엇을 하는 이야기'라고 한 문장으로 줄거리를 요약할 수 있어야 한다. 예를 들면 '로미오와 줄리엣이라는 원수 집안의 두 남녀가 사랑을 이루기 위해 애쓰는 이야기' 같은 식으로 작품을 요약하는 것은 매우 중요하다. 다음에는 그 이야기를 A4용지 반 장 정도로 써보는 것이 좋다. 이것은 스스로 가장 중요한 이야기가 무엇인지 알게 한다는 점에서 유용하다. 다음은 이것을 좀 더 늘려서 한 장 정도로 써본다(흔히 공모전에서는 한 장 정도의 줄거리를 요약해서 보내라는 주문을 하는 경우가 많은데 그 정도의 분량이면 대충의 이야기를 파악할 수 있기 때문이다). 다음은 줄거리를 길게 써볼 차례이다.

이때는 아주 과감하게 생각나는 대로 이야기를 죽 써보는 것이 좋다. 부분적으로는 말이 안 되고 앞뒤가 잘 맞지 않는다고 느껴지더라도 일단 생각의 흐름을 깨지 말고 거침없이 써보자. 줄거리는 다음 단계인 플롯으로 나아가기 전의 준비 단계이다. 이 중에서 일부가 플롯에 편입되어 실제로 작품에서 사용될 것이다. 그러니까 줄거리는 많을수록 좋다. 풍성한 줄거리에서 뼈대가 되는 사건을 추려내고 부분적인 장면을 골라 살을 붙이면서 작품이 완성되기 때문이다. 인과관계와 시간의 순서에도 얽매이지 말고 생각나는 대로 용감하게 이야기를 만들어라. 그 이야기를 정리할 다음 단계가 기다리고 있다.

플롯

비로소 중요한 단계에 도달했다. 열심히 생각해낸 이야기 중에서 뼈대로 쓸 사건을 골라야 한다. 이때쯤이면 다시 주제로 돌아가야 한다. 이 복잡한 사건과 인물들을 통해서 내가 하려고 하는 이야기는 무엇인가를 다시 되짚어봐야 하기 때문이다. 이야기가 재미있다고 해서 그것이 무조건 좋은 작품이 되는 것은 아니다. 좋은 작품의 기준은 매우 다양하고 한 작품이 모든 기준을 만족시킬 수는 없다 해도 일단 자신의 주제와 창작의도에 맞는 작품을 쓰려고 노력해야 한다.

이야기 중에서 위의 사항들을 고려해 가장 중요한 사건을 골라야 한다. 그리고 그 사건들을 배열한다. 이때 사건들을 한 줄로 만들고 번호를 붙이면 플롯을 짜는 데 구체적인 도움이 된다. 동사를 중심으로 해서 사건을 한 줄로 요약하고 번호를 붙이면 플롯을 이리저리 바꿔볼 수 있어서 매우 유용하다. 예컨대 "1번. 그녀가 집안에서 무언가를 열심히 찾고 있다"를 플롯의 맨 뒤로 보내면 예상치 못한 결과를 보게 될 수도 있고 "20번. 그가 짐을 싸고 있다"를 "18번. 그녀가 술을 마시면서 혼잣말을 한다"와 바꾸면 더 좋을 수도 있는 것이다. 주제를 구현할 수 있고 인물의 성격을 효과적으로 드러내며 긴장감을 유발하는 흥미진진한 플롯을 완성하기 위해 고심하면서 순서를 바꿔보자.

마침내 뼈대가 완성되면 살붙이기를 해야 한다. 남은 이야기 중에서 주된 플롯을 보강하기 위한 부분을 집어넣어야 한다. 작품이 오직 하나의 주된 플롯만으로 갈 수는 없다. 부수적인 플롯이 필요하다. 복선도 필요하고 씨뿌리기 및 거둬들이기와 같은 각종 장치들이 필요하다. 하나의 주된 플롯만으로 가는 작품은 단편적이며 지루할 수 있고, 내용을 빤히 다 보여주게 되어 관객들의 흥미를 끌지 못하기 쉽다.

작품 쓰기에 들어가기 전에 오랫동안 플롯 짜기 단계에 머물러야 한다. 일단 쓰고 나면 고치기가 쉽지 않기 때문이다. 어떤 부분을 들어내면 앞뒤가 잘 맞지 않아서 부분적인 수정만으로 작품이 달라지기 어렵고 애써서 쓴 작품이 헛수고가 되는 경우가 많다. 인내심이 필요한 단계이다. 이쯤 되면 써도 되겠지 하는 조바심과 싸워야 하는 시기이다. 조금만 더 참고 더 생각해보고, 좀 더 플롯을 연구하고 고민하는 것이 좋다. 여기서 시간을 많이 보낼수록 작품을 더 쉽게 쓸 수 있고 좋은 작품이 될 가능성도 높아진다.

2. 2단계 : 작품 쓰기

인물과 사건을 만들고 주제와 플롯도 정리되었으니 이제 희곡을 쓸 차례이다. 준비가 다 되어 머릿속에 잘 정리된 계획표가 들어 있으니 열심히 쓰기만 하면 된다. 200자 원고지 80장을 써야 한다. 누구의 방해도 받지 않는 정리된 장소에 며칠 동안 잠적해보자. 휴대폰도 전화도 없이 완벽하게 혼자가 되어 오직 작품 속의 인물과 사건에 몰두해야 한다. 집중할 수 있는 시간과 공간을 택해 가능하면 단번에 쓰는 것이 좋다. 40분이라는 시간은 그다지 긴 시간이 아니다. 단기간에 집중하고 몰두해서 단일한 작품으로 완성하자. 그러지 않으면 작품의 긴장도가 떨어지고 얼개가 느슨해질 수 있다. 인물과 사건에 젖어 있는 상태에서 일관성을 잃지 말고 작품을 쓰라.

3. 3단계 : 퇴고하기

시간의 여유가 있다면 일단 작품을 잊어버리고 묻어두는 것이 좋다. 최소한 몇 주가 지난 후 남의 작품 대하듯 읽어보자. 쓸 때는 보지 못했던 문제점들이 보일 것이다. 수정에 들어가야 할 시점이다. 대개의 경우 자기가 쓴 글은 덜어내거나 고치기가 어렵다. 그러나 냉정하게 버리고 고쳐야 한다. 아까워하지 말아야 한다. 버린 것들은 다른 파일에 모아두면 된다. 나중에 쓸 일이 있을지도 모른다. 그러나 이렇게 모아두는 것은 다음에 쓰기 위해서라기보다는 당장 아까워하는 마음을 어느 정도 위로하기 위해서이다. 과감하게 수정하자.

그런데 이게 웬일인가. 수정을 다 했더니 더 엉망이 되었다. 그럴 경우를 대비해 원본부터 파일명에 번호를 붙여 보관하는 것이 좋다. 예를 들면 〈친구1〉이 원본이고 그 이후의 수정본은 〈친구2〉, 〈친구3〉이라고 표시하는 방식으로 파일을 보관하면 나중에 다시 앞의 원고들을 찾아볼 수 있다. 그럼 원고는 얼마나 수정하는 것이 적당할까? 경우에 따라 다르다. 어떤 경우에는 원본이 공연까지 그대로 가거나 두세 번의 수정으로 끝나는 수도 있으며, 열 번을 고쳐도 신춘문예 당선도 되지 않고 상연의 기회도 얻지 못하는 경우도 많다. 그럴 경우에는 접어두고 잊어버리자. 다른 작품을 다시 시작하면 된다. 아주 먼 훗날 묵혀둔 작품을 꺼내 참신하게 고칠 수도 있거니와 다른 작품의 모티프가 되기도 한다. 물론 그냥 사라질 수도 있다. 하지만 헛수고한 것은 아니다. 수많은 작품을 습작한 후에야 한 편의 진정한 작품을 쓰는 게 당연하다. 우리는 천재가 아니기 때문이다. 그럴듯한 작품으로 완성하지는 못했다 할지라도 내 안에 좋은 토대가 되어 남아 있을 것이므로 아쉬울 것도 서운할 것도 없다. 쓰고 고치는 과정을 지루하게 반복하는 가운데 언젠가 진정한 한 편의 작품과 만나게 될 것이다. 그때까지 그저 묵묵히 쓰고 고치기를 반복하라.

4. 4단계 : 비평적 기준을 가지고 검토하기

작품이 완성되었을 때, 다른 이에게 보여주기 전에 스스로 마지막 점검이 필요하다. 아주 간단한 세 개의 질문을 자신에게 던져보자.

^ 작품의 주제는 무엇인가?
^ 작품은 그 주제를 잘 구현했는가?
^ 그런데 그 주제는 말할 만한(애써 작품으로 쓸 만한) 가치가 있는가?

이 세 질문을 무사히 통과했다면 일단 어느 정도는 좋은 작품이라고 할 수 있다. 물론 다른 요소들도 검토해야겠지만 작품의 마무리 단계로서 일단 거쳐야 할 질문이다.

작품은 작가가 말하고 싶은 문제의식을 담고 있어야만 한다. 그러한 의식이 없을 때 작품은 갈피를 잡지 못하고 헤매게 된다. 그러나 아무리 좋은 주제를 가졌다고 해도 그것을 제대로 형상화하지 못했다면 무슨 소용이 있겠는가. 작가는 주제를 말로 설명할 수도 없고 인물의 입을 통해 직접 말할 수도 없다. 오직 작품 속에 무르녹아서 관객이 작품을 보고 스스로 주제를 느낄 수 있어야만 한다. 그러면 주제가 있고 잘 형상화되었으면 끝인가? 그렇지 않다. 과연 그 주제가 관객 모두가 생각할 만한 가치가 있는지를 생각해봐야 한다. 세 가지 질문을 모두 통과했다면 일단 작품으로서의 기본 요소를 충족시킨다고 볼 수 있다.

여기까지의 전 과정을 거쳐서 비로소 희곡 한 편이 완성된다. 이러한 과정을 반복해 여러 편의 습작을 마친 후, 신춘문예에 응모해 당선되기를 바란다. 신춘문예에 당선되면 매년 3월에 한국연출가협회가 아르코극장에서 신춘문예 당선작을 공연해준다. 중견 연출가들이 한 작품씩 맡아 연출하고 기성 배우들이 등장하는 이 공연은 희곡과 연극을 공부하는 많은 젊은이들이 열의를 가지고 관람한다. 비로소 한 사람의 극작가가 탄생하는 순간이다.

본격적인 극작가로서 무대에서 공연까지 했으니 다음은 장막극에 도전할 차례이다. 장막극의 공연 시간은 100분에서 120분이므로 대략 200자 원고지로 200장에서 240장 정도의 분량이다. 단막극의 3배 분량이다. 원고 분량만 늘어나는 것이 아니다. 인물, 사건, 주제, 대사 모두 한 단계 성장하고 도약해야만 쓸 수 있다. 일단 신춘문예에 당선되어 작가가 되면 이 단계로 나아갈 역량을 인정받은 셈이니 더 열심히 노력해서 좋은 작품을 써야 할 것이다. 그러나 우선 가장 중요한 것은 연극과 희곡을 많이 보고 읽는 일이다. 틈틈이 좋은 희곡을 읽고 좋은 공연을 골라 부지런히 감상하고 연극 체험을 하는 일, 그리고 그 현장에서 연극의 매력을 느끼고 희곡을 쓰고 싶다는 열정을 느끼는 일이야말로 가장 선행되어야 할 일이다.

찾아보기

[인명]

[작품]

[용어]

364

■ 엮은이 · 유진월

경희대학교 국문학과를 졸업했으며 동 대학원에서 문학박사 학위를 받았다. 세계
일보 신춘문예에 당선되어 극작가로 등단했으며, 현재 한서대학교 문예창작학과
교수이다.

수상   세계일보 신춘문예 당선, 1995.
          올해의 한국연극 베스트 5 작품상, 2000.
          국립극장 장막공모 당선, 2004.
          동랑희곡상, 2009.
          경희문학상, 2015.
          올빛상, 2016.

저서   『한국희곡과 여성주의비평』, 집문당, 1996.
          『희곡 분석의 방법』, 한울, 1999.
          『유진월 희곡집 1』, 평민사, 2003.
          『여성의 재현을 보는 열 개의 시선』, 집문당, 2003.
          『김일엽의 신여자 연구』, 푸른사상, 2006.
          『유진월 희곡집 2』, 평민사, 2009.
          『영화, 섹슈얼리티로 말하다』, 푸른사상, 2011.
          『불꽃의 여자 나혜석』, 지만지 한국희곡 100선, 2014.
          『한국해외입양』, 뿌리의 집, 2015.
          『유진월 희곡집3』, 평민사, 2015.
          『코리안 디아스포라, 경계에서 경계를 넘다』, 푸른사상, 2015.

공연   〈그녀에 관한 보고서〉, 한국연출가협회, 1995.
          〈그들만의 전쟁〉, 극단 민예, 2000.
          〈불꽃의 여자 나혜석〉, 극단 산울림, 2000.
          〈푸르른 강가에서 나는 울었네〉, 국립극단, 2004.
          〈웨딩드레스〉, 극단 산야, 2005.
          〈연인들의 유토피아〉, 극단 산울림, 2007.
          〈헬로우 마미〉, 극단 모시는 사람들, 2010.
          〈누가 우리들의 광기를 멈추게 하라〉, 극단 창파, 2013.
          〈연인〉, 극단 씨 바이러스, 2014.

한울아카데미 967

희곡강의실

ⓒ 유진월, 2007

엮은이 | 유진월
펴낸이 | 김종수
펴낸곳 | 한울엠플러스(주)

초판 1쇄 발행 | 2007년 8월 26일
초판 2쇄 발행 | 2018년 10월 26일

주소 | 10881 경기도 파주시 광인사길 153 한울시소빌딩 3층

전화 | 031-955-0655
팩스 | 031-955-0656
홈페이지 | www.hanulmplus.kr
등록 | 제406-2015-000143호

Printed in Korea.
ISBN 978-89-460-6560-4 93800

* 책값은 겉표지에 있습니다.